中国的莫理循

MORRISON OF CHINA

【著】彼得·汤普森　罗伯特·麦克林　【译】檀东鍟

福建教育出版社

只有成为一名新闻记者，我才有可能出人头地……在我的眼里，记者是最崇高的职业。要成为一个成功的记者，一个人不仅需要有过人的精力、超凡的胆识，还要有良好的修养和绝对的诚实。

————乔治·厄内斯特·莫理循，1882 年，20 岁

目　录 CONTENTS

序　言

1900 年的北京

　　天公不作美，雨开始下了。雨水夹杂着红砖的粉尘落到院子的
烂泥地上。1900 年 7 月 16 日，莫理循和 472 个各国平民、三千多
个中国难民以及一支由大约 400 名日本兵和欧洲各国士兵组成的使
馆卫队在公使馆区已经被困一个月。

　　狂热的义和团拳民在冷酷无情的慈禧太后的默许和清廷军队的
帮助下，从 6 月 18 日开始，一个月来一直包围着各国驻北京公使
馆。他们随时都能用重炮把使馆的砖式建筑物夷为平地，把他们所
认为的洋鬼子消灭个精光。在他们眼里，这些洋鬼子仗着武器精
良，在中国已横行霸道了半个世纪，掠夺中国的资源，折磨中
国人。

　　澳大利亚人莫理循时年 38 岁，体格像运动员一样健壮，相貌
堂堂，满头金发，情绪乐观，经常满面笑容。现在他却衣冠不整，
躲在坍塌的砖墙后，透过红色的粉尘开枪反击。雨越下越大，莫理
循的朋友——英军高级军官斯特劳兹上校要到附近的海关餐厅去喝
早茶，他就跟在后面结伴而行。他们打算喝完早茶后冲到肃王府
去。经莫理循的说服动员，肃王府被腾出来做临时难民收容所，因
此挤着大批中国难民。斯特劳兹打算去那里巡视，莫理循打算为发
给英国《泰晤士报》的第二篇报道收集最新素材。与此同时，他还

打算在肃王府施展医术，对难民救死扶伤。

但是，要想到达肃王府，他们必须穿过两片受到中国狙击手封锁的开阔地。斯特劳兹是个军人，这可是他的拿手好戏；莫理循生性胆大，喜欢冒险，勇于面对任何挑战。因此穿越这两片开阔地对他们来说并非令人望而生畏的难事。

他们出发时，雨突然停了，安全到达肃王府时，遇到日本公使馆卫队的柴中佐。斯特劳兹在巡视时，莫理循和柴中佐朝着火线的方向走去，来到山坡上的日军战壕里。义和团拳民在三十米开外的地方朝他们开火，幸好都没击中。

他们和斯特劳兹会合时，莫理循建议他去视察日军防线，但是斯特劳兹不想再往前走，因为他已完成任务，打算回到公使馆。

"那么我和您一块回去，"莫理循说。

"我也一起走，"柴中佐说。

他们三人往下走了几步，进入火线，朝防御工事的方向走去。这时，他们听到三声枪响。莫理循被击中右臀部，斯特劳兹的右腿被子弹打得粉碎。斯特劳兹叫了一声"主啊"，就倒进柴中佐的怀里。莫理循尽管自己也负了伤，还是冒着枪林弹雨，协助柴中佐把斯特劳兹拖出危险区。柴中佐跑去找外科医生，莫理循则忙着用手帕和柔韧的植物枝条充作止血带给斯特劳兹止血，可惜没什么效果。

莫理循觉得束手无策。斯特劳兹的断骨从伤口处突出来，顶在裤管上。日本外科军医中川中佐来了后，努力按住伤口止血。斯特劳兹躺在血泊中，神智还很清醒，询问莫理循的伤势。莫理循咕咕哝哝地说："一点小伤。"可是，话音刚落，他就晕过去了，血从他身上汩汩地流了出来。

当天晚些时候，伦敦《泰晤士报》的读者惊悉，著名的《泰晤士报》记者莫理循博士在保卫公使馆的战斗中为国捐躯。

第二天，《泰晤士报》刊登出整整两个专栏的讣告，部分内容如下：

> 对中国来说，过去的三年是关键的三年。在这一段时间

里，正是由于莫理循博士的杰出贡献，英国人民才能最早、最准确地了解中国所发生的一切事件……莫理循具有非凡的判断力，这几乎是他的一种本能。正因为如此，他才能在他所批评的"充满谎言"的新闻氛围下，极其准确地区别真理和谬误。他是那么精明，那么足智多谋，工作起来总是那么孜孜不倦，任劳任怨。因此，他总是能抢先发出重要消息。而官方渠道都要过两三天才能迟疑不决地证实他的报道。

在澳大利亚，人们对莫理循的死讯感到非常震惊。他的故乡季隆下了半旗，悼念自己最著名的儿子、充满传奇色彩的北京的莫理循……

第一部分

1862～1894 年

第一章

青少年时代

　　新闻记者必备的一个素质是具有敏锐的新闻嗅觉，密切注视新闻发展的方方面面。一个年轻有为的新闻记者，在早期记者生涯中就必须培养造就这种素质。在莫理循不平凡的记者生涯中，他取得成功的根本原因正是他具有这种素质。

　　莫理循生于1862年2月4日。虽然我们不能精确地知道，在那一年，他是怎样迈出蹒跚的第一步，但是我们知道，在他迈开脚步之后，整整58年他一直勇往直前，从不停歇。当然，他也有停下脚步的时候，但那只是为了撰写自己的游记和冒险经历，为了恢复他惊人的体力和毅力，为了谋划对他那一时代重大事件和领袖人物的报道。

　　莫理循出身于一个温馨的家庭，一辈子都是母亲的最爱。从他懂事开始，他们母子间的关系就很密切。莫理循很自信，一直坚信自己有权坚持自己的观点，有权让别人了解真相，这是他职业生涯中第一个最重要的组成部分。在以后的生活中他经常抽空给母亲写信，表达对母亲的爱。

　　莫理循从父亲那里遗传了健壮的体魄和勇于冒险的日耳曼精神。正是日耳曼人血液中流淌的冒险精神，促使莫理循的祖先来到外赫布里底群岛。他们经过数百年的奋斗和繁衍，终于打进了苏格兰的主流社会。莫理循的家族成员都酷爱书本，追求知识，热衷施教。1857 年，莫理循的伯伯亚历山大来到澳大利亚，成为莫理循家族中登上澳洲大陆的第一个家族成员，担任过著名的墨尔本苏格兰学院院长。亚历山大不断写信回英格兰，称赞澳大利亚的"学术繁荣景象"。在他的鼓励之下，28 岁的弟弟乔治（莫理循的父亲）终于抛弃了"令人痛苦不堪"的苏格兰教育体制，到澳大利亚创业，开辟新天地。三年后，他出任维多利亚州季隆学院院长。

季隆学院由基督教长老会创办于 1861 年，位于市中心附近的瑙乐豪斯，共有 18 间教室和办公室。它的前身曾是"卡尔尼旅馆"、"季隆文法学校"和"博伊斯夫人女青年会"。乔治·莫理循是个非常合格的院长。正如季隆学院院史专家里德蒙德在 1911 年写的那样："毫无疑问，他是个典型的苏格兰人。他的所有言行举止都充分证明了这一点。正是由于他的坚强毅力和足智多谋的商业头脑，季隆学院才会有今天的辉煌成就。"

但是，在乔治·莫理循同意担任季隆学院第一任院长时，他看重的并不是院长的职务工资。他的根本信条是独立自主、自力更生，他的目的是谋求季隆学院的发展和壮大。这一精神在莫理循兄弟到澳大利亚发展前的几代人中，在乔治·莫理循的身上都得到充分的体现。乔治·莫理循在阿伯丁大学求学时，是最优学生奖学金的获得者；在四年的大学生涯中，他每年都囊括文科的所有奖项，其中包括古典文学、数学和自然哲学等科目。

他担任过阿伯丁大学辩论社主席。里德蒙德说："他是学生辩论社主席。他在大学期间所培养起来的演讲才能使季隆学院的学生对他的说教都深感敬畏，大多数学生都宁愿挨他的轻轻的鞭打，而不愿意听他的演讲。"

他在季隆学院走马上任后，立即充分施展自己的游说才华，说服教会由他接管学院的财政大权，给他充分施展才华的机会。他的妻子丽贝卡·格林伍德是他的忠实伴侣。丽贝卡小姐的家乡是西约克郡的哈沃斯，以勃朗特姐妹的故乡而闻名于世。小说《呼啸山庄》中虚构的呼啸山庄和画眉山庄中庄主的豪宅，就是以年轻的丽贝卡家乡的建筑物为原型。丽贝卡和勃朗特笔下的主人翁一样，也是个崇尚独立思想的女性。她在无人护送的情况下，搭乘一艘快速帆船来到墨尔本，并于 1859 年和乔治·莫理循喜结良缘。

1863 年，季隆学院理事会召开会议，决定放弃对学院的管理权，由乔治·莫理循全面接管学院。19 世纪 50 年代的淘金热过后，当时的维多利亚州正处于繁荣时期，农牧民靠羊毛和羊肉发了大财，纷纷把他们的子女送到寄宿学校去攻读，一来庆祝自己事业上的成功，二来希望提高子女的教育水平，提升他们的社会地位，巩固家庭的上升地位。季隆学院在乔治·莫理循院长坚定而有耐心的管理下，为社会提供了一个生气勃勃而又健康的教育机构。

1860 年，乔治·莫理循家中喜降爱女玛丽·爱丽丝。两年后，莫理循也悄悄来到人间。在其后的岁月中，这个家庭又增添了好几个成员，包括三个儿子——诺曼、雷基和克莱夫，两个女儿——维奥莱特和希尔达。莫理循成年当记者后，常年在外漂泊，很少有机会和兄弟姐妹欢聚一堂，但是他在季隆学院度过的美好时光，以及那个吵吵闹闹而又幸福的家，却一直珍藏在他的心中。对莫理循一家来说，季隆学院给他们留下的是无穷无尽的美好回忆。

乔治·莫理循的个子高挑，显得有些单薄，但却孔武有力。他在担任季隆学院院长期间，经常在校园里走动，身穿长礼服，手里拿着一顶丝绸大礼帽、一个粉笔盒和一根结实的文明棍。里德蒙德说："他的头很大，浓眉大眼，浓密的胡须下隐藏着方形的下巴，这是力量和坚定不移的意志的象征。"

季隆学院当时规模还很小，虽然迅速发展，但是受到许多条件的限制。里德蒙德后来很高兴地说起小莫理循的故事。他的父亲总是很骄傲地带着小莫理循到各个教室逛逛。有时，他会把小家伙留在教室外。立刻，小莫理循就会一边踢着门一边哭喊："开门，老乔治。"一听到小莫理循的哭喊声，莫理循院长就会兴高采烈地显出宽容大度的样子，开门让小莫理循进来。

有个当院长的父亲，通常会令孩子感到紧张，但莫理循却从来没有这种感觉。他从 16 岁开始写日记，而且一辈子都保持着这种习惯。他的日记洋溢着对父亲的爱和敬意。从莫理循十来岁时写的日记可以看出，他为父亲会认识伟大的战地记者亚契伯尔德·佛布

斯而感到骄傲，认为这是父亲最杰出的成就之一。其实，在莫理循的父亲上大学时，佛布斯在大学辩论社中曾是他父亲的追随者。

莫理循开始写日记时，母亲刚好生病了，因此他的每一篇日记开始时都是记述母亲的病情和治疗情况（特别是"蒸汽浴"），以及她缓慢的康复过程。

季隆学院的发展，无论在经济状况或学术上都呈现出一派欣欣向荣的景象。1869年，莫理循的父亲在纽敦希尔买了一大块地。1871年，新校舍盖了起来，等着学生入住。那一年圣诞节，莫理循一家从季隆出发，沿着海角到昆斯克利夫去度假。他们回来时发现，三十多个寄宿生把所有新宿舍都住满了。从此学院的规模不断扩大，直到1876年才基本稳定下来，而且一直保持了20年，形成现在季隆学院的发展基础。

莫理循在日记中写道："我们可能不是很刻苦的学生，但是我们过着健康、快乐的生活，户外玩耍的时间比学习还多。"但是，对年轻的莫理循来说，记忆中主要珍藏的不是学习，而是在昆斯克利夫海滩房子里度过的假日时光。

他刚过完17岁生日，渴望长途旅行的激情又开始迸发。"今天早上我醒来看看钟，才1点半，"莫理循写道，"于是我回到床上，睡到3点45分起床。梳洗完毕，下楼稍微吃了点早餐，然后拿起手杖和足球袋（里面装着一双拖鞋、一双干净的短袜和晚餐），准四点出了门。只有姑妈来送我。"

"出发时，天还一团漆黑，连路标也看不见。6点半，我走到离季隆学院9.73英里的惠灵顿酒店，在那里喝了点搀干姜汁麦酒和一瓶柠檬汁，6点45分又开始动身前往昆斯克利夫，那里离惠灵顿11.25英里。到达惠灵顿时是9点半，一路上一个人影也没有，觉得精神抖擞。"

在他没有完成的自传《回忆录》中，莫理循说："我喜欢游牧人东飘西荡的生活，喜欢单枪匹马走上旅途。每个圣诞节，我都要外出旅行，而且每次换个地方。我十分喜欢读游记。"在他读过的游记中，他最喜欢的两本都是英国著名探险家亨利·斯坦利的杰作。一本是1872年出版的《我是怎样找到利文斯通的》，那时莫理循才 10 岁；另一本是 1874 年出版的《库马西和马格达拉：两个英国探险家在非洲的故事》。

斯坦利是个非常有性格的人。年轻的莫理循对他的探险经历非常着迷。斯坦利是英国威尔士登比郡约翰·罗兰兹的私生子。童年时代，在贫民院和帮助抚养他的远房亲戚中，大家都叫他约翰·罗兰兹。1859 年，他还只是个十来岁的孩子，就到一艘轮船上当侍者，从利物浦漂洋过海，来到美国的新奥尔良。后来，他和商人亨利·霍普·斯坦利交上了朋友，就采用他的首名和姓为自己重新取名，作为追求新生活的部分象征。他的中名"莫顿"可能是后来加上去的。斯坦利在美国内战期间先是过着四处漂泊的军旅生活，而后在一艘商船上当水手。1867 年，他受聘为詹姆斯·戈登·班尼特的《纽约先驱报》的特派记者，从此开始他的记者生涯。

《我是怎样找到利文斯通的》是一部融探险和传教于一体的伟大著作，令年轻的莫理循如痴如醉。斯坦利历尽千辛万苦，穿过非洲的心脏。一路上，他到处受到好战部落的攻击和疾病的折磨，最后到达了坦噶尼喀湖的乌吉吉，据说那里是利文斯通博士的最后一个沿途停靠港口。斯坦利当时发现这位老英雄正发着高烧，缺乏补给品。斯坦利穿过丛林间的空旷地，伸出手来说道："我猜想，您就是利文斯通博士吧？"

莫理循非常喜欢读这些探险故事。当他听说《库马西和马格达拉》（以斯坦利在阿散提即加纳当战地记者的稿件为素材）一书已出版时，高兴地在日记中写道："今天晚上从图书馆借到这本书，我非常崇拜斯坦利。"

莫理循 17 岁时，身高 1.8 米，体重 78 公斤，身体各部位发育匀称，长着满头金发，体格健壮，风度翩翩。但是用他的话说，自己"生性羞怯"，尤其是和女性相处时。他一辈子对女性的态度都是如此，这可能是苏格兰人在加尔文教义熏陶下的遗产。虽然莫理循是个虔诚的教徒，经常去做礼拜，但是他绝不是个狂热的宗教信徒。在他看来，做礼拜只不过是他日常生活的一个组成部分，是当时社会生活的一个时尚。在他生活的那个年代，每个人都必须敬畏上帝，热爱女王和国家，为大英帝国献身是至高无上的荣耀。

他在日记中记载了许多令他着迷和感到骄傲的事情：1877 年，第一届官方举办的国际板球锦标赛在墨尔本举行，澳大利亚队击败了英国队，他为自己的祖国感到骄傲。1878 年，9 万人把著名的弗莱明顿赛马场挤得满满的，观看一年一度的墨尔本杯赛马大赛，他为此而欣喜若狂。同年，凯利帮在斯特林巴克湾枪杀了三名警察——警官肯尼迪、治安官罗尼甘和斯坎伦，遭到警方追捕，在丛林中四处躲藏。莫理循对整个案件十分入迷。但是，那时他的抱负已经开始转向更为广阔的世界。

莫理循在日记中写道："我已下定决心，有朝一日要干一番大事业。"要成就大事就必须有造就像斯坦利那样大英帝国男子汉的素质。他用从《插图伦敦新闻》上剪下来的体现大英帝国胜利的木版画装饰自己的房间，包括许许多多有关征服印度、阿富汗、非洲和阿拉伯的故事。

季隆在地理位置上靠近墨尔本，因此有条件把一些文化修养内容纳入学校课程。1878 年 8 月 1 日，莫理循在日记中记载了一次乘火车到墨尔本的短途旅行，目的是观看戏剧《汤姆叔叔的小屋》。"一张火车票 7 先令 6 便士，提供所有服务，可以享受头等厢待遇。从火车站到剧院，来回都有马车接送。一共有 400 人参加这次活动。我还参加了派对……但是感觉并不好。"

他观看体育赛事时，心情更舒畅。他的日记中有许多对足球比赛的详细描述，体现了他对激烈的足球比赛有着本能的热爱。他对政治时事十分关注，甚至在他的一篇日记里摘录了迪斯雷利（英国著名政治家、小说家）在英国保守党总部的一次演讲："……你们认为，究竟哪一类人最有可能变成极为愚蠢的墨守成规者？其中一类是英国绅士，他们极力推崇国家主权，信任自己的国民，小心翼翼地在 5 年的时间里运筹帷幄，处理国计民生，取得一些成就；另一类是强词夺理的雄辩家，他们陶醉于自己的花言巧语，是天生的自我本位主义的空想家，时时刻刻都想凭借自己没完没了、自相矛盾的论点来恶毒地诽谤对手，为自己歌功颂德。"莫理循评论说："他在挖苦格莱斯顿（英国政治家）。"

学校里经常发生一些有趣的事。莫理循在 10 月 13 日的日记中说："今天，寄宿生中一个叫莫顿的恶棍被开除了。他是个惯偷，从斯图尔特·麦克阿瑟那里偷走了28先令6便士，其他男生也有数目不等的钱遭了殃。案发后，他躲得严严实实，让父亲和其他男生找了好一阵子。"

男生都想表现自己是多么身强力壮。在偷钱事件发生后不久，莫理循在日记里写道，斯图尔特·麦克阿瑟悄悄地对舍监马丁先生说，他这学期走马上任后还没有洗过澡。第二天，当马丁拒绝接受洗澡的建议时，寄宿生们采取了行动。"斯图尔特·麦克阿瑟对马丁说，'来，洗个澡吧。'"马丁先生抱怨地回答说，他肯定会洗的，但是他似乎并不想立即兑现自己的承诺。

"于是，四个身强力壮的男生对马丁先生采取了行动。马丁先生扳住床头，拼命挣扎，但是那几个男生不管三七二十一硬把他从床上拖了下来，头朝前抬下了楼梯。"

"马丁浑身上下油腻腻，脏兮兮，腿上的污垢都结成了块。不过，他狡辩说那只是汗毛。这个大块头傻瓜在澡盆里洗个透，淋了浴，才擦干了事。在这个过程中，他毁了两条毛巾。男生们还威胁他，如果还不自觉洗澡，两星期后还得请他再洗一次。"

两周后，"女佣安妮离开了，她星期六、星期天和今天都喝得醉醺醺的……凯利帮案件发生后，全国都处于恐慌状态，后来找到一名失踪警官的遗体，浑身弹痕累累。这些匪徒可能很难被缉拿归案。"

18岁的莫理循在日记中写到亲戚和熟人时，总是入木三分，充分显示了他的敏锐观察力和聪明睿智。这些正是他以后赖以成名的法宝。在写完1815年滑铁卢战役周年纪念日记后，他又写道：

> 伊莎贝拉·默里非常高兴，因为亚瑟·格林伍德（他的舅舅）来了。这个老处女丑陋不堪，像猫一样神经质，像蜘蛛一样灵敏；既没受过什么教育，又没钱；说身材没身材，胸部扁平得像块发牌板，几乎没有任何女性特征；头发掉得多，长得少；声音又尖又短促，听起来令人感到难受，只有38岁的女人才有可能发出这样的声音；一副假牙是在克拉克买的（甚

还是二手货），天哪，还长了点胡子。

第二天的日记写的是较为严肃的事："今天早上，我很遗憾地读到这条消息：法国的皇太子最近跑到非洲去，表示对英国的支持。没想到，却在一次视察时，丧命于祖鲁人之手。"

"著名的《每日新闻报》特派记者亚契伯尔德·佛布斯最近在仰光认识了我的表兄詹姆斯。他对詹姆斯说，乔治·莫理循是他的大学校友，在他的记忆中，乔治是个聪明绝顶且最爱争吵的家伙。"几天以后，莫理循听到有关佛布斯的传闻。"在俄土战争的采访工作中，他的活动经费高达 5 000 英镑；回国后，还从《每日新闻报》老板那里拿到 2 000 英镑的酬劳。"很显然，这就是莫理循所向往的世界，可是他那时还得在昆斯克利夫过着钓鱼和打猎这样简单的生活，还得在季隆学院踢足球、打板球，还得在维多利亚州举行的澳大利亚杯足球赛中为季隆学院效力。不过，他的生活有时会因姑娘们的出现而变得复杂起来。

7 月 26 日，星期六，晴。

晚饭过后，我和弟弟雷基以及杰克一块去休斯德莱沃德的瓦根打猎，走了两英里多后，我觉得感冒变得厉害起来，只得非常不甘愿地打道回府。我昏头昏脑地朝植物园走去，在那里遇到可爱的安妮·埃文斯，世上不会有比这更奇怪的巧合了。她看上去那么漂亮，亭亭玉立，举止高雅，风情万种。她见到我似乎也觉得奇怪。我们沿着其中一条路缓缓而行，听她说话给人一种奇妙的感觉，以致我没听到有人正朝我们走来。她突然尖叫起来："谁来了？"我如梦惊醒，转过身子，发现父亲正朝我们走来。他奇怪地看了安妮一眼，对我说，他认为我已经打猎去了。我满脸通红地说："爸爸，我的确去了，但是感冒得太厉害，只得回来。爸爸，我以后的的确确再也不敢这样了。"他接受了我的辩解，接着就离开了。我哈哈大笑，但并不开心。如果不是那么不凑巧地碰到父亲，那天下午我肯定会过得非常愉快……

虽然莫理循学生时代的生活像田园牧歌那样无忧无虑，但是他对学校的外部世界却有着强烈的好奇心。他曾和一个叫吉姆·怀顿的朋友一起参观季隆监狱，要求典狱长让他们看看监狱的实际状况。"在典狱长的办公室里，我们看到 4 个已被处死的罪犯的半身像，"他写道，"牢房很干净，所有物品都安放得井井有条。我对这次访问感到失望，因为我想看到的是戴着镣铐的杀人犯，至少是关在铁笼子里的无期徒刑或长刑期犯人。但是，我看到的都不是臭名昭著的犯人，而是一些普通犯人，他们看起来一点也不像是为非作歹的坏人，他们和我们到处都能碰到的普通人没什么两样。"

甚至连绞刑架也令莫理循感到失望，幸好他和一个担任图书馆员的犯人有过一番交谈。他告诉莫理循一些有关刽子手的事情。有时，刽子手要不断地摇动受刑人的身体，才能使死刑犯的头和勒住头部的细绳分开，打发囚犯进天国。

1889 年 12 月 30 日，他的旅行之心又开始萌动。"我做好一切准备后，开始徒步度假之旅。"

他在这次旅行中轻装上阵。"所有必需用品都放在帆布背包中，斧头别在皮带上，当作武器用。两个当作炊具的铁罐用皮带扎起来挂在背包后，走起路来直晃荡"。文具和火柴等必需品都塞在铁罐中。背包里有一条面包、一条羊腿和几个柠檬。口

19 岁的莫理循

袋里装了 6 英镑 14 先令 6 便士。

他对家里的人说，这次旅行没有事先规划目的地。但实际上，他决定步行 1 000 多公里到阿德莱德。尽管在野地宿营不是件令人愉快的事情，但是他还是过得非常愉快。

"我昨天晚上没睡好，梦见了蛇和蜘蛛。"他在第二篇日记中写道。几天后，他抱怨野营会引发风湿痛："我决定，以后只要 10 英里内有房子住，就绝不露营。"

直到 1 月 4 日，他才从格雷厄姆山给母亲写了一封信，把自己此行的目的告诉她："也许您一直在想，我究竟发生了什么事。我应当早些给您写信，可是一直没有机会……长话短说，我打算步行到阿德莱德去，对此您根本用不着担心。我必须有所作为。我希望您没有在为我担心。大约三个星期或一个月后，我就会安全地回到家中。"

一路上，他结识了许多旅伴，其中包括麦克·里奥先生。"他是个英俊潇洒的美男子，和图片中的堂吉诃德长得非常相像。"麦克·里奥说，他的房子臭名远扬，因为那原先是杀人凶手玛拉基·马丁的酒吧：

> 一天，马丁和罗伯逊一块骑马，两个人吵了起来。马丁用灌铅牧鞭柄猛击罗伯逊的头部，割断他的喉咙，然后把他扔在地上，并在他的手里塞一把小刀，伪造自杀现场。

> 罗伯逊死后，马丁娶了他的妻子。后来，一个从这里路过的珠宝商莫名其妙地失踪，可是人们却在马丁太太的身上发现他的一些首饰，在盐溪桥下发现他装首饰的空盒子。马丁家有个女佣人。她父母要她回到阿德莱德的老家。马丁欠了她两年的工钱，于是就杀了她，并把尸体塞进一个袋熊洞里。老天有眼，乌鸦的聒噪声揭露了这一秘密，一些黑人发现了她的尸体。马丁受到了应有的惩罚。

> 他们说，风高月黑的夜晚，一个人在这条路上走时，经常会看到一只大黑猫跟在后面，令人毛骨悚然。这只猫发出凄厉的叫声，怪模怪样地跟在后面，亦步亦趋，好像要告诉你一些

非常可怕、令人毛骨悚然的秘密。麦克·里奥先生的故事令我胆战心惊……如果不是因为那只可怕的黑猫，昨天晚上本可以睡个好觉。

2月14日，莫理循到达目的地，心情非常愉快。在旅途的最后一天，他写道：

> 我的身体非常好，经常跑步前进。这次旅行全程 752 英里，其中步行 652 英里。
>
> 我在市区转悠了一两个小时，下午到奥维尔看贾维斯打板球。
>
> 我坐在大看台上，许多人朝我嗤嗤地笑，好像大家都觉得我很滑稽。可能是因为我的穿着很古怪吧——身着一件法兰绒板球衬衫（也许有点脏）和一条哔叽旧马裤，头戴一顶绿帽子，打着绑腿，脚上穿着一双旧靴子，背着徒步旅行用的背包。
>
> 一个固执的老傻瓜非常爱刨根问底，硬说我两年前赶着羊到过这里，而且他还看见过我。
>
> 我完成了旅行计划，日记也要就此搁笔。我觉得写日记比旅行要辛苦多了。觉得累坏了，就写到此吧。
>
> 顺便带一句，贾维斯第一球没接住。

实际上，他的冒险计划并非到此就完全结束。虽然他当时守口如瓶，但是后来承认，他原计划学习斯坦利的榜样，到一艘开往南美洲的轮船上打工，借此机会到南美洲走一趟。"我的努力失败了，"他在《回忆录》中说，"如果我当时能如愿以偿，这一辈子将会过得完全不一样。"

莫理循只得暂时放弃对自己偶像的效仿，乘汽船回到墨尔本。他对划船、田径运动、板球和足球都兴趣不减，而且都表现得非常出类拔萃。当然，他还得学习，只不过他经常心不在焉，因此学习上表现得不很突出。

　　乔治·莫理循精心设计了大儿子的人生道路，在昆斯克利夫度假时曾和莫理循"谈到我的前途问题"。他不允许莫理循当记者，要他毕业后去爱丁堡大学学医。

　　莫理循勉强同意父亲的意见。但是，他在日记中写得很坦率："虽然我不能立即成为一名特约记者，但是我绝不放弃自己的理想。"他承认父亲所描绘的外科医生的前途并非一无是处，但他在日记中说："如果我毕业时刚好爆发战争，我至少得参加战争。"

　　他根据母亲的建议，把一部分日记寄给《时代报》（维多利亚州的主要报纸）的业主戴维·赛姆。让莫理循感到意外的是，赛姆给莫理循回了一封电报，表示愿意分三次在他出版的《导报》上连载莫理循的《流浪汉日记》，还给这个年轻的特约记者寄来7几尼稿费。

　　丽贝卡·莫理循对此欣喜若狂，不过外表上却不动声色，莫理循也是如此。但是，当这第一张印有莫理循大名的报纸送来时，他已恭候在大门口了。他在日记中说："看到自己的名字霍然出现在报纸上时，这种感觉不错，真不错。"

　　他已开始朝新闻事业的大海扬帆而去。

第二章

最崇高的职业

墨尔本是座可爱的城市。19 世纪 80 年代，她轻而易举地超过悉尼，成为澳大利亚最大的城市。从 19 世纪 60 年代到 1890 年，墨尔本处于建筑繁荣时期，所有标志性公共建筑物都在这一阶段建成。从 1901～1926 年，宏伟壮观的州议会大厦一直都是联邦议会的召集地点。1926 年，堪培拉建起了永久性国会大厦后，联邦议会才乔迁新址。

墨尔本大学创办于 1855 年。著名的柯林斯大街上云集着许多大公司的办公室和大多数顶级名医的诊所，大街两旁栽满悬铃树，素以巴黎风格而自豪。圣帕特里克和圣保罗大教堂的尖顶俯视全城。墨尔本的国家艺术馆吸引着莫理循和他的朋友，他们经常去那里参观最新的收藏品——通常是由一个英国传统主义者提供的作品，带有浓厚的圣经色彩。但是，在这庄严而又令人肃然起敬的主题下，涌动着一股潮流，著名的海德博格学派即将脱颖而出，其代表人物罗伯茨、麦克库宾、斯特里顿等将为自己的祖国献上最美丽的颂歌。

莫理循在墨尔本大学求学时，住在亚历山大伯伯在苏格兰学院的家中。他还是很喜欢打板球、踢足球，不过和以前有些不同，因为他现在的对手是可怕的"魔鬼"斯波福斯（澳大利亚队明星）。

但是，只要有可能，他就会抽空参加在朋友家举行的派对，和伙伴们一起去菲茨罗伊花园或亚拉河畔野餐，或者到艾伯特公园环礁湖上荡舟。

莫理循的确比较害羞，但这决不意味着他对圈子中窈窕淑女的魅力会无动于衷。实际上，尽管他和姑娘们相处时表现得比较羞怯，但她们从没停止向他示爱。在他考上墨尔本大学医学院后，姑娘们更是秋波频送，原因有两个，一是他相貌堂堂，英俊潇洒，二是他出身于一个正直而且有名望的家庭。虽然他的家境并不十分殷实，但是他们一家人在当地受到普遍尊重，他们的言语谈吐幽默风趣，十分受人欢迎，足以弥补家产的不足。

他的女性密友除了可爱的安妮·埃文斯之外，还有艾米·莱德维科。他在日记中描写道："艾米个子高挑，身材匀称，虽然还称不上是个大美人，但是她的脸型和牙齿都很美。她的那双黑眼睛热情奔放，会在她高兴时闪烁出异乎寻常的光彩。我从未见过如此漂亮迷人的眼睛。"

莫理循只用少量时间和朋友划船游玩或者进行社交活动，而花相当多时间在环礁湖进行严格的独木舟训练。他用《导报》给的7几尼稿酬，加上帮助亚历山大伯伯校对语法书稿挣的10英镑，买了一艘3米长的雪松独木舟，并把它命名为《斯坦利号》。他计划从维多利亚州的沃当加，划独木舟沿墨累河而下，到达2 000公里外的南澳大利亚州的海面。

但是，这只是他计划的一部分。一路上，他还得给《导报》写报道，赚些生活费。另外，他还打算编一本有关澳大利亚伟大探险家的专著，其中包括斯特、奥克斯利和米切尔。他认为，沿途的探险和艰难困苦会使自己对澳大利亚殖民先驱的丰功伟绩产生更为深刻的认识。他要把这本书献给斯坦利。他在日记中写道："斯坦利（《纽约先驱报》特约记者，利文斯通的发现者，卢阿卢巴河和刚果河的确认者）是古往今来最伟大的探险家，是个用特殊材料塑造的人，是我最崇拜的偶像。"

正如他以后所说的那样，"每个周六和周日，我都在环礁湖上学划独木舟。经过练习，我不但能站在独木舟上划桨，而且能稳稳当当地站在圆形的舱面上。"

尽管有这么多活动让他分心，莫理循还是通过了第一学年的全部考试，只不过表现得不特别突出而已。他像所有大学一年级学生一样，一整年总是忙着其他事，只是到了最后一个月，才临时抱佛脚，拿起书本，埋头苦读，冲锋陷阵。从他的日记可以看出，他是多么希望年终快点到来，多么向往着宽阔的墨累河上的自由气息。

他在沃当加买了一把短枪和100发子弹，计划尽量就地补给。墨累河两岸有许多野猪、袋鼠和野兔出没；那里水禽无数，短颈野鸭、北美鸳鸯和山鸭任他选。墨累河还以盛产味道鲜美的本地鳕鱼和黄肚鱼而闻名。不过，为了以防万一，他还是带了一些饼干、可可粉、盐和药用白兰地，以备急需。

第二天早上6点半，他雇了两个壮汉把独木舟抬到河里。他知道，自己从事的是一项前人从未尝试过的壮举，一路上肯定会遇到许多麻烦，例如，风向突转，他的小舟就可能倾覆；河里的残桩和漂浮的碎片会轻而易举地在轻雪松舟壳上穿个洞。他在日记中说："独木舟浮起来时，我的一切焦虑都烟消云散。墨累河平静地流淌着。在河中荡舟时，我觉得是那么自由自在。"

莫理循一路上尽职尽责地写了几十页日记，记录了自己遇到的一些小麻烦（例如，河中的一些障碍物卡住独木舟），生动地描述了野外生活和他所遇到的人。途中，他参观了一个鸵鸟场，使自己的旅途生活变得更加丰富多彩。一路上，他还不断给母亲写信：

> 我打算明天到墨累当斯赶邮这封信，因此我必须漏夜兼程。虽然得赶50英里的路程，但我想应该没什么问题。我就等着月亮升起来好赶路。
>
> 今天上午，我猎到一对野鸭和一对美冠鹦鹉。晚饭后，我要去看鸵鸟。我还希望能听到一些有关语法比赛的细节。
>
> 圣诞快乐！新年愉快！我爱你们。
>
> 您的儿子，
莫理循

他在龙加拉和邮局局长威廉·休布里奇共进圣诞晚餐。休布里奇给他讲了一些自己在克里米亚战争和印度兵变中的奇闻逸事。休布里奇先生不但在 1860 年的北京攻城战中战功赫赫，而且还不止三次获得维多利亚十字勋章的提名资格。莫理循在日记中说："现在，他因赫赫战功而享受养老金。"但是，在写给《导报》的报道中，他对休布里奇的陈述表达了些许怀疑。旅行途中，他经过大片大片澳大利亚的蛮荒地区，学会了怎样独自面对大自然的挑战。

一路上，他有时睡在河岸上，有时在河边小镇的旅馆或自耕农场设在边远地区的分场里安歇。他在离开墨尔本前，曾往这些分场寄过介绍信。

莫理循在《回忆录》中写道：

> 我乘独木舟航行了 1 555 英里来到海边，然后在库龙海湾沿着海岸线而上，到达科克图威尔斯的一个马车站。去年我徒步去阿德莱德时，碰巧也在这一天到达那里。车站主人曾在西班牙呆过一段时间，他的故事激发了我的想象力。在以后的几年时间里，我一直渴望能有朝一日和他有相同的经历。有幸的是，几年后我终于来到西班牙，比他更深入地了解西班牙。我雇人用马车把独木舟送到罗比敦，然后通过汽船托运回墨尔本，自己则步行 347 英里回季隆。这是一趟非常成功的旅行，《导报》一连几周刊出我的报道，其价值比给我的稿酬高得多。

莫理循的游记可能不像一般的新闻报道那么激动人心。在以后的岁月中，特别是在新闻战线摸爬滚打几十年后，他对自己曾引以自豪的连载游记也颇有微词。他在日记中承认："我认为，那次旅行实际上比我写的报道有趣得多，也不像报道那么单调乏味。连载报道刊完之前，《导报》总编赛姆先生（业主戴维·赛姆的兄弟）不断对我抱怨说，所有的人都对我的报道感到厌倦，因为我写得既单调又乏味。"

即使戴维·赛姆的批评有几分道理，但是他还是慧眼识英雄，把大量资金投到莫理循以后的探险计划中去，甚至敢于把报纸的声誉押在莫理循身上。实际上，莫理循是个天才作家，他的《墨累河独木舟漂流记》写得非常吸引人。

没想到莫理循的未来探险计划却受到重挫，原因是他大学二年级的主课程药物学考试不及格。这件事对莫理循的自尊心是个重大打击。他一怒之下，实事求是地给墨尔本大学校长、副校长和校理事会成员写了一封申诉信："威廉姆斯博士说我的试卷答得非常糟糕，得分低于25％，只令人满意地回答了一个问题。他还对我说，'试题要求你分别指出皮下注射和口服的吗啡剂量，但是你写了一张半答案，却和剂量都不沾边。'"

他在申诉信中还写道，"我非常惊讶，很难把他所说的和我记忆中自己的作答联系起来。于是，我请求他是否能和我一起检查试卷。他欣然同意了，上周一晚上（1882年3月20日）我们会了面……"

一切都徒劳无功。虽然莫理循能够指出，他的作答和课本的某些论述相一致，但是许多证据可以说明，他当时并不是最用功的学生。的确，他在12年后出版的《一个澳大利亚人在中国》的一段话中也承认："除了其他一些小错误外，我还开了一剂油巴豆，而且要'谨慎地把剂量增加0.5～2德拉克马'。我承认我从没听说过这可恶的药名。这道题出自教科书（卡罗德撰写）非常后面的章节，遗憾的是，我还没复习到那里。"

威廉姆斯博士会见莫理循的"家属代表"时说，让莫理循当医生，就等于"听任一只疯狗在柯林斯大街到处游荡"（柯林斯大街是墨尔本最著名医生的住宅区）。莫理循的父亲只得默默承受这一打击。在季隆学院的一次年终宴会上，他提到四个从季隆学院迈进大学校门学生的事情，其中三个通过了所有科目的考试，另外一个有一门考试不及格，连补考的机会都没有。莫理循在日记中记下了他父亲的讲话：

令人吃惊的是，这个学生竟然考试不及格。他的能力不但比其他三个通过考试的学生强得多，而且实践能力非常强，十分热爱自己的工作，但是却没能通过考试。他完全相信，这次

不幸完全是因为考官判断有误，而不是他自己的错。

我不愿意提到这个学生的名字，但是想给大家提供一点线索。那就是，他是一个比他父亲更棒的男子汉。

在《回忆录》中，莫理循说："毫无疑问，我会被开除，这非常不公平。但是，我对考官一点也不怨恨。相反，他的错误是我人生中的一段幸运插曲。"他被学校开除后在日记中写道："我离开了大学，这对大学是个沉重的打击，但是这所大学照样办得欣欣向荣。"

我们很难相信这次打击会使他灰心丧气，因为他立刻着手制订另一项探险计划，决心访问太平洋诸岛，调查所谓的"黑珍珠"贸易——南太平洋诸岛的贩奴活动。莫理循的出版商戴维·赛姆对卡那卡贩奴活动以及这种活动对国家的不良影响深恶痛绝。卡那卡贩奴活动和臭名昭著的非洲奴隶贸易有所不同，不过只是形式上的不同。在非奴贸易中，非洲黑人被装进货船，终生卖到美洲和加勒比海地区为奴。而在卡那卡贩奴活动中，被贩卖的土著人经过几年苦役后，还有回家的机会。但是这些贩奴活动的目的都一样，都是以微不足道的代价，为相关国家的甘蔗或棉花种植园获取劳动力。

在澳大利亚，这种奴隶贸易被称作"贩黑奴"。在19世纪下半叶，大约有6万名卡那卡人（夏威夷语的含义是"男孩"）沦为奴隶。贩奴者用引诱、暴力或其他各种手段，在极其恶劣的条件下，把卡拉卡人用船运到昆士兰州或斐济，然后卖给甘蔗园主。这些遭贩卖的奴隶在种植园里干的是清理园地和收割甘蔗的重体力活，拿的却是可怜的奴隶工资。他们一般要在甘蔗园里熬上好几年。

那一时期，南太平洋一带有800多艘贩奴船穿梭而行，贩奴所产生的暴利吸引了政府部门中的一些权贵。例如，昆士兰州总督罗伯特·拉姆齐·麦肯齐竟然是几家贩奴公司的共同股东，一些殖民地下院议员和商贸保护者为贩奴活动提供了保护网。随着昆士兰州制糖业的迅速发展，到了1882年，数百艘帆船忙着送奴工上门，以满足制糖业日益增长的对廉价劳动力的需求。

贩奴活动遭到许多有识之士的批评和指责。虽然昆士兰州政府辩解说，政府已派官员登船，确保奴工能受到人道的待遇，但是大多数正直的墨尔本人还是对此持批评的态度，赛姆就是其中一位杰出的反对人士。遗憾的是，没有任何报纸愿意用第一手资料来揭露贩奴的可耻行径。

到1882年，《时代报》已发展成一家积极而又充满活力的报纸，成为新闻业中一块具有影响力的新品牌，发行量高达5万多份，职员精明能干，其中包括后来的澳大利亚总理阿尔佛雷德·迪金。采访贩奴活动是一项艰巨而有危险的任务，需要一个富有冒险精神的年轻人来完成。他必须是男子汉中的佼佼者，他的报道必须能完全吸引读者的注意力。

最终，莫理循决定密访贩奴活动，获得第一手资料，其实这念头在他心中酝酿已久。这么一来，他的女性密友起码有一段时间不能和他形影相随，他心爱的足球和板球也只得暂时被搁到一边。

他从墨尔本写信给母亲："只有成为一名新闻记者，我才有可能出人头地……在我的眼里，记者是最崇高的职业。要成为一名成功的记者，不仅需要有过人的精力、超凡的胆识，还要有良好的修养和绝对的诚实。记者职业之所以在全世界享有如此崇高的地位，完全是因为当一名好记者必须有如此优秀的品质……我将前往昆士兰，迈出我职业生涯的第一步。我真诚地希望，有朝一日，我能功成名就，名扬四海……"

第三章

揭露贩奴贸易

莫理循揭露贩奴活动的报道见报后，顿时烽烟四起，遭来许多非议，污蔑和谩骂接踵而至。他母亲丽贝卡·莫理循盛怒之下给奴贩头目利莱布莱克船长打了一封电报："请注意你是怎样诽谤我的儿子。任何卑鄙的诬蔑和诽谤都无损他的名声。他的战斗精神可不是在新几内亚才培养出来的。"

在攻击莫理循的邪恶"大合唱"中，不仅有直接从事贩奴活动的流氓恶棍，还有昆士兰州政府中给贩奴活动充当保护伞的政客。这时，麦肯齐总督已下台，继任者是塞缪尔·格里芬斯爵士。格里芬斯后来成为澳大利亚宪法①的设计师之一，闻名于世。实际上，如果格里芬斯和他盟友的观点得以体现，澳大利亚联邦的发展结果还很难预料。大英帝国的种族主义态度和工会主义者对廉价劳动力的恐惧汇合在一起，促成了白澳政策的出台，最终结束了卡那卡的贩奴贸易。

1883 年莫理循的文章和信发表后，澳大利亚当局不得不对贩奴活动进行调查。但是，格里芬斯却攻击莫理循是个"声誉不佳的

---

① 最近，历史学家重新评价他对澳大利亚宪法的贡献。事实上，格里芬斯对制定宪法的贡献似乎没有当时所说的那么大。

年轻人，因此大家接受他报道的观点时应持谨慎态度"。莫理循在《时代报》上发表公开信，进行反驳："如果您没有享有议员的保护特权，我一定要迫使您收回自己信口开河的胡言乱语，否则我就要和您对簿公堂。"莫理循说，格里芬斯的政策"压制了所有和丑恶的奴隶贸易有关的真相"。

《时代报》非常清楚真理究竟在谁手里。莫理循的《昆士兰贩奴船之旅》分 8 次连载时，读起来更像一个年轻人的探险经历，虽然危险，但不是对贩奴现象的严厉谴责。毕竟当他开始随贩奴船飘荡时，还只是一个 19 岁的毛头小伙子，一心一意只想仿效偶像斯坦利，闯荡世界。对贩奴活动的谴责是在莫理循回到墨尔本后的事，《时代报》对他表示坚定不移的支持。

他发表《昆士兰贩奴船之旅》的连载时，用的是"一个医学院学生"的笔名，显然是为了尊重父亲对他所一直抱有的殷切期望。但是，他文章的第一段就很典型地展现了他直言不讳的风格，这是他以后所有新闻报道的特点："我以一个普通水手的身份上了船，想亲眼看一看昆士兰奴工贸易的真相。我们的双桅帆船质地上乘，载着 88 个在昆士兰完成奴工年限的土著人回到他们的本岛。这是我们的第一次航行，船长也是首次干这一勾当。这个城镇的人将会着急地等着我们归来，他们为我们的船感到骄傲。船主们也在焦急地候着我们，因为这是他们的第一次风险交易。"文中提到的城镇指的是麦凯港，位于制糖工业的中心。这一天是 1882 年 6 月 1 日。

贩奴船"拉维尼娅号"开始航行时，莫理循只是船上的一个普通水手，一切活动都只能局限于船上。但是，船长很快就注意到他的才能，并开始信任他。于是，他被调去当划艇手，到各个岛上负责危险的谈判任务。这就是典型的莫理循，在他的性格词典中从来没有安于现状这个字眼。在他的记者生涯中，他从来不是个消极的旁观者，总是在激烈的战斗中冲锋陷阵，永不退缩。登上贩奴船的第一个晚上，他就亲眼目睹了奴隶贸易的罪恶。他在第一篇报道中说："我听到有人在呻吟，好像从绞盘底座那里传出来。"

　　我起床一看，是个病恹恹的小男孩，大约 14 岁。我同情

地问："可怜的孩子，你病得很厉害吗？"他只能可怜巴巴地呻吟着，挣扎地站起来，摇摇晃晃地从我身边走过。我不禁感到一阵寒栗。他是那么瘦弱，在死神的魔爪里挣扎着，蹒跚地下了舱面，朝铺位走去。船出海的第一个晚上，他就死了，尸体被抛进了大海。对这无家可归的马洛孩子的死，我感到非常伤心和愤怒。卫生官竟然个个铁石心肠，不顾他的死活，让他拖着病体，忍受长途航行的折磨。

这趟旅程持续了100天，给莫理循提供了一个绝佳机会，可以就近观察贩奴活动和奴贩子的乖张行径。莫理循的观察和表达能力都非常适合这一任务。

船上臭气冲天。莫理循写道："货舱里杂物胡乱堆放，挤得像沙丁鱼罐头，空气又热又臭。老天有眼，在这种能引起瘟疫的环境中，我竟然没有染上热病。"在莫理循的笔下，船上的许多人都被描绘得栩栩如生：船上有四个水手最能干，吉米是其中一个。他"个子矮小，没有下巴"。

小胡子、马甲和衬衫是吉米值得骄傲的三件宝。他每一次喝得酩酊大醉后，衣橱里的衣物总要少一两件，这次是帽子，下次是外套或其他衣裤。但是，他的马甲总还在。船靠港后，只要一有机会，他就要穿上马甲和那件衬衫，斜戴一顶小毡帽，嘴里叼着烟斗，食指勾在马甲两边的口袋上，在甲板上来回晃荡……有时，他会觉得自己的声音悦耳动听，情不自禁地哼上几句小调："她是一个可爱的姑娘，她是一朵雏菊，她是一块水果布丁，她是一只小羊羔。"他只会这几句，但却唱得滚瓜烂熟。我对这个满头金发家伙的逗人之处常常恨得直磨牙。在描述这可爱的家伙时，他那嘎吱嘎吱的声音似乎在折磨我的耳朵。

莫理循和一个叫琼斯的船长相处得很愉快。他在日记中写道："我很想知道，这家伙是否就是传闻中的那个琼斯。据说，他的船绕过合恩角时，一个水手跌到海里。他拉过一把椅子扔给这个水手说："抓住了，悠着点，等我们返航路过这里时再把你捞上来。"莫理循看到琼斯船长时，松了一口气。"此人慈眉善目，绝不会干这种坏事。船长是一个从锚链筒里爬出来的人——照船员的话说，他是个实干家，从最低级水手干起，一步一个脚印才坐上船长的宝座。"事实证明，他是个优秀水手，一个非常能干的航海家。当然，莫理循对他也有不满之处：他对水手的态度说变就变，有时对他们过于随便，有时又装模作样，非常严格。

81个卡那卡男子是个"大杂烩"，但绝大多数"都很聪明伶俐，干起活来干净利索。这样的好手干了3年活才赚18英镑，太廉价了"。

那7个妇女"美丑不均。最丑的是一个叫麦克琳太太的女人，来自拉贡诺岛，又老又丑，一个大屁股常是船长的戏谑对象。最美的一个来自奥巴岛，虽然嘴唇相当厚，但长得非常像威尔士王妃。遗憾的是，她抽烟斗上了瘾，一点也没有贵夫人的风度"。

当船长知道莫理循学过医时，就立即任命他为船医。一些小病（从溃疡到胃痛）莫理循手到病除，因此他很有成就感。但是，他的医术并非无懈可击，毕竟他只是个毫无经验的医科大学肄业生。有一次，一个来自奥巴岛的少年患了重度痢疾。他在治疗过程中就出了差错。莫理循在日记中写道："我给他开了一剂用蓖麻油和利眠宁混合而成的重药。两天后，我给他重新配药时，由于船长就站在我身边，我就故意卖弄本领，加上一点硫酸锌，想让他知道我的药物学知识有多高深。"

莫理循对船长说："这剂药的作用非常明显，利眠宁能调理他的身体内部机能。蓖麻油和利眠宁混合在一起，加上硫酸锌后，各自的药性可发挥得淋漓尽致。痢疾在这两股强大药力的夹攻下，一定会很快治愈的。结果正如我所预料的那样，药效是很强，痢疾治好了，但运气不好，这男孩却死了……"

随着时间的推移，他变得更有责任感，对自己的医术有了更清醒的认识。他特地给装病的人调了一剂会使肠胃不舒服的药，让他们吃后再也不敢无病呻吟。但是，生病的卡那卡人太多，莫理循整

天忙得团团转，结果他烦透了，于是就开始学船舶驾驶技术聊以自慰。他在日记中写道："掌舵令人感到振奋，非常有趣，尤其是在晚上，船长心情愉快时，常常在船尾楼上蹿下跳，裤脚卷得高高的，有时还突然哼出几句迷人的诗文……

> 混沌世界，芸芸众生，
> 魔鬼就近在咫尺，
> 让我们一起高唱哈利路亚的赞歌吧。

他的颤音刚结束，我就惊讶地听到他在喊：'见鬼，你要把船开到哪里去？'我看了看罗盘，发现指针偏离了三度。"

有时缺乏某一方面的能力会在船上引起一片混乱。莫理循写道："7号吃早餐的时候，我去给舵手替班。这时，突然一阵巨浪铺天盖地席卷而来，而大副碰巧在船尾值班。"

有一阵子，我舵掌得不错。但是，突然间我发现滔天巨浪朝我们滚滚而来，大有把帆船吞没的危险。大副非常紧张地大喊："注意，注意，担心，担……"他的另一个字还没喊出口，瘦弱的他就被一个大浪头击倒在甲板上，四脚朝天地躺在排水孔的背风处……有人给我发出指令，但是我不知道该怎么做，只得照类似情况下的操作方式去操作，让船继续往前开，听天由命。

巨浪猛烈地拍击着船侧，破碎的浪花把主甲板上的每个人都浇了个透，船长收藏的贝壳统统被卷到海里，大水桶四处乱滚，政府派驻的代表被巨浪往上一卷，撞上了天窗，吉米从铺位上蹿了下来，厨师在船舱里像杂技演员一样四处乱飞，货舱里传来一片惊恐万分的呼救声，那些家伙认为帆船翻了。

船右舷的小艇在一阵猛烈的撞击下，挣脱了固定的绳索，被卷进了海里。这艘船从船头到船尾都在震动。

我暗暗地为自己的精湛技术而窃喜。这当儿，船长通红的脸庞突然出现在天窗上。他想知道，究竟是哪个恶魔要把他的船桅震出船才甘心。

　　他看到我，对我的无知感到反感，脸上露出怜悯的表情。我自以为是地看了他一眼，觉得自己还干得挺不错，流露出高兴的神情。结果，他没有再责怪我，只含糊不清地说了几句，下令把我从舵手岗位上撤下来。

　　贩奴船抵达拉贡纳时，莫理循和一些船员把一个返乡的土著人送上岸。一艘法国大帆船刚到过那里，还绑架了7个男子，因此局势较紧张。经介绍，莫理循认识了部落酋长。他披着一件黑色的长外套，头发剪得像顶小丑的帽子。莫理循得知他胸部痛，就带他回到小艇上，给他服了点药。然后，他们就叫一个事先安排好充当"诱饵"的土著人，摇唇鼓舌，说服他的同胞效仿他的聪明之举去当奴工。酋长溜掉了，但他们成功地"招聘"了6个土著人。一些土著人在沙滩上或浅水区中，苦口婆心地劝他们别去当奴工，但是他们还是铁了心要走。

　　他们每次把返乡的土著人送回岛上后，总要尽量诱骗更多的土著人上船。贩奴贸易其实也处处凶险，其中包括航行中遇到的暗礁险滩，还有土著人对人肉的特别爱好。奥巴岛的土著人以食人而臭名远扬。贩奴的小艇都不敢靠岸，只能远远地泊在海滩外，用现金来引诱年轻的土著人上船。

　　但是，法国人又抢先了一步。莫理循说："一个被骗到努美阿的土著人，命运比他在昆士兰的兄弟差得多。他被送到镍矿去当劳工，工资很低，吃的又差。的确，他的状况在奴工中是很糟糕的。一艘努美阿的大帆船根本招不到土著人，只得采用绑架的手段，或者诈称自己是为昆士兰来招奴工的。"

　　莫理循对整个贩奴过程观察得非常仔细："通常，送奴工返乡的贩奴船起航时，土著人自己携带的枪支弹药为了安全起见都要被取走另存。当船快接近目的地时，这些枪支弹药就会被发还。这样，他们就有时间把它们整整齐齐地塞进箱子里。"

　　土著人在昆士兰当三年奴工的收获就是这个箱子和枪支弹

药。一个奴工打工赚的 18 英镑血汗钱在工期结束时只换了这些东西。

首先，他花 2 英镑 10 先令或 3 英镑 10 先令买支斯耐德或斯宾塞步枪，花 1 英镑买 2 支滑膛枪（废弃的旧式城堡武器），然后还要买一大堆火药，具体数量要依据他有多少天敌（指的是生活在丛林中的土著人）来定。

买一两百个弹药筒供步枪用，还要买些弹丸和火帽供滑膛枪用。其次，他还要买烟斗、烟草和火柴。剩下的钱仅够买一张毯子、白棉布、花手帕、一块镜子、香水、小刀、几把战斧、一两把斧头、一把锯子、一把锉刀、几把剪刀、也许一个罐子或盘子、一条钓鱼线和鱼钩等他认为有用的东西。

如果他喜欢音乐，还可以花一两个英镑买把摇弦琴。如果文明化的程度比较高，他还可以买把茶壶、一个煎锅和一个桶等用品。

最后，如果他想在老朋友面前炫耀一番，还可以买一套服装。一个又矮又丑的家伙戴着一顶高顶礼帽，还裹着一条印度人用的轻纱头巾。另外一个土著人买了一件士兵穿的夹克，颜色猩红和金黄相杂，上面还有各种各样的口袋和饰片，头上戴着一顶黑色和金黄色相杂的便帽。但是，他的两条腿还是光溜溜的，也许他的钱仅够买这些东西了。

莫理循干任何事情都非常认真，这是他以后成为一个成熟记者的典型风格。他非常仔细地数了数那些土著人要带回去的枪支弹药，计算的结果是："他们共花了 730 英镑买进攻性武器。也就是说，在他们辛辛苦苦劳动三年赚的 18 英镑里，每个人花了 10 英镑来买武器。"

莫理循后来在中国活动时，传教一直是他的一项中心任务。但是，在这次航行中，他对传教的兴趣却受到打击。当他访问新赫布里底群岛最南端的阿内蒂乌姆岛时，对传教还满腔热忱。他在日记中写道："在阿内蒂乌姆岛，传教士可以用土语向土著人宣讲整本《圣经》，这在南太平洋可是独此一家。"

格迪博士负责大部分传教工作，其余的由科普兰牧师和英格里斯牧师完成。

土著人可以用自己的语言阅读《天路历程》和《威斯敏斯特问答集》。这两本书都由格迪太太翻译成土著语言。附近的小阿米瓦岛上有160个土著人，佩顿牧师已在那里传教16年。我的印象是，天底下没有比这更好的传教士乐园了。

然而，莫理循的安宁梦想很快就破灭了。他们的船经过埃罗芒阿岛时，他发现约翰·威廉姆斯牧师和他的助手哈里斯先生惨遭背信弃义土著人的杀害，尽管他们一直在这里想方设法教化他们。戈登牧师是来接替他们的工作的，可是也惨遭"野蛮屠杀"。他的弟弟来到岛上，想把哥哥的尸体运回家乡，却也难逃相同的悲惨命运。

航程过半时，他们到达安博伊姆岛。这时，莫理循在募工小艇上已占据一个不可动摇的位置，划艇的力气活由土著人干。他们把小艇泊在离海岸不远的地方，等了半天，只有一个家伙来应招，于是他很快就被带到船上。过了一会儿，一个老土著人出现了，"叽里咕噜"讲了一会儿，显然要钱来了。"我们的招工人员非常机敏地和他周旋了一阵子，终于敲定了价钱：一把步枪、两听火药、一盒帽子、一个烟斗和一些烟草。他似乎非常高兴，"莫理循写道，"这时，另一个家伙自己爬到我们船上，我们也出相同的价钱把他买了下来。第三个家伙走起路来有点拐，在离海岸很远的地方拼命叫，我们也成功地把他弄到船上，不过着实费了点劲。我们付给他的价钱是一把斧头和几把战斧。我们随后又等了好久，可是再也没有土著人来应招，只得起航，继续绕着海岸航行。"

8月22日，他们在绕着马里科罗岛航行时，下锚补充淡水并把另一个返乡的土著人送回岛上。莫理循写道："他和亲友相聚时，激动万分，一片欢声笑语，诉说个不停，那种亲情和喜悦真是难以言表。他的箱子虽然装得满满的，但是数量却不多，也许只要两个星期，所有的东西都会被卖个精光。"

他们来到另一个有可能招到奴工的岛屿时，遭到枪击。幸好土著人在离他们非常远的地方开火，不会造成什么威胁。他们的最后一个目的地是桑托岛，三个土著人必须从那里上岸回家。莫理循写道："其中一个是比基。船上的所有白人都给他一些小礼物或其他赠品。他虽然个子矮小，但是个聪明、快乐的家伙。"

他们三个都穿上岛民的盛装。比基穿着一双笨重的靴子，走起路来脚步沉重，看起来怪模怪样。我们的船把他们和他们的箱子送到指定地点，那里大约有50位亲友在等着欢迎他们，其中大部分是妇女。

妇女们头发都剪得很短，只在脑袋当中留了一小撮头发。一些人这样看起来还不错，但是一个16或17岁的少女拿着一串香蕉走过来被石头绊倒时，那模样看起来好像在施巫术。

比基的表现最为抢眼，把我们给逗死了。他非常夸张地打开箱子，掏出一把金黄色的雨伞，送给一个老汉，拿出他的旧滑膛枪送给一个弟兄。然后，他拔出他的斯耐德步枪，装上子弹，摆了个姿势开火。这时候，所有携带斯耐德步枪的土著人都摆出相同的可笑姿势，朝悬崖开枪射击。我想，这也许是一种欢迎仪式。但是，他们如果听到朝我们帆船开火的枪声，一定会吓得半死。在离这里不远的地方，一些土著人杀害了斐济船"伊莎贝尔号"上的大副、政府代表和两名水手，同时还杀害了负责调查此案件的登陆部队长官拉克克拉夫特中尉。

晚上，船长决定回到那个岛上，做最后一次招募努力。他命令莫理循也一同去。他低估了危险性，事态的发展很容易变得非常凶险。

当他们到达"伊莎贝尔号"惨案的同一个案发地点时，"我们刚一靠岸，土著人就围了上来，"莫理循说。"我们太大胆了，而我则做了一件更大胆，也许是更愚蠢的事，如果你这么说的话。"

我上了岸，独自一人赤手空拳地来到土著人中间，朝女性土著人走去，并示意其中一个朝我们的船走来。一个长得很丑的土著人，手里提着一把像是刽子手用的长刀，一直贴近我走着。我非常小心地提防着他，毕竟天很黑，又有这么一个家伙在你身边走着，不是一件令人愉快的事。

由于随时都可能有突发事件发生，船长就命令我回到船上。我立即遵命。船长也吓坏了，连忙往人群里撒了一把烟草。当土著人忙着抢烟草时，我们连忙撤了出来。我相信，我们真是由于福星高照才得以安全撤退。

那天晚上，莫理循在睡梦中好像听到有人喊："我们现在可以返航啦！"

我起床一看，2点15分。帆布已经拉起来了，航向西南偏西，起航的指令已经下达："现在朝正前方行驶，那是我们回家的航向。"

回程往昆士兰的速度很快。9月8日，纵帆船舒舒服服地停靠在岸边。100天前，船就是从这里起航的。每个奴工的售价是16英镑。船长、水手和业主都心满意足……没有比贩奴更赚钱的买卖了。

莫理循离开贩奴船后，正义感以及大学和家庭教育所形成的世界观促使他站出来严厉谴责贩奴贸易。他给《时代报》写了一封长信，批评贩奴贸易是"令人恶心的罪恶勾当"，招募奴工是对土著岛民的犯罪行为。他说，奴贩子利用堕落的土著"流浪汉"散布谎言，说什么澳洲大陆是岛民淘宝致富的好去处。土著人一旦被诱骗上船，唯一的出路就是跳海逃生。他说，这时候"船上的看守就会争先恐后地朝他们开火，当作一种射击运动取乐"。他没有说这种事在他的船上发生过，但是，从其他人的报告中可以看出，这种事的确发生过。[1]

---

① 托马斯·邓巴宾，南太平洋的贩奴船，悉尼：安格斯和罗宾逊出版公司，1935年。

　　莫理循用极其生动的语言，谴责贩卖女性岛民的罪恶行径："贩奴船上只要有了她们，就会变成'妓院'。她们只要在澳洲大陆当上三年奴工，就会从一个美丽动人、冰清玉洁的少女变成一个疾病缠身的老巫婆。"

　　曾在南太平洋一带传教的佩顿牧师挺身为莫理循辩护。有关莫理循报道的争论又持续了好几个月。有人批评莫理循的报道，认为他对贩奴活动的指责比较轻描淡写。戴维·赛姆在一篇社论中措辞强烈地为莫理循辩护说，虽然莫理循在报道中没有猛烈抨击贩奴活动，但是他只是为了等待更恰当的时机发动进攻。一旦时机成熟，他就会像一道光，照亮所有丑恶的犯罪角落。他还祈求上帝，"降下一把天火，把奴隶贩子和他们的同伙烧个精光"。

　　莫理循自己则心满意足，因为他成功地说服别人赞同自己的观点。他知道，自己继续朝目标挺进的时候到了。

第四章

追随伯克和威尔斯

1860 年 8 月（莫理循出生前两年），罗伯特·奥哈拉·伯克率领一支庞大的探险队，从墨尔本出发，往北纵越整个澳洲大陆。这次探险活动由维多利亚皇家协会赞助，不要求有任何回报。墨尔本市民告别探险队时，场面非常狂热。探险队的成员包括队长和队员共 15 人，装备包括 25 匹骆驼、国外请来的骆驼夫、马和马车、足够用两年的食物和富足的物资，6 吨柴火和 45 码用来缝制挡蝇面罩的绿色薄纱。

这次探险是一部悲喜剧。探险队到达巴库河时（离目的地大约还有一半路程），伯克决定只带三个听话的队员（威廉·约翰·威尔斯、查理·格雷和约翰·金）组成突击队，走完余下的路程。1861 年 2 月，他们到达诺曼顿地区卡奔塔利亚湾边缘的沼泽地带，发现难以穿越，只得折回。

在返程途中，格雷在饥饿和精疲力竭中死去。其他三个幸存者到达巴库营地时，发现那里空无一人。他们不知道，那天早上留守队已经撤离。伯克和金动身前往阿德莱德，把威尔斯留了下来。两天后，伯克也在精疲力竭中死去，金只得折回营地，发现威尔斯也死了。这时，当地的土著人对他伸出友谊之手，拉了他一把。他们很善于在这片土地上生活，而且一直非常惊讶地观察着这些白人。

　　他们带有悲剧色彩的冒险经历拨动了无数澳大利亚年轻人的心弦，引发了无穷无尽的热烈讨论。正是在这种氛围中，年轻的莫理循步入成年。他心中渴望探险的烈火在熊熊燃烧。他非常迫切地想要面对相同的挑战。但是这次他计划仅带一个行囊，装上必备的物资和设备，单枪匹马徒步跋涉。

　　他从南太平洋报道贩奴活动回来后，登上"兰尼拉号"，前往卡奔塔利亚湾的帕默河。不幸的是，途中船沉了。于是，他只得换船绕道前往莫尔兹比港，然后搭乘一艘中国人的小舢板，绕着北部的海岸行驶，一路上危险重重。途中，他在星期四岛停留过，最后于1882年12月抵达诺曼顿。那时他才20岁。

　　在诺曼顿，当他透露自己要纵越大陆到墨尔本去时，许多人都认为他疯了。有的人说他"太鲁莽"，有的人说他这么做"毫无胜算"，甚至还有人说"这种旅行等于自杀"。旅馆里那个上了年纪的老板娘一直唠叨他可能会遇到的危险。她说自己不是个胆小鬼，但绝无胆量从事这种毫无胜算的徒步探险活动。莫理循觉得，再呆下去自己会得神经病，就急忙离开诺曼顿。他走了24公里后，才遇到第一批人。那是一个由5个人组成的马帮，专门从诺曼顿往外地倒卖羊毛和其他商品。他刚碰到他们，倾盆大雨就泻了下来。由于要再走75英里才会赶到有人烟的地方，他只得在原地耐心地等待，这一呆就是两天。

　　12月22日，星期五，莫理循看到乌云散了一些，就急忙开始赶路，把小心谨慎的马帮留在身后。他在日记中写道："我赶了30英里的路后，又开始下雨了。"

　　马帮犹豫不决，也许他们曾到过这里，对这里的天气状况比较熟悉。这段路谁都望而生畏，沿途是一片旷野，稀稀疏疏地长了一些古塔胶树、矮小的假黄杨木和澳洲胶树。据说，这里是黑人出没的地盘，而且每年都洪水泛滥。

　　我走到半路时，突然遇上暴风雨，道路变成一片泥沼，背包泡水后更显得沉重，压得我哼哼直叫唤。不过停下来休息非常不安全。我所听到的有关这条路的传说使我战战兢兢，不敢坐下来稍稍喘口气，所以只得在没膝深的泥水里挣扎着向前跋涉，在"疲惫的行走中"忘记了阴沉、令人沮丧的地方可能发生的危险。

风突然停了，阳光破云而出，雨也停了。没走一会儿，我来到一个地方，那儿根本没过下雨。这只是局部性的暴风雨。第二天早上，我来到文诺帕克的一座养牛场，那里有两座棚屋和一座牲畜围场。这两段路各长 25 英里，虽说一路上平平坦坦，但是非常单调无趣，幸好偶尔还能看到一些林木茂密的沙丘。随后，我来到一座酒吧。

莫理循在酒吧中歇了歇脚后，继续赶路。他走在通向费林德斯河的大平原上，他必须在洪水来临之前，跨过这条河。他在日记中写道："马帮的人告诉我，发洪水时，河水会上涨 30 英尺。这我完全相信，因为费林德斯河两岸的橡胶树够高了，可是在最高的树枝上竟然卡着许多漂木。"

不过，他又有了伙伴。"这个人有点神经质，一定要和我结伴而行。他骑的马又老又难看，两肩之间还有一处瘘管，看起来非常恶心。他为自己的马感到骄傲，但是他的行为却令人感到恶心，原因是他把马、马鞍和缰绳卖掉时，只开价 10 先令。在主人的眼里，这匹马的唯一缺陷是它不是匹母马。"

莫理循一路上碰到许多垦荒者，这个不知名的怪老头是第一个。他们的许多怪异行为逗乐了莫理循，至少后来回想起来是这样。有一次，莫理循问这怪老头："我们俩要买多少面粉呢？"他回答说："6 磅。"莫理循有点疑惑地问："6 磅面粉肯定不够我们吃三天，我们还要赶 81 英里路，才能到达下一个有人烟的地方。"但是，他要莫理循放心，随后就烤了一大块面包，重 6 磅，但是硬得像石头一样，我们的小刀都切不动。

但是，这个地区的生活有其阴暗面——白人殖民者对土著人的残忍态度。莫理循在写给《时代报》的一篇文章中说："可怜的黑人经常遭受无情的杀戮。一天晚上，我来到一座牧场。据说，这座牧场的主人枪杀的黑人比昆士兰州任何两名男子杀的还多。这当

儿，邮递员碰巧走了进来，报告说有个黑人在饲养场周围鬼鬼祟祟地游来荡去。牧场主立即抓起上了膛的步枪，赶了出去。一小时后，他垂头丧气地走了回来。虽然围栏附近还能找到足迹，但是外面太暗，根本找不到那个黑人的踪影。"

白人殖民者对土著居民的"咄咄逼人"的态度莫理循可不是第一次遇到。他在旅行途中曾与一些土著居民友好交谈，有一次甚至和一个黑人结伴而行。这个黑人给他讲了许多发生在偏远地区的惊心动魄的冒险故事。那时候，西昆士兰部分地区对土著人不宣而战，但是莫理循从来没有受到他们的威胁，也从不伤害他们。一路上，他只想当个细心的观察者，这刚好和他在南太平洋报道贩奴活动的角色相反。

他更担心的是那里的爬行类动物。他曾在日记中写道："诺曼河在诺曼顿以北的河段称作斯皮尔河。据说现在鳄鱼大举入侵。我很难描述见过的最大的鳄鱼有多大。"然而，他在谈到蛇时，却一点也不扭扭捏捏。

> 我杀了几条莫尔加蛇。这种蛇长大约6英尺，呈鲜棕色。我在迪亚曼蒂娜纳河上游时，一个黑人经过我身边，一条蛇跟在他后面，长大约9英尺6英寸，像锚索那么粗。这是一种岩蟒蛇，通常可长12或15英尺。这个黑人对我说这不是毒蛇。
>
> 那里的人都是见蛇必杀。我杀了一条褐色的蛇、一条盾鳞棘背蛇、一条杂斑蟒蛇和一条蓝肚黑游蛇。还有许多蛇我根本没法辨别。有一次，一条小蛇在我走近时被惊动了，拼命地扭动。我回头想找根树枝，可是它竟然蹦了起来，一头钻进一个不到两个小指头大的洞里，彻底消失了。真有趣。

"许多有关蛇的奇闻趣事都是别人告诉我的"，莫理循苦笑地写道，"一个没经验又爱轻信的人，经常会被人毫不留情地利用。"

他的好心眼经常被人利用。旅途中最珍贵的物品是水。有一次，他一大清早就起来赶路。午饭时分，来了一个邮递员和一个骑马的人。"两个人都骑着马，还带着驮马，"莫理循写道，"那一天又干又热，因此我比平时多带了好多水，不但灌满了水袋，还把容量为两夸脱的罐子也灌得满满的。这两个家伙向我要点水喝。我还没来得及阻止他们，他们已把一整罐水都鲸吞了，只剩下一小杯。气人的是，他们骑着马，离目的地还不到两英里，而我还得步行28英里才能到达目的地。"

"后来，我给自己定下一个规矩：不管是步行还是骑马，决不向其他旅行者讨水喝，也决不把水给别人。至少在这方面，我体会到独立的满足感。"

他经常写信回家。刚从诺曼顿出发时，他曾说自己有信心完成这次探险使命，这其实有点虚张声势。现在他一路走来，自信心变得非常强。他在上路几星期后写信给母亲说："您千万别认为我的探险主意是疯狂的，我前几次的旅行经验对我是非常有帮助的。"

为了安抚在季隆对他牵肠挂肚的双亲，他尽量把自己的旅行过程往好里写："我身体棒极了，日子过得非常开心。我的背包里有一条温暖的毛毯、一块大油布、一张轻便的阿散蒂吊床、四双短袜、几条白色的帆布裤、几双鞋子、三条手帕、两件衬衫、几套睡衣裤、两三本书、肥皂、牙刷、一个铁罐、一个一夸脱容量的铁壶和一只小平底锅、一个水袋和少量食物。"他在给母亲的信中说："我一路上走得非常轻松愉快，一觉得饿就宿营，每天都过得非常滋润。早餐时，我通常喝两夸脱茶，吃点牛肉和玉米饼，偶尔还配上一品脱美国干苹果。大约11点时，我就安营扎寨，给自己烧一杯可可茶，美美地品尝一番。午餐我通常吃三道菜：牛肉浓汤、牛肉马铃薯和炖苹果，当然还泡了茶。晚餐基本相同，日子过得可美了。我每到一个城镇，都有许多人跑来看我，好像我是个大猩猩似的。"

实际上，他的旅行比信上说的要艰难得多。在他的日记里，他提到自己中过一次暑。事情的过程是这样的：一天，他请教小镇上的一个人，往160公里外的一座供应站小屋该怎么走。那人给他画了一张路线图。莫理循在日记中写道："我出于好奇保留了这张图。9英里的一段路在图上看起来足有24英里长。就是这图上的一点点不精确之处，给我造成了不必要的焦虑和苦恼。"

第一天晚上我就失眠了，一直担心自己是否走错了路。第二天早上，我赶了35英里路，根本不知道路上是否有水源，也不知道目的地是否有水。我的水袋能装2.5夸脱水，但是那天的天气非常热，到了中午，尽管我几乎没敢用水来润一润嘴唇，水还是都蒸发光了。不过我还得继续赶路，但是到了下午四点半，我累得精疲力竭，一下子垮了下来。我觉得有股莫名其妙的冲动，想把衣服脱个精光。我什么都不盼，只想躺一躺。我在一棵树下搭起了帐篷，一想到不知13英里之内是否有水，我就更渴了，觉得非常痛苦。

整个晚上，我光着身子躺着，舌头都干得缩了起来，全身发烫，头晕眼花。第二天拂晓，我摇摇晃晃地站起来，但不知道该往左还是往右走。我走了一会儿，还是昏昏沉沉的，幸好后来想起来，我已经朝右边的那棵树走了过去；那天晚上，我已确定该怎么走，甚至已尝试过离开现有的路线，另觅蹊径。幸好老天保佑我，让我走对了路。

我头非常晕，每一分钟，路都变得越来越模糊。突然，一大片平地展现在我眼前，尽头之处还有一片树木。希望就在眼前。我来到这片平地，扔下背包，在沙质的河床上来来回回走了好一阵子，觉得非常累，但是河床像撒哈拉大沙漠一样干。

眼前又出现一片平地和一片树木，我先是一阵惊喜，随后又是一阵失望。这条河床比第一条还要干，含沙更多。我绝望了，崩溃了。这当儿，一棵大茶树突然出现在眼前，垂枝条条，树荫下有个美丽的小水塘。我的第一个反应是身心交瘁，立刻歇了下来，在那喝了一天的水。

2月4日，在马塔巴拉附近的马勒卢牧场，莫理循抽空又给母亲写了封信，一点也没提到先前极可能以悲剧告终的经历。"今天是星期天，我休息，"他写道。"我住的地方非常舒适，能有这么一个住处真是我的运气，而且这运气来得有点怪。"

他在牧场附近安下营地，然后到小河边洗衣服，并准备做午饭。这时，一个人骑马跑过来，和他聊了一会儿后，顺便请教他的尊姓大名。"我犹豫了一下说是莫理循。他立刻就认出我来，并告诉我他名叫拉夫，是已故安德鲁牧师的亲戚。谁知道他一聊起来就没完没了，到最后我实在生自己的气，怎么会把名字告诉他。我饿得慌，谢天谢地，他终于离开了。"但是没过多久，莫理循又碰到他。原来拉夫先生离开后就去找牧场主肯尼迪先生。没多久，肯尼迪的管家就送来一封晚宴的邀请信。莫理循高兴地穿上礼服，接受主人的盛情款待。参加晚宴的有牧场主肯尼迪（"一位非常有教养的英国绅士"），还有来牧场做客的大财主查理·费尔贝恩先生。

莫理循本可以愉快地歇上几天，但是他一心想赶路，无论主人怎么盛情挽留都没用。"他们希望我能在这儿逗留一个星期"，莫理循写道："但是我必须明天就走，时间太紧了。"莫理循还没告诉主人，那一天刚好是他的生日。

一路上，莫理循的独立性充分体现出来，而且变得越来越强。他在给《时代报》的文章中，附上了一封洋溢着喜悦心情的短信：

> 在萨戈名达，我补充了大量面粉和牛肉；在以后的75英里行程中，我就绝对用不着依靠任何人了。虽然现在木柴和水都十分充裕，但我已训练自己学会怎样用最少的水过日子。我可以一连走上25英里，嘴唇都用不着润湿一下。
>
> 葵花鸟在太阳下山时会成群结队地去喝水，因此干渴的旅行者只要跟着它们，就一定能找到水源……我安营时总是先摊开油布，点上一堆篝火，再在铁罐里煮咸牛肉，泡好一夸脱茶，再把摊好的玉米饼或烙饼放在扒出来的木炭上烤。

有时旅程似乎会长得没尽头。新南威尔士西部地区是典型的荒漠，景色萧瑟沉闷。莫理循在日记中写道："每一天都过得非常寂寞。我疲惫不堪，虚弱无力，非常需要休息一段时间。但是，在到达威尔坎尼亚之前，我不能停下脚步。"他在威尔坎尼亚打电报回家，再要些钱。两天后，款汇来了，他顿时士气大振，在旅馆里吃喝玩乐两个晚上后，精神振奋，迫不及待地重新踏上征途。他穿过长达数百英里的滨藜地带，才到达长满小桉树、相思树和檀香树的乡村。

"我现在进展神速"，莫理循写道："穿过海伊后，我先后又经过德尼利昆、罗切斯特、埃尔莫尔和希斯科特。在维多利亚州的旅程就像野餐一样愉快。以前经过的许多大牧场面积都非常广阔，通常只有一个牧场主，而且牧场大都用来牧羊。这里则散落着许多农场，一个挨着一个。每个农场上都有整洁优雅的小村舍，堆着一垛垛干草，四周围着大栅栏，一派生机勃勃的景象。"

"农夫们正忙着犁田、翻土和整地。这里丘陵起伏，景色秀丽，土壤肥沃，民风淳朴，令我惊喜万分。"

1883 年 4 月 21 日，莫理循到达墨尔本，离他从澳洲大陆北部边缘地带动身的日子刚好 4 个月。他和其他优秀记者一样，没把一些令人惊讶的小事写在报道的正文中，只让它们出现在脚注中："我在穿越澳大利亚内陆的 1 700 英里的行程中，没有看到一只袋鼠。"

莫理循在《回忆录》中说："我一路上没遇到什么困难就走完了全程，只不过体力消耗一直很大。我的探险活动即使没有别的什么意义，起码可以证实，自 21 年前伯克和威尔斯的探险队遭受灭顶之灾后，内陆的殖民化程度取得了非常大的进步。"

莫理循用 23 天的时间走完了 2 034 英里或 3 254 公里。"他的报道在《时代报》刊出后，举国上下都感到惊讶和敬佩。"许多人写信称赞他，说他具有"大无畏的精神"和"战无不胜的决心"。伦敦《泰晤士报》富有预见性地说："莫理循先生的壮举值得所有探险爱好者钦佩，应当作为一项卓越的徒步旅行成就记载下来。"

然而，并非处处都是赞歌。《时代报》在墨尔本的死对头《卫报》，不但攻击他的徒步探险活动，还对他揭露贩奴船的勇敢行为横加指责。

《卫报》在社论中说："在过去的一段时间里，墨尔本激进舆论的公认典型《时代报》一直不遗余力地攻击昆士兰当局，指责它以玻利尼西亚劳工交易为幌子，支持大规模谋杀和绑架的罪恶勾当。《时代报》主要依据一位年轻绅士的报道来证明自己的观点。这位年轻绅士近来名噪一时。可是他究竟干了什么惊天动地的大事呢？没有！他只不过以流浪者的身份从卡奔塔利亚湾徒步旅行到墨尔本，他的行为不但乖张，而且毫无意义。在此之前，他为了满足自己的冒险欲望，还乘坐劳工船到南太平洋诸岛转了转。"

戴维·赛姆撰文表达对莫理循的支持，还付给他 4 英镑 10 先令的稿费。但更重要的是，莫理循的探险活动促使这位办报人产生一个念头，雇用莫理循从事一些可以和斯坦利的丰功伟绩相媲美的探险活动——从南往北纵穿巴布亚新几内亚。其实，莫理循在前往诺曼顿途中就已开始酝酿这一构想。由于新几内亚当时是新闻报道的热门话题，因此赛姆决定全力推动这一计划，让莫理循负责筹划这一探险活动，并且夸张地任命他为墨尔本《时代报》的特派员。

莫理循虽然当上报社的特派员，好歹有了一官半职，却并没有薪水。不过，他写的报道肯定会有丰厚的稿费。其实，莫理循并不在乎报酬有多少。他在日记中写道："我年轻，没经验，但是我满腔热忱。我不在乎钱，我对前途充满信心。"

当莫理循的探险消息传到《卫报》编辑部时，这个保守派的喉舌不甘落后，也很快宣布了自己的探险计划，任命威廉·阿米特上尉为探险队队长。阿米特自称有科学背景，曾担任过昆士兰警察部队的上尉。其实，这一切都值得怀疑。

挑战书发出来了，没有任何人会比莫理循更愿意面对挑战。经过纵穿澳洲大陆的考验后，他已做好面对任何挑战的准备。

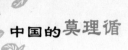
第五章

新几内亚的灾难

对一个年轻的记者来说，去新几内亚探险是一项非常疯狂的计划，而且很容易对他造成致命的伤害。尽管莫理循非常勇敢，耐力很强，意志坚定，但是在赛姆委托他率领新几内亚探险队时，他并没有多大胜算。

他后来在日记中承认，是狂妄自大促使他接受了这一使命。"我不相信自己会失败，于是就不顾朋友们的忠告，贸然承担不适合我的责任。我的探险计划构想拙劣，准备得非常不充分。"

莫理循的计划构想的确拙劣，但是赛姆必须承担更大的责任，因为他毕竟年长，而且较有经验。就莫理循来说，他已经尽其所能，为探索新几内亚这个"最后的神秘世界"（历史学家加文·苏特起的别名）可能遇到的风险做好准备。的确，他就差没请神话人物威廉·布特来帮忙做准备工作了。著名作家伊夫林·沃在他的经典小说《独家新闻》中塑造了威廉·布特这个人物。他深知非洲大陆生活的艰苦，在准备过程中，能在一个下午之内搞到"一个配备齐全的帐篷，三个月的口粮，一艘折叠式划艇，一根带有英国国旗的旗杆，一台手压泵和一套消毒设备，一个星盘，6套热带亚麻服和一顶防水帽，一张野战手术台和一套外科手术器械，一个便携式雪茄盒（确保在红海气候条件下雪茄不会变味），一个圣诞节用的大篮子（附有圣诞老人的服装）和圣诞树台座，一根打蛇用的藤条。"

赛姆很小气，一点也不像《野兽》中的库珀勋爵。刚开始时，他还很慷慨地指示莫理循，为了确保安全和探险的成功，不要吝惜人力和设备。但是，莫理循一报上清单，他就大吃一惊，马上后悔了。他的"特派员"后来获得400磅盐、200磅糖、450磅腊肉、1块熏肋肉、6听肉汁、6瓶泡菜、60磅茶叶、8听咖啡、12听牛奶、12罐李一皮兰公司的沙司、250磅面粉、6听发酵粉、42磅麦片、30磅玉米片、40磅他最爱吃的苹果和12听饼干……印第安战斧、书、文具、大量烟草。莫理循把重达4吨的补给品装在一艘小帆船上，运往出发地莫尔兹比港。

从地图上看，巴布亚新几内亚像只天堂鸟在澳洲大陆上飞翔。越是接近这个神秘的岛屿，莫理循的购物观越实在，越着眼于和土著人打交道。例如，在库克敦，他一次性购买了大量准备和土著人以物易物的商品：81磅珠子、88码布匹、1打放大镜、犹太竖琴、哨子、锉刀、500面镜子、半打口琴、3打挂在表链等下面装相片等用的小金盒、14打小首饰和12打以上屠宰刀！后来，赛姆和他的经理们曾批评莫理循的铺张浪费，不过那只是事后诸葛亮而已。

莫理循在莫尔兹比港教区强行接管了淘金汉留下来的15匹烈马。传教士们都很不高兴，但是莫理循根本不理睬他们。他在给母亲的信中说："劳斯先生的行为使我感到非常恶心。说他愚笨至极，还算是慈悲为怀了。"

在谈到劳斯的同行查默斯时，莫理循的评价是，他比库克敦的治安官圣·乔治更会喝酒，"我想，他造访这里的主要目的是帮助喝教区的烈酒"。

马给他惹了些麻烦，其中一匹拒绝当驮马。莫理循在打回家的电报中说："它到处乱跑，踢翻了行囊，还惊了一匹母马。"莫理循一筹莫展，最后只得用步枪把它射杀了。针对这件事，"喝得醉醺醺的传教士们夸大其词，指责我犯了卑鄙的罪行……甚至威胁要鼓动土著人来反对我。"

他唯一的安慰是拒绝把马借给竞争对手《卫报》探险队。"醉

醺醺的流氓"阿米特担任《卫报》探险队队长，"他曾两次因酗酒和行为不端被政府机构开除"。他在给母亲的信中，谈到更多有关阿米特的丑事："他 35 岁，说起话来唠唠叨叨，令人厌烦得很。他不止两次抛弃妻子，让她自生自灭。他是个欺凌弱小者、牛皮大王和彻头彻尾的骗子。"他还写道："阿米特的弟弟是虚构小说《劳斯船长新几内亚漫游记》的作者。"加文·苏特在他富有创意的著作《新几内亚：最后的神秘世界》中指出，《劳斯船长新几内亚漫游记》早在 8 年前（1875 年）由著名的查普曼和霍尔伦敦出版社出版。这本书当时在全国引起广泛影响，对莫理循的探险念头产生了直接影响。

正如莫理循所说的那样，《劳斯船长新几内亚漫游记》的确是一本虚构小说，不过当时许多人都相信里面所描写的奇人异事。苏特揭露说，在短短的 7 个月时间里，"劳斯船长所发现的东西比任何同时代人都多，其中包括比尼亚加拉瀑布还要大的瀑布和比珠穆朗玛峰还要高 1 000 米的他自己命名的赫拉克勒斯山"。

"他在新几内亚内陆发现的动植物新物种同样令人感到惊讶"，苏特说，"雏菊大如向日葵，蜘蛛像西餐用的大盘，蝎子长 10 英寸（5 厘米）……鹿长着像丝绸般柔滑的长鬃毛，牛长得像美洲野牛一样，巨猿的外貌很难看，但却非常有人性，一棵树的树干竟然粗 84 英尺（32 米），斑猫的块头比印度虎还大，而且斑纹更漂亮"。

虽然人们不会轻信这本书的内容，但是一些心怀叵测的企业家和热心的"冒险家"还是不遗余力地鼓吹他们的投资计划，说什么只要你有决心，新几内亚腹地有无数的珍宝在等着你，这种投资真是一本万利。为了抑制这种投资骗局，英国殖民地办公室曾多次威胁要动用海军封锁前往新几内亚的海上通道，借此抑制唯利是图的英国和昆士兰团体的"移民"计划。

莫理循在莫尔兹比港的老朋友根本帮不了他，因为烈酒早已麻痹了他们的神经。可是，他自己雇的几个帮手也没让他舒心过。他在库克敦雇到他们时，还开心地写信回家说："他们都是治安官圣·乔治极力推荐的好帮手。"可是没多久，一些帮手就原形毕露。他雇了两个白人，一个叫约翰·惠勒·莱昂斯，另一个叫埃德蒙·斯诺，给他们拍了照，还把照片附上说明都寄回家去。"斯诺长得真古怪，个子矮得出奇，上半身比腿长，头似乎比上半身或腿都长。"

斯诺是个探矿者，但是一直到42岁还没勘探到一处矿产的母脉。莫理循说："他自愿追随我，不要一点报酬。相反，莱昂斯才26岁，个头比斯诺高得多，身形瘦长，但很结实，在北部地区是个很有名气的一流垦荒者。"的确，莱昂斯陪莫理循去探险做了很大的牺牲。他原在一个牧场做工，每个月有12英镑进账，还有配套的各种待遇。

后来的经历表明，莫理循能雇上莱昂斯，还真是他的运气。然而，另外两个打下手的却很糟糕。一个是马来人齐尔弗，另一个是塔纳人莱夫利。莫理循后来才发现，齐尔弗是个鸦片鬼，简直是"魔鬼的化身"。莱夫利虽然得到治安官圣·乔治的极力推荐，但却是一个"古怪的家伙"。他们到达新几内亚后，莫理循立即就把他们给辞了，另雇了两个土著人来顶替，一个叫迪克，另一个叫玻松。

接着，他们就加快了准备工作，决心赶在对手《卫报》探险队前头到达新几内亚腹地。值得庆幸的是，《卫报》探险队比他们晚一周才启动探险计划。莫理循在日记中写道："我的电报和报道一定要比他们提前一周在《时代报》和《悉尼先驱晨报》刊出。"莫理循还相信，自己完全有能力击退土著人的进攻。"我们装备精良，足以自卫——3支6膛左轮手枪，一把温彻斯特连发枪，三把斯耐德步枪和两把双管枪。"

莫理循知道，这次深入新几内亚腹地的探险可能要持续很长时间。他为了让母亲放心，还特地打了封电报给她："我将离开几个月，也许一年以上，一定会好好努力，一切准备就绪，一定会成功，别担心危险。运气不错，能找到两个非常优秀的白人帮手。大家对探险都热情高涨，相信一切都没问题，没必要担心。爱您的莫理循于新几内亚。"

实际上，在莫尔兹比港的出发地，发生的一些事情比莫理循对母亲说的要棘手得多。教区里的传教士在马的所有权问题上一直和他争吵,提出各种各样令人恼怒的要求。莫理循忍无可忍,在日记中说:"我不管采取什么手段,都要得到这些马。这里是无法无天的地方。如果圣·乔治先生还是这么死缠烂缠,我真想朝他的脑门上猛揍一拳。"

他预计这次探险要花上整整18个月。"这个棘手问题一定得解决。如果一切顺利,准备工作就大功告成。"他在日记中说:"为了得到这些马,我们采取了法律行动,而且干得非常漂亮。如果我们不采取行动,这些马就会落到《卫报》探险队手中。他们还指望我们会把马归还他们。但是,只要有办法,一匹马也不会还给他们。"

莫理循的所作所为都是为了将来而考虑。"我终于抓住一个能成名的机会。主啊,我一定要好好利用这个机遇。"他像斯坦利一样,估计一开始探险,就得在丛林中转好几个月,难以和外界取得联系;只有走出丛林后,才有可能把成功的喜讯传到文明世界。他说:"赛姆肯定会气急败坏,但是我们所到之处绝对没有通讯工具。"

实际上,赛姆已经非常不安。他的年轻"特派员"还在忙着准备工作时,《卫报》探险队队长阿米特上尉已经朝莫尔兹比港进发,有可能把莫理循彻底打败。赛姆打电报给莫理循,批评说他的沉默是"令人难以理解的",并要求莫理循立即派个"特别信使"给他送封信。

虽说探险队还未出发,但是莫理循已准备得很充分。他雇了20多个男脚夫,大人小孩都有,负责搬运各种物资和装备;新雇的人中还有三个充当营地助手的土著妇女,一个《卫报》探险队的变节者乔治·贝尔夫德和两个欧洲人弗兰克·威尔金森和查默斯先生。查默斯在那地方呆了6年,肚子里装满了各种各样的故事和资料。临行前,还发生了一件事:土著人在帮助他们打点行装时,偷走了一些莫理循用来"易物"的存货。

7月11日上午8点,在流行歌曲《流浪者》的歌声中,探险队开进了丛林。莫理循后来写道:

　　一声出发令下,我们先朝瓦维曼纳山出发,然后转向高达

13 205英尺的欧文·斯坦利山；一路上我们望着高耸入云的山峰，惊叹不已。

我们稍歇了几分钟后，又立即动身，来到一个盆地，走到一片林荫处。所有给我们送行的人不知什么原因都坐在一棵树下。查默斯先生对我说，他们以前出发时，经常在这里抽烟，和大批送行的亲朋好友告别。顺便提一句，好多他的亲朋好友这次也来给我们送行。

这和莫理循通常的行事方式大相径庭，他觉得这是浪费时间，非常恼火。"我自言自语，寻思该怎么办才好。这时，查默斯突然打断了我的思路。"从查默斯口中，他很快就知道为什么要在这里停留。原来，这里的地形和澳洲大陆中部大不一样，探险队得随机应变。"我们来到拉罗基河边，河水已上涨了很多。实际上，没有木筏根本无法过河。"

"我们肚子已饿得咕咕直叫，打了几只袋鼠后，就决定做午餐。"

在英国从来没有煮过这样的家常饭。土著人宰杀袋鼠后，调上香料，和进茶叶和大米，煮成一道他们爱吃的"香喷喷的大杂烩"。但是，莫理循没有被吓住，照吃不误。"喂饱肚子后，我们开始动手扎木筏。干了一个小时后，我们很高兴地看到两个木筏已经漂在水面上。"

这里不存在衣着文明不文明的问题。莫理循写道："我们干活时把衣服都脱光了。先前饿得慌的蚊子，现在一下子都扑过来，饕餮一顿。避蚊的最好办法就是躲到水里去。我们急忙把大家分成两拨，各推一个木筏往水里冲。接着，水中的搏斗开始了。河水湍急，而木筏又非常笨重，难以控制。我们被河水冲下大约40码后，好不容易才靠上了对岸。我们爬上岸，固定好木筏，把东西都搬了下来，然后穿上了文明社会的服装。"

随后，他们爬上一座陡峭的山，来到一个小村庄，并决定在那里安营过夜。但是，运送帐篷的挑夫还远远落在后面，偏偏又下起了倾盆大雨。最终，挑夫赶到，给白人住的帐篷搭起来了。"我们吃了一顿不错的晚餐，犒劳一下自己。饭后，我们舒心地抽起了烟斗，渐渐地忘掉了遇到的麻烦，聊起了这一天辛劳的感觉。今天我们一共才走了16英里，但路是那么难走，山是那么难爬！"

随后的几天更是令人疲惫不堪。莫理循非常恼火，因为几个脚夫偷走了他所携带的一些珍贵的装备，无声无息地消失在丛林之中。

年轻时的莫理循

有时他们一行来到一些小村落，希望能补充些新鲜蔬菜，却发现那里荒无人烟，显然危险正在逼近。

有一次，一个土著男子偷走一把美洲战斧转身就跑，莫理循拔腿就追。突然，那个男子转过身子，把斧头扔了过来，斧头贴着莫理循的腿飞了过去。莫理循赶上去，和他扭打起来。据莱昂斯说，莫理循"朝那土著人的头狠狠地揍了几下"。土著人跑开了。莫理循等他跑过一段距离，估计不会造成严重伤害后，朝他背后"开了几枪"，以示警告。

查默斯在前面带路，却转错了弯，于是他们只得再爬一座山，才能回到预定的路线。莫理循写道，又度过了一个不眠之夜，"主要原因是：跳蚤和蚂蚁又叮又咬。一间小小的房间里有一半堆满了甘薯，中间还生着一堆火。酋长仆人的腿被鳄鱼咬坏了，于是就讨好我，希望我能给他治一治，真烦人。好不容易熬到天亮了，我们连忙出发"。他打算再雇些脚夫来替补途中逃兵的空缺，但是"唯有出大价钱"对他们才有吸引力。他们越是深入腹地，土著人就越多，而且变得越来越大胆，不断对他们发动攻击，抢劫用来"易物的货物"。

这时，斯诺已经辞职，莱昂斯和威尔金森在发高烧。莫理循自己也头疼脑热过，不过已经痊愈。10 月 3 日，莫理循离开营地，带上一些装备和三个带弯刀的土著人，准备在丛林中开出一条通向附近村落的马道。他走了一段路后，发现有 40 个土著人在跟踪他们，其中一些手持长矛，另一些携弓带箭。

突然，土著人发出信号，朝莫理循一行猛冲过来，毫不客气地抢走了许多东西。莫理循怒火冲天，操起步枪，击中了其中一个参加抢劫的土著人。莱昂斯后来写道："莫理循走过来，把他的所作所为告诉了我们，并说他觉得自己像个杀人犯。那天下午，土著人又哭又嚎，纷纷走出周围的住所，聚集在一起。其中一些土著人还从一座大房子旁边的矛架上抽出长矛挥舞着。"

第二天早晨，莱昂斯尽管还在发烧，还是坚持和大伙一块在丛林中跋涉。这时，被莫理循击伤的那个土著人所在部落的酋长来访，发出死亡威胁："那个人快要死了，探险队必须折回。"莫理循根本不理睬他的警告，因为探险活动才开始 38 天。探险队员发现了非常明确的警告记号——在他们的必经之路上放着一对交叉的长矛和一张盾牌，可是莫理循还是拒绝打道回府。

莱昂斯给探险队断后，莫理循在前面开路。莱昂斯在日记中写道："突然间，我听到一声尖叫，紧接着又听到一声枪响。"他急忙从附近的草丛穿过去，发现莫理循"躺在血泊中"，一支矛头嵌在眼睛附近，另一只矛头扎进腹部。莱昂斯非常惊讶："我这辈子见过许多矛伤，但从来没有见过两处矛伤都靠近关键部位，但都不致命。"可是莫理循担心的却不是他的伤势，而是在想："可怜的妈妈，儿子给您添麻烦了。"他另外担心的是："赛姆先生听到我失败的消息后，会说些什么呢？"

莫理循在《回忆录》中说："一支矛头穿进腹腔，另一支刺进右眼窝的鼻梁底部。"

"我被击中的时候，正准备抬脚登上一道高几英尺的土埂。长矛朝我飞来时，出于本能反应，我把头朝后一扬，身体失去了平衡，摔倒在地。若不是刚好摔了一跤，我肯定已一命呜呼……我摔倒后，连忙拔出还挂在眼角的矛头，血立即从鼻腔里涌了出来。"但是，他没能把插在脸部的矛头完全清除干净。

莫理循受伤后，莱昂斯成了探险队的中流砥柱。他在给莫理循母亲的信中描述了随后发生的相当可怕的事情："他开始吐出大血块，其他人似乎都吓死了，根本帮不上忙，只一个劲地催我赶快扔下所有东西，尽快逃命。"虽然莱昂斯还在发烧，但是他坚持必须先卸货，然后把莫理循抬上马背。他先折断第二枝矛杆，但是不敢妄动留在脸上和腹部的矛尖。

只有"疯子"才敢原路返回，于是莱昂斯决定抄近路，穿过荒野，直接返回莫尔兹比港。"最后，我们终于上路了，但是没一会儿，他又下马吐了更多的血。过了一会儿，我们又向前走了一段路，并给他喝了一杯冷开水。喝水时他胃痛得很厉害，我非常担心他是否会就这么撒下我们，魂归天国。"

"我们慢慢地向前走。日落时分，碰到5个土著人，请他们把莫理循放在毛毯里，抬了一段路。探险队里的黑人把其他毛毯都弄丢了，所以那天晚上，莫理循只得躺在毛毯上，身上一点遮盖的东西也没有。我每隔十分钟给他翻一次身。莫理循不论用哪一种姿势躺卧都痛苦不堪，但是他勇敢地忍受着痛苦，毫无怨言。"

第二天，他们进展迅速，但是莱昂斯要去探道开路，只得让威尔金森来照料莫理循。莱昂斯回来时，莫理循对他说，威尔金森显然认为他马上就要断气，因此拒绝到拴在几码外的马背上去为他拿毛毯，结果他整个晚上只能躺在冰冷的泥地上，苦不堪言。后来莱昂斯在给莫理循母亲的信中写道："您可怜的儿子，伤势重得不得了，整整 8 天不能进食，瘦得皮包骨。但是他一直勇敢地坚持着。"

莫理循面部的伤口遭感染，腹部左下方也肿了起来，而且有大片瘀伤，因此他几乎动弹不得，才喝几口咖啡，脸就瘫了。莱昂斯写道："我从没见过比他更能忍受煎熬的人。他竟能骑在马上随队行走，这简直是个奇迹，因为沿途中有些地方陡峭得几乎令人难以置信。"

莫理循一想到已被《卫报》探险队打败，就深陷在羞愧之中。莱昂斯写道："他最担心的是赛姆先生对他的看法。"实际上，阿米特上尉探险队的情况比他们好不了多少。他们开始时进展顺利，阿米特还沾沾自喜，在进入丛林后的第一天晚上写道："我觉得非常开心，心满意足。我的脚正踏在新几内亚的土地上——生物学家的天堂。我在梦中见到天堂鸟。它那如彩虹般色彩绚丽的翅膀和 10 码长的尾巴深深地迷住了我。"他在第一篇新闻快讯中写道："巴布亚人和我们一样都不是野蛮人。实际上，我已开始喜欢巴布亚人。他们是那么善良，但却被妖魔化。"然而，他的探险队很快就被疟疾击垮。阿米特发高烧，"头痛欲裂"，科学考察组的主要成员威廉·登顿教授染上了痢疾。虽然阿米特如此赞扬巴布亚人，可是他们照样抢探险队的补给品。9 月 3 日，也就是莫理循受伤前一个月，阿米特探险队的剩余成员终于挣扎着回到莫尔兹比港。

与此同时，莱昂斯努力振作莫理循的精神："我想方设法鼓励他，希望他能明白他已冒着生命危险来完成赛姆先生交给的任务，任何其他人都无法比他干得更出色，而且赛姆先生一定会明白这一点。"他后来曾代表莫理循，冒昧地给赛姆写了一封信。但是那时候，他唯一的愿望就是把莫理循安全地送回去。到了第 9 天，莫理循的左腿变得"僵屈起来"，脸部也感染得更厉害。

幸好，莫理循开始能吃点流质食物——汤和一些用水润湿的饼干。第 11 天，莱昂斯猎到一两只野鸭，给莫理循做了一碗营养丰富的炖鸭杂碎。弗兰克和其他队员先走，向有关当局汇报莫理循的探险活动已经失败，还委托土著人迪克给莫理循捎了一张便条："我腹泻得厉害，不能骑马，请原谅我不能来接您。我必须告诉您，阿米特的探险也没成功，在病魔的阻挠下，他不得不退回。他对亨特说，如果您因病回到莫尔兹比港，一定要好好照顾您。他曾要求亨特他们去寻找我们，看看是否一切都好……再见，上帝保佑您，我们一定会重聚一堂。代向吉克问好。您真诚的朋友，弗兰克。"

10月15日，莫理循终于躺在毛毯里被抬进莫尔兹比港，矛尖还原封不动地留在眼部和腹部的伤口里。忠心耿耿的莱昂斯深感欣慰，因为他发现他们比任何白人都更深入新几内亚腹地25英里，这在澳大利亚可是前所未有的壮举。他还认为，他们探险队的失败不能归咎于队长莫理循。他在给莫理循母亲丽贝卡·莫理循的信中说："我可以斩钉截铁地说，如果令公子组织的是一支大型探险队，就有可能完成所承担的探险任务。他在这次探险活动中所犯的唯一错误是，他所组织的探险队规模太小。只有一支大型探险队才有可能完成在新几内亚腹地进行探险的任务。"

莱昂斯在信中还不时提到莫理循对母亲的爱："很长一段时间以来，令公子都睡得很少，而且还经常说梦话，提到各种各样的事情，但是我最常听到的是您的名字。他是一位年轻绅士。在澳大利亚这片土地上，所有女士都会以有这样的儿子感到骄傲。他一定会飞黄腾达，对此我深信不疑。我希望他能获得成功，因为他是一位真正的绅士，无论从精神上还是肉体上都适合在任何一个地方旅行。"

"他是一位绅士，慷慨大方，充满人性，没有人会比他更适合率领探险队。我为您儿子所做的事情，任何一个白人都会这样做。其实，我只为他略尽绵薄之力，他根本用不着感谢我。"

但是，莫理循怎么可能不感激涕零呢？当莫理循在和伤痛艰难地进行搏斗时，莱昂斯表现出他的"忠心耿耿"，这一切将永远铭刻在莫理循的心中。

莫理循在莫尔兹比港停留了两个多星期。他的腿瘸得很厉害，嵌在腹腔以及第一与第二根颈椎骨间喉后部的矛杆碎片给他造成很大的痛苦。他要靠麻醉药才能入睡，还得等候有船把他送回墨尔本治疗。最后，他好不容易才搭乘一艘小帆船"洛根骄傲号"前往库克敦，一路上颠簸了一个多星期，还发了一次高烧，吃尽苦头。他的一条腿仍然僵屈着，一个库克敦的医生为了把它弄直，甚至还坐在上面往下压。这种非常规的疗法暂时还有点效果，不过非常痛。他花了3个星期从库克敦乘"瓦里果号"汽船前往墨尔本。离开库克敦5天后，他在擤鼻涕时从鼻腔里擤出一块长约2厘米的碎木屑。30年后，他在《回忆录》中写道："返回墨尔本的航行是我一辈子最不愉快的经历。探险失败了，还带了一身伤，可能还会残废一辈子。我实在不想再谈起这些令人不愉快的日子，甚至彻底销毁了和这趟旅行有关的每一片纸，努力把这不愉快的经历从我的脑海里抹掉。"

后来，《时代报》刊出了几篇没有署名的连载文章，总标题为《莫理循失败的原因》。这些文章可以说是令人困惑的大杂烩，既有编辑乔治·斯蒂芬以第三人称写的报道，也有模仿《使徒行传》的以第一人称写的旅行见闻。据说《使徒行传》的作者圣徒路加也是个医生，一路上也多次不可思议地死里逃生。莫理循对这种类比一点也不觉得有所安慰。到了墨尔本后，著名外科医生菲茨杰拉德通过右鼻腔把嵌在喉部的矛尖木屑拔了出来，整个手术过程没有用氯仿麻醉。在此之前，这块木屑已折磨莫理循整整169天。

所幸的是，莫理循一家和和睦睦，一家人都不断地安慰他，鼓舞他的斗志。那时，季隆学院已办得非常成功。1880年，莫理循父亲在学院西南面买了一小块地，虽然只有养牛场那么大，但是他计划在那里盖起一座学院的体育场。

1876年以后，季隆学院整整20年几乎没有什么变化，但是学院及其第一家庭却已蜚声维多利亚州内外。教堂后面是旧马房、马车房和牛棚。忠心耿耿的管家休·麦凯在马房前面的空地上种了许多菜。那里还有一片小果园，令寄宿生垂涎欲滴；老休斯小心地维护着果园，防止学生把足球踢进果园，伤了他心爱的梨树。

莫理循的姐姐玛丽·爱丽丝已24岁，很快就要喜结连理，对象是希金斯，一位年轻有为的律师，即将出任澳大利亚调解和仲裁委员会主席。他的二弟雷基和莫理循一样，比较爱好医学，作为季隆学院的一流足球运动员，曾为学院立下汗马功劳。1882年，雷基前往爱丁堡学医，他在体育运动方面还是捷报频传——在全苏格兰竞走比赛中，他以超出 200 码的优势大获全胜。在一次板球比赛中，他竟然把球掷到 111 码开外，实在太惊人了。他很快成长为苏格兰的一流橄榄球运动员。

18 岁的诺曼打算去墨尔本大学攻读工程学硕士学位，而且立志继承父业，将来担任季隆学院院长。小弟的理想是当个乡村律师，虽然才 11 岁，但是在体育运动和学习方面已崭露头角，他后来成为季隆足球队和墨尔本大学划船队队员。他听说大哥要回家养伤，高兴得不得了。莫理循的两个妹妹维奥莱特和希尔达（分别是 8 岁和 7 岁）听说大哥要回家，也很激动。

他们都爱莫理循，在他和创伤作斗争的期间，都志愿看护他。但是，莫理循的母亲起了最重要的作用。她一直照顾着他，想方设法使他保持愉快的心情，以高昂的斗志和正在扩散的感染作斗争。他母亲对季隆学院的所有寄宿生都洒下一片爱心。尽管他们常常给她添了许多麻烦，但是她认识所有学生，甚至连他们的名字都记得。不过，眼下她把一切都暂时抛开，专心致志地照料她最心爱的大儿子。

尽管她付出无限心血，莫理循的健康状况依然很差，于是他只得再次求助于菲茨杰拉德医生。菲茨杰拉德医生两次为他切开因矛尖碎片的影响而产生的臀部脓肿。然而，尽管菲茨杰拉德医生绞尽脑汁想找到感染源，结果还是一无所获。他建议莫理循向爱丁堡大学的外科教授约翰·齐恩先生求助。菲茨杰拉德医生还建议说，他就要去英国，莫理循可以跟他一块去。

丽贝卡·莫理循再一次和她的大儿子在墨尔本的一个码头告别。莫理循这个曾试图征服"最后的神秘世界"的年轻探险家，现在瘦得皮包骨头，显得那么憔悴，那么虚弱，带着浑身的伤痛回到他祖先的土地。

第六章

医生的命令

1884 年 3 月 27 日，年方 22 岁的莫理循乘坐"米尔扎布尔号"邮轮前往伦敦。一路上，菲茨杰拉德医生继续给莫理循治疗。他发现莫理循的左臀部有异物，决定在船上动手术。

三个星期后，"米尔扎布尔号"横渡印度洋时，菲茨杰拉德医生用氯仿给他施了麻醉术，切开左臀部，发现一条瘘线直通骨盆，并在那里形成一个大囊肿，里面有木矛碎屑。他打算动个剖腹手术，清除主要病灶。但是，经过再三考量后，他决定暂缓手术，因为当时船上正流行猩红热，再加上缺乏消毒剂，动手术可能会危及患者的生命。

在以后的 6 天时间里，莫理循一直卧床不起。船上大多数乘客都知道他的冒险经历，不断有人来看望他，尤其是崇拜他的年轻女士。大家都想让他高兴起来。

"米尔扎布尔号"沿着苏丹海岸朝苏伊士运河驶去时，那一时代最有戏剧性的一幕正在苏丹荒芜的内陆地区展开。莫理循如果不是伤痛缠身，肯定会很感兴趣。1884 年 1 月，英国政府派遣"中国人"查尔斯·戈登将军到苏丹，指挥埃及军队大撤退，但现在戈登却被自封为马赫迪（伊斯兰的弥赛亚）的穆罕默德·艾哈迈德所指挥的穆斯林军队围困在喀土穆。

戈登是个狂热的福音派信徒，也是个传奇性人物。1860年英国军队攻占北京后，戈登参与洗劫和火烧圆明园，罪行累累。他还恬不知耻地评价自己的劫掠行为："我干得非常出色。"三年后，在太平天国运动期间，他接受清朝政府的委任，出任常胜军统领，在33次战役中击败太平军，创下纪录。为了表示嘉奖，慈禧太后赐他黄马褂（清朝政府的最高军功荣誉）。1884年3月14日，莫理循带着一身伤痛抵达伦敦时，戈登在喀土穆的困境已经通报给当时的英国首相格来斯顿，并在主张强硬政策的英国新闻界引起强烈反应。

莫理循瘸着腿走进奈茨布里奇区的圣乔治医院，但是医生无法减轻他的痛苦。第二个星期，他忍着剧痛来到爱丁堡，并于5月20日住进皇家医院的观察室，求诊于爱丁堡大学著名的外科教授齐恩。

根据菲茨杰拉德医生的诊断，莫理循的左臀部里有异物，但是齐恩教授没能找到。于是，他决定先观察一段时间，看看静养和粗茶淡饭对莫理循的伤势会有什么作用。但是，一连好几天，莫理循的臀部都有一种令人难以忍受的火烧火燎的感觉。他后来在《回忆录》中写道："我的体力大大下降，于是医生才给我动了手术。"

齐恩教授和著名外科医生约瑟夫·贝尔先生一块给莫理循会诊。科南道尔还是个年轻的医学院学生时，曾在爱丁堡和贝尔有过交往，后来他以贝尔为原型，塑造了神探夏洛克·福尔摩斯形象。齐恩终于决定给莫理循动手术了，贝尔表示支持，不过觉得晚了一些。齐恩在给莫理循动手术时，贝尔给他当助手，还有16个外科医生在一旁观摩。齐恩在莫理循的腹部切一道口子，从中取出一块锥形碎木屑，长约3英寸，直径约1/4英寸。这块木屑在莫理循体内已整整折磨了他260天。他在给母亲的信中说："碎木屑大约有您的中指大……我能回到故乡治疗，的确非常幸运。如果我还留在维多利亚州，谁能通过手术取出那些该死的碎木屑呢？"莫理循开始和他双亲一样，把英国称作"故乡"。

这块矛头碎片后来收藏在爱丁堡大学医学院的博物馆里。一个月后，莫理循出院时已能自己行走，只不过走起路来像甲板上的水手一样摇摇晃晃。新年到来时，他的两处矛伤已全部康复。

新几内亚的"惨败"所带来的屈辱一直折磨着他，成为他心中永远抹不去的伤痛，一辈子锥心刺骨地提醒他能力上的局限。莫理循觉得自己在新闻事业上很失败，于是他做出一个重大决定，想避开新闻业，走一条新的人生道路。其实，这条路已经明明白白地摆在他的面前——听从父亲的劝告，从事一个有身份地位、受人尊敬的职业。1885年1月6日，莫理循回到爱丁堡大学医学院，继续攻读学位。

莫理循住在爱丁堡马奇蒙特路6号，整天忙着上课，奋发读书。他在《回忆录》中写道："毫无疑问，我在刻苦攻读。"但实际上，新几内亚探险的噩梦并没能减弱他对新闻事业的钟情："我渴望能尽早完成学业，环球旅行一番。"

莫理循每天读报，尤其是《泰晤士报》，密切注视英国政府从喀土穆解救"中国人"戈登的动向。1884年8月，英国首相格来斯顿决定派加尼特·沃尔斯利将军前往增援。沃尔斯利率领军沿尼罗河而上，驰援1 350公里，终于在1885年1月28日杀到喀土穆。但为时已晚，两天前喀土穆已被攻陷，戈登的头颅已是马赫迪的囊中战利品。

《泰晤士报》当时登出许多有关喀土穆战役的报道，其中有驻开罗记者莫伯利·贝尔的杰作。贝尔是个聪明而又仁慈的记者，后来对莫理循的生涯产生了深远的影响。与此同时，莫理循开始磨练自己的报道技巧。他收集了一些教师的照片，对他们进行描述：产科学教授亚历山大·拉塞尔·辛普生是个"虔诚的骗子"，但是内科学讲师约翰·怀利是"苏格兰最好的内科医生"。

莫理循烟酒不沾，衣着追求舒适，不讲究时髦，经常身穿没有浆洗的翻领衬衫和剪裁宽松的斜纹软呢服。但是，从他写给其他同学的信中可以看出，他对异性还是非常关注的。他曾给同学牛顿写过一封信，坦诚自己的情感纠葛。牛顿回信说："听说您对那段情还念念不忘，深感遗憾。您一定还记得那个要您地址的女人，千万记住在和她交往过程中所得到的经验教训，不要再上迷人女妖的当了。"莫理循有时会吹嘘自己征服"小情人"或"妓女"的风流韵事。他的同学赫顿给他写了一封信，羡慕地说："一个晚上和三个女人寻欢作乐，您也太贪婪了吧。上帝未免太眷顾您了，竟给了您三个女人。"

莫理循一心想快点拿到学位，他在医学院中感觉度日如年。经过两年半的紧张学习，1887年（维多利亚女王登基50年庆）8月1日他终于如愿以偿，当时他才25岁。他的考官对他的评语是："他的内外科知识都很广泛，而且很准确。他的能力很强，不但精通自己的专业，而且阅读面很广，是个很有教养的人。在我所认识的人中，值得我如此大力推荐的可谓凤毛麟角，会使我深信其成功的也寥寥无几。"

齐恩教授为莫理循写了一封推荐信，回忆莫理循带着矛伤的剧痛来求诊的过程，以及他们在观察室第一次见面时的情景，其殷切希望溢于言表："您带着知识和能力从这里迈上征途，定能大展宏图。"

莫理循毕业后，立即迫不及待地告别了苏格兰，花6英镑在"爱尔兰号"上买了张铺位，口袋里揣着15英镑、一张移民证书和一张给未来雇主准备的崭新的医学院毕业证书，沿着许多苏格兰移民的光辉道路，前往纽芬兰的圣约翰。

莫理循和其他三个人共居一舱，但是他觉得："要比坐统舱好得多。"其中一个是格拉斯哥的猪肉香肠制造商。他"一直为自己这一行业的秘密而沾沾自喜"，偷偷地向莫理循透露，怎样用一磅好猪肉为佐料，经巧妙配制，让40磅劣质肉加工成的香肠都有猪肉香肠的口味。他就靠这点技巧，年利润多年来都达700英镑。现在他想用这些非法所得买一座大农场。

莫理循在加拿大没呆多久，同年9月他南行到美国的费城。那里沉浸在节日的气氛中，原来他刚好赶上美国宪法百年大典。他在栗树街看见菲利普·谢里顿将军骑马行进在受检阅部队的前头，还在宪法礼堂聆听了克利夫兰总统发表的激动人心的演讲。

但是，美国民主制度的瑰丽色彩并没能留住莫理循，因为他是大英帝国最忠诚的臣民。他是一个喜欢四处漂泊的年轻人，口袋里揣着对他来说没有什么用途的医学院毕业证书，而自己满腔激情想要从事的事业却偏偏把他拒之门外，于是他只得漫无目的地游荡。一天，他在河边散步时，看见一艘汽船正卸下从牙买加运来的香蕉。他一时心血来潮，决定乘这艘船去加勒比海地区。他的目的地是牙买加南部的首都金斯敦，没想到却在北部的圣安湾上了岸，顿觉心慌意乱。他买船票花了 30 美元，辗转到金斯敦时，几乎一文不剩。他承认牙买加比他想象的要大得多。

他在杜克街 54 号租了间房，想找份医生的工作干，但却四处碰壁。绝望之中，他前往爱沃顿，求助一个叫弗兰克·兰特的本地医生。"这位绅士很慷慨，心眼好得不得了"，莫理循写道。兰特对他说，找工作纯粹是浪费时间，因为根本没有空缺。他建议莫理循离开牙买加，还借给他一些钱，足够他在离开牙买加前浏览一下当地风光。莫理循先是步行到福尔茅斯，然后绕着海岸走到蒙特果湾。一路上，他不断遭到嘲笑。有人对他说，白人在牙买加徒步旅行是"对万能上帝的侮辱"。

莫理循发现，身强力壮的人在牙买加可以应聘到巴拿马运河和哥斯达黎加铁路部门工作。他虽说是个专业人才，却一再被拒绝。"每一次去面试，得到的都是千篇一律的答复。我终于明白，如果我会说西班牙语，就有可能找到工作，"莫理循写道，"这似乎十分荒谬，但是我觉得这是主在指引我去西班牙。"莫理循记得，在澳大利亚南部科克图威尔士时，一个低级酒吧的店主曾给他讲过许多有关西班牙古代辉煌的故事。"我决定去西班牙，这一念头一直萦绕心头，挥之不去。"

阿特拉斯轮船公司在金斯敦的经纪人佩普罗·福尔伍德船长答应莫理循可以免费搭乘他公司的货船去纽约，条件是他得临时充当"阿尔卑斯山号"香蕉船的出纳助理。这完全是天意。

1887 年 11 月 4 日，莫理循从纽约上了岸。天气非常冷，可是他还穿着热带服装，炫耀着在加勒比海晒的黝黑皮肤，反差很大。他的经济状况非常窘迫，口袋里只剩下 7.13 美元，只能在 19 街西 203 号租了一间小阁楼，周租两美元，还得预付租金。"我为了取暖，不关瓦斯灯，可是第二天这小诡计就行不通了。女房东严厉地对我说，周租只两美元的房客必须在九点就关掉瓦斯灯。我觉得更冷了。"

莫理循又申请了几份工作，可是都没成功。为了能保住那可怜的小阁楼，他把随身物品当个精光。羊毛夹克衫是他的第一件典当品，"那是我唯一可保暖的衣服"。当铺在鲍威利街 171 号。典当商辛普森开价 1 美元，莫理循表示同意。可是后来他仔细一看，发现身长和袖长有点不成比例，就把价格降到 75 美分，莫理循也只得乖乖接受。"太抠门了，"莫理循写道，"但我别无选择。"接着他靠典当外科小手术盒的钱又熬了几天，隔天才能吃上一顿有点像样的饭：在鲍威利街的约翰牛排店花 10 美分吃顿猪肉和马铃薯。

莫理循在纽约苦熬了 24 天后，决定放弃这该死的地方，回到苏格兰。一文不名的经济拮据严重局限了他的视野，有可能导致他终身对贫穷和饥寒交迫的恐惧感。

幸好碰上一个叫乔纳尔·克罗尔的好心人。他发现莫理循的经济状况的确非常窘迫，就帮助他乘坐安克尔轮船公司的"埃塞俄比亚号"前往格拉斯哥。克罗尔向轮船公司保证，如果莫理循到达目的地后仍付不起 30 美元船票，就由他出这笔钱。

在纽约的最后一个晚上，莫理循到位于鲍威利街和唐人街之间的卡西迪酒吧消遣，和酒吧经理亚瑟·奥顿聊了好久。奥顿是来自澳大利亚沃加沃加的小贩，是著名的蒂克本诉讼案的原告。他自称是罗杰·蒂克本爵士失踪已久的继承人。但是，莫理循嘲笑他的诉讼要求，后来在给母亲的信中称他是头"吃饱撑的小公牛"。

莫理循回到爱丁堡后，想去西班牙的愿望变得比以往任何时候都更强烈。他听说英国控制的黑廷多铜矿高级医务官麦凯博士正在访问爱丁堡，就冒昧地找上门去，出示相关证书，陈述自己以前的经历，表达要去西班牙工作的强烈愿望。

麦凯博士深表同情，建议莫理循向黑廷多矿提出正式申请。莫理循还在等候回音时，失望地听说麦凯突然奉召回西班牙。他在斯凯岛当了一阵子临时医生，后来又拒绝到一艘北极捕鲸船当医生的邀请，原因正如他所写的那样："西班牙迷住了我。"他在绝望之中突然接到麦凯的一封电报："手续已办妥。学西班牙语。麦凯。"莫理循被任命为黑廷多矿的助理外科医生，见习期 6 个月；待遇是月薪 20 英镑，免费提供住房和马。

1888 年 5 月 8 日，莫理循乘坐一艘从加的夫到西班牙南部加的斯湾的轮船，中途在黑廷多矿的港口韦尔瓦上岸。莫理循很快就发现，"西班牙的古代辉煌"实在是盛名之下，其实难副，只有拉一拉比达修道院还是那么绚丽多彩。哥伦布在准备划时代的美洲之旅时，曾到那里寻求过帮助。"附近还住着许多当年和他一起出航的水手的直系亲属，"莫理循写道，"我可以毫不夸口地说，新世界发现者的直系亲属现在都在我的仁爱照顾之下。"

莫理循和 8 个西班牙医生、3 个英国医生一起负责 9 500 个矿工及其家属的医疗保健工作。他在给母亲的信中说："我会成为一个非常优秀的外科医生。给患者截肢必须沉着冷静，这种感觉真奇妙。"三个月后，麦凯辞职，莫理循接替他的位置，被聘为高级医疗官，年薪 400 英镑。但是，提职加薪并没能改变他对黑廷多的坏印象："这里是被上帝遗忘的角落。煅烧铜矿石所产生的硫磺烟熏毁了方圆数英里土地。"

他的工作时间很长。值得高兴的是，闲暇之余，一个叫佩皮塔的西班牙姑娘疯狂地爱上了他，常来和他做伴，陪他跳舞。但是，莫理循觉得黑廷多的生活很艰苦，不打算长期呆下去，也不想结婚。

莫理循写道："我和西班牙人的关系很融洽，没有任何磕磕碰碰。"不过，他有时也会遇到一些麻烦。有一次，莫理循施展浑身解数才免遭被刺伤。那天，他从市区返回医院，途中赶上一群西班牙男子，其中一个手里提着一个山羊皮酒囊。莫理循经过他们身边时，其中一名男子指着酒囊问："先生，尝一口怎么样？"

莫理循婉言谢绝。走了一段路后，他发现那名男子大步流星赶了上来，并大声问他："先生，尝一口怎么样？"莫理循再次回答："不，谢谢。"他正打算继续赶路，那个人第三次问："先生，尝一口怎么样？"他的话音刚落，莫理循就觉得有东西刺在腿上。

"我飞快地转过身子，发现那个人正用剑指着我。我的第一个反应是拔出随身携带的手枪。"莫理循后来在《回忆录》中这样写道。但是，他最终还是彬彬有礼地指着医院说："先生，我是那家

医院的医生，正赶去给您的同胞治病。难道您愿意我喝得醉醺醺地去给他们看病吗？"莫理循的声调是那么不紧不慢，好像在对集会中的听众发表演说。那群男子异口同声地说："这位先生说得对。"莫理循毫发无损地继续赶路，其中几个男子还对莫理循说："晚安，上帝与您同在。"

莫理循与黑廷多管理层的关系并不融洽，和经理威廉·里奇还有过几次口角。1889 年，他们之间的关系紧张到极点。莫理循发现，药剂部有严重的欺诈行为，每年涉及的金额高达数千英镑，于是将此事向公司汇报。令人吃惊的是，里奇给他写了一封信，表示"极其不赞同"他在报告中的措辞。莫理循受够了管理层官员的气，立马辞职。他后来写道："我所揭发的欺诈现象和公司的其他欺诈现象相比，似乎微不足道。"

佩皮塔因莫理循的即将离去而伤心欲绝，恳求莫理循能让她陪伴左右。她在一封情书中说"您是我的欢乐、安慰和生命"。虽然莫理循承认自己爱佩皮塔，但是不打算带她走。

莫理循在整理行装时，列了一份自己的财产清单：黑廷多矿欠他工资 65 英镑 4 先令 6 便士，家具值 4 英镑 13 先令，银行存款为 187 英镑 2 先令 11 便士，口袋里有现金 7 英镑 12 先令 2.5 便士。1889 年 11 月 9 日，莫理循离开黑廷多前往加的斯，在那里他还收到佩皮塔寄来的一封用紫墨水写的信："您的离开所激起的爱和激情使我时时刻刻都在思念您。爱使我丧失了理智，一心只想着怎样给您带来欢乐，而把其余一切都抛到九霄云外。"但是莫理循在她的视野中彻底消失了，踏上了前往非洲的旅途。直到 23 年以后，莫理循才找到他真正的生活伴侣。

第七章

希望在东方

1884 年 5 月，当莫理循拖着半残的病躯来到英国时，还不知道自己是否会终身残疾。现在他是一个堂堂男子汉，身材魁梧，思想成熟，和那些缺乏毅力和勇敢气质的同时代人相比，他完全鹤立鸡群。他英俊潇洒，举止高雅，宽宏大量，性格迷人。他无论走到哪里，总能轻而易举地和他人交上朋友。但是，他通常宁愿独自旅行，因为他喜欢单独旅行所能感受到的自由感——充分满足他天生的猎取新闻的自由。

莫理循从加的斯出发，渡过直布罗陀海峡，来到丹吉尔。作为一个英国臣民，他在那里受到热烈欢迎。英国是摩洛哥最大的贸易伙伴，英国皇家海军在直布罗陀海峡巡逻，对摩洛哥的敌人法国和西班牙起威慑作用。莫理循希望能访问摩洛哥的内陆地区，但没有任何头绪。一天，莫理循来到一家药店，碰到一个名叫尼古拉斯·达索的药剂师。达索是希腊人，英语说得非常流利。达索第二天早晨要动身去非斯，正在准备行装，忙得团团转。莫理循激动地说，他一直想去看看这座历史名城。

"那您就和我一块去吧，"药剂师说。"您会有一头骡子，我们先去瓦赞，给酋长患病的儿子看病，然后再去非斯。"

"行，就这么定了！"莫理循说。

　　第二天上午，莫理循往旅行袋里装上几件干净的换洗衣服、望远镜、外科小手术盒和 3 英镑 15 先令，准备跟随达索的队伍出发。同行的人中还包括苏丹卫队的一名士兵、一个犹太仆人和 5 个摩尔人。出发前，达索把莫理循引见给瓦赞的酋长。莫理循写道："摩洛哥的酋长就像美国的上校或者昆士兰的上尉一样普通。"他们是柏柏尔人的首领或者阿拉伯家族的族长，自称是先知的直系后裔。

　　然而，瓦赞的酋长可非比寻常。他是摩洛哥伊斯兰教的精神领袖，是个万徒顶礼膜拜的圣者。他妻妾无数，包括一个叫艾米丽·基恩的英国女子。达索最近刚治好酋长患了好久的一种病，现在要去给他儿子治病。

　　达索的小小骡队顶着烈日，一路颠颠簸簸朝摩洛哥内陆进发。莫理循从交谈中获悉，达索多才多艺，语言也很有天赋，能说阿拉伯语和其他十几种语言。莫理循写道："他擅长的手术是给被鸡奸的人修补破裂的肛门。"

　　他们到达瓦赞（现在的沃赞）后，达索把莫理循引见给酋长的儿子（也是个圣者），并邀请他负责动手术。酋长的儿子腰上长了个大脓肿，行动不便，备受折磨。莫理循为他切开脓肿，排出脓血。"他的痛苦立即大为减轻"，莫理循写道，"这种手术对我们来说是小菜一碟。有趣的是，听到圣者病情减轻的消息后，举城欢腾。"

　　酋长的儿子为了表达谢意，邀请莫理循和达索去做客。"我住在酋长的豪华住宅里，在自然景观保留地上跑步，还猎了几次山鹑，"莫理循写道。他想探究伊斯兰闺房的神秘之处，遗憾的是，酋长的儿子虽然已 35 岁，却无男子汉大丈夫气质，对女性不感兴趣。12 月 25 日，莫理循和达索在那里过圣诞节，吃的是自己储备的罐装剑桥牌香肠，喝的是葡萄酒。

　　他们一行离开瓦赞后，来到非斯——摩洛哥古代政治、文化和贸易中心。他们拜访了苏丹穆莱·哈桑的宫殿。"据说，苏丹所生的儿女都必须详细记录在档。"莫理循写道，"他每年至少生 100 个孩子。"

　　莫理循还是个快乐的单身汉。性病在摩洛哥宫廷泛滥成灾，其他健康问题也不少。"痔疮是最常见的疾病，给女性患者造成极大的痛苦，"莫理循写道，"她们骄奢淫逸……惯于饮食过度……所有这一切都促使她们患上痔疮——一种女性本不易患的疾病。"

莫理循在非斯遇到摩洛哥陆军总司令哈里·麦克莱恩（英国雇佣军）。他对莫理循说，战俘只面临两种选择：要么给苏丹当奴仆，要么被砍头。他曾亲眼看见 11 个叛乱分子被一一砍头。一名士兵用一把锋利的弯刀先切断叛乱者的喉咙，然后切断上颈椎，把头扭下来扔进布袋。苏丹的的确确按人头给士兵付钱。

莫理循在非斯和达索分手后，回到巴巴里海岸。他在旅程中没有携带任何武器，显然一点也不担心会遇到强盗。从丹吉尔横渡海峡到直布罗陀后，他"从半岛的一端走到另一端"，一连几个月陶醉在西班牙的奇光异彩之中。他在信中对母亲说，马德里是一座非常漂亮的城市，"季隆和她相比，简直不堪一提"。他的住宿费为每天 3 先令 7 便士，其中包括早晨提供的巧克力。他还参观了普拉多美术馆，欣赏里面收藏的西班牙艺术精品。最后他来到韦尔瓦，从那里乘船前往英国。

他在伦敦没呆多久就决定去巴黎的萨彼里埃医院，在查克特教授指导下做研究工作。"不巧的是，我去医院的那一天，查克特教授刚好不在，"莫理循后来写道，"但是我的确去过巴黎，想在萨彼里埃医院从事研究工作。"

莫理循在巴黎闲逛了好几个星期，爱上一个叫诺丽的年轻法国女郎。她花光了莫理循在黑廷多所攒下的钱，然后一脚踹了莫理循，转而缠上一个餐厅侍者。莫理循郁郁寡欢，决定回到澳大利亚，于是预订了一张到墨尔本的船票，可是由于囊中羞涩，只得暂欠船资 63 英镑，发誓到达目的地后一定如数奉还。1890 年 12 月 3 日，莫理循回到墨尔本，从家中借钱还了船资。他离开澳大利亚 5 年 8 个月，回到故土时全部家当只有口袋中的 7 个法郎。

莫理循和家人一起庆祝他的 29 岁生日。母亲希望莫理循能在附近找个工作安定下来。一天，她看到一则广告，获悉巴拉腊特市立医院需要一名住院外科医生，月薪 31 英镑 3 先令 4 便士，连忙告诉了莫理循。"从某种含义上来说，这是澳大利亚最令人向往的医院，"莫理循写道，"这是座迷人的城市，气候很宜人，而且院方开出的薪俸也颇丰厚。"莫理循决定去巴拉腊特参加由医院管理委员会举行的面试，而且打算先去拜访委员会中最咄咄逼人的成员乔治·史密斯先生。

"您就是那个步行穿越澳大利亚的年轻人吗？"史密斯问。

莫理循给了肯定的回答。

"我们都很钦佩您的勇气和胆识，"史密斯说，"我想，聘用您肯定没错。"

莫理循参加了管理委员会举行的正式面试，并于1891年4月21日受聘。"管理委员会在考核我时，不但注意普通医学知识，还考虑其他因素，"莫理循写道，"医院对我的聘用引起了新闻界的关注。一些报道大肆渲染我在巴黎萨彼里埃医院从事研究工作的经历，还对我背着行囊穿越澳大利亚的探险活动大肆吹捧。"

"这个最吸引人的医生职位"很快就变得糟透了。医院赤字3 290英镑，面临破产边缘，只得决定裁掉一些护理人员。莫理循则表示坚决反对院方的计划，认为这会降低医院的工作效率。他还提出一项妥协性方案，同意减薪百分之五，并在病人和员工的鱼和禽类营养预算中每年减少24英镑，尽管他们的伙食费只有人均每天6便士。

他还建议采取一些激进的治疗措施。例如，为了减少感染的风险，把伤寒患者完全隔离起来，杜绝他们和访客以及其他患者的接触。巴拉腊特《信使报》支持莫理循的建议："伤寒患者的亲朋好友被完全拒于伤寒病房之外时，肯定会牢骚满腹，焦虑不安。但是住院医生莫理循和他所带领的护理团队都坚信，结果必然能证实这一措施的正确性。他们有理由这么自信，因为他的护理团队人员个个精明能干，工作起来卓有成效。"

莫理循和委员会之间的关系进一步恶化时，他就以署名和匿名的方式，给新闻界写了许多信，诉说自己的委屈。这么一来，他们的关系更加紧张了。结果，委员会于1892年2月通知莫理循，他已被解聘。但是莫理循拒绝离职，一直抗争到1892年4月21日才离开医院。那一天正好是他受聘两周年的纪念日。莫理循在《回忆录》中没有提到这一段令人不愉快的经历，只轻描淡写地说："我在巴拉腊特工作了两年，而后又另谋出路。"莫理循之所以不把这段经历写进他的《回忆录》，可能是因为他受到的伤害太大了，尽管他的所作所为都是为了患者和其他员工，没有任何不对之处。

莫理循在巴拉腊特的经历更坚定了他不愿意留在澳大利亚的决心，从此他再也没有在澳大利亚找过工作，即使薪金丰厚也不屑一顾。他乘"太原号"前往香港，接着又去了新加坡。他深信自己精通西班牙语，还持有西班牙有关当局颁发的行医证书，一定能找到工作。但是他错了，没有工作在等着他，于是他只得回到香港。

正是在这种情况下，莫理循决定去中国碰碰运气。正是这一决定使他的命运发生根本性变化，使他成为那一时代最著名的澳大利亚人。"我沿着海岸北上，先到上海，而后又到天津和北京。"莫理循在《回忆录》中写道。他提到的这三个地方和他的名字永远联系在一起。

1644～1911 年，中国是大清王朝的天下。满族人骁勇善战，从满洲挥军南下，经过无数征战，横扫全中国，推翻了明朝，掌握了政权。满族掌权以后，起用一些汉臣掌管重要政府部门。清朝是一个专制政府，所有被征服民族的男子都得剃头留辫，作为臣服的象征。

满族有自己的语言和传统，例如，满族妇女和汉族妇女不一样，按规定不准缠脚。为了保证对中国的完全控制，满族人保留了对军队的绝对控制权，在仕途上享有许多特权。例如，清代取士沿承明制，实行科举制度。旗人虽亦需参加科考，但却可以直接进入第二轮考试——乡试（考举人）。

在大清朝近 300 年的统治时期，满族人普遍受到儒家学说的影响。在莫理循那个年代，中国大约有 500 万满族人（汉人有 3 亿 5千万），满人变得不那么尚武，而是更加平和；在生活上变得懒懒散散，贪图享受。大清天子光绪皇帝在 1875 年入承大统，但是他在位期间，慈禧太后长期垂帘听政，掌握实权。慈禧太后，叶赫那拉氏，满洲镶蓝旗人，父亲是吏部的一个八品小官。咸丰二年，她以秀女被选入宫，封兰贵人，因得咸丰皇帝宠幸，被进封为懿嫔。

咸丰六年，22 岁的那拉氏生子载淳，母以子贵，由懿嫔升为懿妃，第二年又升为懿贵妃。慈禧身高大约 5 英尺，黑发，梳的是髻式发型，无名指和小拇指上分别套着长 4 英寸的护甲片保护指甲。咸丰十一年（1861 年）七月，咸丰皇帝去世，他的儿子载淳继位的时候，慈禧与皇后同时被尊为皇太后，实行垂帘听政。30 年后，她仍然掌控着大清国，像美洲蜘蛛黑寡妇一样令人畏惧，在权力中心时刻保持着警觉，任何对她权力的触动她都很敏感，随时准备攻击。

从远处看，北京像一颗五彩缤纷的宝石镶嵌在织锦挂毯中，北面和西面环绕着青翠小山。但是，自然景观的美具有欺骗性。北京的大街肮脏凌乱，北京人衣衫褴褛，甚至连满人美丽的旗袍和马褂也没收拾干净。在外国人眼里，弊病像瘟疫一样流行，北京是大清帝国衰败的缩影。

莫理循发现，基督教传教士工作很努力，一心要把异教徒从地狱的折磨中解救出来。1893 年 9 月 15 日，莫理循在给母亲的信中描述了他对中国内地会的一次访问：

> 我和传教士们一起度过许多充满祝福的时光，您听后一定会很高兴。例如，今天 7 点醒来，7：30 吃早饭，饭前有感恩祷告，饭后祈祷 20 分钟，包括唱赞美诗、读圣经和祷告。然后到医院去。门诊室里，一大群肮脏的中国病人受圣灵感动后跪在地上，牧师正在给他们传福音。然后吃午饭，饭前有感恩祷告，饭后有特别祈祷会，对象是中国七大教区中的一个。午茶前有感恩祈祷，午茶后也有特别祈祷会，祈求上帝让所有一神教派信徒改变信仰。然后和牧师共进晚餐，同样也有饭前的感恩祈祷。晚上有听圣歌、唱赞美诗等活动。牧师的姐姐还给大家讲了她怎样使一个船长归入主的名下的心路历程。接着是家庭祷告会，然后回家，否则还会有更多的活动。一天忙碌了10 个小时，唱了 26 首圣歌，其中 25 首唱走了调，祷告了 17次，用最感人的言词为全世界不信主的人祷告，希望他们能归入主的名下。我正努力弥补失去的时间。

莫理循在北京期间，最得意的一次经历是亲眼看到郁郁寡欢的大清皇帝光绪。他躲在英国公使馆的小礼拜堂里，看到光绪皇帝及其扈从从西山重建后的颐和园返回紫禁城。他很想偷偷地跟在后面，从宏伟的天安门混进紫禁城。可惜御林军戒备森严，只得作罢。

光绪皇帝后来从午门进入紫禁城。太和殿（金銮殿）坐北朝南，皇帝的蟠龙宝座就在里面，是九五之尊的天子之位。紫禁城的正北方是景山公园（皇帝的御花园），里面有座人工堆成的小山，其作用是防止来自北方的邪气侵犯龙体。皇帝只有在天坛祭祀皇天、祈五谷丰登时才会朝北而立，因为那时他自己是个祭拜者，要对上苍顶礼膜拜。

莫理循对清朝的所有服饰都很好奇，但是他并没有因此而逗留很长时间。他回到上海后，把他的靴子、帽子和袜子典当了 2 先令，然后东渡日本。"在日本时，我的大部分时间都在神户的海员收容所中度过，那是我住过的最便宜的地方"，莫理循写道，"那家收容所经理是个年高德劭的英国人，自称曾在吉利扬瓦拉战役中打过战。"[1]

和不幸而又墨守成规的中国不一样的日本，迅速发展成为能与西方列强匹敌的现代化国家。才华横溢的明治天皇于 1868 年发动了明治维新这场革命性改革，吸收西方国家的优点和长处，并加以改造，使其能适合日本国情。

这个英国老人滔滔不绝地叙述吉利扬瓦拉战役的情况，很显然，他在这次战役中表现得非常突出。莫理循草草地记下他的陈述，突然冒出一个念头，打算穿过中国到缅甸去，写一本冒险游记。然而，首先他必须回到中国，筹集足够的款项，才能完成这次雄心勃勃的跨大陆的冒险。

"我在日本时手头非常拮据"，莫理循写道，"在神户时把望远

---

[1] 吉利扬瓦拉战役发生在 1849 年第二次锡克战争中。英军在丛林中遭锡克军伏击，伤亡 2 300 余人，在此战役中惨遭失败。

镜卖了 12 美元，如实地给澳大利亚的一个朋友写了封信，告诉他我是靠卖衬衫饰纽的钱从横滨来到神户，现在要靠卖望远镜的钱度日，可能还得卖掉外科小手术盒才有路费回到上海。后来果真如此。"他在写给母亲的信中说："这趟来日本的代价太大了。我可能要两手空空回到上海。我闲暇之余收藏的书可以卖一笔钱，但我不打算这么做。"

他回到上海时口袋里只剩 15 先令，手帕和雨伞在旅途中被小偷摸走。他打电报回家，要求速汇 30 英镑，以解燃眉之急。他把母亲汇来的 40 英镑兑换成 362 美元，还给她写了一封感谢信："我不会欠债不还，您寄给我的每一便士我归还时都会奉上 5％ 的利息。"

然后，他拿出一张中国地图，开始规划从东到西横穿中国的长途旅行。

第八章

愉快的旅程

　　1894 年 2 月的第一个星期，我从日本回到上海，打算沿长江而上，先到重庆，然后悄悄地穿过中国西部、掸邦、克钦山脉来到缅甸。以下叙述会告诉你，这一趟旅行是多么容易和愉快。然而，这在几年前却匪夷所思。

　　这就是一本不朽的英文版游记的开篇语。从这几句话就可以看出莫理循的典型写作风格——直截了当的开宗明义和饶有风趣的小讽刺，语调欢快，意味深长。这趟旅行可以说是空前的壮举，沿途的一些地形非常有挑战性，一些地区盗贼横行，无法无天。在长达 4 800 公里的旅途中，有一半行程旅行者不可能得到任何帮助。而且，正如莫理循所说的，这位旅行者有些与众不同："他不会说中国话，却偏偏不带翻译。他要孤身一人闯荡数千英里，却不携带任何武器。他的心中洋溢着对中国人的绝对信任之情。"

　　这最后一句话才是他旅行取得圆满成功的关键所在。这趟旅行的重大意义在于它驳斥了那一时代压倒性的官方观点——中国人不像欧洲人那样充满人性和博爱。在那一时代，每一个澳大利亚政党都认为白澳政策是对抗亚洲"黄种人"入侵的坚强堡垒；欧美的殖民主义被美化为给野蛮的中国人带来文明的正义使命。

对莫理循来说，重要的是必须像普通人那样旅行，才能体察真正的中国。在旅行的头一阶段，他身着中式冬装长袍马褂，脚穿便鞋，丝绸瓜皮小帽下拖着一条假辫子，胳肢窝下还夹了一把看起来不伦不类的雨伞。也许他这么打扮是为了表示对大清皇帝忠心耿耿，让沿途的官府衙门对他有所照应。当然，他乔装打扮的目的不在于此。无论他走到哪里，当地人都对这个高大魁梧、金发碧眼的陌生人表现出极大的好奇心，深感惊讶。

他的另一个使命就是揭露传教士的无能。虽然他们为向中国人宣传基督教付出了巨大努力，可是却收效甚微。虽然莫理循从不承认自己旅行的这一使命，但这一点却是不争的事实。在日记中，他对传教工作的批评，先是和风细雨，后来常常演变成辛辣的讽刺。

在中国期间，从北京到广东，我到过许多城市，遇到各种教派的传教士。他们都对自己在中国的工作进展感到满意……其实，他们的所谓收获实在少得可怜。每个传教士每年只能劝

1894 年，莫理循在中国西南旅行

说两三个中国人信教。然而，如果把拿工资的专职牧师和非专职的本地教会同工都计算在内……你就会发现，每个教会同工每年只能引导 0.9 个中国人皈依基督教。但是传教士们不赞同用统计数字来衡量他们的工作。目前有 1 511 个新教传教士在中国努力传福音，但是根据《教务杂志》去年公布的结果，去年（1893 年）只有 3 127 个中国人归到主的名下，而且并非所有入教的人都是真正的教徒。相比之下，为传教所付出的费用却高达 350 000 英镑，相当于 10 家伦敦大医院的年收入总和。

毫无疑问，在莫理循眼里，传教所投入的经费和人力完全得不偿失，毫无成效。

莫理循搭乘一艘定期的英国汽船沿长江而上，在汉口短暂休息后，换乘另一艘汽船到宜昌。从宜昌到中国中部重镇重庆共 659 公里，还要穿过著名的三峡。在莫理循那个年代，宜昌以上水域遍布急流险滩，只有纤夫拉的平底帆船和较小的汽船才能通过。不过，现在大型内河轮船可以通过大水闸开到上游。纤夫拉船时风险很大，经常数百人拉着多艘船，逆流顶风而上。常有纤夫丧生于急流之中，还有一些纤夫则死于心脏肥大和严重的肺结核，或者纯粹因精疲力竭而倒地身亡。

莫理循最初打算从宜昌步行到重庆，后来一个英国海关官员说服他雇一艘小乌篷船和四个年轻船工。莫理循和船老大经过协商，达成书面协议。第二天，"天气晴朗，阳光灿烂，河水静静地流淌，倒映出两岸峻峭的山影。我搭乘一叶轻舟，带着一队模范船工踏上征途。我把自己舒舒服服地裹在中国式的铺盖里，看着许多平底帆船懒洋洋地落在我们后面。在两岸巍峨群山的衬托下，最大的一艘船看起来也只不过像艘小舢板。渔船无声无息地划破宁静的河面，偶尔传来轻微的人字起重架和抄网的咯吱声。"

莫理循一路上悠闲自得，才有时间思考中国妇女的迷人魅力。"我在中国见过的一些少女，即使在欧洲任何一个首都，都可以称得上是美女。中国女人比日本女人强得多。她们聪明美丽，和蔼可亲，忠诚可靠，贞洁谦让……"那时候，缠足现象在中国十分普遍，给大多数中国妇女造成极大痛苦，甚至致残。

中国人欣赏女性的小脚，甚至还富有诗意地把它们比喻成"三寸金莲"，但是在我们看来，这是一种非常令人生厌的致残恶习。不过，尽管如此，中国女人的走路姿势比日本女人的步态优美得多。日本女人走路时，一双罗圈腿摇摇晃晃，十分不雅观，木屐刮擦地面发出的咔哒咔哒声会令你难以忍受。

然而，他的小船很快就驶入两岸悬崖峭壁间的湍急水流之中，没有时间让他再浮想联翩……

小船在急流中猛烈摇晃，船夫大声惊呼纤绳被礁石卡住了，但是岸上的纤夫听不到他们的叫喊声。他们觉得纤绳一紧，最后一个回头一看，才发现纤绳被卡住了，连忙往回跑解纤绳，但为时已晚，船已进水。船老大疯狂地挥手示意，要纤夫们松手。转眼之间，我们已经被抛到大浪之中……一个大浪头罩住了船头，把还躲在被窝里的我淋了个透。我吓得魂不附体，连心跳都快停了，连忙剥掉浸得湿漉漉的衣服，但是衣服才脱一半，船帆已经张起来了，两个船夫不可思议地设法使船绕过了一块大礁石。如果他们有一丝一毫的犹豫，我们的船就会被撞成碎片，大家都会葬身于波涛之中。船夫们又拼死拼活地忙了好一阵子，我们的船终于脱离了危险，进入水流平缓的河段。大家都开心地笑了起来。虽然我不知道船是如何脱险的，但是我对船夫们的沉着冷静和高超船技赞叹不已。

莫理循坚决反对当时流行的说中国人是劣等民族的观点。这一点不奇怪，因为从船夫们的精湛技艺和坚韧不拔的精神中，他看出了这一民族的伟大之处。

他们每到一处上岸时，莫理循的相貌总是很引人注目。他一般都显得非常和气。由于他穿着中国服装，因此并不显得太与众不同。然而，船到万县时，由于衣服被河水打湿，他不得不换上西服。一大群衣衫褴褛的孩子一看到他，就跑了过去，边跑边喊："洋鬼子！洋鬼子！"

一大群人围了上来，七嘴八舌地辱骂他。"我只得继续向前走，装出很高兴的样子"，莫理循写道。对别人来说，可能会觉得这是一种威胁，但是莫理循却用他特有的幽默来面对这种尴尬的情形。"有一次，我停了下来，想和他们说上几句，"莫理循写道，"我不懂中文，只得用英语轻轻地说，他们的言行给我造成不好的印象，使我觉得他们缺乏教养……"

他在万县过夜。正如在其他城市一样，他总是和热心的内地会传教士一起沟通。万县内地会会长霍普·基尔先生是个性情忧郁的堂吉诃德式人物。他走遍全城，告诫人们基督马上就要再次降临，可是那些听道的人却显得非常茫然，没有任何反应。他在最近一次的霍乱流行中，"总是冒着自己的生命危险，随叫随到，精心照料那些奄奄一息的患者，救了许多人"。霍普·基尔先生有点灰心丧气，他对莫理循说："感恩必须发自内心深处。但是中国人却缺乏感恩的心。"莫理循对此不敢苟同。

万县内地会成立于 1887 年，由 5 位热心的传教士组成。他们一直以坚忍不拔的精神在为主传福音。

　　不幸的是，没有任何人归到主的名下。幸好还有三个人有点希望，曾经"询问"过加入教会的事……其中一个我还见过。据牧师说，他对教义理解最深刻。我不想对此事妄加评论，但不得不说上几句。他是个苦力，穷困潦倒，衣衫褴褛。他在教堂附近的一个角落支起一个摇摇晃晃的小摊，卖的是一种最普通的烧饼，咬起来里面还有点砂。他大字不识一个，笨得一塌糊涂。这个可怜的家伙有个三岁独生女，又聋又哑。恐怕他入教的目的是希望这些洋人能看在他诚心入教的分上，治好他可怜女儿的聋哑病。传教士们则从他的身上看到自己辛勤耕耘获得的第一粒果实，这一地区第一个被拯救的灵魂。哎，耕耘良久，硕果却寥寥无几。

莫理循到达重庆时才遇到第一个澳大利亚人。他是个海关税务官，他的舢板就泊在岸边。

"您是哪里人？"这官员问。

"澳大利亚人。"

"天哪，我也是。澳大利亚哪个地方？"

"维多利亚州。"

"我也是。哪个城市来的？"

"巴拉腊特。"

"那可是我的故乡。天啊，太不可思议了。"

莫理循给了他一张名片。他看了看名片说："我在维多利亚州时，一个和您同名的人从卡奔塔利亚湾徒步穿越澳大利亚到达墨尔本。我一直很有兴趣追踪有关他旅行的报道。你们有什么关系吗？同一个人！很高兴能见到您。"

莫理循当晚就在海关宿舍住下来。在聊天过程中，他们的话题不可避免地转到鸦片问题上。鸦片贸易在当时是个主要问题，莫理循也曾努力思考过这个问题，但没有确定最终责任该由谁负。在中国人受引诱吸鸦片上瘾后，英国政府把成千上万吨鸦片从印度运入中国，借口是中国人已把鸦片当作一种特殊的药。莫理循曾经为英国政府的政策辩解过，甚至嘲笑那些指责鸦片毁灭中国的批评人士。

值得称赞的是，鸦片贸易的最强烈反对者是传教士。莫理循引用"英华禁止鸦片贸易协会"会长特纳的话说："尽管清朝政府的法律和不断颁发的一些法令都禁止种植罂粟，但中国的一些地方还是偷偷地在种植。"

"中国的一些地方还是在偷偷地种植鸦片！为什么说是偷偷地种呢？从湖北到缅甸边境整整 1 700 英里的旅途中，罂粟种植园从未从我的视野中消失过。"

针对强行把鸦片推销给中国人的指控，莫理循在日记中说："他们说是不要我们的鸦片，每年却从我们那里购买 4 275 吨鸦片。但是，在中国 18 个省中，只有四个省（江苏、浙江、福建和广东）用印度鸦片，其他 14 个省份都只用当地产鸦片……中国人并不需要我们的鸦片，因为英国鸦片和他们自己的鸦片产生了竞争。"

然而，莫理循的确揭露了鸦片贸易的一种特别肮脏的副产品：

1894年，莫理循与向导老王

重庆的中国药剂师出售吗啡丸作为治疗鸦片瘾的药物。这种有利可图的治疗法是沿海港口城市的外国药剂师引进的，并为中国人所采纳。它的所谓好处只不过把鸦片瘾转为吗啡瘾，就像把啤酒瘾转为甲基化酒精瘾一样。1893年，光上海就购进了15 000盎司吗啡水溶液。

抵达重庆后，莫理循弃船改走陆路，雇了两个苦力，负责挑行李、买东西和煮饭。"3月14日早上，我从重庆出发，准备穿过中国西部地区到缅甸，全程1 600英里。许多人认为，我的成功机会不大，因为六七两个月是令人望而生畏的雨季，再加上还有许多其他困难。"这些"其他困难"包括：崎岖的山路、险恶的岩体滑坡、湍急的河流、神出鬼没的土匪、致命的疾病、人身事故或食物中毒。但是莫理循有超常的能力，善于控制不熟悉的情况，而且还能常常从中找到乐趣。

他在日记中写道："夜幕降临时，我们往往能赶到一些大村庄或小城镇投宿。我的厨师总是给我挑最好的客栈下榻。其实，所谓最好的客栈对厨师来说意味着最多的回扣。沿途所有小城镇都开满了客栈，因为来来往往的客人非常多。"从重庆出发后几天，他在一家客栈过了很典型的一夜：

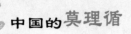
一天晚上，我们来到一个大村庄，住进一家相当拥挤的客栈。我们住的房间非常简陋，泥地上摆着三张木床，上面铺着稻草。一张粗制滥造的桌子，上面放着一盏油灯。伙计给我端来热水，还倒了一杯茶给我。我雇的苦力给我做了一顿可口的晚餐。我的行李很简单，两只带有中式挂锁的轻便竹箱，一个竹篮子，一卷蒙着油布的铺盖，这些统统放在房间的一个角落。在中国旅行，油布必不可少，因为只要把油布铺在稻草上，臭虫就爬不上来。

莫理循的旅行速度非常快，一般每天走 48 公里，尽管一路上道路崎岖不平。他抵达叙府（人口 180 000）后，休息了一天，在日记中写下有关传教难题的最终思考结果。他意识到，传教士所传的福音在中国人的传统观念中完全是一种邪说。他们根本不能理解父亲怎能牺牲儿子的性命，任何理由都讲不通。圣经里主耶稣的一段话"追随我的人，如果爱他的父母更甚于我，就不配做我的信徒"，完全违背了中国孝道的伦理道德。

弑父在中国是十恶不赦的大罪，因此在中国伦理道德灌输下，这种罪行极为罕见。任何弑父者都会被酷刑折磨致死，兄弟全部斩首，房子被夷为平地，房子下的泥土要掘地三尺翻出曝晒，邻居受重罚，授业恩师要被砍头，地方官要被解职，省一级的高级官员要被降职。

但是，传教士所鼓吹的基督教教义充满了叛逆色彩，甚至直接违背了中国家庭的伦理道德观。他们的布道充满了极其自相矛盾的尴尬之处。一方面他们努力把上帝的福音传给异教徒，希望在他们心中树立一种崭新的宿命观。他们在布道时，告诉对基督教一无所知的中国人，只要他们接受了福音，死后就会得到永生。另一方面，他们告诉中国人，如果他们拒绝接受福音，不加入基督教，他们就会遭到灭顶之灾，死后要沦入地狱，被烈火焚烧。

传教活动对传教士也产生了各种影响。但是，有个影响是共同的——他们的日子都过得不舒畅。莫理循在叙府和一个年轻的英国姑娘交谈过。这姑娘对他说，在中国一年多的时间里，从来没有觉得主眷顾过自己。

> 可怜的姑娘，和她聊天真令我伤心。她在英国生活在一个幸福温馨的家庭里，兄弟姐妹欢聚一堂，其乐融融。她身体健康，精力充沛，日子过得既充实又有价值。但是，来到中国后，她的身体状况一直不佳，患了贫血症和忧郁症，神经性头痛和神经痛。她唯一的消遣就是量体温，唯一的乐趣就是参加祈祷会……她的男朋友是个彬彬有礼的英国绅士，也在传教团中工作，但从他住的地方到重庆得走上一个星期。在英国时，他身强力壮，精力充沛，喜欢划船，还是个非常棒的草地网球运动员。但是，他到中国后也经常生病，患了贫血症和消化不良症，身体变得很虚弱。然而，更令他烦恼的倒不是健康状况欠佳，而是传教效果甚微。尽管他做出很大牺牲，却没人皈依基督教，一点效果都没有，倒是给了流浪汉一些资助，助长了他们抛弃家庭圣坛的恶习。任何头脑清醒的人都不会觉得主在祝福他们的传教工作。

莫理循有时还会雇一顶轿子和几个轿夫，花不了几个钱，就可以悠哉悠哉地赶路。从上海到曼德勒的整个旅途中，总费用不超过20英镑。旅行结束时，他甚至认为总费用还可以降低三分之一。

一天晌午，天气特别热，他们必须赶27公里才会抵达下一个小镇。莫理循就决定雇顶轿子解解乏，经过讨价还价，工钱定为320个铜板（合8便士）。但是临出发时，轿夫临时变了卦，非要340个铜板不可。莫理循倒无所谓，但是一个临时和他结伴而行的传教士却绝不让步。"走，"那个传教士说，"让他们看看什么是基督精神。"莫理循写道："结果，为了用实际行动来谴责他们的贪念，我顶着烈日走了17英里，才省下半便士。晚上，我累得无精打采，几乎不能主持一个福音传道会。"

莫理循一行经过富饶的四川，进入云南。那里土壤贫瘠，多岩质，茶叶品味低下，食物营养较差。云南人多信佛教，后来回民逐渐增多，伊斯兰教也开始兴旺。1857 年，云南的回民发动武装起义，经过长达 16 年的征战之后，还是被清朝政府镇压下去。1881年，云南再次爆发起义，又遭到清朝政府的镇压。

进入云南后，一路上传教站变得少了起来。莫理循和两个苦力相处得非常好。"我的两个苦力棒极了，"莫理循写道，"他们诙谐幽默，情绪高涨，不知疲倦。年纪较大的苦力很喜欢和他的同伴拌嘴，可是他们却争不起来，原来另一个苦力天生是个大结巴。如果他想讲得快点，马上就会张口结舌，只得以大笑而告终。"莫理循对他们体力之充沛感到非常惊讶。

　　我们生活在西方文明社会的优越生活条件下，很难理解中国挑夫的承重能力。一般情况下，走得快的四川苦力，可以挑上 80 斤（107 磅），在崎岖不平的道路上，一天走 40 英里。但是，挑夫们能够挑起的重量可就重多了，平均每担盐、煤、铜、锌和锡的重量为 200 磅。我曾见过一些挑夫在路上走得悠然自得，其实他们所挑的重担让一个健壮的英国人连提起来都有困难。

上了高山后，莫理循再次雇了一顶轿子和三个轿夫。一整天，

1894 年，云南昆明东门

他们冒着骄阳的烈焰，沿着蜿蜒陡峭的山路，盘旋而上，一路上只短歇几次。"他们边走边插科打诨"，莫理循写道，"晚上歇脚时，他们个个都还像刚出发时那么精神抖擞。"不过莫理循的解释是："他们三个到达住宿处还不到一小时，马上就抽起鸦片，吞云吐雾了。这是他们每天的功课。"鸦片好像对他们的身体没有造成什么伤害。其中两个是中年人，另一个25岁，身材高大魁梧。可以看得出来，年纪较大的两个轿夫从年轻开始就抽上了鸦片。但是，"三个都是彪形大汉，肌肉异常发达，孔武有力，耐力惊人。"在漫画中，抽鸦片的人通常都被描绘成"病恹恹的行尸走肉"，可是他们看起来完全两样。

英国人当时把大量鸦片销往中国，造成大批中国人抽鸦片上瘾的惨剧。从莫理循的日记中可以看出，他还是难以逃脱为英国老祖宗找借口辩解之嫌。也许这是人的怪癖之处，尤其是像他这样受过医学训练的人。不过，他的日记也记载过在昭通被请去治疗鸦片中毒的病例。

> 一名男子找上我们，苦苦恳求说，他父亲吞服过量鸦片自杀，希望我们能救救他。他是上午10点吞的鸦片，可是现在已经下午2点了。他的家在一个小巷子里，只是一个小房间而已。我们到他家时，发现里面黑咕隆咚，两个人在吃饭，显得

1894年，云南西部的铁索桥

漠不关心的样子。黑暗之中,好像屋里只有两个人。其实,他们身后摆着一张窄窄的床,上面隐隐约约躺着一个人,喘着粗气,一脚已迈进鬼门关。一群人很快就围在门外,把小巷子堵得严严实实的。我把他硬扯起来,给他灌下几品脱温水,往皮下注射一针阿朴吗啡催吐。效果非常明显,围观的人比病人自己还要高兴。

莫理循在山区买了一头骡子,开玩笑地写道:"有了骡子,我少走了好几英里路,而且在异教徒眼里,我更显得神气十足。"莫理循在睡觉前,还特地去看看他的宝贝骡子是怎样吃东西的。

它安安静静地沉思着,站在楼梯下的一个牛棚里,旁边摆着一个大马槽,大小和形状都像副中国棺材。看见我走过来时,它用责备的眼神看着乱糟糟地堆在马槽中切好的稻草,然后又看看我,好像在责问我给它的定量是否不足。它好像在夸奖自己是一头多么精神抖擞的骡子,整整一天驮着尊贵的主人,上高山下河谷,走过多少弯曲不平的小道,多辛苦。唉,我的确没什么东西可赏给它吃。

莫理循的下一个目的地是云南城(现在的昆明)。1283年,马可·波罗也到过云南城,不过他的旅行方向是从西往东,而莫理循则是从北往南行,因此他们的旅行路线刚好在云南城相交。云南城在当时是个重要的旅行必经之地,历史上许多令人肃然起敬的旅行者,无论是来自西藏,或者是前往法属印度支那,都曾经过这里。莫理循到达云南城后,还礼节性地拜访了当地电报局的中方经理,一个非常守旧的清朝官僚。他对莫理循说,自己很快就要调任他职,是个油水丰厚的美差,只要稍为"用力挤一挤",额外收入会比官俸多十倍。佣金制当时在中国已非常盛行。西方人士认为,中国的佣金制说明中国人已经腐败透顶了。

其实,西方官员并不比中国官员廉洁。莫理循有个习惯,很喜欢把中国和西方世界进行对比。他把中西方官员的廉洁度进行对比后，发现西方官员更糟糕。他在日记中引用当时一个权威人士的话说："斯特德先生对我们说，芝加哥的市参议员年薪才 156 美元，但实际上他可以肆无忌惮地利用手中的权力，用市政府管辖范围的国有财产作交易，往自己的口袋捞钱，装得甄满钵满。当市参议员的根本目的是捞钱，大把大把地捞钱。碰上个好年头，一些无耻的参议员会捞上 15 000～20 000 美元外快。虽然吃回扣现象当时在中国也很普遍，但是和斯特德先生所揭露的芝加哥腐败现象相比，简直是小巫见大巫，那里的诈骗规模巨大，而且进行得冠冕堂皇。"

不过，他以记者的犀利目光，仍然捕捉到中国人的一些奇谈怪论。例如，他指出，中国电报事业发展的一个主要障碍是老百姓的迷信思想。一些中国人认为，电线杆破坏了当地的风水，把电线杆所经过地区的好运给带走了。最近一次破坏电讯线路的事件发生在云南最西部的路段上。

无知的村民认为，电线杆会给当地的好运带来威胁，于是他们就砍倒电线杆，卖了电线来赔偿他们所遇到的麻烦。这种令人烦恼的状况必须加以制止。一个精明能干的知县立即着手处理此案。他发布告示，警告村民不得破坏电报线路，但是他的警告被当作耳边风。于是，他就采取更为强硬的手段。盗抢事件再次发生时，他立即下令逮捕两个村民，开堂审讯。也许这两个村民是无辜的，但是在棍棒的刑讯下，他们只得照知县的口径招认有罪。于是，他们被割去耳朵，在兵丁的押送下，光着脚从云南城到腾越沿电报线路游街示众，然后再返回。此后，电线杆再也没人敢砍了。

离开云南前，莫理循用骡子换了一匹马，雇了几个新苦力，继续赶后半部分的路程。他往南走时，进展很快，一路上的村庄里到处都是大片林间开阔地，长着许多松树和高大的菩提树。他的甲状腺出了点麻烦，他认为这是因食物欠缺而引起的。

这些地方毁于宗教起义，真是一场"毁灭性的战争"。许多城镇和村庄曾完全被夷为平地，战争夺去了无数人的生命。然而，现在这里是那么祥和平静。"山谷里的草地上绽放着无数罂粟花，色彩鲜艳瑰丽。白天艳阳高照，百花齐放，斑鸠在林中咕咕地叫着，蝴蝶在鲜花盛开的灌木丛中流连忘返，一切都那么赏心悦目……所到之处，人们都那么和蔼可亲，从来没有任何人对外国人说句不友善的话。"

莫理循一行穿过一个叫做吕合的大城镇后，一个差役气喘吁吁地追了上来，苦苦哀求莫理循退回镇里。莫理循不顾他的恳求，继续向前走，甚至还申斥他竟敢提出如此鲁莽放肆的请求。最后，"他抓住我的手腕，跪了下来……嚎啕大哭。无奈之下，我只得折回镇里，他的泪水深深地打动了我"。

莫理循在这个满脸焦虑的差役的陪同下回到镇里。晚上他下榻在一个非常舒适的小旅馆里，还是百思不得其解，为什么非得把他给追回来。他后来在日记中写道："我后来才知道，当地官府之所以非要把我追回来不可，原因是后面的路程很危险，没有可供休息的地方，官府无法保证我的安全。如果一个中国人在西方国家也像我这样对要帮助他的人大声咆哮（尽管带点幽默），我很怀疑西方人是否会像这些中国人那样非常有礼貌地对待他。"

莫理循的下一个目的地是大理，离云南城大约490公里。这段行程他只用了9天的时间，而且大部分是步行。大理的西面和北面都是白雪皑皑的山脉，连绵不断。回民领袖杜文秀起义时，大理曾是义军的坚强堡垒。清军攻陷大理时，在法国炮队的帮助下，血洗大理城。在大约5万平民中，据估计有3万人死于刀剑之下。

一路上，只要他经过的地区有强人出没剪径，地方官府常常会派兵武装护送。那些"士兵"打着赤脚，扛着生锈的步枪当摆设，连弹药都没带，因为任何子弹都上不了膛。不过，他们一路上没碰到半个强盗。相反，当地人对他们都彬彬有礼，尊敬有加。

莫理循到达靠近缅甸北部边境的掸族地区，骑马走进一个叫加奈的村庄。不巧的是，村中最好客栈的最好房间已住进几个中国旅客。没想到这几个中国旅客竟然主动收拾行装，把房间让给他。他们的态度都那么亲切友好，深深地感动了莫理循。"他们离开房间时，朝我笑了笑，友善地点点头，"莫理循写道，"我想，也许他们都是可恨的异教徒，但是我们文明世界中普通执事（基督教）或长老可能还没有他们那么温良恭俭让。"

　　一队掸族士兵护送他们穿过中缅边界。这些士兵个头虽不高，但个个身手敏捷，穿着整洁的军服——绿色夹克衫和深蓝色灯笼裤，手持雷明顿步枪，而且是真枪实弹。但是，当他们涉过一条湍急的山溪时，不幸的事发生了。"我们都安全地穿过山溪，但是那个挑着两个箱子的士兵在溪水最深处摔倒了，箱子从扁担上滑落到水里。里面装的都是笔记和书信等，是我这珍贵游记的素材。可惜大部分给水浸坏了。"

　　这是莫理循的永久性噩梦。我们知道，任何笔记，都是呈现历史的原材料，它们的作用无可替代。莫理循对这一点比任何人知道得都清楚，因此一路上他都很担心会发生类似的事故。他连忙回头蹚到溪中，打算把箱子捞出来。"但是没用，"他写道，"所有文件都顺流漂到伊洛瓦底江去了，消失得无影无踪，造成难以挽回的损失。"

　　莫理循的言语经常带有自嘲的语气，这是他的一个典型特征。他在和当地土司王子会面时，言语之中不时就流露出这种语气。"我以前从来没有见过任何勋爵，甚至连爵号比勋爵低一点的贵族

1894 年，云南思茅"大象夫人"及幼子

都没见过。不过一个假的约克公爵除外，我还把他给送进疯人院去。"这个土司王子年约 35 岁，和英国贵族不一样。他为人和蔼，言行举止讨人喜欢。不过有一点不大好，他经常毫无顾忌地往地板上吐痰。"我给他看了一些自己的照片，"莫理循写道，"他非常有礼貌地要求我送他几张。我高兴地点点头，表示同意，但却把照片卷了起来，放回我的箱子。他认为我根本没听懂他的话。"

他到达缅甸时，受到当地英军指挥官的热烈欢迎。英军驻缅第三团的艾尔芒格上尉甚至把他胜利到达缅甸的消息用电报传到在仰光的司令部。令上尉感到惊讶的是，莫理循竟然能毫发无损地到达缅甸。莫理循很烦这个家伙，因为他很无知，无端攻击中国是个野蛮国家。莫理循对这样的人从来没有喜欢过。"许多传教士也这么毁损中国，像是在赶时髦，"莫理循写道：

> 但是，让我们看一看事实。在过去的 23 年里，来自各国的传教士（其中有最温和的、也有最狂热的教派）深入到中国的各个角落去传教……但是被杀的传教士却屈指可数，而且我们还得承认，大多数被杀的传教士都是因为他们自己的言行有失检点，才惹祸上身，完全咎由自取。与此同时，却有成千上万无辜的中国人被文明的外国人所杀害。

莫理循安全到达仰光，而后乘船去加尔各答，一路上平安无事。不过在加尔各答时，他染上疟疾发高烧，差点送了命。两个英国医生非常耐心地照料他，对此他感激涕零。不过，除开这两个医生外，他还得感谢一个护士。她的精心护理深深地拨动了莫理循的心弦。

"我该怎样形容那个心地善良的护士呢？她肤色黝黑，看起来非常漂亮。只要她出现在病房里，我就感到莫大的安慰。上帝保佑她那颗金子般的心！甚至她端来的奎宁水溶液尝起来都是甜的。"莫理循生平第一次恋爱了。

他的护士是个叫玛丽·卓普林的欧亚混血姑娘。莫理循写道："她楚楚动人的花容玉貌常常令我满心欢悦，她优雅迷人的举止和敏捷轻盈的步态常常激起我心中爱的波涛。"当他身体基本恢复，可以旅行时，她陪同莫理循到一个群山环绕的法国移民点疗养，两人都深深地坠入爱河。

不久，莫理循就乘船经新西兰回澳大利亚。1894 年 11 月底，他回到季隆，发现玛丽的几封信已在那儿等着他，其中一封是这么写的：

> 亲爱的：您的两封情意绵绵的来信我都已收到。亲爱的，我答应奉献 10 卢比给神，但是目前我无能为力，因为我这个月一直没找到工作……亲爱的，您能替我把 10 卢比奉献给澳大利亚的某个教会吗？我所作的承诺实际上都是为了我们。亲爱的，您一定要做到，神会因此而赐福给您。您在适当的时候要娶个好女孩，她可以安安稳稳地呆在您身边，精心照料您。我爱您，但是我们的结合将是有罪的。当我们面对死亡时，死亡会大大嘲弄我们。亲爱的，别生气……如果我嫁给了您，我是不会幸福的……我们在河边小屋中度过的那短短几天愉快的时光，使我产生了一种罪恶感……

玛丽用忧郁的语气为莫理循规划出生活蓝图，但是这可不是莫理循要过的生活。"怎么办呢？"莫理循写道，"我面临两种选择。"一是可以留在维多利亚，在一家私人医院当医生，年薪可达 1 000 英镑；二是到一艘船上当外科医生，乘船到英国去，到伦敦时除了口袋里的 30 英镑和横穿中国的游记手稿外，其他一无所有。"结论是不言而喻的，"莫理循写道，"我从来没有认真考虑过行医这个令人不舒服的职业。我决定还是回到自己的家乡去。"

他所讲的家乡指的是英国，是他祖先的故乡，是大英帝国新闻事业之都。

第 二 部 分

1895～1911年

第一章

莫伯利慧眼识千里马

1895 年 2 月 15 日莫理循到达伦敦，那天刚好也是维多利亚女王登基 58 周年纪念日。《泰晤士报》发表专栏，评论在伦敦圣詹姆士剧院上演的奥斯卡·王尔德新剧《真诚的重要性》。《泰晤士报》的戏剧评论家说："昨天晚上，公众对这部进一步展现王尔德先生幽默风格的新剧都持赞赏的态度。这个剧本的效果是和谐的，圣詹姆士剧院的观众在今后几个月中不大可能再欣赏到这样的杰作。"这部剧的主要情节是一个年轻女子疯狂地爱上一个叫厄内斯特的男子。莫理循本来可以有机会欣赏这部新剧。可是没想到，王尔德因同性恋被告上法庭，而且被判两年苦役，结果这部新剧很快就被停演了。

正如莫理循所预见的那样，他到达伦敦时口袋里果然只有区区 30 英镑，但是他的前途是美好的。"我在伯顿克雷森特租了个房间，周租 6 先令 6 便士，完全有能力支付，"莫理循写道。伯顿克雷森特位于金斯克罗斯车站附近，是个繁忙而又邋遢的地区，附近金斯克罗斯和圣潘克拉斯两个车站过往的蒸汽机车喷出的烟和煤尘给该地区的空气造成严重污染。这里有数十家旅馆和寄宿公寓，为大量的流动人口提供便宜的膳宿，没有任何人会注意到莫理循这个"衣着简朴"、满头金发的澳大利亚人。

《泰晤士报》经理莫伯利·贝尔

莫理循的手稿《一个澳大利亚人在中国》是在航行过程中完成的。当时他在"瓦里格号"上当外科医生，从澳大利亚到英国足足航行了2个月。轮船穿过印度洋，沿着红海上行时，可能因风浪比较大，手稿字迹潦草，而且字体比较小。

"瓦里格号"上没有乘客，所以莫理循只给水手看病。一些水手非常捣蛋，但莫理循很快就让他们知道自己不好欺负。他给第一个装病的水手开了一服令人恶心的混合剂：奎宁、蓖麻油以及"我在药箱里所能找到的任何会令人感到不舒服的药"，并命令那个水手当场吞服下去。"这么一来，在整个航行中我再也没有遇到任何麻烦了，因为谁也不敢再无病呻吟"，他写道。

莫理循在伦敦安顿下来后，立即到处为他的《一个澳大利亚人在中国》寻找出版商。值得高兴的是，《大地》杂志社的霍拉斯·考克斯于当年4月表示愿意花75英镑买下他的手稿。莫理循对这笔报酬感到"非常满意"，因为有了这笔钱，他才有可能在以后的几个月中躲在不列颠博物馆撰写博士论文《各种畸形和变态的世代遗传》。"这段时间是我一生中最幸福的时光，"莫理循写道，"我的论文终于通过了。8月1日，我从爱丁堡大学毕业，获得博士学位。"

莫理循把《一个澳大利亚人在中国》一书献给约翰·齐恩教授，表示对他的崇高敬意和感谢。他一直对齐恩心怀感激，因为照他的话说，"是齐恩教授使我重新扬起生命运动之帆"。他的游记出版后，受到广泛好评。《泰晤士报》称赞这本书写得"很生动"，《星期六评论》的评价是"非常有趣"，《北不列颠每日邮报》和《阿伯丁自由新闻报》说这是本描写"生动"的游记，《圣詹姆斯公报》的评价是"很有吸引力"，《兰西特报》的评价是"赏心悦目"。

《泰晤士报》主编乔治·白克尔

莫理循在他的书中曾提到，根据他的观察，中国人的神经系统的敏感性较迟钝。国立瘫痪和癫痫医院的神经病学家威廉·高威尔爵士因此而受到启发。他给偏头痛患者开了大麻来止痛，对莫理循所做的中国人使用鸦片的研究也很感兴趣，于是邀请莫理循来做客。

高威尔爵士问莫理循今后有什么打算，莫理循表示希望能在新闻界有所发展。高威尔爵士是《泰晤士报》主编乔治·白克尔的家庭医生，在波尔大街文学俱乐部的一次聚会中和白克尔谈起莫理循。白克尔又把莫理循的事告诉了莫伯利·贝尔先生（曾任《泰晤士报》驻开罗特派记者，时任《泰晤士报》经理）。10 月 22 日星期二，莫理循"非常惊讶地"收到贝尔的一封信，要求他在"周三、周四或周五下午"3 点半左右去面谈。

"收到这封信时，我手头非常拮据，所剩的钱还不到一沙弗林（英国旧时面值为 1 英镑的金币），"莫理循写道，"因此每天对我来说都很重要。我打算星期三就上门造访，并把我的想法告诉了托马斯·瓦特斯（一个退休的英国驻中国总领事）。瓦特斯对我说：'您这么做从策略上来说不够好。他们会认为您求职太过心切，最好星期四去。’于是我就改了主意，决定星期四去。"①

《泰晤士报》是大英帝国报业界的辉煌标志，诉说着从圣安教区的报业广场和剧院广场流淌出来的无数传奇。1895 年秋，莫理循第一次走进这块历尽沧桑的地方，在他之前琼森、莎士比亚和笛福等英国的著名文人墨客都曾在这里留下他们的足迹。就近代来说，《泰晤士报》的总编马斯·巴恩斯和约翰·德兰尼在这里建起了他们的报业帝国。

在过去的 100 年里，伦敦西南郊圣保罗大教堂和泰晤士河之间那些蜿蜒曲折、铺着鹅卵石的窄街小巷曾是多少报界精英的向往之地，因为世界上最有名的报纸《泰晤士报》就在这里安身立命。最初，这里是国王印刷厂的产业，后来独具慧眼的《泰晤士报》创始人约翰·沃尔特买下这片基业，重新命名为报业广场。

到了维多利亚后期，报业广场已店铺林立，众多油墨店和新闻纸店争先恐后冒出来，为庞大的《泰晤士报》新闻事业服务。《泰晤士报》社设在维多利亚女王大街 5 层楼高的泰晤士报大楼里。19世纪 70 年代，《泰晤士报》创始人约翰·沃尔特的孙子约翰·沃尔特三世盖起了这座大楼，在大楼正上方一面气势磅礴的三角墙里面嵌着一个具有象征意义的大钟，还有一个代表《泰晤士报》过去、现在和将来的卷形饰物。

1894 年，约翰·沃尔特三世逝世，享年 76 岁，作为《泰晤士报》业主他整整奋斗了 47 年，亲手缔造了《泰晤士报》最辉煌的年代，同时也亲眼目睹了《泰晤士报》在利润和发行量上的无情衰败。约翰·沃尔特三世在他去世前十年就意识到，报社必须进行剧烈的变革。1885 年，他提名儿子亚瑟·沃尔特担任共同发行人。但是，《泰晤士报》的衰败趋势却无法阻挡。1890 年，《泰晤士报》

---

① 《莫理循文件》中莫理循未出版的未完稿《回忆录》，珍藏于澳大利亚悉尼米歇尔图书馆和堪培拉澳大利亚国家图书馆。

因卷入灾难性的帕内尔丑闻①，被迫支付高达 25 万英镑诉讼费（至少折合现在的 4 千万美元），可是约翰·沃尔特一世所提名的作为共同发行人的所有沃尔特家族成员的总利润只有 36 866 英镑，而 20 年前，年利润却高达 9 万英镑。

1894 年，沃尔特四世担任《泰晤士报》总发行人，全面掌控《泰晤士报》，依靠经理莫伯利·贝尔，力图挽回这种令人不满意的颓势。莫理循走进贝尔办公室时，他正坐在一张拉盖大书桌后面。贝尔 48 岁，个子矮胖，脸型粗犷，圆圆的大脑袋，蓄着又短又密的小胡子。他身着硬翻领衬衫，打着领带，外面套件马甲，穿件条纹裤和潇洒的双排扣常礼服，完全一副传统的伦敦绅士打扮。贝尔于 1847 年 4 月 2 日出生在埃及，父亲是英国人，在亚历山大港经商。1889 年，亚瑟·沃尔特和妻子访问埃及时，贝尔以他开朗的性格和精明的经商理念给沃尔特留下了深刻的印象。

1891 年，沃尔特邀请贝尔担任《泰晤士报》襄理，他欣然接受这个职位。贝尔在一次事故中失去一根踝骨。当时他在埃及一个车站的站台上，企图跳上一列开往喀土穆增援戈登将军的军列，没想到失足把腿卡在铁轨的连接处而致残。后来，他把这根踝骨装在手杖柄里。他在新工作岗位到处拐来拐去时，还开玩笑地说，这根骨头还在支撑着他。

《泰晤士报》经理约翰·卡梅伦·麦克唐纳去世后，贝尔接替了他的职位，掌控人事部和国外新闻部，同时还负责处理日常账目。贝尔不聘秘书，办公室的门永远敞开着，任何人都可以进去和他讨论有关工作的事情。

莫理循造访的那一天，贝尔正在物色一名新的驻北京记者。他喜欢上这位年轻的澳大利亚医生。《泰晤士报史》一书是这样描写

---

① 1887 年 4 月，《泰晤士报》刊登了一封据称由爱尔兰领袖查尔斯·帕内尔署名的信件，宣布赦免 1882 年 5 月 6 日在都柏林菲尼克斯公园暗杀爱尔兰大臣弗雷德里克·卡文迪什爵士和次官托马斯·伯克的行为。帕内尔公开发表声明，指责这封信以及随后刊登的其他信件全属伪造。1889 年，声名狼藉的爱尔兰记者理查德·皮格特向调查此丑闻的政府官员提供证据，承认自己伪造了这些信件。《泰晤士报》不得不支付丑闻的全部诉讼费，高达 250 000 英镑。

的："莫理循英俊潇洒，高大魁梧，英气逼人，一个典型的澳大利亚男子汉。不仅如此，他具有科学的观察力，思维缜密，记忆力惊人。他还是个枪械专家和驾驶独木舟的好手，自力更生的本领无人可出其右，探险时总是独来独往，天马行空。他为人坦诚，文笔流畅，文理有条不紊。"但是，《泰晤士报》的史学家却这么说，当莫理循来到报业广场时，"他的衣着打扮只配去金斯克罗斯车站，和伦敦商业区根本不般配"。但是，贝尔根本不在乎这些。他一边吞云吐雾，一边热情地和莫理循打招呼，并当场拍板邀请莫理循加盟《泰晤士报》。

"我不知道在哪里听过您的名字，"贝尔说（显然他忘了是白克尔牵的线），"但我拜读过您的大作。您是否愿意到北京当我们的特派记者？"

"我愿意考虑您的这个建议"，莫理循回答。

"如果您去的话，对薪俸有什么具体要求？"贝尔问。

莫理循对贝尔说，他以前干过两份工作，年薪大约都在 400 英镑左右。"您至少会拿到这样的薪水，"贝尔向莫理循保证，然后又问："那您为什么还在犹豫呢？"

姬乐尔

莫理循说："在过去的一段时间里，我一直在研究暹罗（即现在的泰国）和法属印度支那问题。英法两国间的关系因暹罗问题而变得很紧张。我希望能到那里去当记者。"

"和中国相比，暹罗对我们来说是次要的，"贝尔顺便还向莫理循发出邀请，"您愿意赏光和我们共进一次晚餐吗？"

"我有点难处，"莫理循承认，"没有礼服穿，经济上捉襟见肘，把礼服给卖了。"接着他又急忙添了一句话，表示知道赴宴必须穿礼服。

贝尔听完哈哈大笑地说:"别担心礼服问题,您来就是了。"

莫理循欣然接受了他的邀请。然后,贝尔问莫理循是否读过《泰晤士报》最近刊出的由驻中国特派记者发回来的系列报道。这些报道警告说,俄—法联盟已取代英国,成为外国势力在中国的主导力量。莫理循表示,这些文章他都拜读过。

"如果您能赏光出席晚宴,就能遇到这些报道的撰稿人",贝尔承诺。这些报道的撰稿人瓦伦丁·姬乐尔是个牧师的儿子,在英国外交部工作四年后进入《泰晤士报》。他比莫理循年长 10 岁,时任《泰晤士报》威望很高的国外新闻部主任唐纳德·麦肯齐·华莱士爵士的助理。

莫理循对贝尔说:"我希望您能理解,我从来没有奢望自己接近那些报道所展现的优秀记者的标准——巨大的说服力和精湛的写作能力。"但是,贝尔在读过《一个澳大利亚人在中国》后,已经认定莫理循不仅是个天生的记者,而且还是个非常优秀的作家。

贝尔和妻子埃塞尔带着 6 个孩子住在玛丽勒本车站附近伯特兰街 98 号,沿着尤斯顿路轻轻松松散步就能走到莫理循在金斯克罗斯车站附近的住所。"这是我人生的转折点,"莫理循后来写道。莫理循在贝尔的画室里遇到瓦伦丁·姬乐尔(才华横溢,目光锐利,有点神经质,蓄着一副微红色的山羊胡子)、弗洛拉·肖小姐(《泰晤士报》殖民地部编辑,嫁给弗雷德里克·卢加德爵士后,另取名奈吉丽娅)、莫尼彭尼[①](《泰晤士报》主笔)和乔治·厄尔·白克尔。

白克尔身高 6 英尺,魁梧结实,留着漂亮的红色络腮胡子,笑声爽朗,当过林肯旅馆的律师,还是牛津万灵学院院士。1880 年,他 25 岁就担任《泰晤士报》的主编助理,四年后提升为主编。他英语水平非常高,措辞准确,文体优美,品德高尚,大公无私,是维护《泰晤士报》声誉的文字大总管,让贝尔和唐纳德·麦肯齐·

---

① 莫尼彭尼是《本杰明·迪斯雷利》一书的作者。全书共 6 卷,部分由白克尔在莫尼彭尼死后续完。全书出版于 1912 年。

华莱士爵士负责对外政策导向事务。

莫理循在给母亲的信中说:"我在友好的气氛中和白克尔以及其他新闻界名人共进晚餐。他们对我的态度都很和蔼可亲。我可没吹牛,其中一个还称赞我为人谦虚,讨人喜欢。"

任命莫理循为《泰晤士报》驻北京记者真是恰逢其时。前一年,中国的属国朝鲜发生叛乱,企图推翻国王。在清朝政府派兵协助平叛后,日本也派了一支远征军前往朝鲜。日本人依仗着西方国家提供的最新式武器,在一连串战役中重创中国的陆军和海军,使清朝政府遭到屈辱性失败。1895 年 4 月,清朝政府被迫与日本签订卖国的《马关条约》,其中包括割让台湾岛、辽东半岛(位于朝鲜西面,包括黄海上的要塞和不冻港亚瑟港——旅顺口,那可是中国的光荣和骄傲)。同时,日本还要求清朝政府赔偿 3 500 万英镑。

但是,日本的胜利是短暂的。以中国保护者自居的法国、英国和俄国迫使日本放弃在中国大陆上的大部分所得,其中包括旅顺口。当莫理循在贝尔家共进晚餐时,《泰晤士报》登出一篇报道,声称俄国和中国已达成一项秘密协议,允许俄国获得旅顺口的使用权,同时还授予俄国在满洲的铁路特许权,大大缩短了跨西伯利亚铁路(当时正在修筑之中)到符拉迪沃斯托克(中国传统称海参崴)的路线。

如果报道属实,对英国的影响可就大了。英国当时在长江流域盆地已取得控制权,在中国的贸易已占最大份额。但是,当俄国政府否认和中国签订秘密协议时,《泰晤士报》开始担忧了。华莱士要求撰稿的兼职记者怀特黑德(香港的一个银行经理)落实消息来源的可靠性,结果发现,怀特黑德自己对消息的许多细节也不敢确定。《泰晤士报》立即解除怀特黑德的特约记者的职务。这对报社来说是个十分令人尴尬的事件,但是对莫理循来说却是幸运的,因为这时就更需要有个常驻北京的记者。

英国在中国南方的利益也是个令人关注的问题。如果英国商人要想进一步渗入中国庞大的市场,其中一条途径是经过英属缅甸(莫理循最近一次旅行的终点),从云南城(现在的昆明)进入中国。中国的西南地区交通闭塞,难以接近。前往该地区的最佳路线是通过暹罗，那里就是莫理循渴望已久的下一次探险之地。

"一切都已安排妥当，几天后我的愿望就要实现了，"莫理循写道，"11月22日，我将动身前往暹罗和印度尼西亚，试用期6个月。"

莫理循在报业广场被正式引荐给《泰晤士报》发行人亚瑟·沃尔特，还到威斯敏斯特的圣俄敏斯公寓拜访了唐纳德·华莱士爵士。华莱士曾担任过《泰晤士报》驻圣彼得堡的特约记者，是个极其老练的19世纪记者。他非常善于和海外新闻部密切配合，为英国在海外的利益大声呼吁；与此同时，他积极维护社论的独立性和个人的诚实和正直。他和《泰晤士报》最著名的记者亨利·德·布洛威茨曾抢到舰队街历史上最为轰动的独家新闻。他们通过自己的渠道获得1878年柏林会议的《柏林条约》副本，把它缝到华莱士外套的衬里内，偷偷送到报业广场。在各国代表还未签署协议之前，《泰晤士报》已全文刊出条约的全部内容，既有法语原文稿，也有英文的翻译稿。不过，一些官方人士对华莱士的做法却不以为然，甚至引以为耻。

华莱士是莫理循的最好导师。他对莫理循说，去暹罗的目的是为了找出造成英法两国在远东地区摩擦的原因，并记录下来给以报道。他此行必须越过中缅边界，到达缅甸内陆地区，然后转向暹罗。

此行保密最为重要。"我必须以澳大利亚医生的身份去旅行，对暹罗的商业发展要表现出浓厚的兴趣"，莫理循说。贝尔嘱咐莫理循"必须保持这个身份，不能透露和《泰晤士报》有任何联系。其实，莫理循的实际工作和间谍没什么两样，必须注意法国的一举一动"。"法国政府正在采取行动，把柬埔寨人变为法国的臣民。我必须特别注意报道这一真相"，莫理循说。

华莱士让莫理循持他的介绍信去找外交部常务外交事务次官托马斯·桑德森男爵和印度事务部的一个官员。他们分别为莫理循写了给英国驻西贡领事和英国驻曼谷临时代办的介绍信，不过他们都不知道莫理循此行的目的是为了给《泰晤士报》撰稿。

莫理循怀着《泰晤士报》的秘密使命，在法国马赛乘一艘邮轮

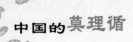

前往印度支那的柯钦（现在的越南），随手带着"一架性能很好的柯达照相机，几套剪裁得非常合身的西服和几封介绍信"。他在给母亲的信中说："我的介绍信肯定会让您大吃一惊。您千万对我此行的使命严格保密。"

第二章

秘 密 使 命

在英国外交部顶层的圆顶之下，陈列着许多精美的彩图，代表19世纪末大英帝国各个领地。莫理循完成《泰晤士报》交付的穿越东南亚秘密使命后，他的名字传到英国政府的最高层。1896年11月14日，托马斯·桑德森爵士（在索尔兹伯里手下任外交部常务外交事务次官）写信给莫伯利·贝尔："我们非常感谢莫理循先生给我们提供的消息。"

对一个记者，尤其是一个见习记者来说，能受到英国外交部最资深显赫人物的称赞很可能是前所未有的荣耀。但是，莫理循已经以自己的实力和成就证实，自己绝非庸碌无为之辈。在这次旅行中，他以《给编辑的信》的形式，发回了20篇长篇报道，其中一半以上都已刊出，其余则因版面的局限而未能付印。

1895年12月23日，莫理循到达西贡，5天后就往伦敦发去了第一篇报道，把法国官员挖苦了一番。他对法国殖民政府官员的批评一针见血："瞧那些脑满肠肥的中年绅士，走起路来气喘吁吁，整天啜饮苦艾酒，连讲话都会冒汗，拼命摸剪了短发的脑袋和满是赘肉的双下巴。他们不但工作效率低下，而且贪污腐败。"

寄回报道的同一天，莫理循乘火车前往美拖，从那里搭乘一艘内河汽船前往柬埔寨首都金边。在他出发很长一段时间后，他的报道才传到西贡。"很自然，有关方面对我持相当怀疑的态度，因为英法两国间的关系高度紧张"，莫理循写道。

实际情况就是如此。1893 年 7 月，在暹罗①问题上，法国舰队引发了湄公河危机。法国在 1893 年 5 月已经对暹罗这个亚洲王国宣战，同年 7 月 20 日又提出最后通牒，要求获得大片租界。格莱斯顿的外相罗斯伯里勋爵坚决反对法国的要求，但是 7 月 31 日他放弃原先的立场，同意维持暹罗的缓冲国地位。然而，法国不但已占领暹罗东部大片土地，而且一方面继续向湄公河以西地区蚕食，另一方面向湄公河以东方向发展，把势力范围扩大到中国云南的掸族地区。莫理循担心，法国会把暹罗国完全吞并，因此他在给《泰晤士报》的报道中，敦促英国政府保持暹罗人的独立。

1895 年 6 月，索尔兹伯里勋爵率领保守党/统一党联盟赢得大选，就任英国首相，同时兼任外相。他主张不再执行罗斯伯里的对法强硬路线。当莫理循还在横渡印度洋时，英国外交部已经秘密地和法国进行谈判，希望能达成妥协。12 月 3 日，索尔兹伯里写信给外交事务次官寇松："如果没能达成协议，法国将在 10 年内吞并暹罗。我十分怀疑，那时英国是否愿意为保护暹罗冒险和法国开战。"

英法之间的谈判就要大功告成，只不过在莫理循访问期间，消息还没传到印度支那。莫理循认为，法国殖民当局"对英国充满敌意，因为英国支持暹罗，尽管只是道义上的支持而已"。

在金边，法国人给他提供了一个翻译。很显然，他的责任就是监视莫理循。"他是个大恶棍，"莫理循写道，"喝酒，抽鸦片，说起谎来一点也不脸红。"他们一起横渡洞里萨湖，在暹粒参观了"东亚最著名的历史遗迹"吴哥城和吴哥窟。他们到马德望时，莫理循把这个不值得信赖的旅伴打发掉，独自前往盛产红宝石和蓝宝石的拜林，然后从那里雇了一头象前往庄他武里港，接着乘一艘锈

---

① 即现在泰国，公元 1238 年建立素可泰王朝。16 世纪初遭葡、荷、英、法相继入侵。1932 年实行君主立宪制。1939 年改名为泰国。1941 年遭日本入侵。1945 年恢复暹罗国名。1949 年改为泰王国。

迹斑驳的小汽艇前往曼谷。

莫理循还在一路奔波时，索尔兹伯里勋爵已和法国驻英大使柯赛男爵签订了《英法关于暹罗河湄公河上游的宣言》协议，保证双方不得对暹罗的湄南河流域进行军事入侵。然而，按照协议，暹罗被划分为英、法的势力范围。从湄南河谷往西是英国的势力范围，往东是法国的势力范围。莫理循非常高兴。"实际上，这个条约抑制了法国的侵略，保证了整个暹罗的完整"，莫理循说。但是，中国却高兴不起来，因为条约的另一条款瓜分了英法两国在云南和四川两省的商业势力范围。中国西南边境也被变动，以迎合英法两国在缅甸和印度支那的殖民需要。

在曼谷的时候，莫理循在英国公使馆里住了两个星期，成了英国驻泰国临时代办莫利士·德本森的座上宾。德本森"既是个政治家，也是个外交家，外交手段灵活，聪明睿智，充满同情心。暹罗人回忆起他总是充满感激之情"。莫理循在给母亲的信中说："我怀揣各种各样的介绍信来到这儿，其中有印度事务部、外交部和殖民部的介绍信，有前英国驻曼谷代办斯科特和其他显赫人物的介绍信。索尔兹伯里勋爵的得力助手托马斯·桑德森爵士也亲自为我写了给德本森先生的介绍信。我在这里到处受到王室和暹罗当局的极大关注。我努力完成报社交给我的使命，但结果是否能让他们满意，还得等着瞧。"

莫理循完成了他在暹罗阶段的旅行后，准备前往云南。他雇了两个随从，一个是叫阿亨的暹籍华人，非常勇敢，会说英语、暹语和三种方言。另一个是叫苏克的暹罗人，很有绅士风度，来自曼谷的调查部。他们一行从曼谷出发，乘火车前往呵叻（那空叻差席玛），但是由于铁路才部分完工，最终还是骑马才到达目的地。

莫理循朝西北方向进发，目的地是暹罗第二大城市清迈。一路上，他坐过牛车，骑过马和大象，还夹杂着长时间的步行，几乎穿越整个暹罗。"暹罗人对我非常友好，"莫理循说，"凭着达慕荣王子和其他暹罗权威人士的信函，一路上我受到无微不至的关怀和照顾。从清迈我骑了两天马到清莱，两天后到达湄公河岸边的清盛。"

莫理循和他的两个随从在清盛又骑上大象，穿过边界，进入缅甸，打算往北到云南去。但是，他们沿着山路向前走时，到了一个地方，大象走不过去，马又雇不到，尽管他出手大方，还是难以雇到苦力给他挑行李。

"我的下一个目的地是景栋——东掸邦最重要的城市，也是大英帝国驻印军设在最东部的要塞，"莫理循写道，"景栋位于一个盆地中，是我见过的最美丽的亚洲城市。山边的树林风景如画，林中点缀着一些小村落；市区里的茅屋、红瓦的寺庙和镀金的宝塔别具一格。景栋还是个族裔混合的城市，在亚洲最具特色。"

到景栋有 6 天行程。莫理循一路上大都是步行，而且还赤着脚走，因为他的一个踝关节受了伤。"我的一只脚穿不了靴子，"他写道，"到景栋时走起路来一瘸一拐的。"

他发现英军的廓尔喀团驻防在景栋，指挥官是陆军中校普雷斯格雷夫。英国专员斯特林先生是个非常有经验的官员，正在那里处理把勐醒（湄公河以东最小的邦）移交给法国人的事务，因此显得有点忧伤。"他对我非常好，尤其是在我发烧卧病在床时。对此，我都记得非常清楚"，莫理循说。

莫理循恢复健康后，打算冒险到中国去。也就是在这时候，那个叫苏克的随从受不了旅途的劳累，决定返回，莫理循只得和他分手。后来莫理循听人说，他没能回到清迈，死于路途之中。

莫理循计划穿过中国边界和云南的掸邦（西双版纳），然后到云南城（现昆明）。但是，他遇到了一点小麻烦：拿不到签证。英国政府和中国的协议规定，英国公民从缅甸进入中国，都必须持用中文写的护照。可是在景栋，没有人会写中文。

莫理循只得打电报给缅甸殖民政府的首席代理专员瑟克尔·怀特请求帮助。怀特回电说："在这一季节，天气不好，旅行不是很危险吗？"莫理循回答说，他不可能等到天气好的季节再走，并实话实说，表明自己此行实为《泰晤士报》工作，希望怀特能发放有关证件。"有关当局终于放行，而且承诺，如果我在越过边界时遇到任何麻烦，还可以再回来。"

斯特林给莫理循一份用英语和两种方言（掸语和怒语）写的公文，要求中国边境当局允许他过境前往云南城。"我把这份公函装进一个大信封，在信封上盖了一个用范霍顿牌可可粉罐头的盖子制作的大印。"莫理循说。1896 年 6 月，莫理循在一切都准备停当后，动身前往中国边境。他没有携带任何武器，身边仅跟着随从阿亨，7 个苦力和 2 匹小马。从景栋到中缅边界有 86 公里，一路上要穿过被雨水浸透的丛林。从边界到湄公河边的景洪还要走上 130 公里。

"当我来到缅中边界时，当地的土司和我一块蹲在一个寺院的地板上聊天，"莫理循写道，"我毕恭毕敬地把过境文件给他看，要求他帮助我前往景洪。他显得非常友好，尽力对我提供了帮助。"

莫理循再次动身，但很快就后悔没带上武器。"在暹罗和缅甸根本就不需要武器，但是一越过边界进入中国的掸邦（西双版纳），我就发现，如果能随身带上武器，一路上就会更安全些，旅行就会更有趣些，而且会少了许多烦恼"，莫理循说。

一路上行程相当艰难，不过在莫理循独特的描写中，只不过是旅行"不愉快"。时逢季风季节，狂风怒吼，暴雨如注。溪流和野地到处都是水蛭，见肉就附上去，吸血吸个饱。到处飞着成群成群的蚊子，十分吓人。当时也正逢插秧季节，所有能派得上用场的男人都在田里忙着。莫理循雇不到长途挑夫来挑行李，只得雇些零工，走一村算一村。不过，好歹他还是走到了景洪。

"沿途土地肥沃，人口密集，"莫理循写道，"耕作系统高度发达，人民生活富足，一派欣欣向荣的景象。"每个村庄都有自己的寺庙和客栈，莫理循每到一处都受到热烈欢迎。一路上和他结伴而行的还有从云南城往南行的商人——"都是回民，对外国人都有所了解，个个都兴高采烈，殷勤好客。"

"景洪是个落后的小村庄，房屋散落在一座高山的陡峭的西坡上。山顶上丛林密布，山体突出伸向湄公河，"莫理循写道，"高高的山坡上耸立着土司的豪宅，放眼望去，湄公河从北面的群山中澎湃而来，滚滚东流，经过山岬，而后又向南，滔滔不绝地流进大海。"

莫理循到达景洪的第二天，就拜访了土司，一个 32 岁的鸦片鬼。"全村人都是鸦片鬼，"莫理循写道，"我所遇到的人，甚至牧师，全都吸鸦片。"土司在自家的大厅里非常有礼貌地接待了莫理循，甚至还请莫理循坐在一张西式安乐椅上，自己则坐在桌旁，桌上点着一盏鸦片灯。村民一排排坐在地上，把大厅塞得满满的，村中一些比较重要的人物则围在一起，坐在土司旁边。屋子外，倾盆大雨下个不停。

莫理循从景栋带来一个翻译。但是，这个人"说起话来毕恭毕敬，声音小得谁也听不见"，"我只得打断他，"莫理循写道，"叫我的随从阿亨来帮忙。他说起话来声音洪亮，而且充满了自信。他在翻译过程中提到一个人时，常用"大人"这个字眼。'我一点也不害怕，'他事后对我解释。'但是我要让这些野牛（他指的是土司和他的部下）知道，我的主人是最了不起的人。'我相信，他所说的大人指的是缅甸总督。"

然后，土司开始说话。他问莫理循是否知道，他所选的路是通往云南最糟糕的路。莫理循回答说这种说法令人难以置信，因为这是中国商旅每年从云南城到景栋所走的路。唉，难道莫理循不知道，每年这时候走这条路是最糟糕不过了？

"的确下了些雨，"莫理循提高嗓门，为的是能压过窗外哗哗的雨声，"但是，对一个从寒冷国家来的人来说，夏日之热是难以忍受的。"

"没错，"土司叹着气说，"说得对。"

莫理循要求获准继续前往云南城。土司说，这要由中国专员来决定，明天他会去见专员。谈到政治形势时，土司想知道，英法两国到底谁占领曼谷。

"谁都没占领，"莫理循回答，"暹罗的独立地位受到永久性保护。"

第二天，莫理循见到中国"专员"，而且发现他"官职低微，手中根本没权"，充其量只不过是土司的一个师爷而已。他要莫理循呆在景洪，静候他在思茅上司的指令。莫理循则坚持必须允许他继续赶路，最后这个小官吏只得让步。"他的颈部生了一种刺激性皮肤病。我给他涂了点广告中常见的药皂，"莫理循写道，"他感激涕零，把必要的通关文书给了我，允许我继续前行。"这份通关文书编得有点离谱，竟然热情洋溢地把我说成是"英国女王特派的皇家医生，应云南总督的迫切要求前来救死扶伤"。

莫理循最困难的行程还在后面。他必须穿越的西双版纳由 12 个小掸邦组成，散布在流到云南省边界的湄公河两岸。每个邦都独立自治，但是所有头人都效忠景洪，而景洪本身是中国的一个属国。

渡口在景洪往湄公河上游 5 公里处。虽然渡口处河面宽 300 米，水流又急又凶，莫理循还是安然渡过。他在岸边的竹林里找到塔卡村，并在漂亮的寺庙中过夜。方丈对他说："您走过整个西双版纳，不会找到第二座像这样的寺庙。"有一年，几个中国商人在渡河时幸免于难，为了感恩就盖了这座庙。

但是，麻烦还是找上门了。一天早上，向导故意带着莫理循和阿亨离开主干道，走进荒郊野岭，然后把他们扔在一个非常落后的村庄里。"一连好几天，我在蜿蜒曲折的山间小径奔走，从一个村庄走到另一个村庄，碰到许多土著人"，莫理循写道。然而，这次意想不到的弯路使他有机会研究当地丰富多彩的风土人情。哈尼族人既不信洋教，也不信佛教，村中连座庙都没有。他们有自己的语言和独特风格的服装，没有文化，弩和毒箭是他们的武器。男男女女都擅长登山爬高。他们不抽鸦片，喜欢喝自制的烧酒，抽自制的烟草，喝自制的茶。

莫理循骑着马，从一个村落走到另一个村落。村里的房子都是用泥土盖的，地里种的都是玉米。"一路上谈的都是一只吃人的老虎，"莫理循说，"据说，这只老虎已经咬死了 13 个人，还有许多水牛和小牛犊。和我一起走的人说，他没听到林中的虎啸声。我们看见过它的新鲜足迹，我还量了量脚印的大小，但从没见过这只老虎。"

如果一个本地人杀了一只老虎，他必须把虎皮和虎骨以 7 个卢比的价钱卖给土司，其实光虎皮就值 25 卢比，虎骨就更贵了。通常虎骨被磨成粉当药卖。当地人认为，胆小的人吃了虎骨就会变得胆大起来，因为"根据他们非常原始的想法，人吃什么就补什么"。

莫理循和他的旅伴继续沿着山谷往思茅走，越是接近思茅的南

大门，村庄的面貌改变得越厉害，村民穿着家纺的土布衣服，头上包着从上缅甸买来的彩色头巾。7月7日，他们来到中国西南重镇思茅。在思茅的经历开始时还真令人感到惊慌。

"我们经过时，人们都涌到街上来看稀奇，许多人还奚落我们是洋鬼子，"莫理循写道，"若不是当地官府迅速采取措施进行干预，我们几个可就惨了。幸好当地的知县一听说我们到了思茅，连忙亲自跑来迎接我们，并且安排我们住进了一家非常舒适的客栈。"几天以后，洋人来到边陲之地而引起的轰动渐渐平息，莫理循才获准可以在思茅随意走动，再也没人骚扰他。莫理循发现思茅是座田园牧歌式的地方。"再也没有比思茅更令人愉快、适于居住的地方了，"莫理循写道，"盆地里地势平坦，稻田一片接着一片，金黄色的稻穗在闪闪发亮的水田的衬托下，黄得醉人。盆地四周的小山上森林密布，守护着这块稻谷粮仓。一条小路弯弯曲曲地穿过草地、苍松翠柏和竹林中，隐隐约约可以看见寺庙的白墙在阳光下闪着亮光。"

7月14日，莫理循从思茅出发前往云南城，全程580公里。和他一起走的还有一个中国商人，他因涉嫌把鸦片走私进思茅而被没收所有货物，落得两手空空。莫理循还带了一个中国翻译，两个苦力，一批驮马运行李，两个士兵负责护送。思茅的知县为莫理循写了一封信，确保他到普洱（因普洱茶而闻名中国）一路上能畅通无阻。但是到了普洱后，莫理循却遇到了麻烦。知县要查验他是否有中国政府签发的通行证。

"我没有中国政府的通行证，"莫理循说，"我是从缅甸来的，持有英国政府驻缅甸专员的申请书。"

普洱知县丝毫不让步："没有中国政府签发的通行证，您明天就得原路退回。"

莫理循表示强烈抗议，但是没有产生任何效果。

"您一路上跋山涉水来到这里，一定花了不少钱，这20两银子（约3英镑）给您做回家的盘缠。"

莫理循可不想让自己的使命就这么中断，于是就用打扑克时惯用的一些手法来骗骗这个知县大人。"我轻蔑地笑了笑，对他提供的盘缠不屑一顾。然后，我装腔作势地坐了下来，在一张纸上写了几个数字"，莫理循写道。县衙大堂里挤满了看热闹的人，每个人对这小小的数字游戏都很感兴趣。知县大人也透露出非常好奇的神情。

"先生，您在干什么呢？"

"我要算一算到目前为止究竟花了多少钱，遭受了多少损失，还得估计一下给我提供申请书的英国政府高级官员因此而遭受屈辱而可能付出的代价。"

"总共多少？"

"我很伤心，现在说不出来，但是明天上午我会告诉你。"

第二天上午，知县找上门来，后面还跟着一大帮人。他给了莫理循一个包袱，里面装着20两银子。莫理循轻蔑地用手杖把包袱从桌面推到地上，接着拿出两个公函大信封，分别装着给云南总督和北京总理衙门（即中国外交部）的信件。莫理循连夜赶写了这两封信，详细陈述了自己的情况，并提出赔偿要求。莫理循把信交给知县后说，毫无疑问，地方政府必须赔偿他的一切损失。

莫理循究竟索赔多少呢？

"我知道中国非常穷，因此只要求赔偿一万两白银"，莫理循轻描淡写地回答。

莫理循提出的赔偿数额让知县大吃一惊，围观的人也听到了。"一万两！"大家纷纷交头接耳，没一会儿整条街都传遍了这条消息。

莫理循打点好行李，在两个士兵的护卫下，回到了思茅。他刚一回到思茅，知县和当地驻军长官立即来访，并对在普洱发生的事深表歉意。当莫理循宣称第二天要返回缅甸，向英国政府驻缅甸的边境专员汇报此事时，他们恳求莫理循把行期推迟3天，让他们有时间去纠正这个令人遗憾的错误。"我最后只得答应了他们的恳求，同意逗留几天，"莫理循写道。

第三天上午，莫理循收到普洱县衙门寄来的一封公函，请求他返回普洱，继续他前往云南城的旅行。于是，莫理循就回到普洱，而且同意收回他的那两封信。县衙门还很友好地愿意支付他的费用，但是莫理循也大度地说，他已受到盛情款待，因此拒绝接受任何馈赠。

从普洱到云南城，莫理循花了 11 天。在到达云南城的前几天，土匪袭击了莫理循的小小旅队，抢走了他的药箱和其他所有物品。莫理循幸好没受伤，但后来却染上鼠疫。由于缺乏最基本的药物，莫理循只得强迫自己躺在中国人烧热的炕上，让自己烤得皮焦起泡，大把大把地发汗，终于把病菌驱走。"有点像古代的火刑审判，"莫理循写道，"但是我终于胜利地经受住了考验。也许这是我所用过的最原始的治疗法。"

他住在云南省电报局局长、基督徒本森家里疗养康复。9 月底，莫理循买了新的医疗器械，充实了药箱后，动身往东南方向的通商口岸蒙自进发。蒙自当时是中国政府最偏远的海关。他和阿亨骑着马，两个苦力和一匹马负责行李，两个抽鸦片的士兵负责打土匪。一切似乎都进展得很顺利。

10 月 1 日，莫理循一行改变了方向，沿着云贵高原底部向西前往思茅。他们到了思茅后，离开主干道，转向山区，走的是欧洲人以前从没有见过的山间小道。一路上，他们走过一片片森林，蹚过一条条小溪，遇见许多土著人，男的穿着中式服装，女的服饰色彩缤纷，戴着银耳环和饰珠。他们都很文雅，说话轻声细语。然而，越往前走，地势越见险峻，苦力步履蹒跚。莫理循提出抗议时，他们则抱怨说："我们是吃草的马吗？"

10 月 15 日，其中一个士兵不辞而别。第二天其他三个人也扔下莫理循和阿亨溜之大吉。偏偏又开始下雨了。"这里是一片荒野，到处丛林密布，沟壑重叠，溪流纵横，"莫理循写道，"苦力再也不见踪影，幸好驮马还在。我就把所有必不可少的物品转移到马背上，继续赶路。真是天无绝人之路。"

一路上，山洪暴发，耽误了不少行程，但是山民对他们一直非常友好。10 月 31 日，莫理循终于到达思茅。当时正是贸易的高峰期，莫理循住的客栈里住满了中国回民，他们每年这时候都要前往暹罗的清迈。莫理循接着又动身前往勐醒。英国和法国差点为争夺这个湄公河边的小邦而大动干戈，现在勐醒已交还给法国。

16 天后，莫理循到达勐醒，惊讶地发现，"这是个毫不起眼的小镇，林林总总大约只有 160 座土著人住的木头房子。人口稀少，许多人抽鸦片上瘾，体质变得很弱。山高林密，瘴气弥漫，还是个主要的疟疾疫区"。森林里常有老虎出没，水蛭多得吓人，所有草叶上都附着水蛭。"的确，"莫理循写道，"所有国家间的争端都有一些莫名其妙的原因，这么一个破地方有什么好你争我抢的。"

11 月，莫理循南行来到暹罗边界，而后去清迈，在那里把马卖掉，顺湄南河而下，前往暹罗的首都曼谷。他抵达曼谷时，离他出发为《泰晤士报》的使命而奔波的那一天整整一年。令他感到吃惊的是，瓦伦丁·姬乐尔会在曼谷迎接他。姬乐尔当时正在各国考察，准备从华莱士手中接管国外新闻部。他传达莫伯利·贝尔的指令，要求莫理循立即以常驻记者的身份到北京去。莫理循在途中所发的许多报道都已刊出，非常出色地结束了试用期，已成为《泰晤士报》的正式记者。

莫理循在曼谷呆了两个星期后，才动身前往中国。在这期间，他又发了一次高烧，原因是他深更半夜从美国公使馆赴宴回住所时，不小心跌进了河里。莫理循还是在阿亨的陪同下，乘汽船前往香港，然后沿着中国海岸线北上，沿途造访了几个通商港口，在上海逗留了几天。1897 年 3 月 15 日，莫理循到达北京。他在日记中写道："我的新生活现在开始了。"

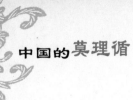

第三章

谜样的中国

　　莫理循骑着高头大马，一路上由阿亨照看行李，进入北京城，开始他《泰晤士报》驻北京记者的不平凡生涯。他由天津海口上岸，一路上溯海河、北运河而上，览尽广阔恬静的大平原后，一头栽进了北京。作为大清朝的首都，北京的城墙厚达 50 英尺，上有城垛，看起来宏伟壮观。北京的人口多达 200 万，绝大多数信奉道教、佛教或儒教，尽现礼仪之邦的风范。

　　莫理循以前到过中国，知道北京城四面围着高大的城墙。南面是外城，也称汉人城，北面与外城毗连的是内城，又称鞑靼城。内城的中央屹立着皇城。所有城墙和建筑物上铺的都是琉璃瓦。皇城里还有大清朝的紫禁城，殿宇千门万户，亭台楼阁错落有致，红墙黄瓦金碧辉煌，素有金色宫殿之海的美称。

　　莫理循一行穿过长而喧闹的胡同和拥挤而又香气四溢的集市，来到一片开阔地。这里的一部分是郁郁葱葱的菜园子，但大部分都是坟墓、神龛和臭气冲天的垃圾堆。两年前，康有为从南方城市广州来到北京，深为京师穷苦百姓的悲惨状况感到震惊："不管你走到哪里，都可以看到成群成群的乞丐在死亡线上挣扎。多少人无家可归，多少孤寡老人流离失所，多少残疾人和病人无人照料。他们最终都只能倒毙街头。"莫理循也看到清朝首都穷苦百姓的苦难，政府对他们的漠不关心以及大清朝的衰败。但是，他也看到京师繁华的一面："在生活舒适的富人区，名门闺秀乘坐着四轮大马车，在较为宽阔和干净的大街上显得那么趾高气扬。"

使馆街是外国驻中国使馆区的主要街道，夹在皇城和汉人城的围墙之间，两旁是一排排欧式商店和建筑物。街的路面经过铺设，显得宽阔、整洁，两旁绿树成荫。一条浅浅的御河横过街的中间，河水流动缓慢，绿得醉人，因此也被称为"玉河"。英国公使馆的四周有围墙，坐落在芳香四溢的玫瑰丛中，一派英国乡村花园的景象。莫理循走过小桥，来到英国公使馆。

公使馆区占地四分之三平方英里，三面都有高大的城墙，里面有英国、法国、德国、俄国、奥匈帝国、比利时、西班牙、意大利、荷兰、美国和日本等国的公使馆。大约有 250 个外国人居住在这里，占在京洋人总数的一半，都受到治外法权的保护。在中国人眼里，这里是高深莫测、谜一样的国中之国。住在这里的外国人像瞎子一样触摸着中国龙的各个部位，想努力搞清楚中国龙究竟是怎么一回事。

"回忆起在北京度过的第一个夏天，我就不寒而栗，"莫理循在《回忆录》中写道，"我是两眼一抹黑，工作不熟悉，对中国所发生的事情几乎一无所知。我无知透顶。"

莫理循到达北京的第一天就遇到《帕尔摩尔公报》记者阿尔伯特·艾德蒙兹。"第二天，他就紧锣密鼓地进行采访，"艾德蒙兹写道，"那天晚上，俄国驻华公使馆举行一个招待会，我们所有人都受到邀请。可是莫理循没去。他正忙着修改他的第一篇报道。他派人到公使馆给我递了一张便条，上面写着：'演出结束后，请来看看我。我觉得糟透了。'"莫理循缺乏经验，但又迫切希望能给他在伦敦的老板留下深刻印象，因此他变得缺乏自信。艾德蒙兹继续写道：

　　我来到莫理循家时，发现他还在忙着改稿件，不知道该不该把稿件发出去。他要求我开诚布公地谈谈对稿件的看法。我浏览一遍后，觉得稿件写得棒极了，刚好切中当前中国混乱局势的要点，显示出娴熟的写作技巧，清清楚楚地表达了他对总体局势的全面看法。我对他说："贝尔先生一定会高兴的。稿件写得非常好。"这是莫理循记者生涯中的第一篇报道。他一生中写过无数非常精辟的报道，正是这些

英国公使窦纳乐

报道使莫理循成为他那个年代最有远见卓识的外国记者。

莫理循立即行动起来，用一些显要人士给他写的介绍信，结识各方面要人，其中包括罗伯特·赫德爵士（爱尔兰人，大清帝国海关总税务司），德国、日本和英国的驻华公使和各国驻华公使馆陆军武官。英国驻华公使（换句话说是女王陛下派驻清廷的大使）克劳德·窦纳乐爵士 45 岁，行伍出身，取代瓦伦丁·姬乐尔的朋友欧格讷，担任这一重要职位。"所有的人都批评这一任命"，莫理循在《回忆录》中是这么评论窦纳乐的：

> 人们批评他没有受过良好的教育，性格软弱，轻浮无礼，饶舌多嘴，行事作风像个军人那样武断随意。他能谋到这一职位的唯一依据是，几年前他在香港当过一年枪炮射击教官！这些针对克劳德爵士的批评是不公平的。他是个有独特魅力的英国军官，本身并没有刻意谋求索尔兹伯里勋爵的任命。我相信，他很快会以自己的杰出表现，获得索尔兹伯里勋爵的高度信任。

不巧的是，莫理循到达北京时，窦纳乐刚好不在北京。莫理循在 3 月 30 日给母亲的信中说，自己的工作正在取得进展：

昨天晚上，我在公使馆和英国驻华临时代办宝克乐以及其他使馆官员共进晚餐。宝克乐收到一封姬乐尔的来信。姬乐尔在信中说，我的曼谷之行受到很高的评价。今天，我和下院议员普里查德·摩根共进午餐。他答应把我介绍给李鸿章。今天下午4点，我将很荣幸地见到在中国最有权势的人物赫德爵士。随后，我还要拜访德国驻华公使海靖男爵[①]。我在这里的工作将十分艰难，我的工资应当不错，毫无疑问，大家都会善待我[②]。

李鸿章是25年来中国最杰出的政治家。作为一个汉臣，他在险恶的清廷宦海中摸爬滚打，练就一身超凡的生存本领。中日战争（即甲午战争）时他担任直隶总督。甲午战争以中国的失败而告终，李鸿章成了替罪羊，罪名是没能及时做好战备工作。实际上，中国战败主要的责任在慈禧太后，她把海军经费挪用于修缮颐和园。

李鸿章赴日本谈判并签订不平等的《马关条约》。不平等条约的条款原先可能更加苛刻，后来一名刺客暗杀李鸿章，弹中颧骨，从而引发西方国家的强烈抗议，日方才被迫降低一些要求。

莫理循拜访了闲住贤良寺的李鸿章。令他感到吃惊的是，李鸿章"竟然厚颜无耻地问我，是否可以出钱请我给《泰晤士报》写份稿件，主张把进口税提高一倍而又不必赔偿"。[③] 莫理循后来写道："他老谋深算，但已76岁高龄，健康状况正在衰退，这从他的脸上就可以看出来。不久，他将因年迈体衰而退出政坛。"

各国公使馆是许多计划和密谋的消息来源。莫理循马不停蹄地在公使馆之间奔走，努力猎取新闻。但是他发现，收集新闻的难度很大。姬乐尔没有指示他要撰写什么样的新闻。他正面临一个新手经常处于的进退维谷的尴尬境地，在北京的人认为是重要的新闻，

---

① 德国公使海靖男爵（1896～1899）。

② 《莫理循文件》珍藏于澳大利亚悉尼米歇尔图书馆。

③ 1897年4月8日，莫理循给贝尔的信。《泰晤士报档案》，伦敦。

而《泰晤士报》却不感兴趣。"我努力了解北京所发生的事情，"他给莫伯利·贝尔写信说，"但很难去伪存真，筛选出真切的消息。"①

赫德爵士本可以提供帮助，但是他像李鸿章一样，工于算计，老奸巨猾。莫理循第一次会见赫德后，在日记中写下自己对赫德的印象："无限的工作能力、远大的抱负和强烈的权力欲。"赫德是蓝眼睛的北爱尔兰人，1863 年被任命为大清帝国海关总税务司，成为中国最有权势的"洋人"，原因很简单，他所掌控的海关的年收入占清朝政府年收入的三分之一。莫理循和赫德会面时，赫德已经62 岁，但是阿尔斯特人的狡诈本性却一点未改，人们都尊称他为"总税务司"。1900 年，《泰晤士报》评论赫德："整整四分之一世纪，每一个新任英国驻中国公使接到的最后一条指示都可总结为简简单单几个字——有问题，找罗伯特·赫德爵士。"

赫德还为外交使节团提供非常宝贵的社会公益服务。他组建了一个由 20 名中国乐师组成的西式乐队，号称"总税务司乐队"。为了给使团成员带来快乐，每到气候凉爽的季节，这个"总税务司乐队"每周都在海关花园里演出一次。然而，赫德自己从来不参加。5 月 26 日，莫理循写信给《泰晤士报》驻上海记者濮兰德②说："这里的大多数人我都经常碰到，但是我很少见到总税务司本人。我知道他不得不高度防范，戒备森严。"③

莫理循喜欢克劳德·窦纳乐爵士。窦纳乐是个在埃及和苏丹打过仗的老兵，身材修长，蓄着一副像上了蜡似的浓密长胡子。他是最经常和莫理循接触的要人之一。虽然莫理循承认，曾从窦纳乐那里获得"帮助和鼓励"，但是他们两人是各为其主，窦纳乐作为一名外交官首先要效忠英国政府，而莫理循作为一名记者，必须对《泰晤士报》忠心耿耿。不到一年的时间，他们之间的分歧在英国国会下议院的争论中就充分体现出来。

---

① 1897 年 4 月 8 日，莫理循给贝尔的信。《泰晤士报档案》，伦敦。
② 濮兰德（1863～1945）：曾任上海公共租界工部局秘书长。
③ 1897 年 5 月，莫理循给濮兰德的信。多伦多大学《濮兰德文件》。

英国公使馆位于使馆区的西北边，是北京建筑群中最令人羡慕的居住地。满汉的高官显贵都很少能有幸入内，较为不重要的人物就更没机会涉足其中。所有来访的客人都得先经过警卫室这一关。警卫室的上方挂着英国皇家盾徽，戒备森严，气势非凡。公使馆占地 3 英亩多，里面有许多建筑群和花园。窦纳乐的公馆高两层楼，是公使馆中最为宏伟的建筑物，以前是一个满清贵族的大宅子，屋顶铺着绿瓦，彰显出原房主的显赫地位。使馆其他官员住的是中式或欧式的房子，稍微小一些。使馆中有座英国圣公会小教堂，供使馆成员去做礼拜。里面还有一座宽敞的剧院，使馆中的戏剧爱好者可以在那里上演他们自己编排的剧目。使馆官员还可以在使馆中骑马，骑自行车，打草地网球、墙手球或保龄球。

莫理循花了 153 英镑，在鞑靼城海关住宅区附近的汉人居住区买了一座大房子，共有 26 个房间，兼做办公室。他在给母亲的信中描述了自己的住处：

> 我住在一套中式房子里，但我把它改造成了欧式风格。我一个人住，只有书和我做伴，到使馆区要走过好几条肮脏的街道。我有一辆马车，养了两匹马，雇了一个车夫（月薪两英镑）。另外我还雇了一个男仆（月薪一英镑）、一个主厨（月薪一英镑）、一个小厨（月薪 12 先令，由主厨付）、一个小工（月薪 14 先令）和两个马夫（月薪共三英镑，其中副马夫的工资由正马夫付）。

莫理循可以和他的中国雇员用洋泾浜英语进行交谈。虽然他后来学了中文，但是他中文的水平还没有他的西班牙语好，更不用说用中文写文章了。不过，他可以用中文表达自己的意思，而且还能认一些汉字。

对记者来说，通讯是最重要的要求，是基本设备。莫理循用电报略语来写新闻报道，然后通过汉人城的电报局把稿件发送到英国。每天黄昏时分，守卫城门的清兵就会紧闭大门，他的办公室通往鞑靼城的通道就会中断。莫理循也会写一些较长、较详细的稿件，最初用手写，后来用上了打字机。他把稿件寄往《泰晤士报》，途中至少要花上 2 个月，才会寄到英国。夏天，寄往北京的邮件要先由汽船送到天津。但是冬季天津港冰冻时，信件和刊登有莫理循稿件的《泰晤士报》报纸只得绕个大弯，先送到上海，然后沿长江而上，再用马和大车送到北京。

莫理循发现北京天气热，灰尘多，给人以拥挤幽闭的不适感觉。他在北京才住上几个星期，就开始筹划前往中国东北的采访之旅，决定 6 月份雨季开始后就动身。与此同时，莫理循还把自己在北京大街上的所见所闻记了下来：驮着蒙古兽皮和皮毛的骆驼长队；戴着手铐和脚镣的犯人，脖子上还套着木枷；苦力挑着令人难以置信的重担，头上盘着辫子；衣衫褴褛的士兵提着老式的武器；小商小贩、魔术师和缠着"三寸金莲"的姑娘；在汉人城里，店铺、剧院和茶馆挂着许多颜色靓丽的广告牌和旗子来吸引满族显贵。

使馆街往北几个街区坐落着总理衙门，那里是莫理循得到许多大清帝国政令消息的来源之处。在莫理循眼里，总理衙门"对国事

莫理循在北京家中与中国儿童

处理不当，是个最为累赘低效的政府机构"。中国官员工作效率低下，拘于礼节，寡言少语，令人恼火不已。不过这并不令人感到奇怪，因为他们得到的指令是：他们的首要任务是必须竭尽所能给这些来自外国的野蛮人设置障碍。

外交使团集中在使馆区，与外界相对隔绝，使莫理循感到沮丧。使馆区有外国人开的商店，出售最新潮的欧洲商品。洋人自己开银行，如香港上海汇丰银行。还有洋人自己的教堂、俱乐部、邮局和运动场。甚至还有一家北京旅馆，老板是 35 岁的瑞士人沙孟和他的美国妻子安妮。莫理循非常不喜欢使馆区的这种氛围。"这里的生活没有一点吸引人之处，"他对濮兰德抱怨说，"这是个被上帝遗弃的地方，我从来没在比这更糟糕的地方居住过。没有女性社交伴侣，没有任何乐趣。"①

莫理循在英国公使馆参加了一次庆典晚宴，庆祝维多利亚女王即位 60 周年。不过，那天晚上天气非常闷热，他过得并不舒心。筵席上端出的都是英式食物：喜庆汤、牡蛎馅饼、烤牛肉、通心面、水煮火腿、舌肉冻、烤羊羔、童子鸡、葡萄干布丁、香橼冰淇淋和奶酪。宴会结束时，宾客都高举酒杯，放声高歌，颂扬女王陛下：

> 六十年的风雨沧桑，
> 六十年的悲欢离合，
> 主啊，
> 您一直保佑着我们的女王。
> 您指引她
> 历经变幻莫测的人生，
> 直到尽善尽美，
> 愿上帝保佑女王。

莫理循讨厌这种废话连篇的所谓爱国主义言辞。他欣赏的是乔

---

① 1897 年 5 月，莫理循给濮兰德的信。多伦多大学，《濮兰德文件》。

治·寇松的更为充满斗争精神的激情。寇松在 1894 年写了一本书，题为《远东问题》，献给"那些对大英帝国充满期望的人士。他们相信，在上帝的眷顾下，大英帝国是神的最佳利器，为人类谋幸福。他们和作者一样，坚信大英帝国在远东的使命还没有完成。"

莫理循认为，英国在 19 世纪东方最大土地争夺战中有失败的危险。正如索尔兹伯里勋爵所说的那样，"租界争夺战"正处于白热化阶段。欧洲各国列强都努力通过提供贷款和修建铁路等方式，从金融和政治上来控制中国，结果你争我抢，各不相让。只有美国不大认同大国沙文主义政策，认为"门户开放"意味世界各国可以公平竞争。

莫理循在北京才住上两个星期，就给濮兰德写了一封措辞强硬的信，谈到一份偏袒法国的协议：

> 对待这件事情，我们必须果断地行动起来，而且态度要非常强硬。我们决不能后退。如果我们不坚持废除这一协议，我们就会威望扫地，我们的利益就会受到严重影响。如果我们能以有效的方式表达我们的强烈抗议，彻底挫败法国驻中国公使施阿兰的不合理行径，英国在中国的势力和影响就会大大增强。我们必须增强大英帝国在中国的势力和影响。[①]

他在信中提到的"我们"，指的是英国，而不是《泰晤士报》。在中日战争爆发前，英国在中国享有无可匹敌的商业优势，但是这种优势正在逐渐衰退。

莫理循对中国大臣们的外交豪赌做了最大篇幅的报道。中国大臣们竟然相信他们以前的敌人沙皇俄国。"我到北京时，以及以后很长一段时间里，俄国在中国东北的势力达到顶峰，"莫理循写道，"俄国和法、德两国联手，带头发难，强迫日本放弃在中日战争中所强取豪夺的一些主要胜利成果，而且进一步利用中国的恐惧感，

---

① 1897 年 5 月，莫理循给濮兰德的信。多伦多大学，《濮兰德文件》。

取得丰厚的回报。"① 这是一场由李鸿章在幕后策划和导演的非常巧妙的外交战。李鸿章极力主张推行"以夷治夷"的政策，抬高俄国的地位，希望借俄国的影响对中国的利益起一定的保护作用。在中国向法国贷款时，俄国愿意充当担保方。结果中国获得了法国的贷款，虽然代价相当大，但是好歹能用这笔贷款支付给日本的一半战争赔款。

俄国取得好处的核心部分就是和中国签署了《喀西尼条约》。喀西尼伯爵在1891年至1897年任俄国驻华公使。"《喀西尼条约》是份秘密协议，由李鸿章在北京签署，再由喀西尼伯爵带回俄国。虽然这份密约的真实性在当时受到质疑，但许多消息来源都证实中俄两国确实签署过这份密约。"②

中日战争中中国遭到惨败后，这份密约把中俄两国捆绑在一起，共同对抗日本侵略势力的扩张。根据这份密约，俄国可以把从1891年就开始修建的跨西伯利亚铁路的支线加以延长，穿过满洲到达海边。密约还批准俄国不但在对日作战时可以通过这条铁路运送军队和补给品，在和平年代也享有相同的权利。

俄国努力寻求进一步利用自己在中国获得的特权地位。莫理循听说，沙俄的重量级人物叶斯佩·乌克托木斯基亲王（华俄道胜银行的创办人和理事长，东清铁路公司董事）正在前往中国途中。"我打算在他离开天津时发一条消息，并顺便看看中国人对他的接待规格，"莫理循对濮兰德说，"毫无疑问，他的这次访问和16 000 000英镑的借款有密切联系。他一定会受到中国政府的高规格接待，因为他头上还戴着亲王的光环。"

---

① 莫理循《回忆录》。

② 鉴于喀西尼在北京的杰出表现，他后来获得俄国驻美国大使的肥差。尽管莫理循确信中俄之间签署过《喀西尼条约》，外界还是一直持怀疑态度。1895年，中俄两国都正式否认两国间曾签署过这份密约。1898年，窦纳乐爵士也曾对天津海关税务司贺璧理否认过这份密约的存在（莫理循文件中1898年5月8日贺璧理给莫理循的信）。历史学家徐中约声称："很显然，喀西尼和李鸿章之间曾会谈过几次，但没有达成正式协议，尽管英文日报《字林西报》曾报道过《喀西尼条约》。"（《现代中国的崛起》，徐中约，牛津大学出版社，2000。）1947年出版的《泰晤士报史》承认，1895年10月25日《泰晤士报》的报道可能"不准确"。

5月21日，莫理循骑马出了正南门（正阳门），来到位于永定门外的马家堡火车站，亲眼目睹从天津来的第一列客车徐徐开进北京火车站。乘客中的确有乌克托木斯基亲王。莫理循在《回忆录》中写道："火车站前的小广场被欢迎的人群挤得水泄不通。美驻华代办田夏礼是美国驻华公使田贝的儿子，目前由他负责美国公使馆事务。我和他骑着马进了月台①。我们挤过拥挤的人群时，田夏礼先生问了好几个中国人：'那个人是谁？'得到的都是千篇一律的回答：'他是俄国沙皇的兄弟，来中国向大清皇帝献贡品。'"

前一年，清廷派遣不知疲倦的李鸿章到莫斯科参加沙皇尼古拉二世的加冕典礼，并献上厚礼。现在，乌克托木斯基亲王（虽然不是沙皇的亲兄弟，但却是沙皇的密友）带着礼物回访大清皇帝和慈禧太后。中俄两国间的特殊关系在乌克托木斯基亲王陛见大清皇帝时得以强调。大清皇帝在紫禁城接见了乌克托木斯基亲王，甚至还亲自从他的御座站起来，从亲王手中接过沙皇的礼物。"自从中国被迫向外国列强开放门户以来，大清皇帝在接见外国使臣时，还从来没有过相类似的屈尊举动"，莫理循写道。

乌克托木斯基亲王出使中国的最主要成果是，中俄两国就俄国铁路穿过满洲的事宜达成共识，俄国正式批准了两国间达成的铁路公司章程。一个关键的未决问题是，铁路的终点在何处？挑选哪一个城市作为中国方面的终点站？"全世界都关注这条铁路，因为无论谁占有这条铁路，都可以兵不血刃地征服满洲，"莫理循写道，"因此，现在迫在眉睫要办的一件事是沿着按计划要铺设的铁路线去实地考察一番，并对修筑铁路的可行性进行报道。"

6月底，莫理循在他的随从阿亨的陪同下，动身前往西伯利亚，开始考察和报道铁路建设的使命。这趟旅行路线迂回曲折。莫理循计划先在俄国境内和满洲接壤的地区旅行，然后穿过蒙古，考察整个满洲地区，行程的终点是海边，全程共4 800公里。

他先去日本的长崎，从那里乘坐俄国轮船"科斯特罗玛号"前往跨西伯利亚铁路在太平洋的终点站符拉迪沃斯托克（海参崴）。

---

① 田贝上校（1830～1904）：担任美国驻华全权公使（1885～1898）。

然后乘火车去乌苏里江上的依曼，从那里乘一艘内河轮船去东西伯利亚的哈巴罗夫斯克（伯力）。"沙俄驻华代办巴府罗富先生为我写了几封介绍信，因此沿途俄国人对我的接待即使谈不上热情诚恳，也还比较得体，"莫理循在《回忆录》中写道。①

他又从哈巴罗夫斯克（伯力）换乘一艘轮船，沿阿穆尔河上行2 560公里，抵达水路航行的终点城市斯特里顿斯克。接着他乘上（无弹簧的）俄式大型四轮马车往东到涅尔琴斯克（尼布楚），在那里归还马车，然后雇了一辆新马车，往南穿越大平原，一路上看到许许多多的山鹑和野禽，到达蒙古的边境地区海拉尔，那里"像澳大利亚大平原一样连棵树的影子也没有"。他绕着满洲的北部、东部和西部边境地区旅行一番。

莫理循在海拉尔把俄式大型四轮马车换成轻便的高轮蒙古马车，往东穿过满洲，一路上越过大草原，穿过兴安岭大森林，到达嫩江流域的齐齐哈尔。"那里到处都是俄国工程师和士兵，"莫理循写道，"铁路线还未确定。工程师们还在忙着勘探最简便的路线。"在齐齐哈尔，莫理循再次改变交通工具，用蒙古马车换了一辆笨重、没有弹簧的两轮马车，沿着嫩江江岸驶向白都纳，然后又穿过白都纳到吉林省。

他的这次旅行不但花费大，而且很不舒服，但是用新闻记者的行话来说，还是有许多意外的收获。"我在旅途中遇到的每一个有职权的俄国工程师都认为亚瑟港（旅顺口）是理想的终点站"，莫理循在《备忘录》中写道。亚瑟港！这是一条耸人听闻的消息。11月 22 日到达符拉迪沃斯托克（海参崴）后，莫理循急忙打电报给《泰晤士报》，宣布他的独家新闻："经初步调查，可以确定横跨西伯利亚铁路的终点站可能是亚瑟港。"

　　　　因害怕中国当局不允许在电报上用"亚瑟港"这个名称，
　　我就用了它的中文名称"旅顺口"。但是电报员不熟悉这个名

① 在喀西尼担任沙俄驻华公使时，亚历山大·巴府罗富为俄国使馆一等秘书。喀西尼出使美国后，巴府罗富担任沙俄驻华代表。

称，误打为"旅顺坎"，因此谁也不懂这究竟是哪里。遗憾的是，没人注意我的报告。根据随后发生的事情判断，这的确是不幸的。①

　　莫理循从海参崴给《泰晤士报》发了一篇很长的补充报道，警告说俄国人想尽量把铁路往南延伸，"把越来越多的满洲地区和俄国领土相连接"。他说，俄国人一谈起日本人想在满洲占一席之地时，就"毫不掩饰地流露出嘲笑的神情"。他还预言说，"日本对满洲未来的重要性决不能忽视"。

　　莫理循离开自己在北京的大本营已经 4 个月了，但是他还有一趟旅行得完成。正是这趟旅行使他得以追踪到当年最重要的中国新闻。他乘轮船穿过日本海，绕过朝鲜半岛的末端，进入黄海，在通商港口烟台上岸。烟台、威海卫和胶州都在山东半岛的突出部。英国驻烟台领事对他说，三个星期前，两个德国传教士被中国土匪杀害，于是德国就利用这个机会，于 11 月 14 日出兵占领中国东部最好的港口胶州。莫理循急忙赶回北京，在日记中写道："远东历史新的一章已经开始了。"

　　莫理循通过他在英国公使馆的关系发现，德国公使海靖一直在幕后非常巧妙地操纵占领胶州事件。在下令出兵占领胶州之前，海靖用非常巧妙的手法，确定俄国还没有对胶州提出利益要求。9 月的一天，他在总理衙门装作很漫不经心的样子对李鸿章说，德国政府希望，在即将到来的冬季里，德国船只能够造访旅顺口、威海卫和胶州这三个港口城市。

　　"我知道访问前面两个港口没有什么困难，"海靖说，"但是，俄国对胶州提出过利益要求，因此我们必须征求俄国的意见，看看是否会遭到俄国的反对。"

　　李鸿章落进了海靖的圈套。"这件事和俄国有什么关系?"李鸿章问。

　　"我知道中俄两国在胶州问题上签订过某些协议，"海靖殷勤

---

　　① 莫理循《回忆录》。

地说。

"没有任何协议，"李鸿章反驳说，"这件事和俄国无关。只有中国才有决定权。"

这么一来，海靖吃了一颗定心丸，收集到自己想要的情报。德国对中国的反应可以不屑一顾，担心的只是自己的行动是否会使俄国感到不安。10 月 8 日，海靖开始实施自己的计划，乘坐巡洋舰"海因里希太子号"访问了胶州，借口检查军舰的机械故障，派潜水员下到水中考察港口底部。结果发现，胶州港是个非常理想的军港。

而后，海靖去了汉口，在那里听到两个德国传教士在山东被杀害的消息。他决定利用这一事件大做文章。回到上海后，他把自己的计划通知了德国海军上将狄特立克斯，命令狄特立克斯亲自率领两艘战舰开往胶州。11 月 14 日，德国海军陆战队在胶州登陆，而且兵不血刃地占领了胶州。"海靖男爵对我说，只有聪明的爱尔兰驻上海记者亨利·奥谢对德国在胶州的行动产生怀疑，"莫理循写道，"巴府罗富先生非常生气，俄国外交部也非常恼火，却无可奈何。"

德国海军陆战队在胶州登陆时，中国的守备部队还完全不知道他们究竟想干什么。德国士兵反穿旧式夹克衫，让人们看不出他们是军人。中国士兵甚至还跑到码头上去，帮助德国人把行李拖上来，赚几片小钱。真是被人卖了，还要帮人家数钱。莫理循哀叹地评论说："中国民族精神之匮缺，在这一事件中展现得一览无遗。"[①]

德国驻华公使海靖回到北京后，立即和中国的两个代表展开谈判。一个代表是李鸿章，另一个是李鸿章的政治对手翁同龢。他提出的谈判目的是"增强中德两国间的友谊纽带"，听起来相当冠冕堂皇，但实际上，他想从中国政府手中诈取最大的土地使用权。其他列强也争相仿效德国的做法。"北京成了国际活动中心，"莫理循写道，"俄国、英国和法国全都动了起来。"德国海军陆战队在胶州刚刚登陆，并提出割让胶州港的"友好要求"，俄国政府就宣布，

---

① 莫理循《回忆录》。

俄国舰队要在旅顺口过冬。

在索尔兹伯里勋爵的敦促下，窦纳乐爵士愤怒地提出要求说，虽然威海卫作为停泊地点，在理想程度方面比旅顺口和胶州都差得非常多，但是中国付完中日战争赔款后，只要日本军队一撤出威海卫，中国方面就必须把它租借给英国。中国欠日本的战争赔款还有16 450 490英镑未付。索尔兹伯里主动提出给中国贷款12 000 000英镑，而且贷款条件十分优惠，结果反而在总理衙门引起巨大猜疑。

总理衙门的猜疑似乎得到证实。1898年1月9日，窦纳乐在北京把贷款条款递交给李鸿章的同一天，两艘英国军舰就在旅顺口下了锚。莫理循写道："俄国政府对英国的行动有什么看法呢？俄国肯定会认为，英国以如此令人值得怀疑的优惠条件向中国提供贷款，其目的是迫使中国乖乖地服从贷款条件，同时在旅顺口获得一些利益。"

李鸿章和璞科第（华俄道胜银行董事并任该行驻北京代表）商量此事。璞科第建议李鸿章拒绝接受这一贷款。各国驻京外交使节团很快就都知道了英国对华的贷款条款。璞科第正式代表俄国政府，就贷款条款之事向总理衙门提出抗议。天津的地方周报甚至在社论中对贷款条款发表评论。"贷款条款变得尽人皆知。1月16日，我把这些条款用电报发到伦敦。1月17日，《泰晤士报》就把它们都刊登了出来"，莫理循写道。

17天后（即2月3日），中国听从俄国的建议，正式拒绝了英国的贷款建议。英国外交部非常恼火，指责莫理循"在时机未成熟的情况下"泄露了贷款条款，结果破坏了贷款的运作。"我的电报并没有起破坏作用，"莫理循写道，"没有泄密，也没有过早把消息透露出去。英国并没有因此而失去贷款给中国的机会。"著名的香港汇丰银行立即介入，给中国提供了一笔16 000 000英镑的贷款，而且提出的贷款条件比英国政府的条件还要优惠。中国政府非常感激地接受这笔贷款，并于2月19日签订了初步贷款合同。

但是，俄国并没有气馁。巴府罗富交给李鸿章一份清单，要求中国政府立即把旅顺口和附近的商用港口大连割让给俄国，并且要求把跨满洲铁路向南延伸，穿过奉天，与这两个港口连接起来。俄国还威胁说，只给中国 5 天时间做出令俄国满意的回答，否则俄国就要废除《喀西尼条约》。

莫理循被卷进了中俄外交斡旋中。1898 年 3 月 5 日晚，他收到威·恩·毕德格（李鸿章的美国秘书）的一封便函，邀请莫理循方便时来看他。"我立即就登门拜访，"莫理循写道，"我发现他情绪非常不安，在房间里来回踱着。他问我是否愿意为中国做点贡献。"毕德格要求莫理循写一篇报道，透露李鸿章将要发给乌克托木斯基亲王的电文内容。李鸿章在电报中恳求乌克托木斯基亲王替中国向沙皇说情，说服沙皇收回要求。写报道并不难，但是麻烦的是莫理循必须承诺决不透露消息来源，因为"我只要稍不小心，就可能毁了他的前程"。

莫理循答应了毕德格的请求。第二天，他把李鸿章电报的内容发给《泰晤士报》。在他发出电报之前，德国公使海靖给德国政府发了一封电报，汇报自己在外交上取得的巨大胜利。海靖说，他于 1898 年 3 月 6 日和中国政府签署了《胶州湾租借条约》，中国政府同意把胶州湾租借给德国 99 年。德国还得到整个山东省的铁路修筑权和矿产资源的开采权。"山东虽说只是个省份，"莫理循写道，"但是面积却有英格兰和威尔士加起来那么大。"

莫理循有关俄国对中国提出要求的报道于 3 月 7 日在伦敦刊出，立即引起"巨大反响"。这篇报道和他 11 月在海参崴发出的有关俄国在满洲活动的报道都刊登在同一期《泰晤士报》上，从时间上来说非常巧合。这两篇报道一登出，立即在证券交易所引起一片恐慌。汇丰银行代表盖伊·熙礼尔向莫理循指出，他的报道有误，希望他能为了贷款之事而同意修改报道。赫德也把莫理循请到海关，努力说服莫理循，希望他能意识到自己受到误导。赫德还说，总理衙门的机要秘书梁震东爵士向他保证，俄国没有对中国提出威胁性的要求，只提出一项友好的建议。

"赫德爵士还劝我，如果我不想在新闻生涯刚刚起步时就败坏自己的名声，就必须收回自己的报道，"莫理循写道，"我告别赫德爵士后，在他家花园的墙外来回踱了好几分钟，仔细地思量这回事，然后走到电报局去给《泰晤士报》发了一份电报。"

莫理循的补充电文刊登在 3 月 10 日的《泰晤士报》上，署名为"我们的驻北京记者"。电报全文是："中国政府虽然承认接到俄国提出的要求，但否认俄国人对中国施加了压力，也否认俄国人发出最后通牒。尽管中国政府否认受到来自俄方的压力，我重申自己星期日发出的消息是准确的。"

莫理循在电文中没有提到一件重要事情：他在把报道发给《泰晤士报》之前，曾和窦纳乐谈到自己撰写这些报道的企图，"因为这是个对英国来说非常重要的问题"。但是，为了保密起见，他没能向窦纳乐透露自己的消息来源。窦纳乐由于不知道莫理循的消息来源，曾敦促莫理循要小心谨慎，并且"不完全相信报道的可信度"。外交部向窦纳乐证实莫理循报道的可信性时，窦纳乐只说中俄双方举行过谈判，但是"没有任何迹象表明俄国曾向中国发出过任何形式的最后通牒，而且就他所知，俄国也没有像媒体所透露的那样向中国提出任何回应最后通牒的期限"。①

外交部更关心的是莫理循的报道对中国贷款会产生什么直接影响，而不是满洲的长远未来走向。因此外交部就采取措施，努力减小莫理循的报道可能造成的负面影响。由于窦纳乐已正式否认莫理循消息的真实性，外交部就指责莫理循不分青红皂白地采用"可能在俄国公使馆怂恿下由满清官员提供的消息"。外交部还指出："俄国公使馆此举的目的是让媒体草率地刊登不完整的消息，从而破坏英国贷款谈判。"

3 月 22 日，中国贷款公债在伦敦公开发行，但是大众购买热情很低，销售前景惨淡。中国后来同意俄国提出的所有要求：俄国获得旅顺口和大连湾的 25 年租借权，附带在这两个地方的所有矿产和铁路的开采权和修筑权。俄国外交大臣维特伯爵说，为了让李鸿章下定决心做出有利于俄国的决定，他曾向李鸿章行贿 500 000 两白银。

3 月 24 日，莫理循把俄国大获全胜的消息发到伦敦。3 月 25

---

① 莫理循《回忆录》。

日，《泰晤士报》刊登了莫理循的报道，声称中国已同意俄国的所有要求。当天晚上，外交事务次官乔治·寇松对下议院说："我们还没有证实这些传闻。"尽管莫理循的报道没有得到官方的证实，索尔兹伯里读过他的报道后，还是打电报给窦纳乐，指示他要以俄国租借旅顺口相同的条款向中国提出租借威海卫的要求，"目的是为了恢复列强在渤海湾的均势"。莫理循的报道随后很快就被证实。3月27日，《旅顺口协约》在北京签订，俄方代表是巴府罗富，中方代表是李鸿章和张荫桓①。

29日，寇松在下议院遭到质问：为什么在外交部能获得极其重要的消息之前，《泰晤士报》总能抢先几天刊登出这些消息。寇松疲惫不堪地站起来回答说："我认为答案并不难找。"

> 女王陛下派驻国外的代表有责任向我们报告经官方认可的消息，有责任在发电报之前先加以证实……我不能断定现代记者的作用是什么，但是我的看法是，记者在报道时可以充分发挥他们的想象力，对可能发生的事情进行预测。在这种不公平的竞争中，记者的主要责任是提供消息的速度，而外交官主要关心的是事实的准确性，其结果是在下议院眼里记者比外交官更胜一筹。

英国议员原先对《泰晤士报》驻北京记者究竟是谁根本一无所知，但是他们很快就知道他是澳大利亚人乔治·厄内斯特·莫理循，且他在步入新闻界之前是个医生。2月4日，莫理循在北京庆祝他的36岁生日，那一段时间他承受的压力非常大。《泰晤士报》曾评论说："那些日子里，他遭到怀疑，感到沮丧和愤慨。"但是，现在莫理循的工作保住了，而且他声名鹊起。令莫理循唯一感到遗憾的是，他父亲已于2月15日在季隆与世长辞，没能分享他成功的喜悦。

---

① 张荫桓（1837～1900）：清末大臣。1897年，代表中国政府参加英国维多利亚女王即位60周年庆典，被英国女王封为爵士。戊戌政变后，被流放新疆。

第四章

龙 的 女 皇

在各国列强忙着瓜分中国，获取自己最大利益时，清廷的政治动荡正在它的权力核心汹涌澎湃。随着中国在中日战争中的惨败，古老而又复杂的清朝大厦开始摇摇欲坠。中国人开始意识到，满族统治者不但犯了许多错误，而且极其愚蠢。当清朝政府对德国租借胶州的无理要求卑躬屈膝，对俄国租借旅顺口的蛮横要求唯唯诺诺时，清朝大厦的基石开始破裂、粉碎。以康有为为首的中国改革派的力量在迅速壮大。康有为是个广东学者，1895 年后他给皇帝上书，对中国的现有状况提出许多批评。在改革派人士看来，中华民族的生存已危如累卵。

与此同时，莫理循却因为他的报道受到方方面面的高度评价和赞扬。瓦伦丁·姬乐尔对他在工作中所取得的杰出成就表示祝贺，并对莫理循说："白克尔和华莱士对您都深表谢意。""我可以向您保证，报业广场的每一位同仁都极为欣赏您对报社做出的杰出贡献，"姬乐尔说。

实际上，对你工作的承认和高度评价并不仅局限于报业广场。舆论广泛认为，如果没有您的报道，我们国家对一些极为重要的公共利益事件会一无所知。政府官员们目前处境艰难，对您的所作所为恼火万分，因为您对他们的困境明察秋毫，而且每天都在敲打他们。①

姬乐尔还说："您使自己一举成名的方式对我个人来说有巨大的吸引力。"然而，海靖对莫理循的称赞却未免显得过分的虚情假意。这位德国外交官说莫理循和德国人有"相同的兴趣和习惯"，当然德国国会中不会有人苟同他的说法，因为德国国会一直把莫理循看成德国在整个亚洲事务中最难对付的死敌。海靖还猛烈抨击德国新闻界。他说自己不得不亲自为德国的利益而辛苦操劳，因为他没能往北京派出"一位能像您一样为大英帝国做出杰出贡献的德国记者"。②

莫理循尽管不断受到恭维，但是却渐渐感到苦恼和委屈，原来经济拮据这个老问题又开始烦扰着他。"报社把我派到中国时，我的身价是440英镑。我这辈子还没享受过这么高的薪水，"莫理循对濮兰德抱怨说，"可是我辛辛苦苦为报社效力一年后，身价却跌到320英镑。照这么下去，再过一年，到1899年2月15日，我的身价岂不要跌破200英镑。在北京这个地方，每个月靠415美元度日是不可能的。虽然出差旅行的费用全部报销，但是我每个月都入不敷出。对这种经济状况我感到非常恼火，因为我为报社效力已做到殚精竭虑，放弃了自己所有真正的乐趣。"接着他继续发牢骚说："报社的社论偶尔会称赞自己的驻京记者。可是这个记者在为报社忠心耿耿地效力时，收入却每况愈下。我不知道莫伯利·贝尔先生在读到这些颂扬之辞时，是否有时会感到惭愧。贝尔先生曾答应我'年薪至少500英镑，而且其他和工作有关的一切费用都实报实销'。500英镑的年薪我拿过，但是实报实销的承诺却没有兑现。"莫理循信誓旦旦地对濮兰德说，除非他的经济状况得以改善，不然他就打算辞职回澳大利亚去。③如果他真的辞职回澳大利亚，他将

① 《莫理循文件》中1898年3月31日和2月24日姬乐尔给莫理循的信。
② 《莫理循文件》中1898年4月14日海靖给莫理循的信。
③ 《莫理循文件》中1898年5月5日和28日莫理循给濮兰德的信。

永远不会原谅自己，因为紫禁城里就要爆发那个时代最为轰动的事件。

1898 年 6 月 11 日，中国近代史上改革运动的第一次阵痛（史称"百日维新"运动）正式展开。27 岁的光绪皇帝正式宣布推行新政，抱病用象征权力的朱砂御笔批下了第一道改革政令"明定国是诏"。随后他又颁布了一系列变法诏书和谕令，下令在全国范围内进行广泛的激进变革。5 天后，他在颐和园仁寿殿召见康有为，相谈两个小时。康有为恳请光绪皇帝摆脱朝廷旧制的束缚，罢免一些守旧的保守派官员，或用高官厚禄把他们养起来，破格提拔有才识的维新志士，由他们主持新政。他说："皇上您要依靠现有的官员促进变法，无异于缘木求鱼。"[①]

光绪皇帝对康有为的改革热情做出积极反应，下令废除"八股文"，改试"策论"；开办大学堂；民间祠庙，有不在祀典者，即由地方官晓谕民间，一律改为中小学堂；各省设立农工商局，重组结构。他还任命康有为担任总理衙门章京。康有为的一条变革理念是：中国必须和日本结盟，中国的改革必须遵照日本的模式，中国官员必须在日本受训，中国舰队必须在日本军官的指导下进行重组。光绪皇帝非常诚恳地接受了康有为的建议。"没有任何人怀疑这位年轻帝王的诚意，"莫理循写道，"没有人否认改革是一种明智的趋势，但是改革的步伐迈得太快了。"[②]

改革派中有许多相当著名的人物。其中一个是帝师翁同龢。他是最早改变观念支持西式变革的官员之一，曾把康有为的许多文章转递给光绪皇帝。另一个是外交官张荫桓爵士，曾代表光绪皇帝出席英国维多利亚女王即位 60 周年纪念典礼，遇到索尔兹伯里，并荣获圣迈克尔和圣乔治大十字勋章。

最初慈禧太后（老佛爷）也接受改革主张，但是当光绪皇帝要废除满族统治阶层赖以谋生的干俸制时，她就和朝廷中的改革反对派纠集在一起。她的第一个行动就是罢免翁同龢的太傅之职，把他

---

① 罗荣邦著《康有为传记和专题论丛》，亚利桑那大学出版社，图森，1967 年。
② 莫理循《回忆录》。

贬出京师，因为正是他把光绪皇帝逐渐引上了改革之路。

罗伯特·赫德爵士对清廷中所发生的一切事情都洞察得非常清楚。"那一星期所发生的一切事情都非常重要，而且意义深远。"6月18日他写信给莫理循说。

> 改革意味着必须摒弃一些过于保守的政策。西方人士担心，改革会引起朝廷不和，慈禧太后会废黜光绪皇帝。但是中国人却不以为然。我为老夫子翁同龢的遭遇感到遗憾，他的许多观点非常好。但是，据在内廷中当值的官员说，他过分利用自己太傅的地位，企图对皇帝施加影响。遗憾的是，皇帝没有采取较为温和的方式来推进改革！

但是，光绪皇帝并没有停下自己改革的步伐，在9月12日下发的上谕中表示要向西方学习。他说："国家振兴庶政，兼采西法，诚以为民立政，中西所同。"当时众所接受的一个观念是，所有改革都必须遵照中国传统的儒家思想。但是，光绪的这一上谕表明他一下子抛弃了这一观念，为颠覆中国传统思想的西方思潮打开闸门。于是，慈禧太后动怒了，因为她认为光绪大逆不道，违背祖宗大法。

从9月开始，改革的冲击波从权力核心北京辐射到各个省，接着又反馈回京城。礼部直截了当表示反对废除"八股"，总理衙门反对设立新的政府部门。大多数省总督都知道慈禧太后才是中国真正的统治者，因此对光绪皇帝的改革政令都采取推诿策略，甚至装聋作哑，置之不理。改革运动陷入困境。

改革派担心慈禧太后会像赫德所预言的那样采取行动，废黜光绪皇帝，就决定先发制人，除掉老佛爷。著名改革派人士谭嗣同（思想家，33岁，刚被光绪皇帝任命为四品卿衔军机章京）受改革派委托谋求袁世凯的支持。袁世凯当时手握中国新军大权，而且同情改革运动。谭嗣同敦促袁世凯出兵包围颐和园，阻止禁卫军干预，杀禁卫军统领兼直隶总督荣禄。然后改革派人士就可冲进颐和园，刺杀慈禧太后。

袁世凯的"新建陆军"驻扎在天津，离北京还有一天的路程。"新建陆军"是中国在中日战争（1894～1895）被打败后出现的唯一积极结果。当时李鸿章举荐袁世凯在北方训练一支新式军队。有人反对任命袁世凯统领这支新军。袁世凯的一个满怀妒意的同事写道："他刚愎自用，骄奢淫逸，残酷无情，背信弃义。"所有这些评论也许都是对的，但是和他在军事上的杰出才能并不矛盾。的确，妨碍袁世凯高升的主要问题是他和改革派拉拉扯扯，有着说不清、道不明的关系。他曾参加过维新人士组成的"强国会"。该组织主张在中国进行宪法改革，寻求中国现代化。

袁世凯 36 岁时就已受命督练新军。他在日本人还没有占领朝鲜之前，用尽权谋，被任命为中国驻朝总理交涉通商事宜全权代表，努力用德国的建军思想来改造他的军队。他治军纪律严格，士兵凡犯有偷窃、奸淫、掳掠和开小差之罪，一律处以死刑。他还禁止士兵抽鸦片。"他所统领的部队纪律非常好，令人钦佩，"莫理循写道，"他用铁腕来治军。"

1898 年 9 月，政变风云笼罩北京之时，袁世凯手中掌握着一支训练有素、令人望而生畏而又绝对效忠于他的军队。在改革派和保守派在朝廷角逐权力的较量中，袁世凯是一股谁都不可忽视的力量。他本身也处于两难的境地，要么效忠皇上，要么效忠正在陷入混乱的国家。

9 月 18 日晚，谭嗣同拜访袁世凯在北京的住所法华寺。他相信袁世凯绝对效忠光绪皇帝，激动地略述了他清除慈禧太后和禁卫军统领荣禄的计划。但是袁世凯非常狡猾，一边巧妙地说，现在局势还不明朗，要特别小心行事，一边拒绝做出任何承诺。虽然袁世凯同情改革派的全部主张，但是他有自己的小算盘。他知道如果能把自己的命运和保守派连在一起，自己的收获会更加丰厚。况且，他的军队只有 7 000 人，而荣禄却掌管着北京和天津的 10 万大军。

谭嗣同回到北京后，向康有为汇报说自己的使命已经失败。康有为准备离京逃亡。9 月 20 日，袁世凯觐见光绪皇帝，没提到逮捕慈禧太后和杀荣禄之事。随后他回到天津，把改革派的密谋告诉了荣禄。荣禄急忙赶到颐和园密奏慈禧太后。

　　第二天拂晓，慈禧太后派自己的侍卫和太监逮捕了光绪皇帝，把他幽禁在紫禁城中南海一个四面环水的小岛瀛台。"他错估了反对派的力量，"莫理循写道，"他的改革措施使皇亲国戚、清朝官僚和文人感到惶恐不安。连慈禧太后都焦虑不安。在改革反对派的恳求下，慈禧太后终于在退居幕后十年之后，突然亲政，接管了政权。"

　　同一天，《京报》刊登了慈禧太后第三次摄政的消息，并解释说由于皇上身患重病，他的姨母不得不接管政权。《京报》还登出第一条废除改革政令的消息。随后，光绪颁发的 38 条改革政令基本被废除，只有设立大学堂的政令得以幸免。

　　"中国人对这一巨变都觉得很兴奋，而外国人都焦虑万分，"莫理循写道，"9 月 22 日上午，我们听到张荫桓被捕的消息，都感到非常震惊。"

　　张荫桓在一座寺庙中被捕，罪名完全是捏造的。莫理循和几个英国知名人士，其中包括英国外交官休·格罗夫纳，都建议要把他救出来，安顿在英国公使馆中保护起来。"我们有权保护一个维多利亚女王曾授予爵位的人，"莫理循写道，"我们把这个计划透露给张荫桓的秘书梁震东爵士，要他设法转告张荫桓。没想到梁震东后来告诉我们，张荫桓的回答是他不希望妨碍朝廷的执法①。两年后，张荫桓在他的流放地点新疆省城迪化府被处死，方式非常野蛮，骇人听闻。"

　　谭嗣同和其他 5 名年轻的改革派志士（史称"戊戌六君子"），其中包括康有为 25 岁的弟弟，都被逮捕，被控犯叛逆罪，并很快于 9 月 27 日被斩首。在不到一周的时间里，改革运动就完全被粉碎。

　　改革派领军人物康有为还在逃亡。大清帝国发布缉捕令，悬赏捉拿康有为，而且死活不论。但是，他还是成功地乘上英国公司的一艘客轮"重庆"号，安全地离开了天津。"重庆"号在驶往上海

---

　　① 梁震东：张荫桓的机要秘书。1897 年，梁震东因陪同张荫桓参加英国女王即位 60 周年庆典，同张一起被英国女王封爵。

的途中，警方已在上海布下天罗地网抓捕他。幸好他在船进吴淞口之前就换乘一艘英国人的驳船，然后转移到吴淞口外的英国邮轮"巴拉勒特"号上，由巡洋舰护送去香港。

康有为在日本流亡期间，谴责慈禧太后的专制暴行，指责她和一个"假太监"有不正当的关系。"在对慈禧太后宠臣的指责中，他对袁世凯的攻击最为强烈，指控他没有履行自己的职责，背叛了年轻的光绪皇帝，"莫理循写道，"他的观点流行了许多年。但是他对袁世凯的评价已被历史所纠正。"

根据袁世凯给莫理循的一份书面声明，谭嗣同夜访他时声称改革派的计划得到光绪皇帝的批准。袁世凯回答说，没有接到圣旨让他承担这项任务。谭嗣同随后就掏出一份用黑墨水写的密诏。袁世凯读后提出异议，认为这不是皇帝的密诏，因为不是皇帝的朱批。

而且，所谓密诏也只提到"万全之策"，没有说要诛杀荣禄或逮捕慈禧太后。谭嗣同说，原来的密诏有朱批，带来的只是副本。他离开时叮嘱袁世凯："我们全靠你了。"

"袁世凯决定，20日奉旨觐见皇上提及改革运动时，要和皇上谈到此事，"莫理循写道，"因此，他谈到新的改革措施和所遇到的困难。皇上为袁世凯的话所动，但是没有提到'万全之策'。"袁世凯宣称，那天晚些时候和荣禄交谈时，荣禄通过北京来的密使已经知道改革派的密谋了。

不管袁世凯在导致改革运动失败的过程中起什么作用，不可否认的是慈禧太后对他嘉奖有加。政变后还不到一星期，他就奉命护理直隶总督，第二年又被提拔为山东省巡抚。同样，荣禄旋即内调中枢，授军机大臣，晋文渊阁大学士，管理兵部事务，节制北洋海陆各军，统近畿武卫五军。

中日战争后，莫理循曾得到一份挪威人曼德上尉（原在帝国海关供职，后调中国军队当顾问）写的评价袁世凯性格的报告。"毫无疑问，他会在中国历史上留名，"曼德在1897年写道，"但是，他死时是否能保得住脑袋那就难说了。"

莫理循注意到，自慈禧太后发动政变后，中国保守主义中最反动的形式开始甚嚣尘上。"反洋情绪被唤起，"他写道，"所有外国人都被人用怀疑的目光盯着。"由于北京的局势不稳定，各国公使于 10 月 7 日下令把军队从天津调往北京，保护公使馆。这支多国部队乘坐由总理衙门提供的火车来到京城。在京的外国社团纷纷集会表示欢迎。这是自 1860 年英法联军攻占北京，火烧圆明园后，外国军队第一次奉军令进入北京城。

谣言满天飞，说被幽禁在瀛台的光绪皇帝有性命之忧。窦纳乐爵士警告慈禧太后，英国和其他各国政府"绝不赞同"光绪遭到杀害。他建议派一名外国医生看望皇帝陛下，以便"澄清所有由上海流传出来的谣言"[①]。结果这项使命由法国公使馆医生戴瑟维博士来完成，因为他是唯一隶属外国公使馆的医务人员。莫理循对此感到非常失望。"我没能入选，因为我是《泰晤士报》记者。"莫理循懊恼得很。戴瑟维博士没能获准给光绪检查身体，只能尽量走到近处看了看，确认光绪帝还活着。

英国海军少将查尔斯·贝思福勋爵当时正在中国访问，为争取英国在中国的商机而大声呼吁。他参观了袁世凯驻扎在天津城外的军营，建议袁世凯用一个简单明了的方式对付老佛爷慈禧太后。他说，袁世凯应当把慈禧太后捆在一张毛毯里，把她吊在一口井的上方，然后威胁她必须在一道退位的诏书上签字，否则她就会被沉到阴暗潮湿的井里。这么一来，她很快就会理智起来。

贝思福为自己能想出这么个好主意而高兴，就打电报给英国首相索尔兹伯里勋爵，要求能获准和袁世凯的军队一块进京逮捕慈禧太后。他还说，一旦除掉慈禧太后，袁世凯就可以成为中国的统治者，对克劳德·窦纳乐爵士俯首贴耳。他认为这种做法符合各国的利益。

11 月 8 日，索尔兹伯里勋爵恼火地回电说："这个想法在本世纪初可能有点吸引力，但是对英国来说，任何撇开中国人民和欧洲列强接管中国政府的企图都万万行不通。"窦纳乐把索尔兹伯里勋爵的电文转给查尔斯勋爵，并很简练地添了一句话："最好还是坚持用商贸方式。"

---

① 1898 年 10 月 16 日，窦纳乐爵士给路透社驻京记者奎恩的信。

慈禧太后决定不再对外国列强做出任何让步。结果是，1899年2月意大利第一次参与瓜分中国，就酿成了一起危险的国际事件。意大利在瓜分中国的争夺战中落后于其他列强，因此非常渴望能弥补失去的时间。意大利政府在向中国提出一系列利益要求时，请求英国政府给以补助。索尔兹伯里同意提供帮助，并指示克劳德·窦纳乐爵士负责帮助意大利驻华公使德·马迪讷采取除武力外的任何外交手段。《泰晤士报》有时在这样的事情上会和外交部通力合作，于是就命令莫理循拉意大利人一把。"我接到一封简短的电文，指示我帮助意大利人：莫理循北京谨记通心面友谊泰晤士报。"莫理循写道。

莫理循遇到马迪讷时，"通心面友谊"就遇到了麻烦。"从气质上来说，他最不适合从事这方面工作。"莫理循写道。

> 德·马迪讷精神高度紧张，易激动而又有点迷信。他的所有行动都由预兆所左右。一天，他前往里约热内卢参加一个重要会议，而且要在外交部签署一项协议。没想到他在途中碰到一个斜眼的女人，于是他就急忙打道回府。结果无论谁都没法劝他在这不吉利的日子签署协议。[①]

马迪讷的这种小心翼翼也许会为更加迷信的总理衙门大臣们所欣赏。不管怎样，1899年2月28日，他出现在总理衙门提出意大利政府的要求时，大臣们还是彬彬有礼地听他发言。他通过翻译提出以下要求：租借浙江省三门湾，有权从三门湾修筑一条通往鄱阳湖的铁路，同时还享有优先开采沿途矿藏的权利。3月2日，他在给中国政府的照会中，重申了意大利的要求，而且虚张声势地提醒中国政府，意大利也是一个强国，鉴于她在"欧洲合作"（Concert of Europe）组织中的地位，必须在中国有自己的势力范围。

马迪讷的使命这才遇到了麻烦。中文中"势力范围"的含义和"宗主国"很接近，但是意大利并没有提出"宗主国"的要求，因

---

① 莫理循《回忆录》。

此中方不明白意大利所提要求的具体含义。更糟糕的是，总理衙门的所有大臣都不知道意大利要租借的海湾在何处，原因是意方在照会中写的是"San Moon Bay"，而不是"Sanmun Bay"（三门湾）。还有，中国官员似乎还不清楚意大利在国际社会的地位。"中国官员在接到意大利提出的要求时，都显得非常惊讶，"莫理循写道，"他们完全不知道意大利在列强中的地位，甚至还隐隐约约有点印象，意大利只是一个小国，意大利军队在非洲还被一些土著黑人打败过。"①

莫理循对这一事件根本不屑一顾，甚至在给《泰晤士报》的稿件中以此打趣，他说意大利在照会中用的"European Concert"这一字眼，通常是用来指戏剧表演的。没想到意大利方面却拿他的话当真。令莫理循感到后悔的是，意大利公使馆的中文秘书卫太尔男爵（著名的语言学家）竟然因此而受到罗马方面的严厉斥责。

与此同时，中国方面则考虑该怎样对马迪讷递交的莫名其妙的照会作出反应。"他们非常认真地讨论了意大利的照会，"莫理循写道，"接受了其中一个自以为聪明的官员的建议。他们认为，对这份前所未见的照会，最友好的反应就是把它退回给马迪讷本人，因为只有这样才能保住他的面子。"于是，他们第二天（3月3日）就把照会退回给马迪讷。

然而，马迪讷那天刚好不在北京，他正在天津和自己秘密安顿在那里的日本情妇寻欢作乐。海靖男爵和窦纳乐爵士刚好那天也在天津参加一个外交活动。马迪讷收到卫太尔的电报，知道自己提出的要求被驳回后，就到德国领事馆拜访海靖男爵，讨论该如何处理这件事。海靖建议他将此事通报窦纳乐，因为他正准备向中国政府递交英国支持意大利要求的照会。但是，马迪讷拒绝这么做。结果，窦纳乐打电报到北京，指示公使馆递交英国政府的照会。在中国政府驳回意大利政府照会的后一天，英国的照会送抵总理衙门。

"中国官员收到我们的照会时，比收到意大利的照会更为吃惊，"莫理循写道，"中国官员觉得奇怪，英国政府究竟奉行的是什

---

① 1896年，意大利军队在阿多万附近和阿比西尼亚军队作战时，共伤亡4 500人。

么政策？一方面承诺保护中国免遭俄国的侵略，一方面又帮助意大利侵略中国。"

中国继续假装不知道洋人的游戏规则，非常有礼貌地给窦纳乐送去一份照会，表示不可能答应意大利政府的要求。

马迪讷火冒三丈，采取了一项令人深感意外的措施。3 月 10 日晚，他给总理衙门送去一份最后通牒，要求中国政府在 4 天内接受意大利的要求，否则就要用武力来解决问题。尔后，他又抽空溜到天津去再和情妇幽会，并宣布在 13 日这一天不处理任何公务。他甚至不提这个日子：为了避免提这个在他看来充满凶险的日子，他用"困惑日"这几个字眼来顶替。3 月 14 日，马迪讷回到北京，但危险局势已因他而形成。莫理循从卫太尔那儿了解到所发生的许多事情，立即警觉起来，决定到马迪讷府上去拜访。可是，马迪讷拒绝会见他。

莫理循给他写了一张语气强硬的条子后，才获准会见。他走进房间后，发现这个意大利公使正俯卧在沙发上。

"为什么您要给我发最后通牒呢？"马迪讷叹息说。

"最后通牒是我们今天要谈的议题，"莫理循回答，"我写的条子可不是最后通牒。我奉命帮助您，因此我必须知道事态究竟发展到什么程度。"

"但是，您用不着以那么蛮横的语气给我写条子啊，"马迪讷企图唤起莫理循的同情，"您知道我总是非常乐意和您会面。"

然后马迪讷开始照本宣科，念一份他事先准备好的声明。大意是：一切进展顺利；中国政府已同意收回给意大利政府的照会；他并没有给中国政府下最后通牒，只不过给中国政府定了个时限，因为他认为这符合中国的惯例。

莫理循知道马迪讷想要他。莫理循从一个日本线人（马迪讷情妇的知己）得到的情报刚好和马迪讷的说辞完全相反。于是，他愤怒地跺着地板。

"马迪讷先生，我要告诉您他们在外面是怎么说的。"莫理循说。

马迪讷连忙支起耳朵，洗耳恭听。

"他们说您的政府已经否定了您的行为，而且您已被召回。"

马迪讷跳了起来。

"哎，我的哪个同事告诉您的？是我的朋友窦纳乐吗？"

莫理循得到了自己想要的消息，就连忙告退，打电报给《泰晤士报》说，马迪讷已被召回，而且英国公使将负责照看意大利在北京的利益。

就其个人来说，莫理循对窦纳乐是否能胜任公使工作深感怀疑。他给姬乐尔（1月1日刚从华莱士手中接管《泰晤士报》国外新闻部）写信，表示自己对"窦纳乐的判断力和坚定性没有什么好感"。

> 他的主要缺点是记忆力差。有时他会一连两天发表两份完全矛盾的声明，实际上不怀任何欺诈意图。他完全缺乏判断力，没有丝毫保密意识。有一次，我给他提供一些非常有价值的机密情报，他竟然向外界透露说我是消息来源。结果我有点不敢去英国公使馆，尽管我在那里觉得很温馨。他没受过什么教育，阅读水平低下，没有脑子，记忆力和判断能力都很差。现在外交部已经意识到当初挑选这个陆军少校来担任公使这个最困难的职务是多么荒唐之举。[1]

9月，莫理循回到伦敦度假。他回到伦敦后，最先拜访的是《泰晤士报》社。三年多前，他离开《泰晤士报》社时，还是一个初出茅庐的报社派驻外国的新闻记者，现在重返报社，已经名扬四海。报社大老板阿瑟·沃尔特对他赞赏有加："用不着我说，您已取得巨大成功。我们认为，您所做出的贡献，世界上没有其他人可与您相提并论。您所发来的电文，在伦敦具有巨大的影响。如果您要蒙人，也会有人相信，因为那是您的报道。"

沃尔特邀请莫理循到贝尔伍德大庄园和他夫妇共进晚餐。贝尔

---

[1] 《莫理循文件》中1899年莫理循给姬乐尔的信。后来，莫理循改变了对窦纳乐的看法，在《回忆录》中对窦纳乐大加赞赏。

伍德大庄园位于贝克郡，是一个新都铎式建筑风格的建筑群。11月5日，莫理循买了件新的晚礼服后，乘坐4:45的火车前往沃金汉姆。一路上，夜幕将垂，秋雾正在聚集。他在日记中写道："这一天过得太糟糕了。"

买衣服花了21英镑15先令，加上8先令，加上1英镑……车票9先令，还得买来回票。这次去沃尔特庄园去玩，光买服装就花去了我一个月的工资。沃尔特为人和蔼可亲，但很俗气。他对我相当好。下火车时，看见一辆由两匹马拉的大马车在等着接我。那里的公园真漂亮，建筑物宏伟壮观。参观了一家非常好的画廊。沃尔特太太在那里会见了我。她是一位高贵得像女王似的夫人，非常热情端庄，极具同情心。

共进晚餐时，莫理循情不自禁谈到遇见李鸿章时的一些情景。他说李鸿章这个老恶棍问《泰晤士报》给他的薪水有多少，然后就向他行贿。莫理循承认，和老板聊天时提到工资这个话题，的确"失礼"。他在日记中写道："沃尔特夫人显得相当不自在。"晚餐后，莫理循就回到楼上的小卧室安歇。第二天大清早，莫理循吃完一顿非常差劲的早餐后就赶回伦敦，饿得心中直发慌。令他更感到不高兴的是，照惯例他还得给沃尔特的仆人赏小费：男仆4先令，大腹便便的男管家6先令，马车夫4先令。

莫理循和姬乐尔一起下榻在他租的安妮女王大厦单身房里，但是他经常应邀出去用餐。他在伦敦的这段经历丝毫也没有改善他对英国烹调术和后维多利亚社交界的坏印象。他在日记中这样描写沃林顿夫人家的宴会："宴会糟透了，烹调手艺非常差。陪客个个令人讨厌，很没劲。"在为暹罗皇太子举行的宴会上，他遇见威斯特伯里夫人和阿什波顿夫人。在莫理循的日记中，威斯特伯里夫人是个"脾气不好的恶老太婆，发型很漂亮，说起话来满嘴尖酸刻薄"；阿什波顿夫人吃盐时总是先把手指沾湿，然后再一指头插进盛盐的碟子里。更令人恶心的是，她的指甲还脏得要命。

莫理循在伦敦很难吃上一顿像样的饭。他的胃液越是造反，他的日记就写得越尖酸刻薄。他很懊悔地写道，在别人眼中，他是个"高傲而且举止稳重的人"，结果这倒成了他接近风采迷人女性的障碍。他抱怨说："我没被安排坐在像卡尔·梅耶太太这样胸部丰满而又风骚撩人的女性身边，而是坐在她丈夫和一个年老的公爵夫人之间。这位公爵夫人名叫圣奥尔本斯，早已过了更年期，一张脸阴沉沉的，怪吓人。"一天晚上，他看完戏后，想到后台去会会"美丽的爱丽妮·凡布鲁"，没想到却被人一本正经地介绍给年迈的经理约翰·黑尔。

还有一件事也令他很失望。盖伊·布斯比是个非常受人欢迎的小说家，专门描写犯罪活动。有一次，他邀请莫理循一起到乡下度周日。"每逢星期天常有些演员来看我，"布斯比说，"这次照样有些演员要来，但是我写信告诉他们不要来。"莫理循恳求说："千万别那么做，我倒希望他们能来。"结果是，女演员没能如他所愿飘然而至，他只得和两个证券商相伴，索然无味！

莫伯利·贝尔的房子坐落在波特兰大街。莫理循倒是在那里有过较为愉快的经历。他被介绍给童年时代的偶像亨利·斯坦利爵士和他的妻子多萝西，心情激动万分。斯坦利这个"威风凛凛，满头银发"的探险家对莫理循说，他非洲之旅的最大问题是从一个部落到另一个部落要不断付通行费。5年后斯坦利逝世，但是莫理循一直和斯坦利夫人保持联系。她成了莫理循及其家人的好朋友。

罗兹伯里勋爵（前自由党领袖，前英国首相和外交大臣）邀请莫理循到伯克利广场38号去拜访他。

"在这动荡的岁月里，您一直都在北京，"罗兹伯里说，"非常出色地履行着记者的职责。"

"我干得并不出色，"莫理循回答，"我并不像报纸上所讲的那样处处抢政府的先机。我只不过把碰巧听到的重要消息告诉了克劳德·窦纳乐爵士。他和我之间的区别在于，我所相信的事他却偏偏不信。"

"但是人们认为，他很快就会发现你的情报是可信的。如果我在外交部工作时不能获得较可靠的情报，我一定会非常恼火。"

莫理循解释说，他习惯于和中国人打成一片，而公使馆却想方

设法避免和中国人来往。

罗兹伯里说："这太不可思议了。为什么会这样呢?"

"这是公使馆的工作传统。"

"这种传统越早忘却越好。"

莫理循在日记中描述："他满头白发,嘴有点歪,上牙有点龅出——和奥斯卡·王尔德①的嘴长得一模一样。只要一提起他的名字,人们就会联想到奥斯卡·王尔德。阿尔福莱德·道格拉斯勋爵的哥哥德鲁姆兰里子爵是王尔德的私人秘书,后来自杀。听到奥斯卡·王尔德受到惩罚的消息时,他晕了过去。"

当罗兹伯里把话锋转向日本问题时,莫理循却不以为然了。罗兹伯里说,如果日本人要挑战俄国,就必须在俄国人修完跨满洲铁路之前就有所动作。"我认为,笼络日本,甚至和日本结盟,并非不明智之举。应当对日本继续采取友好和鼓励的策略。"罗兹伯里说。他所说的对日友好政策指的是当年各列强迫使日本吐出战果时,英国采取的不干预政策。接着他又说:"当年在辽东半岛问题上,我们拒绝和其他列强采取一致立场时,他们就一直攻击我这一点。"

莫理循在日记中写道:"其目的是为放任和糊涂的行为进行辩解,还自称在政治上有远见卓识。"

在文学俱乐部,莫理循遇见了英军总司令加尔奈·沃尔斯利勋爵。当莫理循告诉他,俄日战争似乎已迫在眉睫时,他和罗兹伯里一样,消息一点也不灵通。

这位伟大的将军竟然断言:"日本肯定要败北。"

姬乐尔是个亲日派。他对莫理循说,很高兴沃尔斯利会做出这样的判断,因为"他经常做出错误的判断"。

莫理循在英国逗留了一个月,决定于 1899 年 12 月 2 日动身去墨尔本。在这期间,他所听到的最动听的话是贝尔在他快动身时说

---

① 王尔德(1854~1900):英国作家、诗人。1854 年 10 月 16 日生于都柏林。作为唯美主义代表人物,他在英国文学史上有特殊地位,是 19 世纪 80 年代的美学运动的主力和 90 年代颓废派运动的先驱。1900 年 11 月 30 日,潦倒的王尔德在加入罗马天主教数天之后,于巴黎逝世。

的那几句。贝尔说："虽然我不能做出保证，但是你的月薪有希望提到100英镑。"一年1 200英镑！这么说来，他在沃尔特餐桌上"失礼"地提到工资之事显然让他收到一份大大的红利。

莫理循花70英镑坐头等舱去墨尔本，但是他中途在加尔各答下了船，坐了5天轮船到阿萨姆邦去看望玛丽·卓普林。玛丽没工作，日子过得很艰辛。莫理循送她150卢比（相当于10英镑12先令），为她订制专业技术卡，注明她能胜任护士工作，让她在医生和药剂师中散发。他还在一个英国朋友那里留下10英镑，让他在冬天时分期付给她。

莫理循在开往澳大利亚的轮船上度过"多年来最没趣、最愚蠢的圣诞节"。12月31日（19世纪的最后一天），他把到目前为止自己的财产列了一张单子：北京的房产和家具值250英镑，2 500本藏书值250英镑，伦敦银行的存款为600英镑，北京银行的存款为10英镑，加上一些零零碎碎的收入，财产总值为1 249英镑10先令。

莫理循在澳大利亚安安稳稳地度了22天假，发现"家中一切都好，家业兴旺发达"。他接受了《时代报》和《卫报》的采访，对《卫报》说，英国在中国的成功在很大程度上归功于窦纳乐爵士令人赞叹的外交技巧。他不喜欢后来刊出的访谈录。"愚蠢的访谈，错误不少，"他在日记中写道，"但是，对窦纳乐吹捧了一番。我想这是政治需要，非常不真诚。不过，他见后肯定喜欢。"

莫理循在悉尼逗留4天后，乘船前往香港。回到北京后，他发现老佛爷正密谋把洋鬼子赶尽杀绝。她正迅速把中国推向毁灭的边缘。

第五章

义和团起义

在 20 世纪初出现了一个历史性怪现象。世界上的一半人口处于两个女人的统治之下。一个是大英帝国女王维多利亚，另一个是中国的慈禧太后。相比之下，维多利亚帝国的人口稍微多些，约 4 亿，而慈禧掌控下的中国人口才 3 亿 5 千万。

这两个女人从未谋过面，也没通过信，不过维多利亚曾通过外交渠道以私人的名义向慈禧提出一个请求，希望她能赦免一个因冒犯王权而获斩首刑的中国外交官的性命。慈禧太后为了表达对英国女王的敬意，同意改判死缓。① 而且，据说她把维多利亚的肖像挂在圆明园的寝宫里。

她们俩都很浮华、专横、暴戾。两人间的最大相同点是对帝国权力的不懈追求。1900 年 1 月，维多利亚最关心的事情是粉碎南非布尔人建立共和国的梦想，把富有的德兰士瓦共和国和奥兰治自由邦纳入大英帝国的版图。慈禧太后的野心是牢牢掌握手中的王权，结束外国人给中国造成的屈辱。

1900 年 1 月 26 日，《泰晤士报》报道："当欧洲的注意力都集

---

① 崇厚（1826～1893）：满族贵族，1897 年访问圣彼得堡期间，在俄国人阿谀奉承的蛊惑下，与沙俄达成一项对中国明显不利的协议。

中在南非时，这个专横的老太婆已经悄悄地在北京完成了又一次宫廷革命。大约两朝大清宫廷都在她的掌控之下，连续两个皇帝都成为她的手中玩偶。"29 岁的光绪皇帝在慈禧的威逼下提名一个 9 岁男童作为他的继任者，这和退位几乎没什么区别。"幼童继大统当然得有人摄政，而只有慈禧才有资格摄政。"《泰晤士报》又说。慈禧立端亲王的儿子溥儁为皇储，宫中都称他为"大阿哥"。端亲王是朝廷中主要的民族主义者。

为了在南非打败布尔人，维多利亚女王依赖的是英国军队，同时还得到澳大利亚、新西兰和加拿大军队的支持。与其相反，慈禧在端亲王、荣禄和其他清朝官僚的支持下，却把目光投向疯狂的义和团运动，希望以此来达到自己的目的。

莫理循从澳大利亚经日本和朝鲜返回北京后，第一次在日记中提到义和团起义。4 月 17 日，他写道："拳民的危险正在增加。雨水稀少是造成危险的原因。在中国人看来，正是因为外国人破坏了风水①，才使老天不下雨。如果下了雨，拳民很快就会消失。"天灾也是实情，干旱造成粮食连续两年歉收，中华大地饥荒肆虐，饿殍遍野。但是，还有其他原因造成义和团运动的兴起。莫理循后来列举了其中两个原因：德国人在北京、直隶和山东傲慢跋扈，俄国对满洲的侵略。西方人要求在中国享有特权和一些特别待遇，例如主教必须和清朝官员平起平坐，而且不受中国法律的约束。许多中国人越来越觉得天道不公，渴望恢复正义，向蹂躏中国的洋人压迫者复仇。

随着 1898 年改革运动的失败，中国农民要斗争，要反抗，却苦于求助无门。于是，他们就只得加入一些民间秘密军事组织。义和团就是这样一个组织，在各省迅速发展，到 19 世纪 90 年代在山东逐渐形成一股反洋力量。义和团的成员自称是"义和拳"，外国传教士称他们为"拳民"，因为他们为了能刀枪不入，都要举行非

---

①　风水一词，从 18 世纪后期开始即成了欧美的外来语之一。《牛津外来语辞典》注曰："风水，名词，18 世纪后期引自汉语。中国的神秘学。它是个精气作用系统，既良性也恶性地受到了景观自然特征的影响。它是一种土占，尤其在选择居室或坟墓时用之。"

常复杂的仪式，而打拳是仪式中的一个重要项目。

其实，所谓刀枪不入完全是骗人的鬼话。在仪式现场演示时，义和团的头目用的是空包弹来对自己开枪，以此来让老百姓相信他们是不可战胜的。但是，尽管这些骗人的手法有许多漏洞，义和团还是成功地利用了农民受压迫而爆发的怒火。无数颠沛流离、饥寒交迫的农民，其中大部分是爱国青年，纷纷汇聚在义和团旗下，接着较年长者也像年轻人一样，加入义和团，结果义和团的势力逐渐从山东往北向京畿发展。而且，义和团打出的旗号是"扶清灭洋"，受到清廷统治阶层中一些主要人物的青睐。

中国人一般都觉得毛发令人讨厌。义和团把他们要清除的异教徒分为三类"毛子"：洋鬼子不分男女都称作"大毛子"；皈依基督教的中国人（戏称为"吃教的"）和为洋人服务的中国人称为"二毛子"；用洋货（如钟或手表）的中国人称为"三毛子"。所谓这些"毛子"都杀无赦。

人们都眼巴巴地期盼着老天能下场雨，可终究还是一场泡影。5月中旬的一天，莫理循的仆人对莫理循说，800万天兵天将将从天而降，灭绝洋人。"然后老天才会下雨。"他说。5月17日，下了几阵雨，可是还不足以缓解旱情。拳民的怒火在高涨。"法国牧师报告说，在拳民的骚乱中，有61人（男女老少都有）在高洛村（位于北京和保定府中间）死于非命。"莫理循在日记中写道，"整个高洛村都毁了。"

军机大臣刚毅是中国最顽固的一个极端保守分子。他主张和义和团携手反洋，努力说服慈禧太后邀请义和团进京，利用义和拳所谓能避洋枪洋炮的本领把外国人赶出中国。满清贵族开门迎拳民，数十万清兵加入义和团。只有少数几个满清高官直言反对义和团，袁世凯就是其中一员。他用枪弹当场击毙几个装神弄鬼的拳民后，把义和团从山东赶到直隶，结果因惹麻烦而遭训斥。

没有人会比天主教北京大主教樊国梁更了解拳民可能造成的威胁。他的天主教北堂位于西安门内西什库，是北京最大的天主堂，但是在防卫方面却没有受到应有的重视。他向法国公使毕盛告急说，大量基督徒难民正逃离农村，许多教民惨遭杀害，成千上万难民正涌向北京；北京的拳民打算先摧毁教堂，然后攻打公使馆；攻打教堂的日期已经确定。但是毕盛却认为他的警告完全是"杞人忧天"，拒绝从停靠在天津港外的联军军舰上调法国士兵来京协助防务。

窦纳乐爵士也赞同这种"等着瞧"的策略，通知外交部说："就我所知，没有什么情报可以证实这个法国神甫所散布的悲观消息。"然而，莫理循在5月23日的日记中却已意识到不祥的迹象。他说义和团运动"得到政府的认可和支持，拳民公开在京师大校场和王府里习武操兵"。第二天，他和威廉·毕德格亲眼看到一个拳民是怎样装神弄鬼地祈祷。"他在那里装模作样，好像有神灵附体，精神恍惚地用刀剑朝空中猛劈一阵，"莫理循写道，"觉得洋枪洋刀伤不了他，连洋人投放在井里的毒药也毒不死他。"

那天晚上，莫理循在英国公使馆出席了庆祝维多利亚女王81诞辰（也是最后一个诞辰）的晚宴。莫理循觉得这种正式晚宴实在折磨人。晚宴过后，"总税务司乐队"在网球场上演奏，宾客翩翩起舞。然而，欧洲人的这种高雅情景似乎很快就要消失。5月28日，

1900年，遭义和团围攻后的北堂

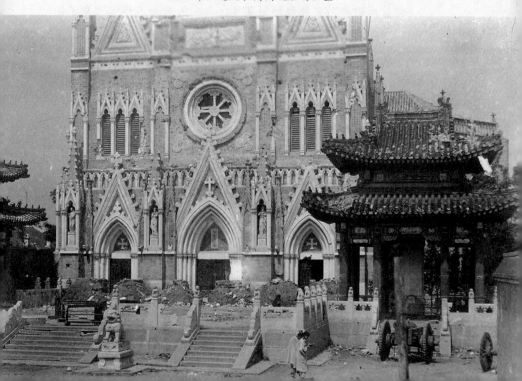

莫理循听说离北京 24 公里的丰台火车站被付之一炬，就带上一把左轮手枪，和两个同事骑马朝丰台奔去。

"我们快到丰台时，看见黑烟滚滚冲天而起，满山遍野都是人，朝车站涌去，"莫理循写道，"机车的库房正在燃烧……四处蜂拥而来的村民正在抢劫，我们却无能为力。一个中国佬用剑威胁我们，发誓要割断我们的喉咙。我们本可以一枪毙了他，不过我们没这么做。我以后可能会一直后悔当时没宰了他。"

莫理循正打算返回北京往伦敦发报道，突然想起美国公使馆一等秘书赫伯特·司快尔的太太和三个孩子正在西山一座用道观改造的别墅里避暑。和他们在一起的还有一个美国姑娘波莉·康迪特·史密斯、两个保姆、一个法国人、一个德国人和 40 个中国仆人。

"我们的处境非常危急，"史密斯小姐回忆说，拳民成群结队，提着长矛，抢着刀剑，在附近游荡。

> 这里没有任何外国人保护我们；我们要安慰那些吓得惊惶失措的中国仆人，要为我们自己和三个孩子找出路。我们像妇女常做的那样，只能静静地等待。我们的耐心等待终于有了回报。我们隐隐约约看见，山谷里有个人骑着一匹满是灰尘的中国马，从丰台方向缓缓而来……他就是莫理循博士。[①]

莫理循研究了别墅的防卫状况，准备在阳台上堆防御工事。这时，赫伯特·司快尔先生也赶来了，还带来一个从俄国公使馆借来的哥萨克骑兵。根据一项协议，俄国公使馆可以在北京保持一支小规模的军队，因此他才能借到兵。司快尔决定，第二天一早就把妇女和儿童疏散回北京。史密斯写道："早晨 6 点，我们的大篷车队立即动身前往北京，多数人坐在中式马车内，一些人骑马、骡子或驴，40 个中国仆人则随意跟队行进。三个全副武装的保护者则在

---

① 玛丽·胡克（波莉·康迪特·史密斯）著《北京的幕后》，约翰·默里出版公司，伦敦，1910 年。

我们身旁策马警戒。"

克劳德·窦纳乐爵士现在也"惊恐万分",率领其他公使和总理衙门交涉,希望能从天津调来使馆卫队。最后,总理衙门才勉强同意了各国公使的请求。第一批特遣队分别于 5 月 31 日和 6 月 3 日抵京,其中包括 81 名英国士兵,大多数是斯特劳兹上尉率领的皇家海军陆战队队员,还有 75 名俄国兵,75 名法国兵,50 名美国兵,40 名意大利士兵和 25 名日本兵。莫理循写道,美国兵第一批到达,走在队伍前面的是"和蔼可亲且讨人喜欢"的麦卡拉上尉。

莫理循在同一篇日记中写道:"随着局势的不断恶化,中国人变得更加冷漠无情。必须向教民提供援助!不然,中国的基督教事业会遭到最严重的挫折……大阿哥的父亲端亲王是拳民的首领。刚毅和徐桐等官员也都和拳民勾结,他们都必须除掉。"

然而,义和团的声势越搞越大,胆子也越来越大。6 月 3 日,他们切断北京和天津间的铁路,阻止过多的增援部队进入北京。在北京以南 60 公里的一个地方,两个英国传教士被人用乱刀砍死。据说,还有 3 个法国人、3 个意大利人、2 个瑞士人和 1 个希腊人失踪。英国外交官亨利·戈颁到总理衙门提抗议。在发言时,他发现一名大臣睡得可真香,一怒之下,他甩手就走。"这就是中国,"他对莫理循说,"你拿这样的人有什么办法?整个国家都乱成了一团,慈禧太后还有闲情看戏。"

6 月 9 日,汉人城南面的北京跑马厅的大看台和马厩被人放火烧个精光。这种破坏性行为深深地刺激了窦纳乐爵士。他认为义和团的目的就是要杀光在北京的所有外国人。于是,他向在天津的海军上将爱德华·西摩尔爵士发出紧急呼吁,要求立即加派救援部队赴京。6 月 10 日,西摩尔爵士亲率 500 名官兵,乘火车赶赴北京,后续部队 1 376 名官兵分乘四列火车随后跟上。

北京的局势迅速恶化。在甘肃提督董福祥和他的甘军的护送下,慈禧太后从颐和园回宫,立即解除了温和派庆亲王的总理衙门大臣的职务,并任命端亲王来接替。"一个有理智的中国官员被解除了职务,四个愚昧无知、极端反洋的满族官员却受到重用,"莫理循写道,庆亲王是"总理衙门中最后一线理性的希望"。

莫理循像往常一样把发给《泰晤士报》的电文从电报局传往天津，可是电报被退了回来，原来义和团已切断了线路。他只得花大价钱通过一条连到俄国的线路把电报发出去。6月12日，《泰晤士报》登出了他的报道。

西摩尔的军列预计将于6月11日抵达城墙外的马家堡火车站。大批望眼欲穿的欧洲人骑马到火车站去迎接，莫理循也跟着去。"去欢迎的人最近都吓得厉害，但是他们都很友好，"莫理循写道，"他们在车站等了好久，可是援军就是不见踪影。"事实上，由于义和团的攻击和破坏，西摩尔的特遣部队已停在天津和北京之间某处的铁轨上，四面受敌，动弹不得。西摩尔决定奋力杀回天津。

在车站白等了好长一段时间后，莫理循和其他外交官就回到北京城。不幸的是，在永定门，日本公使馆一等秘书杉山彬先生被一个甘军士兵从马车上拉了下来用乱刀砍死。莫理循在北京俱乐部听到这条不幸消息。"我早上还看见他和日本卫兵在一起，头戴圆顶硬礼帽，身着燕尾服，"莫理循写道，"日本公使无法去收尸，因为他的遗体已被剁成碎片，心被挖了出来……作为战利品送给提督董福祥。"

6月12日下午两点，莫理循通过中转把电文发了出去。6月13日，《泰晤士报》就登出有关杉山彬惨遭杀害的消息。但是，所有可用于中转的线路很快就都被切断，莫理循只得通过信使把稿子送到天津去发送。北京的对外联系全部被切断，成了孤岛。

6月13日，一个"彻头彻尾的拳民"竟然胆大包天地赶着一辆北京马车进了使馆大街（东交民巷）。他头上缠着红色花头巾，手腕和踝关节上系着红布带，身上穿着宽松的白色束腰练功服，腰上扎着一条鲜红色腰带。他一边用鞋底磨刀，一边让路人看他贴在背后的标语："一个顶八个洋人"。德国公使克林德男爵照莫理循的看法本来就不是一盏省油的灯，这回勃然大怒，用手杖敲打这个竟敢闯入公使馆的不速之客，结果这个拳民急忙跳出马车，沿着一条小巷落荒而逃。克林德在马车上还发现一个拳民，其实还只是个"小男孩"。他把这个孩子狠狠鞭打了一顿后关在德国公使馆中。尽管中国官员要求必须释放这个孩子，他还是照关不误，不予理睬。

这是一个严重错误。莫理循写道，当天晚些时候，"大批拳民从城北蜂拥而来，开始烧毁使馆区建筑物。"

那天后半晌，大批拳民从哈德门涌进鞑靼城东区，展开消灭"二毛子"行动。他们说的"二毛子"指的是中国基督徒及其仆人和卖东西给洋人的店主。他们一边烧杀掳掠，一边高声喊"杀！杀！"一波又一波惊恐万分的中国人为了避免惨遭杀戮而躲进了公使馆区，但还是有许多人被抓住而丧命。无数店铺和房子被付之一炬，经常有受害者被困在里面，哭天叫地，求救无门。夜幕降临时，熊熊的烈火照红了夜空，恐怖浪潮扩散到鞑靼城西区。莫理循回到他的住宅，那里有一条小巷可通往海关。他在日记中写道："义和团发动了进攻，能听到他们念咒作法、装神弄鬼的叫喊声。经过法国公使馆时，我发现那里戒备森严。有人喊：'义和团来啦！'我急忙赶回家……然后又赶往海关。整夜都提心吊胆……城西通宵达旦都能听到可怕的叫喊声，被杀者的吼叫声。抢劫和屠杀比比皆是。"

在使馆区东边的澳大利亚公使馆，卫队用马克西姆重机枪向一队举着火把朝使馆冲来的拳民扫射，可是他们瞄得太高，只打断几根电报线。"正是由于卫队的臭枪法，拳民才更加相信自己刀枪不入。"莫理循写道。他说那个晚上显得特别长，花了部分时间聆听"总税务司激动地缅怀戈登先生"。[①]

6月14日，莫理循往伦敦发了最后一封电文，比上一次送出的外交邮件迟两天。他花20两银子请个信使把稿件送到天津去。6月18日，《泰晤士报》登出他的报道：

> 昨天晚上发生了严重的反洋暴乱，东城区一些最好的建筑物被烧毁，数百名中国基督徒和外国人雇佣的仆人在离皇宫两英里的范围内惨遭屠杀。所有外国人都聚集在一起，受到使馆卫队的保护，但还是焦虑万分。拳民烧毁了天主教的东堂（伦

---

① 1880年，赫德邀请戈登访问北京，为俄国出谋划策，但是惊讶地发现戈登不是"非常"理智。

敦会和美国公理会的最大建筑物）和所有海关中外国雇员位于东城的住所。如果增援部队今天还不能抵达，预计还会有更大的暴乱行动。据传，到目前为止还没有欧洲人受伤。

巴克斯（爱德蒙·伯克豪斯）对北京同性恋场所遭到破坏感到非常痛心。他虽然和仆人一块住，但是经常光顾那个同性恋聚会处。他在牛津大学受过教育，父亲是个从男爵。他给莫理循当了几个月翻译，后来卷入当时最大一起文学造假案。他在一本极具色情描写的自传中说，那天晚上义和团放火烧了一家外国人开的药剂房，不料城门失火殃及池鱼，把同性恋聚会处烧了个精光。①

6月14日白天，莫理循巡视了在英国、美国、意大利和澳大利亚公使馆匆匆忙忙建起的防御工事。上午7点，他听到鞑靼城的城墙上传来枪声，发现德国军队在克林德的率领下，杀了8个正在练兵的拳民。"斯特劳兹上尉杀了一个拳民，"莫理循写道，"普雷斯顿警官杀了另一个拳民，当时他手提着从一座庙里抢来的戟。"疯狂的拳民通宵达旦攻击设在御河桥上的英国工事，其中有几个人被击毙。

莫理循当时的主要任务是保护成百上千个中国基督徒。传教士和外交官抛弃了他们，任他们听天由命。游记作家亨利·塞维治·兰德尔对6月15日所发生的事情进行了如下描述：

> 和许多自私自利的避难的人相比，莫理循博士有一颗更为高尚的心。下午两点，他听说在南堂附近有许多中国基督徒还在遭受义和团的围攻，立即要求克劳德·窦纳乐爵士派卫队去解救他们。公使馆派出20名英国士兵，加上一些德国和美国士兵，组成一支特别行动队，在莫理循的指挥下赶到围困地点。这是莫理循博士人生中的一个亮点。正是由于他的这一壮

---

① 爱德蒙·伯克豪斯著《颓废的蒙德考》（未出版的自传）。

举，一百多个陷于绝境的中国人才得以免遭暴虐和死亡。①

罗兰·艾伦牧师是安立甘会助教，住在英国公使馆内。他对莫理循的描述是：

> 莫理循博士带回了一大批基督徒和令人害怕的消息……他说这是他所见过的最可怕的一幕。拳民挨家挨户搜查，把发现的基督徒全部砍翻在地，血流成河。救援队穿街走巷，大声呼叫基督徒出来和他们一块走，许多基督徒因此而获救，其中有许多已受了伤，还有一些是病人。他们被护送到东城，安置在肃王府里，受到莫理循博士、秀耀春先生（美国公民，京师大学堂英文教授）和其他一些志愿者的精心照料。②

波莉·康迪特·史密斯在日记中写道："肃亲王非常和蔼可亲，当天就退出王府，所有贵重物品都没带走，还留下了一半女眷。这一切多亏了莫理循博士的鼎力相助。"③ 莫理循率领的救援行动使大约 3 000 名中国天主教徒和新教徒在肃王府里找到避难所。肃王府位于英国公使馆东面，隔着一条御河，里面装饰得富丽堂皇，四周围着高墙。

莫理循在日记里说，在执行救援任务过程中，他亲眼目睹了烧杀掳掠的恐怖情景："无数建筑物被毁坏。许多人惨遭屠杀，有的被活活烧死。太可怕了。一对青年男女手拉着手躺在大街上，奄奄一息，鲜血直淌。幸好我们救了他们。回来后人都累瘫了。"第二天（6 月 16 日）早上，他再次出发去执行任务：

> 起得早，精神抖擞。到处走走，然后写一篇长电文。收到

---

① 亨利·塞维治·兰德尔著《中国和盟国》，威廉·海涅曼出版公司，伦敦，1901 年。

② 罗兰·艾伦著《北京公使馆围困记》，史密斯·艾德出版公司，伦敦，1901 年。

③ 莫理循在 1900 年 7 月 3 日的日记中写道："今天听说肃亲王留在王府中的妻妾都已上吊自杀。此举是正确的选择，赢得一片赞赏声。"

克劳德·窦纳乐爵士的一张便条，问我是否愿意参加一次出击行动。瑞上尉要率领一支突击队，包括 20 个英国人，10 个美国人，5 个日本人和一名军官，还有日本公使馆武官柴中佐。我们袭击了离奥地利哨卡 30 码远的一座庙。奥地利人随后赶来支援。

在那座庙里，一伙拳民正拿一些中国基督徒做活人祭。"我们发现，45 个基督徒已遭杀害。拳民把他们的双手捆了起来，然后当作祭品活活杀死。正当这些拳民在实施大屠杀时，我们抓住了他们：又有 5 个基督徒死亡，我们救了 3 个，一个意外被杀。所有拳民都被杀死，只有一个敢直面我们。我至少杀了 6 个……在城里转了转，目睹许多地方已成废墟。回来时我们都累坏了。"

凌晨一点，只供龙凤辇出入紫禁城的前门（正阳门）着火了。莫理循站在城墙上，看着正阳门楼被烧塌，"滚滚浓烟不是好兆头，预示着大清王室的灭亡"。北京消防队一边打鼓舞旗，祈求神灵保佑，一边忙着往火头上喷水，但是无法救下城楼。后来，莫理循在给《泰晤士报》的报道中写道，这场大火烧掉了"北京城前门大街一带最富有的地带，千余家巨商大铺（一说四千家）被焚成废墟，包括珠宝店、丝绸皮草店、锦缎和刺绣店、大古董店、京师二十四家铸银炉厂以及北京几乎所有最有价值的商店"。①

与此同时，拳民利用北京前一年进行的宗教普查资料来辨认基督徒，进行全城大搜捕。"拳民用抢来的大车，把基督徒一车车拉到庙里屠杀，残暴到极点，"莫理循写道，"裴式楷（罗伯特·布莱顿）没派人手给我，因此无法救他们。他把他的人送到城墙上的监视哨里，日夜守候，但他们尽在上面聊天扯淡。"②

拳民也凶残地攻击了天津的教堂、店铺、外国人住宅区，屠杀中国基督徒。6 月 18 日，莫理循的信使回到北京，带来一封天津

---

① 《泰晤士报》刊登的莫理循的报道，1900 年 10 月 13 日。
② 裴式楷（罗伯特·布莱顿），后封爵士，是赫德的妻弟和副手，担任大清帝国海关副总税务司。

海关税务司杜德维的信。杜德维在信中说，"非常有必要"派外国军队占领守卫着天津入海口的大沽炮台。6月16日，联军炮轰大沽炮台，第二天就击溃了要塞守军。6月19日，11国公使和罗伯特·赫德爵士都收到总理衙门送来的一个红色大信封，里面装有清廷的最后通牒，威胁说炮轰大沽炮台就等于宣战。其实大沽炮台已经被攻占，中国政府宁愿装聋作哑，因为据莫理循所说，"他们从来不说自己感到不愉快的事情"。

他从意大利公使馆官员萨比昂那里获悉，总理衙门已经警告各国公使，除非所有外国人在24小时内撤离北京，否则就不能保证他们的安全。如果他们愿意撤出北京，中国政府愿意派兵护送他们安全撤往天津。

西班牙驻华公使葛络干召集各国公使开会，讨论怎样应对这场危机。莫理循也参加了这次会议。窦纳乐爵士在会上犹豫不决，克林德男爵坚决反对，认为接受总理衙门提出的建议就等于自杀，外交官和他们的眷属会被保护他们的清兵杀害。但是，感情脆弱的法国公使毕盛和美国公使康格却赞同从北京撤退。"会议决定接受总理衙门的最后通牒。"莫理循写道。

> 中国政府给他们打了保票。还可以采取其他行动吗？我们撤走后，中国教民会被义和团杀个精光。葛络干耸耸肩回答："那不关我们的事。"这是我所知道的最可耻的决定。我回到家中，不敢面对我的仆人。

支持和反对撤离北京的争论一直持续到晚上。莫理循冲进公使馆，和窦纳乐爵士大吵一通。他终于动摇了，承认接受最后通牒是个"非常草率"的决定。结果，外交使团写信给总理衙门，要求提供交通工具，并延长最后期限。"康格要求中国政府提供100辆马车。他还对我说，中国政府已答应保证我们能安全撤退。我对他说，如果你相信中国政府的安全承诺，为什么你要派海军陆战队来保护使馆呢？难道他们没承诺会保护你吗？他的馊主意一定会使他一辈子感到耻辱。"莫理循写道。

在各国公使举行的另一次会议上，一些主张抛弃中国基督徒的公使想方设法为他们的决定辩护，会议的气氛变得紧张起来。波莉·康迪特·史密斯写道：

> 公使馆里许许多多有识之士，包括工程师、银行家、商人和传教士都认为应当在北京等候西摩尔增援部队的到来。在会议进行过程中，莫理循曾作为他们的发言人，直截了当地对公使们说："如果你们决定明天离开，在转移过程中，这支庞大的无人保护车队中的男女老少都可能面临死亡。你们必须为此负责，你们的臭名声将载入史册。你们是有史以来最没道德、最软弱、最优柔寡断的胆小鬼，将因此而遗臭万年。"

第二天（6月20日，星期三）清晨，莫理循来到美国公使馆，又碰到康格（内战老兵，担任过美国国会议员，留着胡子）。

"博士，您今天早上感觉如何？"康格问。

莫理循愤怒地回答："我为是个白人而感到耻辱。在我所知道的惨无人道、野蛮、优柔寡断的命令中，11国公使做出的决定最糟糕。"

两个人争论不休，但是谁也不能说服谁。

"行了，博士，对您的意见我不敢苟同。"康格说。

"但是世界会同意我的看法。"莫理循说。

康格说："我也非常在意世界的舆论。"

他认为莫理循讲的"世界"指的是一份下流小报《纽约世界报》。

上午晚些时候，莫理循发现各国公使再次聚集在法国公使馆开会。与此同时，一乘红绿色的轿子停在使馆大街另一边的德国公使馆外，准备接德国公使克林德和他的翻译赫尔·柯达士去总理衙门。这个桀骜不驯的德国公使打算直闯总理衙门，用最激烈的言辞强烈抗议中国政府的最后通牒，用莫理循的话说，"他用行为表示他直接反对外交使团的决定"。

克林德把自己将前往总理衙门的意图通知对方后，在两个身着号衣的中国骑兵和四个全副武装的德国士兵的陪同下，前往总理衙门。大街上挤满了人，个个群情激愤。为了避免因德国士兵的存在而引发骚乱，克林德命令他们返回公使馆，只由中国骑兵护送，希望拳民会认为坐在轿子中的是清朝官员。然而，当他经过一个哨卡时，许多效忠慈禧太后的清兵突然冲了出来，团团围住他的轿子。一名清兵开枪击中他的头部，杀害了他。

赫尔·柯达士也受了重伤，但是他设法逃了回来。他对莫理循说："我敢肯定，对德国公使的暗杀完全经过精心策划，是个有预谋的谋杀行径，一定有政府高级官员下达过暗杀令……"后来人们才知道，这个清兵的长官答应他杀了人后给 70 两银子，还会让他升官。

所有公使都再也不敢支持撤离北京的计划。"我们也许第一次意识到自己处境的可怕。"波莉·康迪特·史密斯写道。对公使馆区的围攻拉开了序幕。

与此同时，拳民对天主教北京大主教樊国梁所在的北堂发动了野蛮攻击。

英国公使馆位于御河西岸，和肃王府隔河相望，位置非常好，适合打持久战。北墙紧靠着翰林院，那是世界上最古老的图书馆，素来享有中国牛津/剑桥的盛名。西面挨着銮驾库和蒙古市场，那里在和平年代专门从事马匹买卖。大多数建筑物是砖石建构，非常牢固，不过也有许多易燃的木质建筑物。主要建筑物包括英国公使的豪华公馆，中间有个大院子，还有使馆参赞戈颂的两层楼别墅和翻译实习生的宿舍。

御河因干旱已经干枯，但是公使馆面积很大，内有 5 口大井，因此淡水供应充足，食物和酒的供应也很充足，因为使馆大街上遭袭而被遗弃的店铺能迅速提供补给品。使馆区中所有战略要地都修筑了防御工事，所有窗口都用沙袋堵住一部分，因此使馆区相对说来比较安全。

在围攻公使馆的头 24 个小时里，公使馆就在档案馆设立了由医务官沃兹沃斯·普尔监督下的临时医院，建立各种委员会负责处理火力、防御工事、补给和卫生等问题。公使馆中央的钟楼上，立了一块布告牌，凡有告示都贴在上面。对窦纳乐爵士来说，最头痛

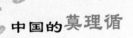

的防卫问题是整个公使馆区都暴露在皇城的一堵墙和鞑靼城南大墙的视野之下，因此必须不惜一切代价守住这些城墙的据点，就像守住御河对岸的肃王府一样重要。

预计下午 4 点最后通牒期限到时就会开战。莫理循及时记录道："准 4 点，枪声响了……一名法国人头部中弹牺牲。"皇家海军陆战队的一名军士向指挥官斯特劳兹上尉敬了个礼，报告说：

"长官阁下，战斗已经开始。"

"谢谢你，默菲军士。"斯特劳兹上尉回答。

第二个牺牲的是英勇的秀耀春教授。围攻第一天的下午 7 点，他在看望过肃王府里的中国基督徒，穿过御河北桥时，遇到充满敌意的清兵。这位仁慈的教授竟然相信荣禄的安全保证，举起双手示意自己没有携带任何武器。清兵立即抓住他，并把他拖走。从此渺无音讯。

奥地利公使馆、海关大楼和监理会教堂因位置过于暴露被迫放弃。一整个晚上，外交官和传教士不断涌进英国公使馆区。由于连接莫理循的房子和危险区之间的小巷子无人守卫，莫理循只得替自己和仆人寻找避难之处。

"我带上银两和一些必需品躲进了英国公使馆，"莫理循写道，"各国公使都聚集在英国公使馆中，里面还有许多传教士、天主教徒、中国修女、大批中国人、海关雇员、俄国贵妇人和其他人士。"伤心欲绝的克林德男爵太太（美国人）也在其中。

公使馆的整个防卫区域包括肃王府、北京旅馆、几家银行、店铺和民房，还包括成 L 形的英国、俄国、美国、西班牙、日本、德国、法国和意大利的公使馆。在令人难以置信的使馆保卫战第一天结束时，防御区里挤进了 473 个外国侨民，409 个士兵，2 750 个中国基督徒和大约 400 个中国仆人。莫理循戏称说，和他一起参加保卫战的是"一支斗志昂扬的多国部队"。挪威传教士内斯特嘉德的行为最为乖张，大家都称他是"最接近上帝的人"。他经常身着黑色长袍，头戴黑色高顶大礼帽，在使馆区中四处乱闯，声称自己遭到诽谤，呼吁挪威王室为他平反昭雪。

法国公使毕盛先生整天闷闷不乐，沮丧地唠叨："今晚我们就要死了！""我们没救啦！"毕盛的悲观情绪只有裴式楷（罗伯特·布莱顿）与他旗鼓相当。裴式楷是赫德的小舅子，担任海关副总税务司职位。莫理循开玩笑地给他起了个外号"愁眉苦脸的骑士"。

然而，使馆保卫战中涌现出许多值得称赞的志愿者。"使馆区中有个'餐刀旅'，主要成员是法国人和难民。这实实在在是个世界主义者的混合部队。他们没有像样的武器，但还是武装起来，面对巨大危险，勇敢杀敌……"莫理循写道，"桑希尔的'蛮斗士'队继承了西奥多·罗斯福的'莽骑兵'队勇猛战斗的传统，给敌人造成了可怕的威胁。战斗警报一拉响，队员们就拿起豌豆枪、猎象枪和切片刀等武器，集合在钟楼下，准备战斗。"①

莫理循身体非常棒，足以应付长期围困。他和汇丰银行的一些雇员住在一顶大帐篷里，每天从那里出发，四处巡视，提供帮助，收集情报。围困 18 天后，他在日记中写道："我和司快尔夫妇一起用膳，吃得好极了。实际上，比我在使馆遭围攻之前吃得更好。"司快尔夫妇所藏的食品在使馆区里首屈一指：加利福尼亚的水果蜜饯，通心面，腌牛肉和咖啡。波莉·康迪特·史密斯称赞说："在我们这混乱的环境中，莫理循是最为引人注目的人物。他总是出现在最需要强劳力的地方，浑身脏兮兮，但总是那么乐观、健康，是个英雄人物。"

莫理循坚信，救援远征队最终一定会突破封锁，把他们救出去。其他希望过于渺茫，连想都不敢想。他意识到自己完全可以写出一条轰动国际社会的新闻，但困难在于无法把消息传到外面。他的身体状况非常好，情绪乐观，谈吐还很幽默，尽管有时带有大难临头的预感：

> 裴式楷大清早来看我。这个"愁眉苦脸的骑士"情绪非常低，总有不祥的预感。我说："有的人一辈子还碰不上一次像围攻使馆区这样的事件。我们的一生都会有一些里程碑。让我们把这次将载入史册的使馆围攻事件当作一个里程碑……在围

---

① 使馆保卫战开始时，桑希尔先生正在英国公使馆做客。

攻中，守备人员中有一半会丧生在武力的魔爪之下，另一半会因饥饿而吃尽苦头，备尝艰辛。"

裴式楷一点也不觉得莫理循的预言有值得令人宽慰之处。不过，此后他再也不对莫理循发牢骚了。

使馆卫队的武器装备很差，除步枪和轻武器外，只有 4 门小炮，一挺奥地利马克沁重机枪，一把美国柯尔特式轻机枪（配25 000发子弹），一门意大利一磅炮（炮弹重一磅，配有 120 发炮弹）和一挺 5 连发机枪（打了四发后就会卡壳）。一个美国炮手在使馆区旁边一家废弃的铸造厂里翻箱倒柜，发现了 1860 年联军远征队遗留下来的一门老古董野战炮，炮管已经生了锈。经炮手彻底清理之后，稍加改装后安在一组轮子上，用俄国人提供的炮弹，还能派得上用场。这门被授予"贝特西"称号的老式大炮对破坏敌人的路障能起警告性作用。

这么小的一支卫队却要面对数万名义和团，更何况还有给义和团撑腰的五支清军驻京部队。只要一声令下，义和团就会奋不顾身地发动一波又一波的冲锋，绝对从人数上压倒使馆卫队。但是，这样的命令并没有下达。①

还有另外一点令人感到困惑。中国人在武器方面占优势，装备有多门 3 英寸克虏伯野战炮，可以在几天时间内把各国公使馆夷为平地。但是，在整个围攻期间，他们一共才发射了 3 000 发炮弹，虽然造成极大破坏，但并没有完全摧毁公使馆。清兵指挥官并没有充分发挥火力，而是沉迷于玩可怕的猫捉老鼠游戏。

6 月 21 日，慈禧太后对所有列强宣战。为什么她刚开始时让义和团承担攻打公使馆的任务呢？其中一个原因是，她很可能要把大部分清军正规部队调往天津参加战斗，因为当时联军的远征军威胁说要占领天津的要塞。

莫理循的当务之急是抢救他自己图书馆中的中国书籍。6 月 22

---

① 徐中约在《现代中国的崛起》一书中说，庄亲王载勋和刚毅统帅 3 万拳民；端亲王直接指挥 1 400 个坛口，每个坛口 100～300 人，共约 140 000 人。

日，也就是围攻使馆区的第三天，他偷偷地溜过御河桥，回到位于肃王府对面的房子，在他的一个"非常冷静、勇敢"的中国仆人和多疑症患者传教士内斯特嘉德的帮助下，分三趟把他的宝贝书籍转移到肃王府中他的大帐篷中。

那天早上 7 点 30 分，使馆区中发生了一场混乱。奥地利公使馆的守卫部队害怕立即遭到攻击，从他们在御河街的阵地仓惶逃窜，结果意大利、法国、德国和日本的卫队也一哄而散。莫理循说，这场混乱是奥地利帝国海军指挥官冯·托曼上尉造成的。他听信谣言，以为美国公使馆已被放弃，预计义和团会立即向奥地利卫队发动猛烈攻势，急忙命令御河街以东的所有部队都撤回英国公使馆。奥地利卫队过早撤退的严重后果是，给公使馆区的守卫工作造成战略上的困难。

御河街是一条从北往南穿过公使馆区的主干道。放弃御河街意味着使馆区中大约有四分之三的地区无法防守，包括聚集着大批可怜的中国基督徒的肃王府。外交使团很快就意识到托曼所犯下的严重错误，立即命令所有放弃阵地的卫队重返自己的据点。中国人本可以立即发动全面进攻，攻占整条御河街，给使馆守备部队造成致命打击。可是没想到，他们只对意大利公使馆发动进攻，并占领海关街的一处防御工事。窦纳乐和其他头脑清醒的军事指挥官感到很奇怪，为什么中国人不抓紧时机，发动全面攻势。

托曼曾担任过奥地利海军一艘巡洋舰的舰长。公使馆遭围困时，他正在北京度假。他坚持要担任公使馆卫队司令，理由是在公使馆所有现役军人中，他的军阶最高。但是，从他指挥卫队仓惶撤退的这一插曲可以看出，他完全不能胜任这一重要职位。于是，外交使团决定由前陆军少校窦纳乐爵士接替卫队司令这一要职。窦纳乐本身是个枪炮专家，在火线上表现得非常沉着冷静，在防卫战中起了非常重要的作用。相比之下，一些外交官却表现得惊慌失措，情绪极不稳定。与此同时，斯特劳兹上尉就任使馆卫队参谋长。

比利时和荷兰公使馆由于位置偏远已经放弃，奥地利和意大利公使馆也无人据守。使馆卫队要保护的只有 7 个公使馆，占地东西长约 700 码，南北长约 750 码。在整个围困期间，美国传教士贾腓

力（毕业于美国康奈尔大学，主修工程技术）担任防御工事总指挥，整天骑着自行车四处巡视，一发现防御漏洞就采取补救措施，终于建立起一个由路障、枪眼、土木工事和避弹掩体构成的防御体系，给大家留下非常深刻的印象。

6月23日，也就是围困开始后的第四天，一阵干燥的热风从北往南刮。义和团中的纵火高手发现这是一个难得的机会，可以把英国公使馆烧个片瓦不留，因为翰林院中的一些建筑物和英国公使馆近在咫尺。莫理循和一些卫队队员惊骇地发现，义和团竟然放火焚烧北京城中最神圣的建筑物翰林院。火势迅速在易燃的木质结构建筑物中蔓延，无数价值连城、用绫装裱的书籍烧起来更添火势，在烈火中化为灰烬。

窦纳乐深谋远虑，立即下令在英国公使馆的围墙上破洞，派水手兵进入翰林院救火。中国士兵却开火阻止水手救火。参加救火的人在英国公使馆内排成长队，冒着在头上飕飕而过的枪林弹雨，把从公使馆井里打出的水传到翰林院去灭火。波莉·康迪特·史密斯、法国公使夫人和"许多知名女性"都投入到救火的行列中去。有一阵子，风向变了，主馆似乎可以免遭烧毁，但是，那天下午火又烧了起来，参加救火的人连忙把许多书籍抛到院子和荷花池中，防止火势蔓延。莫理循写道：

> ……大捆大捆大清帝国最珍贵的图书被扔进了避暑别墅四周的池塘里。这座中国最大的图书馆变成一堆废墟，飘散着撕毁的书页和灰烬。世界上其他大图书馆（如古埃及的亚历山大图书馆）曾毁于征服者之手，但是我们难以想象一个国家，为了报复外国人，竟然牺牲了自己最神圣的建筑、国家的骄傲和光荣，以及数百年有学之士的智慧结晶。这是一场可怕的大火，是骇人听闻的亵渎神圣的罪行。

一些寡廉鲜耻的卫队成员竟然把抢救下来的书籍据为己有。使馆区遭围困以来，巴克斯一直以肌肉拉伤为由不参加任何行动。可是这次他捞到六卷《永乐大典》（由2 000位明代学者纂修的大型百科全书，1408 年全部定稿，共约 12 000 卷）。

莫理循对自己同伴的一些言行提出严厉批评：

> 一些公使表现得很差，比利时公使姚士登和法国公使毕盛尤其如此……格尔思整天无精打采，四处闲逛；黝黑肤色的璞科第绝望地工作着……美国传教士工作得非常好。天主教神父整天吃喝玩乐……裴式楷整天唉声叹气，苦恼万分……克罗伯（荷兰公使）敦促送一封急件到总理衙门。葛络干狠狠地训斥了他一顿。"我们正在编写历史，"他说，"让我们不要玷污历史。"

然而，翰林院着火的第二天，莫理循在日记中高兴地写道，摩尔太太生了一个儿子，这是"在围困中诞生的第一个婴儿"。许多妇女正在用"丝绸、缎子、刺绣品、地毯和床罩"来缝制沙袋，"这样的材料真是前所未见"。

在海关大院被摧毁后，6 月 27 日，莫理循写道：

> 赫德在为中国政府服务 40 年后，现在被困在公使馆中，靠马肉度日，暴露于中国士兵的枪弹之下。他的所有文件、档案、书籍和多年来收藏的珍宝就在皇官的眼皮子下被烧毁……他养的所有漂亮的赛马都圈在肃王府中，每天得拉出一匹枪杀后制成肉片。看到他的现状，颇有启发意义。

6 月 28 日，莫理循的房子遭受到和赫德房子一样的命运。"我的房子（在肃王府以东）被日本人放火烧了，说是作为一种防范措施，"莫理循写道，"柴五郎中佐对此深表歉意。我的房子被烧成灰烬，成了公共利益的祭品。"第二天，他在日记中记录了使馆卫队的几次挫折："每一天我们的警戒线都在收缩。我们的两个重要据点是鞑靼城城墙和肃王府。今天，中国人占领了肃王府的三分之一地盘。"

我们在南墙顶修了两处工事，分别派卫队防守，希望能借以阻止中国人占领墙头后居高临下朝公使馆开枪。但是，7 月 1 日，中国士兵竟然能一枪不发就占领了其中一处工事：中国士兵突袭阵地时，德国守军还未听到枪声，撒腿就顺着城墙的斜道往下溜，一直跑到自己认为安全的地方才敢停住脚步。这么一来，城墙上另一处工事的朝北方向失去掩护，岌岌可危。没想到，据守阵地的美国人一看形势不妙，也放弃阵地，溜之大吉。再次令人感到奇怪的是，中国人并没有抓住时机，扩大战果。一支由俄国、英国和美国人组成的混合特遣队迅速重新占领美国人的阵地。

与此同时，中国步枪手一直朝使馆卫队开火。据估计，他们一天晚上就朝公使馆倾泻了 200 000 发子弹，不过他们都瞄得高了一些，因此伤亡很小。尽管如此，死亡人数还是持续增加。到目前为止，中国狙击手已枪杀了 38 个使馆警卫，击伤 55 个。

7 月 3 日，美国人决定把南墙头上的中国人赶下去，并在美国工事周围 25 英尺范围内建一个小型要塞。凌晨 3 点，一支由 60 个美国人、俄国人和英国人组成的突击队在钟楼下集结完毕，队长是 28 岁的美国海军陆战队指挥官迈尔斯上尉。队员们对行动目的有了简单了解后，立即顺着斜道潜行到城墙边。迈尔斯大喝一声"冲啊！"所有队员都翻上 10 米高的障碍，往下一跳到了另一边，接着就向中国人发起冲锋。

"中国人离得非常近，队员们猛跨几步就冲进了中国人的堡垒，"莫理循写道，"当突击队员疯狂地朝中国人冲去时，他们都吓了一跳，立刻四散溃逃。我们站在公使馆里都能听到疯狂的欢呼声和叫喊声。接着，康格急冲冲地走进来宣布，卫队勇士们已占领阵地……"

袭击者用步枪和刺刀攻克了堡垒及其后面的工事。在这场战斗中，中国方面有 60 个甘军士兵阵亡，联军方面阵亡 3 人，受伤 6 人。迈尔斯也不幸受伤，一支中国式长矛刺伤了他的臀部。不过他也有收获：为了表示对他的敬意，他率队夺取的阵地被命名为迈尔斯要塞。

在莫理循眼里，围困期间的另一个英雄是北京旅馆的瑞士老板沙孟先生。"他的勇气和远见卓识令人肃然起敬，完全配得上授予他的荣誉勋章"。他负责救援一些陷于困境的工程师，表现得非常勇敢。在执行任务过程中，他总是"斗志昂扬，言语诙谐，孜孜不倦"。莫理循写道："传教士每天烘烤大约300条小麦面包，沙孟先生烤的面包也有这么多。沙孟真是个了不起的人物，为俄国、法国、德国和奥地利等国人提供食物。"莫理循还写道："7月4日下午5点，我出发巡视。几颗3英寸炮弹击中沙孟先生的旅馆。他的旅馆又高又大，是个容易瞄准的目标，炮弹直接穿房而过。当时，马修太太和达克太太在里面干活干得正欢。"

瓦伦丁·姬乐尔回到报业广场后，努力克服因没有北京消息而引起的令人不安的静默现象。"还是没有任何有关北京或西摩尔远征军的消息"，《泰晤士报》于6月25日发表了一篇长文章，重提过去一个月中所发生的重大事件。"6月14日的电文是我们的记者派信使到天津发送的。我们相信，这是在北京的欧洲人送达外部世界的最后一篇真实报道……《泰晤士报》驻北京特派记者足智多谋，在新闻界中享有盛名。如果连他以后都无法再发出一条新消息，这件事本身就足以表明，北京的局势非常令人不安。"

7月6日，莫理循想尽一切办法，托人把一篇新闻稿偷偷带到天津，再从那儿发往《泰晤士报》。他在一张5英寸×2.25英寸的薄薄防水纸上，用小字体在纸的两面简洁地写下他的报道："无论谁收到这份报道，都请派特别信使把它送给天津海关税务司杜德维先生。所有费用由我支付。杜德维先生将把以下电文发给《泰晤士报》。必要的话，可发加急电报。"

自1月20日（原文如此）以来，中国军队一直包围着使馆区。所有通讯中断，使馆区成了彻头彻尾的孤岛。整整10天甚至不能和北堂取得联系。樊国梁主教、牧师、修女和3 000名基督徒被困在北堂，由30个法国人和10个意大利人负责保护。他们的处境非常危险，处在敌人的重重包围之中。饥饿和大火威胁着他们的生命安全。英国公使馆挤满了各国侨民、妇女、儿童和基督徒难民，暴露在敌方从外城墙和皇城墙上发射的炮火之下，每天都遭到敌人的炮击。我们只得昼夜加固工事，用沙袋堆成射击孔，每到晚上就拼命朝外倾泄子弹。

一名海军陆战队士兵在公使馆里中弹身亡。意大利、荷兰、比利时和奥地利公使馆被烧毁。法国公使馆曾一度被迫放弃，但后来又夺了回来。我们猛烈炮轰美国公使馆对面的围墙。美国公使馆由30个美国人、英国人和俄国人守卫。一些日本人勇敢地防守英国公使馆东面的肃王府，牺牲了6个，13个受伤。英国人也牺牲了2个，见习翻译也不幸阵亡。在使馆区的414名男子和20名军官中，2名军官阵亡，其中一名是日本人安东，另一名是法国人赫伯特。6名军官受伤，伤势严重，但恢复得很好，其中包括哈利德。43名男子牺牲，65名受伤，5个平民被杀，其中包括瓦格纳，他是法国总领事的儿子，6个平民受伤。弹药紧张，供应不足，增援部队迟迟未到，大家都很焦虑。健康状况都不错。莫理循，北京，7月6日。

莫理循把报道卷成一团，放在一碗稀粥中，让一个年轻的中国志愿者翻南墙而出，直奔天津。不幸的是，这个年轻人被清兵抓住，而且送了回来。拂晓时分，他穿过在御河一端的水门重新回到英国公使馆，把报道交还给莫理循。莫理循把报道贴在日记里。在这篇报道中，他犯的唯一错误是把开始围攻公使馆的日期误写成1月20日，其实应当是6月20日。

7月8日，奥地利人托曼被子弹击中心脏而牺牲。这一不幸事件发生后，莫理循很快就在日记中记录了一些人运气好而幸免于难的奇事：

> 一小群人在近距离遭枪炮袭击时，其中许多人幸免于难。珀西·史密斯上尉手里提着一瓶苦艾酒，一颗子弹飞了过来，打断了瓶颈；一个军士在磨剃刀皮带上的磨刀片时，一颗子弹砸飞了剃刀；一颗子弹穿透柴五郎中佐的外衣；斯特劳兹上尉在近距离遭枪击，子弹贴着他的脖子擦了过去。

他们的运气都很好，但是斯特劳兹和莫理循的好运快走到头了。

第六章

救援和赔偿

窦纳乐爵士接任公使馆卫队司令职务后，立即宣布必须"不惜一切代价"守住肃王府，因为肃王府不但给中国基督徒提供避难所，而且花园中的假山有重要战略意义——俯视英国公使馆的东墙，对西班牙、日本和法国公使馆起掩护作用。如果肃王府陷落，各国公使馆都将难以幸免。

自6月20日后，莫理循经常要主动出击，在斯特劳兹上尉的陪同下，穿越无人地带到肃王府去视察。为了确保通道安全，英国公使馆主要入口处的稍南处设立了一处石头防御工事，御河街两岸还挖了深深的战壕。公使馆的东面有一道石头工事一直通到肃王府的入口处。一走进肃王府，感受到的是凄凉、贫困和危险。许多中国基督徒疾病缠身，忍饥挨饿，他们的孩子许多都已死亡。6月底，旱情已解除，仲夏的高温和湿气令人感到难受。偶尔几阵倾盆大雨才能稍解暑气。肃王府中处处散发出像垃圾堆发出的臭味。

更糟糕的是，清兵已经突破同被烧毁的海关大院毗邻的肃王府东墙，使馆卫队只得后撤，踞守在一道成对角线地从北往南延伸的防线后面，工事上挖满了枪眼。

"我们还在肃王府中苦苦坚守着，"7月15日莫理循视察后在日记中写道，"中国人拼命朝从英国公使馆北大门通往肃王府的防御工事开炮。"莫理循进入肃王府后，中国人已经开了 50 多炮，企图把日本兵从他们的阵地上轰走。莫理循回到英国公使馆后，炮击还在持续，然后中国人吹响冲锋号，大呼小叫地朝一处凸出的拐角阵地发起冲锋，那里有两名日本兵在把守。日本兵没有闻风而逃，而是开火拒敌，坚守阵地。

"柴五郎中佐要求立即增援，"莫理循写道，"窦纳乐立即派几个英国人和俄国人赶去增援。但是，他们还没赶到阵地，进攻已被击退。柴五郎中佐笑着说不必增援了。"

但是，危险依然存在。莫理循在日记中记录了 7 月 16 日发生的事情。清晨他就被叫醒，不过一点也不觉得惊讶：

> 大清早，雨还在下个不停。斯特劳兹问我："您要去肃王府吗？"他在海关餐厅喝茶，我则在自己的住所用餐，然后去找他。一路上我们穿过深深的战壕和石垒的路障，到达公使馆的南端，然后进入肃王府，并借着高墙的掩护，来到前哨阵地。墙上布满弹孔，我简直难以想象昨天在枪林弹雨之下我怎么会毫发无损地来到前哨阵地。那里没有什么大变化，只不过战壕挖得更深些，走起来会更安全些。但是，我警觉地注意到前几天我筑的路障没有加高。柴五郎中佐先是和我们一起走，而后我和他一块沿着战壕上了山坡，来到日本人的战壕里。这当儿，敌人朝我们开火了，我们离路障不到 35 码，看得很清楚。我们在那儿等斯特劳兹过来。我说："快来看日本人的战壕！"他回答说要返回公使馆。我说："我和您一起去。"我正要走时，柴五郎中佐说："我也去！"于是我们三人往下走了几步，跨进了火线。我们朝路障走去，突然我听到枪响，说不准具体响了几枪，估计是三枪。我觉得右腿一阵剧痛。与此同时，我听见斯特劳兹叫了一声"主啊！"并看见他一下子倒在站在他左边的柴五郎中佐的怀里。我急忙往前跳了出去，和柴五郎中佐一起冒着嗖嗖飞来的子弹把他拖出了火线。他躺在地上，柴五郎中佐则跑去请外科医生。与此同时，我用手帕扎住他的大腿，并找了根嫩植物枝条充作止血带，但效果并不好，

断骨从伤口突了出来，撑在裤子上。日本外科军医中川中佐来了后，我们努力按住伤口止血。他躺在血泊中，神志还很清醒，问我什么地方受了伤。我说只是一点小伤。可是，刚说完我就昏了过去。过了一会儿，担架员赶来把斯特劳兹抬走了。我想自己走，可是又昏了过去，也被人抬到公使馆。检查后发现，另一颗子弹炸裂后，碎片击中了我。普尔给我动了手术，把弹片挖了出来。在动手术过程中，我又昏了过去，然后就开始呕吐，痛得非常厉害。不过我认为，这次伤痛的程度还不及在新几内亚受伤时的一半。斯特劳兹被送进了病房，已经奄奄一息。他什么也没说，只痛苦地发出呻吟声。过了一会儿，他的呼吸声越来越弱，最终停止了呼吸。

在使馆保卫战期间，窦纳乐爵士的图书馆改作临时病房。莫理循躺在病房的草席上养伤，活得有滋有味。但是同一天（7月16日），《泰晤士报》的读者却惊讶地读到一篇题为"北京大屠杀"的报道，宣称莫理循和所有参加公使馆保卫战的外国人都已壮烈牺牲。《每日邮报》主笔收到报社驻上海特派记者一封大意如此的电文后，"出于好意"才刊出这篇报道。这封7月15日的电文声称，7月6日晚，义和团和清军对公使馆发动疯狂进攻，使馆卫士们奋起反抗。到了7日凌晨5点，董福祥提督下令他的甘军投入战斗。

"此时，公使馆区的所有围墙都已被轰垮，"电文继续说，"大多数建筑物在清军的炮火下已是废墟一片。"

许多使馆卫士在阵地上倒下，剩余的撤进已是残砖败瓦的建筑物内，拼命修筑防御工事。中国人的炮火直接对准他们。太阳升起的时候，守军的弹药已所剩无几。上午7点，中国人再次发动集团冲锋，可是联军阵地上却毫无反应，显然他们最终已弹尽粮绝，丧失抵抗力。太阳完全升起的时候，中国士兵冲进了联军阵地，剩下的一些欧洲人紧紧地站在一起，勇敢地迎接死亡。双方展开惨烈的肉搏战。中国人伤亡惨重，但是他们前仆后继，最后终于以压倒的优势取得了胜利。剩下的欧洲

人都被用最野蛮的方式刺死。

这篇报道是谣传、部分事实和捏造的混合物。炮制者是个叫萨特利的美国骗子，原先从事枪支走私和其他各种各样无法无天的活动。不过，他确实在上海当记者。《每日邮报》的确是出于诚意才把电文转给《泰晤士报》，而且自己也刊出这篇报道。白克尔和姬乐尔觉得这篇报道值得信赖，因为那天傍晚《泰晤士报》登出山东总督袁世凯的一封官方电文，通报说"北京公使馆区的防务已经崩溃。在这场使馆保卫战中，所有外国人都英勇战斗，直到弹尽粮绝，全部遇害"。

《泰晤士报》也认为北京的确发生过大屠杀，于是编造了一些血淋淋的细节，甚至借用了《每日邮报》上的一些散文般的华丽的词句。"这些疯狂的野蛮人嗜血成性，势不可挡。欧洲人面对他们的猛烈进攻，沉着勇敢地战斗到底。"《泰晤士报》第二天报道说：

> 他们打完最后一颗子弹，像男子汉一样面对生命中的最后时刻。他们都视死如归，没有给我们丢脸。他们为那些毫无自卫能力的妇女儿童而抵抗到生命的最后一刻，不让他们惨遭屠杀……至于夫人们，毫无疑问，她们在这可怕的时刻都无愧于她们的丈夫。她们都以高尚的情操，长时间忍受着残酷的折磨。现在一切痛苦都结束了……我们要对他们表示哀悼，为他们复仇。

在同一期《泰晤士报》上，赫然登着为莫理循、窦纳乐爵士和赫德爵士写的悼词。莫理循的悼词写道："任何其他一家渴望为国家最高利益服务的报纸都不曾有过比莫理循更忠诚、更无畏和更能干的雇员。"姬乐尔亲自执笔写了这篇悼词。此外，他还写了一篇社论，称赞莫理循"是殖民地英国人的最佳典范"。他还在社论中提到自己的希望："莫理循博士在他38年极具冒险的生涯中，曾多次死里逃生。他在危急关头显得无比足智多谋，因此他有可能在最后屠杀的混乱中逃脱。我们不应当对此感到绝望。无论如何，如果有欧洲人能幸免于难，那就很可能是他。"

莫理循的确死里逃生，尽管行动不便，还是努力工作着。在英国公使馆图书馆改成的临时病房中，他硬撑着坐在病床的草席上，在日记中记录每天所发生的事情，准备写一篇有关整个围攻过程的长篇报道，等增援部队到达后在《泰晤士报》上发表。他确信这一时刻很快就会来临。

"庆亲王暨同仁"写给窦纳乐爵士的信送达英国公使馆，建议双方停火。被困在公使馆中的人收到这封信后，心中又燃起一线希望。窦纳乐爵士回信说，停火体现了中国政府的善意。7月17日，奇怪的停火开始了。炮击还在断断续续进行，但是步枪射击次数大大减少。中国士兵躺在他们的工事上面晒太阳，英国人则利用这一机会打板球。

停火的当天晚上，莫理循写道，虽然所谓的停火还在进行，但是"中国人正忙着把工事往前推进，其中一处离使馆大街俄国人的工事才20码"。第二天，他写道："昨天晚上一片宁静。可以断定，解困的日子就要到了……唯一的解释是增援部队已经靠近北京。"

实际上，由18 000个英国、美国、法国、俄国和日本官兵组成的国际联军还在天津集结。经过数周激战后，联军于7月14日攻占天津。但是，远征军远驰128公里奔袭北京的准备工作还远没有完成。

与此同时，慈禧太后在打给维多利亚女王的电报中说，她们作为女人应当相互理解，英国应当继续奉行对中国友好的政策，保护英中贸易关系。慈禧没有收到维多利亚女王的回信，但是打电报这回事就明确显示，慈禧正设法摆脱困境。

大约也在这段时间里，莫理循写道：

> 7月21日：酷热。中国人真是恶有恶报！今天平平静静，太平无事。一些商店派人送来……鸡蛋足够妇女和儿童一人一个，还有一些蔬菜。司快尔夫妇派信使去天津，捎上一封我给天津海关税务司杜德维的电文。没什么重要内容。

莫理循并不知道信使安全抵达天津。他的电文因中转耽搁了几天，最终还是传到了报业广场。8月2日，《泰晤士报》用三分之二专栏刊出署名为"我们的记者"专题新闻，并注明在北京的发稿时间。虽然莫理循认为"没什么重要内容"，这篇报道还是非常吸引读者，因为这是公使馆遭围困以来第一篇目击者的直击报道。在《每日邮报》的大屠杀报道引起舆论混乱之后，这篇报道很受全国忧心忡忡读者的欢迎，引起巨大反响：

　　7月18日以来，双方停止敌对状态，但是，由于担心对方的背信弃义，双方都没有放松警惕。中国士兵继续在围困区周围加强工事，架在紫禁城城墙上的大炮有增无减。但是他们没有继续开火，很可能因为缺乏弹药。清兵的主力部队已离京去阻击国际联军。伤员恢复得很好，医院的工作效率值得称赞。救助了150个伤员，无一人患败血症。总理衙门给英国公使送来一份大清皇帝给英国女王的电文副本，把所发生的暴行都归咎于匪徒，并要求英国女王协助中国政府摆脱困境。女王陛下没有回音，但是中国驻华盛顿公使打电报说，美国政府乐意帮助中国当局。给女王陛下的信件于7月3日由军机处送交总理衙门，但是前一天下达的圣谕还在鼓动"拳民"要忠君爱国，消灭教民。圣谕还指令各省督抚把传教士从中国驱逐出去，逮捕所有教民，迫使他们放弃信仰。其他圣谕对"义和团"烧杀教民的暴行竟然还大加赞赏。一道圣谕还给义和团首领封官加爵。7月18日的一道圣谕突然完全改变了态度，可能是因为外国军队在天坛打了个大胜仗。公使馆遭围困一个多月后，只有这道圣谕才第一次提到克林德之死，并暗示这是地方土匪所为。其实，这是一起有预谋的暗杀事件，凶手就是一名清军军官，幸存者柯达士先生完全可以证实这一点。围困公使馆的军队包括荣禄和董福祥指挥的清兵。圣谕对董福祥甘军的骁勇善战还大加赞赏。不过，他们的所谓骁勇善战只是炮击困在公使馆区中毫无自卫能力的妇女和儿童，用的是炮弹、榴霰弹、普通弹和开花弹。法国公使馆遭中国人破坏，沦为废墟。当时法国公使毕盛不在公使馆里。他在围困开始的第一天就已逃往英国公使馆寻求保护。被围困期间，我们遭受的最大危险是火险。中国人为了摧毁英国公使馆，放火焚烧和公使馆毗邻的翰林院，使中国最神圣的、独一无二的图书馆沦为废墟。自始至终中国人一直背信弃义，一边张贴告示，宣称会保护我们，让我们放心，一边当天晚上就发动全面进攻，希望能通过突袭打垮我们……所有公使、公使馆成员及其家属的身体状况都很好，公使馆中其他人也都很健康。我们满怀信心地等待救援。

与此同时，中国政府的态度变得更加温和。7月21日，赫德爵士收到总理衙门大臣的一封信。总理衙门大臣在信中说，已有一个月没收到他的来信，不知他是否安康福祥。他们在信中还说，据传海关的房子都被烧毁，希望他和所有海关职员都安然无恙。莫理循建议，窦纳乐应当回信说"海关职员一切都好，只不过一个职员的头被轰掉，另外两个受了重伤"。

北堂和公使馆一样已被困一个月。7月23日，从北堂方向传来枪声。莫理循问自己："成千上万个基督徒难民、牧师、修女和主教在北堂中避难，可是只有两个军官率领30个法国人和10个意大利人负责守卫北堂。他们能坚持到援军来解救他们吗？"第二天，2 000个义和团成员对北堂发动进攻。法国陆军少尉保罗·亨利（23岁）发挥其超级军事才能，不但指挥北堂守军击退了义和团的多次进攻，而且使其遭到重创。7月30日，义和团再次发动进攻。亨利少尉勇敢地爬上一个火力点，努力挫败来自北墙方向的进攻，不幸中弹牺牲。

8月4日，国际联军终于踏上奔袭北京的征途。6天后，信使冲破中国军队的重重封锁，到达英国公使馆，带来期盼已久的消息。"强大的联军正在挺进，"联军司令盖斯利将军写道，"两次击败敌人，振作你们的精神。"

8月13日，联军分成四路纵队并进，抵达北京的外城墙，准备发动最后一击。鞑靼城内，中国军队孤注一掷，发动疯狂的最后攻势，企图消灭目睹他们罪行的所有证人和证据。"在最后两天中，我们遭到敌人的猛烈攻击，炮火连天，伤亡人数大增。"莫理循写道。一颗炮弹甚至击中了克劳德·窦纳乐爵士的卧室，一幅与真人一般大小的维多利亚女王肖像上布满了弹孔。

8月14日凌晨3点，莫理循在睡梦中惊醒，"城东传来隆隆的炮声，还有令人精神振奋的密集枪声"。他和其他防守人员摇摇晃晃地沿着斜道走到南墙头，观看俄国军队对东便门的炮击。下午2点30分，首批英军士兵冲击鞑靼城。"身材魁梧的盖斯利将军和他的随从幕僚正穿过水门，后面紧跟着印度军锡克人第一团和拉其普特人第七团，"莫理循写道，"他们沿着御河街而来，怀着难以言状的激动心情迈进了英国公使馆。使馆正式解围了。"

满目疮痍的使馆区里欢声雷动，感激涕零的英国妇女抱住锡克士兵一阵狂吻，令他们大吃一惊。"就像花园露天餐会那么热闹，"

1900 年，被炮火损毁的北京东城墙角楼

皇家海军上尉罗杰·凯思写道，"所有女士都穿上白色和光彩夺目的服装，个个都显得美丽动人。"然而，环视四周，一片废墟，令人难以想象。周围的大街上，无数宫殿、寺庙、住房和商店都已沦为残砖断瓦，冒着缕缕黑烟。

8月17日，姬乐尔听到解围的消息后，立即写信给莫理循："亲爱的老朋友莫理循，一个月前的今天，我们刊登出您的讣告。我希望，当您读到讣告时，这种奇特的经历一定会使您意识到我们对您热烈而又真诚的评价，深深感受到讣告执笔人对您的真挚友谊和衷心钦佩。"

莫理循并没有做出姬乐尔所期待的反应，对讣告的评论是"歌功颂德到奇怪的程度，读起来令人感到痛苦……太过分了，令人作呕，我还从来没有感到如此恶心过"。①

8月18日，莫理循告诉《泰晤士报》，在勇敢的樊国梁主教的领导下，北堂卫队一直抵抗义和团的进攻，现在北堂已经解围，整个北京完全置于外国军队的控制下。

> 列强军队有组织地进行抢劫。法国和俄国的国旗飘扬在皇城最好的地段。据说，那里埋有许多皇宫的珍宝。国际社会一致同意，必须对紫禁城加以保护。但是，除非对紫禁城进行实质性的占领，不然惩罚抢劫的措施很难有效地实施。日本人挖到一个密窖，据传里面藏有50万两白银。慈禧太后、皇帝、端王和所有高级官员都已逃往山西省太原府，然后再从那里逃往西安府。《京报》13日停止出刊。北京陷于无政府状态。

外交部决定让窦纳乐爵士去东京担任英国驻日本公使，而萨道义爵士调任驻华公使。窦纳乐在信件中说，莫理循"曾担任斯特劳兹上校的副手，提供了最有价值的帮助。他工作起来积极主动，精力充沛，沉着冷静，自觉承担一切危险任务。当局势朝坏的方向发展时，他是抵制力量的中流砥柱"。

---

① 1900年9月10日莫理循给濮兰德的信，《濮兰德文件》。

莫理循争分夺秒，努力完成使馆被围困的详细报道，终于大功告成。8月15日，也就是解困后的第三天，他把长达3 000字的稿件寄往伦敦。10月，《泰晤士报》全文刊登了莫理循的报道。《旁观者》杂志评论说："吉朋①的大作不可能和莫理循的报道相媲美。"《泰晤士报》还幽默地责备说："他在使馆保卫战中表现得那么英勇果敢，甚至还受了重伤，但是他在报道中竟然只字不提。我们只能从其他民间渠道获得这些消息。我们很遗憾地听说，他的伤使他走起路来步履艰难，痛苦难当。"

阿瑟·沃尔特亲自给莫理循写了一封信：

> 就我所知，根据我的判断，《泰晤士报》没有任何记者的工作能像您对北京使馆被围困所做的报道那么出色，没有任何一个记者能像您所做的那样得到公众的完全信任……您对《泰晤士报》的贡献我难以言表……我很自豪……能把《泰晤士报》和您所获得的崇高声誉联系起来……

然而，莫理循并不原谅所谓"大屠杀"的报道，甚至连《泰晤士报》也没放过。"我看《泰晤士报》是在替《每日邮报》掩饰，担保他们完全是出于好意才发表来自上海的那份不光彩的电讯的。这份电讯使多少家庭悲痛啊。"他写信给莫伯利·贝尔：

> 据我所知，发这封电报的人是萨特利。他原来是费城克恩·萨特利公司经理。他在该公司倒闭后，于1896年1月用伪造仓库凭证的手法，三次倒卖同一批库存的羽毛，然后带着所诈骗来的钱，化名西尔威斯特跑到天津……他一直以萨特利的

---

① 1776年2月17日，历史学家艾德华·吉朋（Edward Gibbon，1737～1794 A.D.）的《罗马帝国衰亡史》（*The History of the Decline and Fall of the Roman Empire*）首卷在伦敦悄悄上市。这部书一上市就造成轰动，第一版500册迅即销售一空。一夕之间，吉朋变成了英国文艺界的名人。经过两百年的考验，《罗马帝国衰亡史》已成为近代欧洲历史与文学的经典。

名字住在上海礼查饭店，充当《每日邮报》信赖的特约记者。[①]

莫理循的手脚利索到能走动后，就到他以前住房的废墟去察看，还到鞑靼城只剩颓垣败瓦的大街上四处溜达，想给他自己和他的图书馆找个新的安身立命之处。他选中王府井大街上（南北走向，经过英国公使馆的西边）一处满族王府。在被围困期间，这座房子被清兵占有。莫理循知道这伙清兵嗜好抢劫，定有所藏，于是就在花园中挖掘，果然收获颇丰，挖出两箱"非常值钱的金银首饰"，并毫不客气地笑纳。为了纪念这一发现，莫理循把他的新住宅命名为"克朗代克"（宝藏）。不过这个名称很快就被人们所忘却，而这条街后来被称为"莫理循大街"[②]。

莫理循在紫禁城里捡到一块"精美的镶金玉佛手"。尽管这块玉从外表看十分精致高雅，但是有一处瑕疵，因此"没什么价值"。不过，他还是搞到一块"全北京最好的玉"作纪念品。后来，他把这块玉以 2 000 两银子的价格卖给了司快尔。他还向中国政府提出索赔，金额高达 5 804 英镑 11 先令 3 便士，其中包括房宅赔偿金 1 500 英镑，受伤赔偿金 2 625 英镑。

联军派兵到乡下进行惩罚性扫荡，成千上万的义和团成员遭围捕，被砍头，他们的房子被夷为平地。应殖民大臣张伯伦的要求，澳大利亚政府派一支海军陆战队去中国。这支部队抵达中国时，公使馆已经解围，于是他们就参加围捕杀害义和团的行动。其中一个士兵说，他发现自己和伙伴们变得越来越冷漠无情。"如果你不能把中国佬看作比人类低级，或者低级得多的动物，那你就会难以下手。"他说。[③]

义和团支持者端亲王虽然保住了一条命，但是被贬到一个遥远

---

① 1900 年 10 月 20 日莫理循给莫伯利·贝尔的信，《泰晤士报》档案。

② 北京的王府井大街在清末民初曾以"莫理循大街"在来华外国人中闻名。1949 年前，王府井大街南口路西店铺的墙上还钉有"莫理循大街"的英文路牌。

③ 尼科尔斯在《拳民和水兵》一书中引用助理军需官温的话，艾伦和昂温出版公司，悉尼，1986 年。

的省份。温和派庆亲王和老奸巨猾的李鸿章回到北京，代表皇帝和列强周旋，商讨和平解决争端的途径。谈判是个漫长而又缓慢的过程。与此同时，抢劫和报复还在无情地继续着。一个中国教师亲口对莫理循说，他姐姐遭到俄国士兵的轮奸，结果他家中有七个人自杀。"这种事在当时很常见。"莫理循在日记中写道。

9月24日，莫理循给《泰晤士报》发了一封电报："俄国人洗劫颐和园的行动已经完成。所有珍贵物品都已包装好并贴上标签。"不过，他的主要批评对象是法国人和德国人。

10月17日，德国陆军元帅瓦德西伯爵抵达北京，接替盖斯利将军担任联军总司令。德皇命令瓦德西要为克林德的死展开令人畏惧的报复行动，令中国人对德国再也不敢侧目。他住进紫禁城慈禧太后的寝宫，系统地召开消灭敌人的行动。在他的铁拳之下，不光义和团和他们的同情者遭了殃，许多无辜的中国人也惨遭屠杀。仅在一个小镇，1 000名德国士兵未经警告就枪杀了200名中国士兵

1900年，被炮火摧毁的北京前门

八国联军入侵后，将北京古观象台上的天文仪器拆走

和平民。

在打击敌人的闲暇之余，这个 66 岁的普鲁士花心老头忙着和一个年轻的中国名妓寻欢作乐。他还下令拆除北京天文台，制造了一起联军占领下最严重的恶意破坏公共财产事件。莫理循写道：

> 德法两国将军推行令人遗憾的占有政策，在冯·瓦德西伯爵的批准下，下令从北京天文台拆走这些超级天文仪器。这些仪器最初是耶稣会的神父安装在天文台里的，两百多年来一直是北京的主要荣耀之一。这些仪器制作精美，巧夺天工，连在暴乱期间破坏一切洋货的义和团都舍不得加以毁坏。这些仪器的一半被送往柏林。其实德国人根本没有任何理由获得这些珍品，只因为冯·瓦德西伯爵当上联军总司令，他们才敢如此胆大妄为。另一半被送往巴黎。

德国人把准备送给德皇的战利品都标上记号，足足可以装满一整列火车。可是故宫里发生的一场神秘大火把这些战利品烧了个精光，英国人非常高兴。

11月24日，莫理循报道说："德国远征军继续在北京周边地区侵扰，其目的主要是为了掠夺战利品。德国官方还把这种袭击粉饰为重要的军事行动。这是完全错误的行为。"莫理循指出："在德国人到达中国之前，暴乱已经平息。"他甚至建议，英国军队应退出联军，不受瓦德西的指挥。瓦德西指责莫理循是个"卑鄙的流氓"，甚至威胁要对他进行军法审判。"《泰晤士报》是最大的造谣机器，对我的攻击最激烈。该报的这些报道都出自一个叫莫理循的人之手。此人像那些英国记者一样，喜欢夸大其词。他认为这样就可能引起我的注意。在我的眼里，新闻界的攻击就跟狗叫一样，不会对我产生任何影响。"①

1901年元旦，联军在紫禁城前举行盛大阅兵仪式，瓦德西检阅了联军部队，似乎就是为了证实继续扫荡的必要性。莫理循也饶有兴致地观看了阅兵仪式，之后，他还参加了午餐会，庆祝元旦和澳大利亚联邦的建立。"所有澳大利亚人都出席了这个午餐会，"他写道，"奥沙利文上校发表了一番愚蠢的演讲，让人捧腹大笑。"

毕德格告诉莫理循，"最使慈禧太后感到惊慌"的是德国人在直隶的疯狂报复。莫理循不信毕德格的话。但是，莫理循兴致勃勃地在天坛观看了一出由联军士兵推出的模仿慈禧的滑稽戏。据说，这出戏大大地丑化了中国人，兵部甚至打电报给盖斯利将军要求给个说法。"一派胡言，"莫理循写道，"我想打电报说，这出戏描述的是她天性中较为温柔的一面，没有把这个丑陋女人野蛮的背信弃义、残忍等方面暴露出来。"

1月22日，维多利亚女王在奥斯本逝世，享年81岁。正如慈禧没能消灭她所恨之入骨的在华洋人一样，维多利亚也没能活着亲眼看到她的军队在南非打败布尔热。

莫理循觉得非常疲劳。他过分操劳，疲惫不堪，心情沮丧。

2月4日（星期一）。我的生日。一整天的大部分时间自己

· ① 瓦德西，《瓦德西回忆录》，哈金森出版公司，伦敦，1924年。

过，非常想离开这里，换换环境。

第二天，他在日记中责备自己的工作质量：

> 我的工作严重滞后，例如，1）没有把中国人给各国公使的信发回报社。2）没有把瓦德西的信发回报社。3）甚至在星期天已知道中国愿意为铁路借款支付利息后，还是没有把报道写出来，直到昨天傍晚晚些时候才把电文发出去。

1901 年 9 月 7 日，中国政府和 11 国列强签订了和约。中国这个被征服的国家受到严厉惩罚：外国可在自山海关至北京沿铁路的 12 个地方驻扎军队；禁止中国进口自卫武器；中国赔款 6 700 万英镑，分 39 年还清。

1901 年，莫理循目睹了朝廷回銮

在这段充满报复和屈辱的日子里，慈禧太后和她的朝廷躲在离北京 1 120 公里远的西安，过着无忧无虑的生活。在她的宫廷卦师选定回銮的吉日后，慈禧就带着光绪皇帝、大内总管、宫女、清廷高官、仆人开始了浩浩荡荡的回銮行程。一个由龙凤辇、官轿和马车构成的庞大车轿队，抬着皇室成员和高官显贵，拉着行李和慈禧搜刮来的财宝，奔波 400 公里，来到正定府，从那里乘火车返回北京。这是慈禧太后有生以来第一次乘火车旅行。莫理循发表在《泰晤士报》上的报道说：

> 龙凤辇所经之路都整得平平坦坦，路面上所有石块都清除得一干二净，甚至还铺上了一层细土，走起路来软松松的，悄然无声。队伍行进时，前头还有专门雇了一班人马用羽毛扫帚轻扫路面。

慈禧太后安全地乘上了火车。列车开到保定府时还发生了一件事，从中可以很清楚地看出慈禧太后的狠毒性格。

> 朝廷高级官员乘坐的一等车厢挂在皇帝和皇太后的车厢之间。大臣们觉得太挤，于是就和铁路官员商量，再挂一节一等车厢。慈禧太后立即注意到这一变化，就要求大臣们做出解释。大臣们的解释不能令她满意，于是她就下令立即把这节车厢脱钩。这么一来，袁世凯和其他大臣只得怨气冲天地再挤在原车厢里受罪。

1902 年 1 月 7 日，慈禧一行抵达北京，从永定门入城。在前往皇宫的途中，她亲眼目睹北京大部分地方遭到严重破坏，其中包括紫禁城中最神圣的宫殿。莫理循写道，那天晚上，慈禧太后睡的是一张欧式床，加上一盏"豪华精致"的鸦片灯，更加舒畅。

新的一年里最重大的事件是签署了《英日同盟条约》①。根据这份协定，如果日本和俄国之间发生战争，而且有第三国站在俄国一边，英国就有责任站在日本一边进行干预。这么一来，日本就能自由自在地打击俄国，不必担心法国或德国会进行干预。

甚至在公使馆遭围困的最危险时刻，莫理循就已在日记中写道："肯定会爆发一场战争。而且战争即将爆发。日本人思路敏捷，积极主动，已做好准备，而俄国人呆头呆脑，反应迟钝，丝毫没有准备。上帝保佑，让他们打起来吧。"

莫理循于 1897 年到达北京后，就一直认为俄国是英国在中国的死敌。他没机会敦促清政府抵抗俄国对满洲和蒙古的侵略。毫无疑问，日俄之间一旦发生战争，就是后来被人们称为的"莫理循的战争"。

---

　　①　这里指的是第一次同盟条约，于 1902 年 1 月 30 日在伦敦签订。条约共计 6 条，其主要内容为：针对俄国的扩张，双方承认中国和朝鲜的"独立"，倘使双方在中国和朝鲜的利益受到别国侵略或因内部骚乱造成损失时，任何一方均可采取必要的措施；缔结国的一方如与其他国家发生战争时，另一方应严守中立；如同盟国一方与两个或两个以上其他国家作战时，另一方应给予军事援助，媾和时也须与同盟国协商；双方还保障英国在中国、日本在中国和朝鲜的利益。

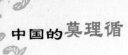

第七章

莫理循的战争

　　除了驻巴黎特派记者亨利·布洛维茨外①，莫理循是报业界中最著名的《泰晤士报》记者。在国际舞台上，他是个最著名的澳大利亚人，名声仅次于梅尔芭。正如波莉·史密斯以及其他在使馆围困中幸存者说的那样，他英俊潇洒，异常勇敢。

　　除了母亲丽贝卡之外，莫理循没有和任何其他女性保持过长久的关系。司戴德（威拉德·迪克曼·斯特雷特）对此很关心。莫理循在日记中承认："难以抗拒的羞怯感一直给我造成很大的思想负担。"他甚至问自己："为什么我不能克服羞怯感呢？"

　　在和女性交往的问题上，莫理循似乎没有理由显得如此羞怯。在莫理循 40 岁时，大清帝国海关翻译美国人司戴德曾对他进行最为精确的描述：

　　　　他非常有魅力——身材健壮结实，肩有点斜，头较大，脖子短。相貌堂堂，五官端庄清秀，蓝灰色的眼睛闪烁着智慧的光芒，嘴角上经常挂着令人捉摸不定的笑容。他的头发从来不

---

① 布洛维茨担任《泰晤士报》驻巴黎特派记者 28 年后，于 1902 年年底退休，1903 年 1 月 18 日逝世。

梳，即使有梳也看不出来。他交际能力很强，认识的人非常多。更重要的是，他对朋友都了如指掌，而他们对他却只是雾里看花……

莫理循之所以寡言少语，部分原因是他不想过分张扬他所取得的成就，免得被误认为吹牛而遭人看不起。他从 16 岁开始就十分引人关注，一直很在意自己的声誉。他始终保持谦虚谨慎的态度，羞怯正是他这种态度的一种表现方式，尤其是有女性做伴时更是如此。

他把所有认识的女性和母亲相比后，觉得她们当中许多人都有某些缺点。他的日记中有许多对异性的批评和贬低的内容。例如，众人交口称赞的波莉·史密斯在他的笔下是个"胖乎乎、过分热情的女人"。他用"令人讨厌的"和"那个可怕的女人"这样的字眼来形容女权运动家和慈善家立德夫人。格特鲁德·贝尔是著名的阿拉伯问题专家和旅行家，还是姬乐尔的密友，可是莫理循对她却非常讨厌。他在给濮兰德的信中写道："天哪，她一谈起来就口若悬河，滔滔不绝，厚颜无耻。"①

莫理循可能也意识到在追求捉摸不定的完美女性品质方面自己所存在的缺点。但是，问题的根源可能是他把全部的爱都献给了母亲。有人说，他可能患有圣母玛丽亚/娼妓综合症。他很难和任何一个他所尊重的女性发生性关系，因为这样的女性会使他联想起自己的母亲。他觉得对这样的女性怀有性念头，都是一种"亵渎"，因此他只能和那些荡妇，即已经堕落的女性发生关系。对这样的女性，莫理循从不控制自己的性欲。1898 年，他在前往英国途中来到马赛，光顾旧港的一家妓院。他在日记中谨慎地记下自己在西班牙的性经历。虽然保密显然是非常重要的，但是我们可以确定这个女人是：梅森·丽贝卡。

1903 年 1 月，他在澳大利亚度假时，曾在悉尼的大都会旅馆包了一个房间，盛情款待一个迷人的德国女演员。他在日记中清清

---

① 《濮兰德文件》中莫理循 1903 年 4 月 24 日给濮兰德的信。

楚楚地记下和这个旧情人的幽会时间：

1月22日（三个时段）　早上9:30　早上11:30　下午6点

1月23日（两个时段）　早上11:30　下午3点

虽然这个女演员已经嫁给一个"愚蠢至极"的德国商人，但是莫理循对自己和有夫之妇的暧昧关系却一点也没有感到不安。实际上，他可能还很高兴自己能给这个男人戴上一顶绿帽。尽管如此，莫理循却总是带着挑剔的目光，批评那些他认为头脑清醒的女性缺乏道德修养。著名女高音歌唱家梅尔芭在伦敦中心戏院是个备受推崇的明星，荣归故里墨尔本时还是待嫁之身。可是莫理循在日记中却写道：

> 自从她来到澳大利亚后，已经赚了 30 000 英镑。她把州长的女儿克拉克小姐带坏了。她酗酒，满口脏话，在餐桌上讲的都是不堪入耳的下流话，会令任何正经女人目瞪口呆。州长不应当让他的女儿和梅尔芭女士这样的人交朋友。[①]

莫理循在一些风情万种的女人身上，体会到什么是风骚放荡。他和梅西小姐有过一段惊天动地而又让他伤感的风流韵事。梅西小姐芳龄24，长着一头漂亮的金发，是美国一个百万富翁参议员的女儿，从小就锦衣玉食，受到良好的教育，但却是个色情狂。莫理循说，在他所见过的女人中，她是"最彻头彻尾的放荡尤物"。1903年12月，莫理循在北京邂逅梅西时，承认自己"完全被迷住了"。他在日记中写道："我感到无比的欢悦，火一般的恋情在心中燃烧。"3个月后，莫理循在长城附近和朋友杜卡特上校一块用餐时，出乎意料地又碰到梅西小姐和她的"女伴"拉格斯代尔夫人。他们的恋情达到了巅峰：

> 那天晚上，皎洁宁静的月光撒向大地，四处看起来和白天一样明亮。梅西对我说，她要去爬长城。我就自告奋勇陪她

---

① 州长是乔治·克拉克爵士，后任州长是西德纳姆。

去。杜卡特同意和我们一块去，因为他发现自己能帮上忙，而且顺便还能带上拉格斯代尔夫人。我和梅西一块走，杜卡特和我们保持一段距离。我们爬上了长城，在最高处坐了下来……

正是在长城的最高处，风骚撩人的梅西完全征服了莫理循。他承认这一次经历使他感到"震撼"。在随后的几个月里，他痴迷地迷恋着梅西，还专门把梅西令人眼花缭乱的性生活记录了下来：

> 在她的记忆中，每天早上她都要自娱，甚至月经期也是如此，甚至和男人在床上狂欢一夜后也是如此。她在旧金山法国饭店被一个叫杰克·菲的医生诱奸，从此生活放荡。怀孕……到华盛顿去摆脱困境（动流产手术后）……一直和议员盖恩斯偷情……堕胎四次。在檀香山和特里梅因·史密斯上尉分别后，在西伯利亚一路上情人从没少过。一连好几天和马丁·伊根（一个驻东京的美国记者）寻欢做爱……古德诺夫人对她说，一旦和女人有过性爱关系后，她就再也不要男人来碰她一下。她现在的希望是找个日本女仆陪她回美国，让女仆每天早上都能和她做爱……在天津时，她和荷兰领事齐伯林也有过一段浪漫史……在上海时，她给我来了一封电报"请到日本去，乖宝贝"……可是当天晚上她遇到霍尔库姆……两小时内两个人做爱四次……

在他们第二次幽会的时候，梅西向莫理循详详细细地描述了霍尔库姆的性爱能力和技巧。莫理循感到非常痛苦，在日记中写道："这痛苦比我于1890年在巴黎和诺莉有过一段情后所经历的任何痛苦都强烈。"他得出的结论是，他的情人是个"天生的妓女，不要钱，也不索取礼物"。不过，她还是很高兴地接受了莫理循送给她的一些非常漂亮的礼物：一个银烟盒，一条银带，上面还刻了些吉祥如意的字样，半打刺绣手帕，一个象牙伞柄和一只金手镯。他对梅西是一片痴心，很客观地在日记中描述说，他的头"就像一个流血的战利品展示在梅西的枪尖上"。

3月30日——痛苦不安地来到北京，思绪万千。一个多么有个性的人来到我的生活中！像往常一样，这种事总是姗姗来迟。不过，我现在无论在身体上还是在精神上都处于较好的状态！

5月4日——彻夜难眠，焦虑万分，妒火狂烧，不顺心之事太多了……热恋的激情和盲目的妒忌令我心慌意乱，头昏脑胀。我想的最多的是，男子汉大丈夫怎样才能迷倒一个多愁善感的女人，让她服服帖帖。

5月5日——睡眠有所好转，但是还在痛苦中挣扎。那张魔鬼般秀丽的脸庞不断浮现在我的脑海里，魅力无穷，令我无法抗拒。我真傻，我真糊涂！她着装时，我的心中没有一丝冲动。但是，只要看到她秀发松垂，看到她的玉体，我的每一根神经都会兴奋起来。

6月6日——三天没写日记了，都是因为梅西的缘故。为什么她总是在我的脑海里挥之不去呢？只要一想到她再过一两天就要躺在马丁·伊根的怀抱里，我就觉得万箭穿心。

6月9日——明天就要到神户了……等待着我的是什么呢？我该到哪里去见梅西呢？……她还爱我吗？还关心我吗？我是否永远被幸运的马丁踢出恋局之外？这个问题使我感到担心和焦虑不安。但是我愿意听天由命。

6月10日——梅西和我通了电话。马丁·伊根今天早上离开，要到明天才回来。我要去就餐……然后……我到她的105室里幽会。这是我从未经历过的令人吃惊的幽会，以愉快而告终，否则我简直会死掉。

　　梅西决定回到美国，他们的这段恋情只得告终。莫理循给她发了一封告别电报：

　　日本横滨大旅馆梅西小姐：我刚动身前往上海，愿您回国路上心情愉快。您回归故里，虽然对远在东方的我来说，留下的是一片凄凉，但是对在奥克兰深爱您的人来说，是一道喜讯。他们是那么迫切地等待着您，欢迎您。我相信，您虽然事务繁忙，但是一定可以找些空余时间给我写信，也不会把我忘得一干二净。我不知道命运是否会允许我们重聚，但是无论发生什么事情，我会永远把您珍藏在我的记忆中，总会心怀感激地回忆起我们一起度过的美好时光。别了，亲爱的。厄内斯特。

　　但是，梅西小姐已经开始了征服男人的新战役，没有给他回电。莫理循显然迷失于他们的恋情之中，因此感到"非常失望"。也许，他在找到自己觉得完美的女性之前，还会犯许多类似的错误。

俄国马车在北京街头

在澳大利亚度假期间，莫理循受到在墨尔本的新联邦政府高级官员的盛情接待。无论他走到哪里，大家都尊称他为《泰晤士报》驻北京特派记者。他还很高兴地接受了几家报纸的采访。但是，这趟旅行中有件事令他觉得很不愉快。他发现，联邦政府没能清除澳大利亚的政治腐败。他在日记中说，澳大利亚首任总理埃德蒙·巴顿爵士是最糟糕的政客。他听到的都是"相同的话题——政府公务员的腐败，尤其是巴顿，他决不应当成为总理"。一个可靠的消息来源告诉他，巴顿是个"酒鬼，粗俗赖账的人"。

但是，莫理循觉得阿尔佛雷德·迪金（澳大利亚首任总检察长，从政前是戴维·塞姆《时代报》的社论撰稿人）"讨人喜欢、善于言辞"。实际上，在莫理循离开澳大利亚还不到 6 个月，迪金就取代巴顿的职务，担任澳大利亚总理。迪金后来写道，"天才的澳大利亚人莫理循博士"具有"准大使的权威，有时甚至让英国公使黯然失色"。①

莫理循在日记中写道，迪金对他说，1903 年对大英帝国来说可能是充满危机的一年。英国政府正把基青纳派到印度去，对付可能与俄国发生的麻烦。这对莫理循来说无疑是条好消息。在沙皇尼古拉二世的统治下，俄国的外交政策是从西北边界到中国的北部给英国制造麻烦，最终目的是把英国人从印度赶走。与此同时，满洲是个新兴的东方大帝国的实验场，版图包括中国北部地区和朝鲜。② 俄国人几乎把西伯利亚地区的中国人清除得一干二净，不分男女老少屠杀了大约 8 万个中国人，并于 1900 年 11 月强迫中国地方政府签订一项秘密协议，几乎把中国满洲的三个省全部吞并。

莫理循获悉沙俄远东总督阿列克谢耶夫和盛京将军增祺签署秘密协议的消息后，立即在《泰晤士报》上予以披露。各国列强对这一条约表示出强烈的敌意，结果密约最终没有得以批准。但是，俄国人的这一诡计却证实，莫理循把俄国看成英国在中国头号敌人的

---

① 见阿尔佛雷德·迪金为《戴维·赛姆：澳大利亚贸易保护制度之父》（阿姆罗斯·普拉特著）一书写的序言，沃德洛克出版公司，墨尔本，1908 年。

② 理查德·香农，《1865～1915 年的帝国主义危机》，麦克吉朋出版公司哈特-戴维斯分公司，伦敦，1974 年，320～321 页。

看法是正确的。莫理循继续从北京发出反俄报道，促进了 1902 年英日条约的签订。过了不久，俄国同意在 18 个月内，分三个阶段从满洲撤军。

1902 年 10 月，俄国人开始第一阶段撤军行动。但是，1903 年 4 月，莫理循在完成澳大利亚之旅后访问满洲时，却发现俄国已推迟了进一步的撤军行动，正忙着向中国提出许多新的要求，讨价还价。莫理循迅速地揭露了沙皇背信弃义的最新行径，以致姬乐尔感到惊讶地对莫理循说："为什么俄国人不趁整个冬天您不在时施展他们的鬼把戏呢？"

中国政府在英国、美国和日本的支持下，拒绝答应俄国提出的新要求。俄国人则采取报复行动，派军队沿着满洲和朝鲜间的界河鸭绿江挺进，结果威胁到日本在中国的利益。莫理循的好斗精神现在急剧膨胀。他认为英国必须鼓动日本对俄宣战，"如果日本能打败俄国，就能大大地打击俄国在亚洲的威望"。他如此不遗余力地挑起日俄两国间的敌意，以致在英国外交界和军界中，许多人称他为"日俄战争的创造者"。

姬乐尔曾要求莫理循缓和对德国①的攻击，担心在英国还深陷于布尔战争时，这样的攻击性言论会给英国制造困难。1903 年 5 月，他告诫莫理循必须降低针对俄国的好战论调。"有关日本要把我们拖入一场不受人欢迎的战争的言论最有可能破坏英日两国在中国的联盟，"姬乐尔写道，"我希望您能理解为什么我们认为有必要在一定程度上降低您 15 日报道中的好战论调，还要能彻底理解我们对满洲问题的政策。"

在英国的督促下，日本打算用外交手段，和平地打破僵局，继续要求俄国从满洲撤军。"我对日本非常失望。在我国政府的影响下，日本似乎要抛弃自己能和俄国较量的最后机会，其实也是唯一机会，"莫理循在 7 月给濮兰德的信中抱怨说，"为什么我国政府要和日本结盟呢？其结果只会加强俄国在东亚的势力。我仍然希望并

---

① 原文如此。似是俄国之误。——译者注

祈祷日俄间能爆发一场战争。"①

令莫理循感到高兴的是，日本的外交努力在圣彼得堡撞上南墙。俄国沙皇明确表示，要通过军事手段解决问题，关上了和平之门。俄国外交大臣兰姆多夫伯爵对所发生的一切还一无所知。8月，俄国财政大臣维特因反对沙皇的远东政策被解除职务。同一个月，姬乐尔富有先见之明地写信给莫理循说，"我认为日本肯定会选择对自己最合适的时机行事，而不考虑这个时机对我们是否合适。据我判断，俄国很可能给日本提供这么做的机会。"②

9月，莫理循给姬乐尔回信说，俄国正在采取拖延战术：外交大臣兰姆多夫向日本驻俄公使栗野慎一郎保证，会立即把日本的建议上报给沙皇。但是，一个月后，俄方没有任何回应。沙皇尼古拉二世非但没有关注日方的建议，反而故意回避，让俄国远东总督海军上将阿列克谢耶夫处理此事。阿列克谢耶夫此前曾负责满洲协议的谈判，却以失败而告终。

莫理循写道："如果日俄爆发战争，俄国在远东地区的势力就会被粉碎。如果战争没有爆发，俄国的势力会令人感到担忧。"③11月3日，他在日记中写道，如果日俄战争没有爆发，他会认为自己在远东的工作失败了。

> 11月17日——焘纳理夫人说："如果爆发战争，那一定是您的杰作！"
>
> 11月18日——今天最得意洋洋，因为战争似乎很可能会爆发。

俄国的固执使日本感到灰心丧气。这种状况一直持续到新年。1904年2月3日，日本公使栗野慎一郎提出最后警告后，就离开圣彼得堡。5天后，日本不宣而战，用鱼雷袭击了在亚瑟港（旅顺

---

① 《濮兰德文件》中莫理循1903年7月19日写给濮兰德的信。
② 《莫理循文件》中姬乐尔1903年8月25日给莫理循的信。
③ 《莫理循文件》中1903年9月7日莫理循给姬乐尔的信。

口）的俄国舰队。莫理循获悉这一消息后，欣喜若狂，"激动得几乎连字都写不出来"。

尽管俄国对日本把驻俄公使召回东京之事已有所警觉，但是并没有预料到日本竟然会发动奇袭。日本虽然是个新兴的军事强国，但是日本人口只有 4 千 6 百万，而俄国的人口却高达 1 亿 4 千万。而且，人们普遍认为俄国军队在世界上首屈一指。但是，俄国在远东地区的驻军只有 15 万。尽管有了跨西伯利亚铁路，但是只有一条线路，而且尚未完全修好，因此通过铁路增援必然缓慢。可是，俄国的太平洋舰队有 7 艘战列舰，日本只有 6 艘，因此俄国对此引以为豪。

2 月 7 日午夜，俄国远东舰队安安静静地停泊在亚瑟港（旅顺口）外。海军上将的妻子在城里举行舞会。宾客成双成对在舞池中翩翩起舞，俄国水兵在炮位旁懒洋洋地打瞌睡。两艘驱逐舰正在进行例行巡逻，探照灯在冰冷的海面上划出一道道耀眼的光束。

海军上将东乡平八郎率领的日本联合舰队正是利用俄军的探照灯灯光发现了攻击目标。8 日凌晨 0 点 20 分，月亮还没有升起，日本舰队发动突然袭击，在 90 分钟的时间里，日军驱逐舰朝反应迟钝的俄国舰队连续发射 16 枚鱼雷，其中两枚重创俄国的最新型战列舰"列特维赞"号和"策萨列维奇"号，使它们一连几个星期丧失战斗力，另一枚鱼雷重创巡洋舰"帕拉达号"，并使俄舰上的人员伤亡惨重。其他鱼雷要么没有命中目标，要么没有爆炸。

日本人的大胆进攻在精神上沉重打击了圣彼得堡的上流社会。在此之前，俄国的高官显贵一直瞧不起日本人，认为他们只是一帮亚洲野蛮人。当第一批灾难性战报传到首都时，沙皇尼古拉正在看歌剧。他的宫廷侍从不敢打搅他的雅兴，一直等到最后一场演完后，才敢把发生战争的消息禀报给他。

东乡平八郎原来希望能一举击败俄军。虽然战果不像他计划奇袭时所指望的那样具有毁灭性，但还是为日本赢得了战争。俄国丧失了战列舰的优势。在而后的几个月中，日本舰队肆无忌惮地把部队和补给品运到朝鲜和满洲，而士气严重受挫的俄国舰队为了自身的安全，只能呆在亚瑟港（旅顺口）干瞪眼。

为了感谢莫理循对日本的支持，日本驻华公使馆定期向莫理循提供战报。莫伯利·贝尔派莱昂内德·詹姆斯到中国去报道日俄战争。莫理循最初激动了一阵子，但很快就抱怨自己被撇在一边。战争爆发后一个星期，他写信给贝尔："我在这里现在几乎无所事事，我们听到的只是英国对战报的反应。"三个星期后，他对姬乐尔抱怨说："我呆在中国已无事可做，因为俄国人已暂时停止搞阴谋诡计，没有什么新闻值得我去挖掘。"

莫理循经过报社老板的批准，动身到中国各地去考察，并利用一切机会贬低俄国的获胜机会，确保日本能得到舆论支持。他还旅行到东京，想方设法拯救贝尔提出的一项野心勃勃的计划，但没有成功。贝尔原计划在一艘包租的船上安装一套无线电设备来报道日俄战争。具体计划是，詹姆斯从这艘船上把电文发给在威海卫英租界中一个叫戴维·福来萨的《泰晤士报》雇员，再由他用最先进的接收机和发射机，把报道传到《泰晤士报》。然而，日本人对詹姆斯的报道进行严格审查，结果这项工作没什么成效，这艘船倒不如呆在港口里更好。

1904 年 8 月 19 日，日军司令官乃木希典将军下令对俄军阵地展开第一次正面强攻，壁垒森严的亚瑟港（旅顺口）陷入日军的铁围之中。日军的头几波攻势没有取得什么进展，于是乃木希典下令调来 18 门 11 英寸重型榴弹炮（炮弹重 550 磅，射程 9 000 米），在周围的一座小山上修好炮兵阵地，朝俄军阵地猛烈轰击。在整个战斗中，这些重型榴弹炮共发射 36 000 发炮弹，还把被堵在港内的俄国舰队打得丧失了战斗力。

1905 年 1 月 4 日，身材魁梧的俄军要塞司令施特塞尔将军下令投降。在摆好姿势和胜利者一块拍了一张集体照后，他获准返回俄国。他打电报给沙皇说，要塞已断粮，实际上要塞中的补给品还能撑上几个星期。

日本人现在奖励给莫理循一个他期待已久的机会。山县有朋元帅对一个日本记者说："我们非常感谢莫理循博士。他劝我们和俄国交战，而且从不怀疑战争的结果。"莫理循应邀骑上一匹借来的马，陪同乃木希典将军及其参谋部官员参加入城仪式。他在日记中记下当时的情景：

> 日本人用担架抬着俄国伤员，体现了人道主义。俄国人没
> 这么做，只是默默地看着日本人的队伍……被击毁的舰只在燃
> 烧。他也许难以再修复，法国债主看了肯定心疼，这是一支因
> 无能而被摧毁的舰队……所有英国军官一谈起俄国人投降之事
> 和堆满伏特加瓶子的战壕，就浮现出满脸不屑的神情。

第二天早上，莫理循参加了日本人的忠魂祭仪式，并和乃木希
典将军及其参谋部官员共进午餐。"午餐操办得非常好。喝的是日
本清酒和红葡萄酒，吃的有大米做的日本食品和糕点等。用的器具
有铝杯等。棒极了，还放了焰火。乃木希典站在台子上观看。万岁
的欢呼声响彻云霄……一些士兵演了化装剧，其中一个装扮成俄国
军官，傻模傻样地跳舞出丑……"

莫理循视察了战场，采访了一些战士，给《泰晤士报》发去一
篇措辞严厉的报道。他在报道中指责俄国守军是一群地地道道的懦
夫，剥去他们的荣誉外衣，撕得粉碎；在他的笔下，俄军的投降是
"历史上最可耻的事件"。莫理循多年后还发现，俄军的投降比他当
时所认为的还要可耻：实际上，施特塞尔之所以下令投降，是因为
日本人向他行贿。莱昂内德·詹姆斯认为，莫理循的报道，改变了
欧洲对俄国和日本作为世界强国的看法。

莫理循在回北京的途中路过天津，在那里和一个俄国将领作了
一番交谈。那个俄国将领认为，战争会再持续两年。莫理循说：
"我的看法是，战争不会超过三个月。你们的军队在奉天肯定会被
打败，而后和平就会在望。你们没有丝毫获胜的机会。"那个将领
态度很不自然地感谢莫理循能为他提供这一"情报"。

奉天像亚瑟港（旅顺口）和其他战场一样，都在中国的领土
上。在奉天战役开始前，俄国人曾采取措施保护古代遗迹和奉天皇
陵。奉天战役持续12天，打得非常惨烈。日本人终于夺取奉天，
取得又一次惊人的胜利。在这次战役中，38万俄军中几乎有一半
伤亡或被俘。日俄战争是首次使用大规模杀伤性武器的现代战争，

死亡人数上升之快，令人惊愕。但是莫理循不希望日俄间的敌意有所平息，因为俄国还没有被完全击败。

局势果然朝莫理循所期望的方向发展。俄国派出太平洋第二舰队，从波罗的海出发，几乎绕过半个世界，到达朝鲜和日本之间的对马海峡，准备对日作战。可是，5月28日，日本战舰在一场被称为"东方的特拉法加海战①"中，击败了俄国舰队，取得辉煌胜利。

虽然局势已趋明朗，日本正在赢得战争胜利，但是日本也面临巨大问题：日本的资源几乎消耗殆尽，欠下外国银行大笔债务，战略物资也日益短缺。面临这些问题，加上美国总统罗斯福愿意出面调停日俄双方，日本只得推迟哈尔滨和符拉迪沃斯托克（海参崴）战役。罗斯福之所以想出面调停，主要原因是他担心"日本会骄傲得趾高气扬，转而反对我们"。莫理循在6月6日的日记中写道："可怜的小日本！英美两国都不愿看到它占领海参崴。"

两星期后，莫理循接到《泰晤士报》的一封电报，要他到美国新罕布什尔州的朴次茅斯参加和会。《泰晤士报》派出三位代表，莫理循是其中一员。莫伯利·贝尔认为，莫理循会很好地报道日本的观点。俄国的观点则由唐纳德·华莱士爵士负责处理。华莱士是俄国沙皇的私人朋友，把《泰晤士报》国外新闻部主任的职务卸任给姬乐尔后，一直参与《大英百科全书》增补卷的编撰工作，但仍然是《泰晤士报》的在册人员。第三位代表是《泰晤士报》驻美国记者乔治·斯马利。在这场异乎寻常的读者争夺战中，他起的是调停作用，还要负责把所有报道发到伦敦。

这一采访指令使莫理循感到非常不安。他在日记中写道："失眠了。对赴会之事非常焦虑……觉得非常不舒服。"他在给母亲的信中说："这一使命完全出人意料。虽然这是一种荣誉，但是我非

———————————

① 特拉法加海战。1803年拿破仑统治的法国与英国为首的反法联盟再次爆发战争。1805年10月21日，双方舰队在西班牙特拉法加角外海面相遇，决战不可避免，战斗持续5小时，由于指挥失误，法西联合舰队遭重创，主帅维尔纳夫被俘。英军主帅霍雷肖·纳尔逊海军上将也在战斗中阵亡。此役致使法国海军精锐尽丧，从此一蹶不振，拿破仑被迫放弃进攻英国本土的计划。而英国海上霸主的地位得以巩固。

常不喜欢去。"8月4日，莫理循入住纽约的霍澜院（"一天6块美金——大约是我支付能力的4倍"），还是立即打电话给下榻在荷兰宾馆的两个同事。

他们一行是个奇怪的组合，人称《泰晤士报》三剑客。年迈的华莱士是"犹太人，衣冠楚楚，上下两排牙齿全是假牙"，莫理循和他是老朋友。莫理循写道："他为人和蔼可亲。英王爱德华、俄国沙皇、德国皇帝等国家元首和权贵都是他的密友。他对我非常好，我们的关系亲密无间。他对我非常和蔼，好得不能再好了。"在动身赴美的前一天晚上，华莱士受到英国女王的召见。女王要他把信件转交给俄国谈判代表维特和美国总统罗斯福。维特原先是俄国财政大臣，后来失宠，这回又被沙皇启用，是俄国两位谈判代表中的一位。斯马利是莫理循的新知。在莫理循眼里，斯马利是个72岁的糟老头子，"典型的爱尔兰人，塌鼻梁"，而且还是个"性情乖戾的老怪物"。

就是这么一个不匹配的记者组合来到朴次茅斯报道罗斯福总统提议的和会。莫理循和日本代表团团长小村寿太郎就和谈问题交换过意见。小村对莫理循说：

> 我们已把条件降到最低限度……如果这些条件还得再打折扣，我们的政府就会垮台。维特说，这样的条件有辱俄国的尊严，俄国人民绝不会接受。但是，日本人民的感受和愿望也必须得到尊重。这就是日俄两国间的根本分歧。其实，俄国人民在和谈问题上没有发言权，而日本人民却有发言权。

莫理循说，俄国全权代表维特伯爵（"高大魁梧……比我高得多"）努力扮演大家都喜欢的和平使者的角色，不断接受采访，摆好姿势和他人合影，很快就在公共关系战中占了上风。而日本代表却不引人注意。"不可能从日本人嘴里挖出任何消息，"莫理循写信给贝尔说，"他们还没有掌握使自己讨人喜欢的诀窍。大家都注意到，俄国人显得那么亲切，那么友好，和每一个人都相处得非常愉快，因此他们比日本人讨人喜欢得多了。"

莫理循希望"和谈失败。和平的时机未到。俄国人仍然占领着满洲三分之二的和大清国各省中最大的贸易集散地土地"。① 那天晚上他在日记中写道:"激动得令我难以自制。但是,最使我感到高兴的是,和谈失败的可能性非常大……俄国不会接受日本提出的和约条款。如果日本不修改条款,和会肯定要以失败而告终。"

莫理循和维特谈到局势的发展:"我们谈到战争。我对他说,哈尔滨会沦为孤城,海参崴会被攻占。他认为双方经过鏖战,遭受巨大损失后,这种可能性是存在的,在海参崴的战役中会有 5 万人丧生,全满洲会有 15 万人丧生。我说:'生命在日本是不值钱的。'"

莫理循对《泰晤士报》报道小组的工作进展不满意。斯马利原先在采访组中应该起调停作用,可是却摇身一变,大肆鼓吹俄国的观点,把报道的公正性完全抛到一边,公然偏袒俄国。他之所以把自己的命运和沙俄代表团联在一起,是因为他们愿意向他提供最多消息。② 斯马利对莫理循说,"我到这里是为了采访新闻。我不关心政策。"他负责管理电报设备,因此他就可以随心所欲地发送自己喜欢的电文。斯马利这种在报道中缺乏公正性的态度和做法使精明的外交家姬乐尔感到心慌意乱。莫理循则写信给贝尔抱怨说:"我完全不同意他有关记者职责的看法。"③

突然,和谈僵局有所突破。小村寿太郎放弃日本原先提出的战争赔偿要求,但得到西伯利亚海岸外的库页岛南半部。日俄两国都同意从满洲撤军,俄国将辽东半岛的租借权和"南满"铁路(长春至旅顺)的干线、支线及其沿线属地上一切特权转让给日本,俄国还愿意承认日本在朝鲜的权利。

"这消息把我惊呆了,"莫理循写道,"这是彻头彻尾的投降。"他对这样的和谈结果感到愤慨。8 月 31 日,他提前离开新罕布什尔,尽管和约还在起草之中。回到纽约后,他给罗斯福总统寄去美国新任驻华公使柔克义为他写的介绍信。9 月 4 日劳工节那一天,

---

① 《泰晤士报》档案中 1905 年 8 月 11 日莫理循给莫伯利·贝尔的信。

② 《泰晤士报史:20 世纪 1884～1912 年泰晤士报的见证》,报业广场,1947 年,第 424 页。

③ 《莫理循文件》中 1905 年 8 月 18 日莫理循给莫伯利·贝尔的信。

他应邀拜访罗斯福建在长岛的乡村别墅。

莫理循发现，罗斯福"神采奕奕，精神抖擞，非常强壮"，而且对自己促成和谈之事感到高兴，因此他的第一句话是："太好了，终于和平了，不是吗？"莫理循在日记中写道：

> 他认为实现和平是件大好事，日本放弃赔偿是很明智的。他在谈到赔款问题时说，如果战争继续打下去，费用就会大大增加，俄国肯定没有赔偿能力。他说："我没能说服日本人意识到这一点。我向日本施加了压力，但是他们没有让步。在日本人决定让步前48小时，我还在怀疑和谈是否能获得成功。

莫理循从交谈中"清楚地"意识到，正是由于罗斯福向日本施加了很大压力，日本人才被迫放弃赔款要求。这对莫理循来说是个沉重打击。莫理循写道："他认为俄国会为了和平而付赔款。这一观点显然大错特错。"

莫理循垂头丧气地回到纽约。百万富翁罗伯特·斯特林·克拉克设宴款待莫理循，并邀请他一块去看戏。看完戏后，他带莫理循到一家妓院去消遣。莫理循觉得那里"既没趣又令人讨厌"，于是就离开了。他对那一晚的评论是"堕落，浪费时间"。在美国报道和约的任务好歹结束了，莫理循大大松了一口气，于9月5日乘坐"大洋号"远洋客轮前往英国。第二天，伴随着隆隆的19响礼炮声，朴次茅斯和约终于签订了。幸好莫理循当时已在公海上，免得他看到维特伯爵和小村男爵握手。

第八章

北岩的魅力

1905 年 9 月 13 日，莫理循回到英国。两个月后，他写信给母亲说，和他一起参加朴次茅斯和会报道工作的华莱士爵士将在仙灵汉姆庄园和爱德华七世陛下共度一周。"如果我能见到国王陛下，对我将大有益处，"莫理循写道，"但是，我还没有主动就此事提出要求。"①

和国王会面对提高莫理循的社会地位大有好处。但是，在听到许多有关"尊贵的老爱德华"的流言蜚语后，莫理循决定不凑这个热闹。有人对莫理循说，爱德华是个"卑鄙的家伙"，给臣民树立了"堕落的榜样"。这个已 64 岁高龄的国王是个酒鬼、赌徒、贪食者和奸夫，竟然在妻子（颇受人敬仰的亚历山大皇后）的眼皮子底下，和矮胖的艾丽丝·凯培尔私通。艾丽丝·凯培尔的丈夫是乔治·凯培尔上校，一个百依百顺的军官。

但是，最使莫理循觉得荣誉感受到冒犯的事情是国王爱德华竟然干起买卖爵位的勾当，为自己和情妇捞钱。这桩肮脏交易的经纪人是托马斯·利普顿爵士，一个爱尔兰杂货商，在东方拥有好几个种植园，一种非常受人欢迎的茶叶品牌就是以他的名字命名的。经

---

① 《莫理循文件》中 1905 年 11 月 10 日莫理循给母亲的信。

利普顿牵线搭桥，亚瑟·皮尔逊（《每日快报》和《正报》业主）
买到从男爵爵位。莫理循在日记中谈到这宗交易，"利普顿试探地
说，国王有许多私人的慈善基金会，如果有人捐款给这些机构，国
王会感到很满意的。他说这番话的要点是：如果皮尔逊能给国王的
慈善基金会捐款 25 000 英镑，他就会得到从男爵爵位！毫无疑问，
这笔钱是为乔治·凯培尔太太要的。"

一些名人称国王是个"彻头彻尾的下流胚"。他们在和莫理循
聊天时，谈起"国王的债务、富有的犹太债权人和声名狼藉的绯
闻"。当莫理循去姬乐尔的安妮女王风格的豪宅中拜访他时，姬乐
尔正在痛斥国王爱德华：

> 姬乐尔最先对国王出言不逊，说他是个十足的流氓。上当
> 受骗的国民认为他到巴黎的目的是为了签署英法两国间的《友
> 好协议》，达成阔戴尔协约，但实际上他是去和乔治·凯培尔
> 的太太幽会，地点在欧内斯特·卡塞尔爵士特地为他租的一座
> 房子里。①

在爱德华国王慷慨大方地买卖爵位的过程中，一个主要受益者
是艾尔弗雷德·哈姆斯沃思。他是个报业天才，麾下有《每日邮
报》、《每日镜报》、《新闻晚报》以及许多杂志和期刊。1903 年圣
诞节，爱德华写信给保守党首相亚瑟·贝尔福（索尔兹伯里的
侄儿）：

> ……有人曾向我提到艾尔弗雷德·哈姆斯沃思这个名字，
> 并且谈到他的爵位问题。索尔兹伯里勋爵曾授予他骑士称号，
> 但是他婉言相拒。据我所知，他非常渴望能得到从男爵爵位。
> 他是个报业强人，政府和张伯伦政策的坚定支持者。如果您推

---

① 1852 年卡塞尔爵士出生于德国的科隆，后来成为英国主要金融家和爱德华七世
的密友。他的孙女是埃德温娜·蒙巴顿。

荐他获得爵位，我一定批准。①

张伯伦是英国的帝国优惠制鼓吹手，而贝尔福却提倡温和的自由贸易政策。虽然贝尔福自称从来不读报，却投国王之所好。结果是，1904 年这个报业大企业家摇身一变，成了艾尔弗雷德·哈姆斯沃思从男爵。

由于保守党在关税改革问题上的分裂难以再挽回，1905 年 9 月初，贝尔福决定辞职，但是没有解散英国国会下议院。当他把荣誉册递交给国王时，国王陛下再次横加干预，建议应当授予哈姆斯沃思更高的爵位。贝尔福指出，哈姆斯沃思刚刚获得从男爵爵位，但是他的反对一点用都没有。于是，哈姆斯沃思 40 岁时，终于成为最年轻的世袭贵族：萨尼特岛的北岩男爵（也译诺思克利夫男爵）。②

12 月 8 日，哈姆斯沃思在日记中简要地写道："今天获悉，国王已决定授爵位给我。"他曾夸口说："我需要爵位时，只要老老实实掏钱去买，就可信手拈来。"为此，他遭到对手的指责。据说，国王和凯培尔夫人每人从中获利高达 10 万英镑。但是北岩对这些流言蜚语不屑一顾。他收到母亲杰拉尔丁的一封电报："今天我感到非常骄傲，母亲。"这封电报对北岩来说才是最重要的。莫理循写道："哈姆斯沃思这么快就从从男爵升为男爵，难怪引起流言蜚语。"但是，他很快就改变了印象。12 月 19 日，他参加一个午餐会，恰好这个新封的报业男爵的妻子（哈姆斯沃思夫人）也在场。莫理循后来在日记中写道："尊敬的男爵夫人非常聪明睿智。"

在 1906 年 1 月 13 日的大选中，贝尔福的保守党被以亨利·坎贝尔-班内南爵士为领袖的自由党击败。当《每日邮报》用幻灯机把选举结果投放在英克门地铁站和特拉法加广场的公共告示牌上时，莫理循在附近的全国自由党总部看到了所投射的消息。那天晚

---

① 爱德华七世给亚瑟·贝尔福的信，引自阿尔佛雷德·格林著的《贝尔福的重任》，伦敦，1965 年，第 205 页。

② 哈姆斯沃思在肯特郡的萨尼特岛上有座叫艾尔姆伍德的别墅。

上晚些时候，他在日记中写道："自由党大获全胜。丘吉尔以巨大优势胜选，在一个选区中以 2 000 票的优势打败贝尔福。而在 1900 年，在同一个选区，贝尔福曾以 2 500 票的优势击败丘吉尔。真是报应，我欣喜若狂，只不过没说出来而已。"[1]

那天晚上早些时候，莫理循看见《泰晤士报》主编白克尔：

> 我看见他在皮卡迪利广场，步履沉重地穿过人群。毫不奇怪，他显得心烦意乱，垂头丧气。完全可以理解他为什么如此垂头丧气。他所掌管的《泰晤士报》对新政府充满敌意和仇视，无人可出其右。他思想狭隘，目光短浅，固执己见，完全可以和阿瑟·沃尔特相媲美。他完全不配担任世界上最伟大报纸的主编。他全然不理睬自由党民众的意见，现在他终于看到如此行事的后果，他所一贯支持的政党被人民用选票赶下台。邪恶势力终于被粉碎，和贝尔福一道烟消云散。

1 月 18 日，《每日邮报》把自由党的巨大胜利称作"1906 年的革命"。莫理循完全摆脱对白克尔的幻想。他欣然接受一个朋友的邀请，到萨沃伊酒店参加

北 岩

午宴，会见英国新闻界的后起之秀北岩男爵。两个人会面时，顿觉惺惺相惜，两只手紧紧地握在一起。北岩身材魁梧结实，头很大。有一次，他在法国北部城市枫丹白露试戴一顶拿破仑帽，觉得正合适，感到非常满意。他年纪轻轻，英俊潇洒，一双蓝眼睛热情奔放，一绺金发不驯服地搭拉在前额上。的确，他看起来有点像莫理循，也是家中的长子，非常爱自己的母亲，年轻时是个著名运动员。莫理循如此描写他们的这次会面：

> 1 月 24 日：1:30 在萨沃伊酒店和阿瑟·巴里共进午餐，目的是为了能和北岩男爵见个面（莫伯利·贝尔认为他和朗斯代尔伯爵一样都是个大骗子）①。北岩匆匆而入，非常亲切友好。午宴时，他收到一封电报，宣称他的弟弟以 1 000 票的优势当选为议员。这不是什么新鲜事。我主要谈到中国问题。邻桌坐的是柔佛州的苏丹（相貌丑陋的混血儿）和他的英国妻子奈尔丽。巴里说，在柔佛州，他作为苏丹每年有 20 000 英镑的私财，在英国他每年可调用 40 000 英镑。他给奈尔丽买的珠宝首饰和其他资产的价值也高达 40 000 英镑，因此奈尔丽可真是个大富婆，她戴的首饰就值 30 000 英镑……但愿我也能给托妮买这么多首饰。②

托妮是莫理循的新爱，令他神魂颠倒。

莫理循称赞《泰晤士报》是"魅力无穷的一流媒体"，并表示《泰晤士报》在"新闻界中至高无上的地位"深深吸引了他，因此给北岩留下很好的印象。③ 没过一会儿，北岩就拿《每日邮报》来

---

① 朗斯代尔五世伯爵是英国最大的地主之一，一贯讲假话，成了习惯。莫理循在日记中写道，"他对美国人说，克朗代克河和黄石公园是他发现的。他还故作不经意地和我谈起在西部战场上，卡斯特将军、水牛比尔和他一起经历过的战斗……"

② 奈尔丽以前是个快乐的女孩，拒绝住在柔佛州，因此苏丹在公园路 34 号给她买了一座公馆。

③ 《泰晤士报史：20 世纪 1884～1912 年泰晤士报的见证》，伦敦，1947 年，第 119 页。

打趣莫理循，因为在公使馆遭围困期间，《每日邮报》竟然骇人听闻地报道说莫理循已为国捐躯。莫理循通过这次会面，有机会把充满激情的北岩和他优柔寡断的主编白克尔作了一番比较：

> 宴会过后，我和巴里一起去他的办公室闲聊了一阵子，然后我们开车去华威广场 64 号会见白克尔。这次会见十分令人不舒服。他根本不配当《泰晤士报》主编之职——工作方式粗暴，胆小，言行粗鲁。有关俗事和宗教之事都很无知，没有旅行阅历，对外交事务一窍不通，让他这样的人当报纸主编，注定要失败。

他的日记也充满了类似的抱怨：

> 12 月 5 日：白克尔生性无能，缺乏新闻工作者的天赋。这对《泰晤士报》来说是一种磨难……阿瑟·沃尔特对财务一窍不通。令贝尔感到惊讶的是，这两个人的无知和无能竟是那么巧合一致，真是半斤八两。贝尔说，如果他有 50 万英镑在握，他就能使《泰晤士报》成为报业界的强大帝国。他要重建办公大楼，因为这个由约翰·沃尔特设计的大楼，不但空间浪费极大，而且令人极感不舒服。报社的许多事情都糟到无以复加的地步。贝尔的话令我大吃一惊。他于 1891 年 3 月参与伦敦《泰晤士报》的管理工作以来，年花费多达 1 000 英镑，可是年收入却未达此数。

贝尔夫人也公开表示瞧不起白克尔。"我希望你能担任《泰晤士报》主编，"她对莫理循说，"你具有白克尔所缺乏的品质。你学识渊博，善解人意，判断力强。"这些言论来自《泰晤士报》的总经理夫人，简直等于背叛。

但是，莫理循可没想提出要当主编。他疯狂地爱上了 22 岁的匈牙利女冒险家安东尼娅·索菲亚·维多利亚·史蒂芬（简称托妮）。莫理循给她买了许多贵重礼品，只求能拜倒在她的石榴裙下，

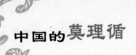
一亲芳泽。1905 年 10 月 9 日，莫理循到达伦敦几星期后才第一次见到这个贪得无厌的美女荡妇。她在第一次约会时就告诉莫理循，她现在的情人是个年老但慷慨大方的印度公务员。莫理循收集了大量有关托妮的事情，并仔仔细细地记在日记中：

> 1883 年 3 月 27 日，安东尼娅出生在匈牙利首都布达佩斯。她肤色较黑，但魅力四射，美丽迷人。她来到伦敦后，体重一直在下降，担心是否得了肺结核。她在柏林的克劳斯教授寄宿学校受过良好的教育……她和梅费尔的印度官员（已 60 岁，身材高大）在交朋友。她的人生经历十分凄凉。她最早的恋人是匈牙利人。他和托妮年龄差不多，住在柏林，以制造皮革珠宝盒为生。他在她面前说得天花乱坠，声称愿意和她结婚，并诱奸了她。结果他们才交往 7 个月，她就做了一次流产手术。当时她在莱比锡威尔坦公司的女帽部工作（托妮说，在威尔坦公司工作的 800 个姑娘中，可能没有一个是处女）……由于工作过于繁重，不久就辞了职。后来她发现男朋友背信弃义，和其他女人有染。她气得快发疯，甚至想投河自尽，一了百了。幸好她的男朋友觉察到她的意图，及时阻止了她。她失望之下来到伦敦，口袋里只揣着 25 英镑。说来她运气还不错。这点钱用完后，她就遇到那个对她相当不错的印度官员。难怪她长得瘦巴巴的，显得十分憔悴。她的心都碎了，日渐消瘦。这个印度官员身材高大，蓄着一些小胡子，禁止她泄漏他的姓名。她一直信守自己的承诺……有一次，他带她到巴黎的一家豪华大宾馆去潇洒。

托妮把自己的往事一五一十地都告诉莫理循后，接着就大谈这个印度绅士是如何慷慨大方：有一次，她姐姐埃米尔在格拉德巴赫生了病，他出钱让她去看望姐姐；他怎样给了她 50 英镑；后来还给她寄了两三封信，并给她汇去 25 英镑。最后，她告诉莫理循，她至少有两个月没听到他的任何音信，担心他可能已不在人世。她的意图很明显：随时恭候莫理循，而且不会很贵。

莫理循迫不及待地把她带回到自己在杰明街 22 号的出租房里。当托妮投怀送抱时，莫理循乐得昏了头。莫理循 43 岁，正逢壮年，以前在这方面阅历较丰富，因此对托妮的花言巧语没有丝毫警觉，竟然像一个精力充沛的年轻人一样，一头栽进爱河中，乐此不疲。在以后的 109 天中，他们幽会不下 59 次。莫理循带托妮去高级餐馆用餐（如弗拉斯卡蒂酒店和阿方斯大饭店），参观国家展览馆和图索夫人蜡像馆，到剧院听歌剧"蓝月亮"。每天晚上托妮总要陪莫理循回到他的住所，用实际行动证实莫理循在她身上大把撒钱完全是值得的。

但是，莫理循在 11 月 10 日给母亲的信中没有提到他的新欢：

> 回到伦敦后，许多人向我发出盛情邀请。我和各种各样的名人会面，并一起用餐……我在晚宴上结识了克罗默伯爵和敏托伯爵，和米尔纳子爵共进过午餐，和兰斯当侯爵有过长时间的会晤，和张伯伦夫妇一起用过餐，和吉卜林共度一天。在东方俱乐部受到款待，我刚刚加入该俱乐部。昨天和外交部次官珀西勋爵共进午餐。一连几个晚上去看戏。和莫伯利·贝尔夫妇一块去听梅尔芭在歌剧《弄臣》中的演唱……我还多次见到南非的詹姆森博士，一天晚上和他一起用餐时，遇到殖民大臣的妻子阿尔弗烈德·利特尔顿太太。①

这是一份大英帝国政界货真价实的名人录。莫理循到贝尔夫妇位于波特兰大街的家中参加晚宴时，见到张伯伦夫妇和吉卜林夫妇。他对晚宴的评论是"饭菜恶劣之极，上菜的方式很不对劲"。

---

① 见《莫理循文件》中莫理循 1905 年 11 月 10 日给母亲的信。克罗默伯爵是英国派驻埃及的殖民地总督；敏托伯爵已经取代寇松，就任印度总督；米尔纳子爵是英国派驻南非的前高级专员；兰斯当侯爵在贝尔福政府中担任外交大臣；张伯伦曾任英国殖民地大臣，1903 年辞职，继任者为艾尔弗雷德·利特尔顿。苏格兰出生的詹姆森博士（以"吉姆"医生而著称）于 1896 年率领英国南非公司的军队袭击德兰士瓦，制造了臭名昭著的"詹姆森袭击事件"。1904～1908 年，他担任英国海角殖民地总理，后来封为从男爵。

他觉得张伯伦看起来"非常年轻",他的妻子"非常美丽动人,风度极其优雅"。在他和张伯伦交谈时,御医托马斯·巴洛"在一旁毕恭毕敬地听着,好像我是皇家外科医学院院长,而他是个一年级学生"。

莫理循去萨克西斯拜访吉卜林夫妇。他们住在一座古老的石头房子里("现代部分建于 1634 年,古老部分建于 13 世纪")。吉卜林的妻子"长得娇小玲珑,看上去就是个思路敏捷、充满活力的美妇人"。他们有两个孩子,女儿皮肤黝黑,儿子的脸部黝黑。吉卜林"非常和蔼可亲,平易近人,说起话来妙趣横生。我从来没见过一个人能像他那么才华横溢、思路敏捷"。

梅尔芭"体形臃肿,看起来像个家庭主妇,实在难以和歌唱家的尊号联想起来,但是她的声音绝对甜美非凡"。维多利亚州前州长乔治·克拉克爵士对莫理循说,澳大利亚只出了两个世界名人——莫理循和梅尔芭。他把莫理循摆在第一位。

莫理循被托妮迷得神魂颠倒,无法充分利用别人给他提供的引荐机会。为了躲避一些社交活动,11 月 20 日,他搬到锡福德的一家休闲旅馆去住。托妮原计划要陪同莫理循去萨克西斯海岸游玩,但后来因突然生病而取消。"可怜的姑娘,"莫理循写道,"看起来满面病容。"于是莫理循只得自己一个人去,不过两天后,托妮完全恢复过来,就赶去和他会合,两人一起度过了五天美好的时光。然而,她那天不能陪莫理循去的原因并不是因为生病,而是去和他人结成神圣婚姻:11 月 19 日,托妮和一个叫罗斯的德国理发师喜结良缘,所以必须和他的新婚夫婿度几天蜜月。但是,她不想放弃像莫理循这样从不起疑心的好猎物,因此只要一有机会,就急冲冲地赶回到他的身边。

莫理循实在舍不得离开在海边和托妮的幽会地。但是,《泰晤士报》派他到欧洲短时间出一趟差,从巴黎出发,前往维也纳、柏林和哥本哈根。他到柏林时,参观了曾给托妮留下早期悲惨记忆的威尔坦公司,买了一件珠宝首饰寄到伦敦给她。但是,托妮没有给他回信,莫理循觉得"非常失望"。但是,12 月 8 日,莫理循一回到伦敦就原谅了托妮,邀请她一块外出用餐,欣赏戏剧。他们在弗拉斯卡蒂酒店就餐，然后在竞技场剧院看了一场"非常有趣的电影"——圣诞节奶酪。对莫理循来说，这又是一次"美滋滋的幽会"。但是，对掠夺成性的托妮来说，这只不过是一种从莫理循那里榨取更多"礼物"的手段。两天后，她写信向莫理循道歉，说自己已结婚，因为不想失去这么好的机会。对莫理循来说，这是"痛苦而又令人惊愕的消息"。

> 非常令人不愉快的一天。听到这消息后，我完全惊呆了。我坐下来写了封回信，接着到阿米和内维百货商店，花7英镑1先令买了块表，用快邮的方式把表寄给她。祝福她。她是我所见过的最值得尊重、感情最真实的女人，的确如此。我们的交往以这种结局告终还算不错。现在她终于有了机会，如果为了和我能短聚几天而错过这一机会，那是很残忍的。

两天后，托妮顺道来看望莫理循，并解释说，她遇到一个大约50岁的英国经纪人，长着一头灰白的头发，住在白金汉门圣詹姆士街。她接受了他的求婚，因为这可能是她找到如意郎君的最好机会。莫理循耐心地听着，深表同情，还带她外出用餐。两人一块用餐后，她随莫理循返回他的住所，并答应第二天还会再来。

12月14日，莫理循为她在银行里存下了50英镑。两天后，托妮又编了一个故事：她在德国的姐姐伊米莉病逝，她必须参加葬礼。于是莫理循又给了她10英镑。托妮继续编故事。莫理循给她寄去一张非常漂亮的圣诞卡，上面还有手绘的三色紫罗兰图案，可是一直没得到她的回音。莫理循一直心绪不安，忧心忡忡。

> 她要再次离我而去吗？我会收到绝交信吗？我感到紧张，心烦意乱，我的确很喜欢这位姑娘。她是那么甜美，那么温柔纯情。我彻夜难眠，脑海里满是她的倩影。早饭后，我收到一封信，但不是翘首以待的托妮的情书，而是白克尔的指令，要求我立即为《泰晤士报》写一份有关中国局势的文章。天哪，在有可能失去托妮的时候，我哪有心思写什么有关中国局势的

文章。

莫理循应阿瑟·沃尔特夫妇的邀请，到沉闷的贝尔伍德庄园过圣诞节，心情反而更加忧伤。在座的宾客中有莫理循在《泰晤士报》的同事莫尼彭尼。他哀叹地对莫理循说："没人喜欢来这里做客。"莫理循觉得圣诞节过得"极其枯燥无味"，更加思念托妮。

圣诞节当天，莫理循早上七点起床，饭前先去散步，雾还没消散，下着小雨，路上有点滑，但是令人感到舒适。早饭后，他又一个人出去溜达。午饭后，他和阿瑟夫人一起去观赏她的杜鹃花苗圃，一块喝午茶。晚饭时，大家谈的都是达修教义和"其他生动的话题"。晚饭后，其他人开始玩桥牌，莫理循却回到自己的房间，满腹牢骚。

> 12月25日：我们在这里无忧无虑地玩着，很开心……为了嘉奖我为《泰晤士报》所做出的贡献，为了感谢我把《泰晤士报》在远东的地位提升到其他报纸可望不可即的程度，沃尔特夫妇赠给我一个漂亮的镀镍封蜡架，这是沃尔特夫人在托特纳姆法院路一家廉价商品店里买的便宜货，里面所有商品都只卖6.5便士。他们还送我一小瓶雪花膏。我不知道该怎么用，因此打算把它送给我的侄女，让她美容美容……一切都非常令人兴奋，非常吸引人。

当然，莫理循在日记中所讲的侄女，其实就是托妮。他把满腔怒火都发泄在一个要和他做生意的药剂师身上：

> 1月2日：伦敦著名药剂师威廉·马丁代尔寄给我一封信，希望我能在中国帮助他推销药品，并承诺如果我提出要求，愿意给我提供佣金。我回答说：先生，我今天收到你厚颜无耻的来信。实际上，在我看来，你向我提供佣金一事就足以证明药品功效的可疑性，而你却希望我能和你同流合污，蒙骗无知的中国人。莫理循。

莫理循这个患了相思病的单身汉，在托妮再次和他接触之前，整天惶惶不可终日。"我该怎么办呢?"他在日记中写道。幸好托妮又出现了。莫理循和托妮一起在缠绵中度过一月份的大多数日子。托妮更加详细地介绍了她神秘的男友：他已 53 岁，头发稀疏，中间有块秃顶，长着一个蒜头鼻，小胡子有点翘。他名字的首字母为"HHC"。他给她买了一件价值 14 英镑 14 先令的裘皮夹克。"她一提起他就满面笑容，"莫理循写道，"似乎他是认真的。"

1 月 12 日，莫理循取消了回到中国蒙古的计划，"我必须留在这里，因为即使和她分手一小时，我都觉得难以忍受。"他的唯一乐趣就是和她形影不离。"我越和她接触，越觉得她是那么纯朴、坦率、真挚、仁慈和温顺。无论怎样赞扬她也不过分。"托妮还在继续编故事，莫理循则完全深信不疑："昨天，她和一个仰慕者呆在一起。我不知道他是谁，只知道他曾很认真地向她求过婚。她一说起这个男人，双眼就闪闪发亮，一想起他，心里就难过。不过她说不可能嫁给他，甚至不敢奢望能爱他。"而后，莫理循又写道："她还有一个情人在慕尼黑痴情地苦候着她，可惜他是个天主教徒，而她是个虔诚的新教徒。她不能改变自己的信仰。"

莫理循必须回到中国，一刻也不得拖延。1 月 25 日，莫理循从维多利亚车站出发，托妮赶来送行。莫理循在日记中写道："开车前五分钟，托妮赶到车站，哭得像梨花带雨，情绪非常低落，伤感之情洋溢于脸上，更显得楚楚动人。她是普天下最甜美、最纯情的女人。她说她会坚强起来。我们依依不舍地吻别。"

莫理循在埃及赛得港登上"木尔坦号"，离中国还有很长一段航程，幸好一路上有莫伯利·贝尔做伴。他们有足够的时间讨论《泰晤士报》的财政危机状况和总发行人的缺点。贝尔透露了一个惊人的秘密。阿瑟·沃尔特一直反对《泰晤士报》报道南非战争，因为他认为这场战争是"不必要的"。莫理循写道："作为一个总编，贝尔一直担心，总有一天报纸会因此而陷入困境。"一天，阿瑟突然对贝尔说，他要去会见张伯伦，希望张伯伦能就南非战争的重要性问题给以指导。贝尔得到这消息后，急忙抢先赶去面见张伯伦……敦促他尽力让沃尔特相信这场战争的必要性，以及《泰晤士报》支持的重要性。"沃尔特会见张伯伦回来后，绞尽脑汁写了一份备忘录，提出的设想完全超出总编的意料之外，比总编走得更远。结果《泰晤士报》在布尔战争中成为大不列颠的重要喉舌。现在我才能理解巴涅尔事件。"莫理循写道，并在最后两句下面画了线。

1906 年 4 月 15 日，莫理循回到阔别 9 个月的北京。在伦敦时，莫理循尽管事务繁忙，而且沉迷于托妮的恋情中难以自拔，还是完成了三大任务。他成功地说服外交部和外交大臣兰斯当勋爵，促使他们同意派遣约翰·朱尔典爵士到北京，接替萨道义担任英国驻华公使；成功地为日本天皇获得嘉德勋位。在莫理循的建议下，英国政府终于同意派遣阿瑟·康诺特亲王率领一个特别代表团，到东京去给天皇授勋位。这完全是一种外交姿态，没有任何金钱交易。

莫理循还在政府的最高层提出中国的鸦片问题。"我和莫伯利·贝尔谈到废除与中国鸦片贸易的问题。在此之前，我和白克尔以及沃尔特已讨论过这个问题，"莫理循写道，"我指出，英国和美国的教会都由衷地支持废除鸦片贸易。"他甚至和坎贝尔-班内南爵士"联合内阁"中的两个大臣（新任外交大臣爱德华·格雷爵士和新任印度国务大臣约翰·莫利）讨论过这个问题。莫理循向莫利建议，必须逐渐废除印度和中国间"令人厌恶的"鸦片贸易。寇松"特别友好地"对莫理循说，当务之急是他必须回到中国去，在那里"引导世界舆论的潮流"。

日本在日俄战争中击败俄国，引起极大震动。一个亚洲国家竟然能把一个欧洲大国打得服服帖帖，给中国树立了榜样。中国人希望中国也能像日本一样强大，一样独立自主。在日本和美国受过教育的学生回国后，纷纷提出这么一个问题：为什么中国要以铁路和矿产租借的形式，把自己生来具有的权利让给西方国家？中国人的民族情绪高涨，"中国人的中国"成为当时非常流行的口号。

莫理循非常高兴地看到北京所取得的进步。新建筑、新马路和新组建的警察部队都展现出"一个发展中城市的骄傲"。萨道义爵

莫理循在北京与欧洲友人合影

士对莫理循说："中国的民族精神正在觉醒。"赫德爵士也认为，"新生的民族精神"正在中国大地波澜壮阔地涌动。

莫理循综合各方面的消息来源后认为，袁世凯代表的是中国积极向上的新兴力量。他统帅着中国最现代化的军队，部署在北京和山东，奉天和南京总督是他提拔的亲信，军机处有他的两个拜把兄弟。难怪有流言蜚语说，袁世凯正在觊觎帝位。

莫理循的一个主要消息来源是袁世凯的秘书唐绍仪。早在1884 年，唐绍仪在朝鲜就和袁世凯交上朋友。唐绍仪戒掉了鸦片瘾，支持莫理循提出的废除英国和中国鸦片贸易的主张。但是，《泰晤士报》却令人不可原谅地继续鼓吹鸦片贸易，认为鸦片贸易一旦中止，印度每年就要蒙受 300 万英镑的经济损失。莫理循并没有被吓倒，继续强烈反对《泰晤士报》的这项政策。他对白克尔、姬乐尔和沃尔特的敬意已荡然无存。1906 年 9 月 20 日，莫理循回到北京还不到 6 个月，清政府发表"鸦片诏书"，提出"十年禁烟计划"，开始了清政府的第二个禁烟时期。姬乐尔评论说，诏书中所提出的措施"荒诞而又过分"。[①]

然而，莫理循关心的是日本人对满洲咄咄逼人的接管。正是在这个问题上，他和报业广场产生了严重分歧。莫理循到满洲访问25 天，发现日本人"遭人痛恨到令人难以想象的地步"。他们用仿

---

① 《莫理循文件》中 1906 年 12 月 6 日姬乐尔给莫理循的信。

造的西洋商品欺骗中国人，鼓励赌博和卖淫。"满洲到处活跃着日本妓女，甚至在蒙古边界上都能见到她们的身影，"莫理循写信给姬乐尔。"毫无公理可言。日本的辩护者永远有利。"① 莫理循第一次意识到，中国的真正威胁可能来自日本。

莫理循的言论激怒了姬乐尔。英国续签了《英日同盟条约》。姬乐尔对英国政府言听计从：虽然中国可能出现一些"真正的爱国主义"，但是还存在"许多旧的障碍和腐败"。② "您在信中对日本的态度令我大吃一惊。"姬乐尔在信中对莫理循说。他还进一步指责莫理循在报道中"自相矛盾"。③

莫理循收到驻地记者麦肯齐的一封信后，更是怒火冲天。麦肯齐是个加拿大人，在《每日邮报》中是北岩的王牌记者。他在信中说："上周日，我到北岩男爵家做客，我们就报社的远东事务作了一番长谈。他需要有个最棒的记者来负责远东事务。换句话说，您是他的最佳人选。您是否有可能接受他的正式邀请？如果您需要签订一份协议，他也愿意照办，而且签多少年由您定。他还表示，薪水将比《泰晤士报》现在给您的高非常多。为了建立一个强大的远东新闻机构，他愿意为您提供一切便利。"④

莫理循拒绝了麦肯齐的加盟邀请。他是个彻头彻尾的《泰晤士报》人，尽管他目前遇到一些困难，但是他决不考虑跳槽为另一家报纸服务。然而，原先报业中的龙头老大《泰晤士报》正走向衰亡，销售量下降到 38 000 份，比 30 年前少了 22 000 份。沃尔特眼瞧着连自己的贝尔伍德庄园都保不住。《泰晤士报》图书俱乐部靠卖书维持《泰晤士报》勉强运作，眼下每天平均卖书 1 400 本，将来似乎得指望新版《大英百科全书》和《泰晤士世界史》一书。

《泰晤士报》经济窘迫状况一直持续到 1907 年 7 月。英国大法官厅大法官沃林顿同意小部分股东的请求，解散《泰晤士报》的合股契约，并在法庭的监督下出售所有资产。不过，法庭的裁决有附

---

① 《莫理循文件》中 1906 年 7 月 31 日莫理循给姬乐尔的信。
② 《莫理循文件》中 1906 年 8 月 17 日姬乐尔给莫理循的信。
③ 《莫理循文件》中 1906 年 9 月 18 日姬乐尔给莫理循的信。
④ 《莫理循文件》中 1906 年 11 月 2 日麦肯齐给莫理循的信。

加条件：其中一个股东必须提交重组公司的建议；总发行人阿瑟·沃尔特是法庭指定的破产案产业管理人。

8月，莫伯利·贝尔给莫理循写了一封信，希望他能出任《泰晤士报》国外新闻部主任。这是报社重组的一个重大举措：

> 我想私下里问您一个非常直截了当的问题。您是否愿意放弃在中国的工作，回到伦敦就任国外新闻部主任一职？我并非向您发出正式邀请，因为目前还没有空缺。但是，6个月内，报社有可能发生翻天覆地的变化。我想知道您的看法：如果我邀请您就任此职，您是否会回来呢？您是我第一个想到的人选。我只给您一个人写信。没人知道我给您写信，今后也不会有人知道。接到此信后请您给我回电。如果您发的字以Y字母打头，我就知道您表示"同意"；如果以N字母打头，那就表示您"不同意"，如果以D字母开头，那就表示您还在犹豫不决，或者暗示您会给我写信，更全面地讨论这个问题。①

1907年9月29日，莫理循收到这封信，并在日记中写道："我犹豫不决。怎么办呢？"第二天，他又写道："一整天都在考虑贝尔的建议。我的本能告诉我必须拒绝他的邀请。我怎么能在伦敦生活呢？我最好先回伦敦看看究竟怎么回事，怎样重组《泰晤士报》。"第二天，他打电报给贝尔，希望能获准离开北京回伦敦。10月23日，他回到伦敦。

莫理循住进温莎旅馆后，立即给贝尔打电话。贝尔告诉他，姬乐尔处于一种"过度激动和神经质"的状态。白克尔因舌癌动了手术，其他关键职员都过度操劳，几近崩溃。贝尔认为，莫理循担任国外新闻部主任肯定会大获成功。当然还有一种选择，他可以和姬乐尔一起承担国外新闻部主任的责任。

莫理循向姬乐尔提起这个问题，但表示自己的抱负是担任英国驻北京公使，并"小心翼翼"地透露一点贝尔的计划。姬乐尔大吃

---

① 《莫理循文件》中1907年8月15日莫伯利·贝尔给莫理循的信。

一惊，表示自己对重组计划一无所知，并冷峻地回答说，自己无意退休。莫理循沮丧地写道："事态会如何发展呢？《泰晤士报》的运转状况糟透了，令人感到绝望。"

莫理循收到老朋友"威尔士人"奎恩的一封信。奎恩在信中给莫理循指出另一条路："我非常想和您谈谈您去澳大利亚的事。老兄，澳大利亚才是您真正大展鸿图的地方。它需要真正的男子汉和政治家。我知道，让您离开中国是个痛苦的选择，但澳大利亚有您更重要的事业……"

莫理循的前程未定，但是他的幽默感却丝毫未减。他和圣阿尔班公爵夫人一起用餐后评论说："公爵夫人在餐桌上表现得非常没有风度，吃起饭来像水手长。"

中国协会在大都会酒店举行一年一度的盛大晚宴。莫理循应邀在宴会上演讲，获得一个为中国辩护的机会。《观察家报》说，莫理循"猛烈抨击怀疑中国进步真实性的态度"。莫理循在演讲中，把《泰晤士报》的政策抛在一边，话锋一转，全力为中国人民辩护，还挖苦了英国国王的德国朋友欧内斯特·卡塞尔爵士，引起深知内情听众的阵阵笑声：

> 我们自称是上帝的最优选民，把干涉其他国家的内政当成自己的使命，借口是这些国家不大受到上帝的眷顾。一些现象在英国不允许存在，但在中国却很盛行，我们常加以谴责，而且认为此举天经地义。例如，买官卖官现象在中国仍然普遍存在，一些外国资本家对此感到莫名其妙，当然会加以谴责。可是，这些资本家若获得加官封爵，国人却认为此举大大增加了世袭贵族制度的尊贵和声望。

12月，莫理循回到北京，受到中国一些有权势人物的热烈欢迎，但是他和姬乐尔的关系却日益恶化。在以后的几个月中，姬乐尔用各种手段，不遗余力地歪曲莫理循的报道。在那一段时间里，《泰晤士报》的每一个人都很紧张：大英帝国的喉舌《泰晤士报》就要被出售，总发行人的笨蛋同父异母兄弟戈弗雷·沃尔特正秘密地向有意购买者兜售《泰晤士报》。1908 年元月发生一件令人震撼的事情。莫理循在 1908 年 1 月 8 日的日记中写道："今天发生了一件最令人吃惊的事情。路透社报道说，《泰晤士报》已改组成一个有限责任公司，阿瑟·沃尔特出任董事长，亚瑟·皮尔逊出任总经理。"

路透社的报道依据的是《泰晤士报》发表的一份声明，不过并不完全准确。协议规定，皮尔逊完全掌控《泰晤士报》的管理工作，莫伯利·贝尔则被完全排除在外。但是协议还有待大法官厅的批准。这篇报道的真实性不容置疑，不但使分散在世界各地的《泰晤士报》记者大吃一惊，而且让报业广场的每个雇员都很惊讶。在这过程中，北岩一直在幕后操纵。

第二天，即 1 月 9 日，北岩给莫理循发来一封电报：应当重组，包括人事变动，请记住，北岩，里兹，巴黎。虽然这封电报语义含糊，并不一定表明北岩想竞标《泰晤士报》，但是它确实耐人寻味，因为在《泰晤士报》前途未卜的情况下，他第一个接触的人是莫理循。《泰晤士报》中任何其他雇员（包括白克尔和姬乐尔）都没受到北岩的如此尊重。

报业男爵北岩多年来一直想并购《泰晤士报》。他从一个金融消息来源获悉，皮尔逊已经和沃尔特达成临时协议，准备把《泰晤士报》和《正报》合并。作为一个操纵自己报纸专栏、善于惹是生非的高手，北岩的第一个举措就是于 1 月 5 日星期日在他控制的《观察家报》上塞进一段话："据传，《泰晤士报》正在和有关人士进行谈判，此举意义重大。一个非常能干的企业家（几家非常受人欢迎的报纸杂志的业主）可能将出任《泰晤士报》的掌门人。"许多读者认为，这个"非常能干的企业家"就是指北岩自己。

莫伯利·贝尔对皮尔逊协议一无所知，写信要求阿瑟·沃尔特立即驳斥《观察家报》的报道，指出该报道是"多么荒诞无稽，只有白痴才会相信"。几小时后，他来到总编办公室，发现"白克尔的脸像他正在读的那份报纸一样苍白"。他读的正是《泰晤士报》刊登的有关皮尔逊交易的声明，也就是路透社电文的主题。当时阿瑟·沃尔特因患流感躲在贝尔伍德庄园足不出户。戈弗雷·沃尔特

则趁他不在之机，狠狠地耍了白克尔一把。

莫伯利·贝尔伤心地给还呆在贝尔伍德的沃尔特写信说："我一直忠心耿耿地为您工作，一直把您当作我的朋友。可是，您的所作所为表示您并不信任我。我深感受到伤害，请原谅我这么说。"贝尔认为，自己现在是个自由战士，可以采取任何手段拯救《泰晤士报》，使其免遭灾难性的皮尔逊交易之伤害。"他觉得自己职业生涯中最伟大的战斗已在眼前展开，他的眼睛闪烁着渴望战斗的光芒，"贝尔的助手哈考特·基钦写道："'皮尔逊通告'把贝尔从一个忠心耿耿的仆人变为一个可怕的敌人。"①

"您想怎么对付皮尔逊交易？"基钦问贝尔。

"粉碎它。"贝尔回答。贝尔为了表示自己的决心，甚至剃掉了自己美妙绝伦的小胡子。

这不是一场势均力敌的战斗。皮尔逊谢绝了国王授予他的从男爵的封号，还是一个布衣百姓，因此从战斗一开始就失了先机。北岩从巴黎里兹下令在《每日邮报》刊登他的竞争对手皮尔逊的传记文章，尽管当时皮尔逊拒绝接受采访，一直要躲在幕后。文章包括张伯伦对皮尔逊的毁灭性的评价——"我所知道的最大骗子"。几天后，在北岩的《观察家报》中，皮尔逊被描写成不实事求是的记者，曾经成功地炮制出一些耸人听闻的报道。这就是北岩的手法：大肆赞扬对手，结果使皮尔逊在上流社会的高傲合伙者大为尴尬。《泰晤士报》的股民原先支持皮尔逊交易，但现在却开始三思而后行了。

1月20日，阿瑟·沃尔特终于来到办公室。贝尔对沃尔特说，他将采取措施，彻底挫败皮尔逊协议。

沃尔特淡淡地回答说："我想您没必要这么做。"

北岩悄悄地回到伦敦。贝尔到北岩位于萨柯维尔街的办公室和他会面。

"贝尔先生，我要买下《泰晤士报》。"

——————

① 哈考特·基钦的《莫伯利·贝尔和他的泰晤士报》，飞利浦·艾伦出版公司，伦敦，1925年，第212页。

"目的是什么?"

"为了使它能名副其实。"

"您将采取什么措施呢?"

"改进版面外观,更加精心打造各个栏目,使它从本质上真正成为世界上首屈一指的报纸。"[①]

贝尔同意帮助北岩接管《泰晤士报》。不过令他感到吃惊的是,北岩坚持要匿名运作。

"不要用我的名义,一切都只能用您的名义运作,"北岩对贝尔说,"我负责提供资金和建议。"

在和贝尔讨论过价值问题后,北岩同意出资 320 000 英镑购买《泰晤士报》,比皮尔逊提出的用《正报》价值 150 000 英镑股份来收购的价格高得多。莫伯利·贝尔不是《泰晤士报》的股东,因此没资格向法庭提出申请。他找到退休将军约翰·斯特林(仅次于戈弗雷·沃尔特和阿瑟·沃尔特的最大股东)当合作伙伴。"他可是个大好人,"贝尔对莫理循说。[②]

姬乐尔在其中也起了积极作用。他跑去见兰斯当。"我在伊顿时和沃尔特一起呆过,"兰斯当说,"他那时就是一个大傻蛋。我经常那么说他。如果那么说有好处,我还会那样说他。"兰斯当派人去请沃尔特,说服他放弃皮尔逊协议。

由于大批股东抛弃了皮尔逊,贝尔就向大法官沃林顿提出申请。《泰晤士报》将成为一个有限责任公司,阿瑟·沃尔特为董事长,贝尔当总经理,白克尔、姬乐尔和莫尼彭尼为总编。3 月 16 日,贝尔向仲裁委员会提交 320 张英格兰银行的钞票,每张是 1 000 英镑。法庭批准了合约。莫伯利·贝尔当上了《泰晤士报》的业主,至少名义上如此。在整个谈判过程中,北岩都以"X"的名义出现。这个"X"究竟是何许人,《泰晤士报》的员工几个月后才知道。

"皮尔逊是个吹牛大王,吹嘘自己是个多么棒的记者,"贝尔对

---

① 《莫理循文件》中 1908 年 9 月 23 日莫伯利·贝尔给莫理循的信。

② 《莫理循文件》中 1908 年 9 月 23 日莫伯利·贝尔给莫理循的信。

莫理循说，"我认为他是个聪明而又寡廉鲜耻的记者。但是他充其量只是个无知而又夸夸其谈的人。"①

在这段关键时期里，莫理循和姬乐尔之间的怨恨越结越深。1月21日，姬乐尔宣称，莫理循一封有关中国外交关系的电文完全背离了《泰晤士报》的政策，因此，"我们觉得必须行使我们的控制权"。他在给莫理循的信中说：

> 最严重的问题是您对日本所表现出来的公开而又令人难以接受的敌意。您必须明白，这完全和《泰晤士报》以及英国政府的政策大相径庭……在您离开英国后，我还听说您信口开河发表对日本的看法，甚至提出必须严厉打压日本，就像您当年对付俄国一样……我实在不明白该怎样解释您对日本态度的180度大转弯，实在找不出您这么做的充足理由。

他敦促莫理循必须从大英帝国的角度看问题，因为这样才更为实事求是，"不要只从中国的局部眼光来看问题"。②

莫理循在回信中"断然否认"自己曾建议"要像打击俄国一样打击日本"。"我从来没这么说过，"他说，"这种念头我从来都没有过。我的意思被完全恶意地歪曲了。"莫理循指责姬乐尔"在过分兴奋的状态下写出这样的信，过分操劳，忧心忡忡，因此您的判断力模糊了"。他自豪地认为自己头脑清醒，思想开放，而姬乐尔则"过于感情用事"。"我喜欢科学地、精确地阐述事实，这是我的天赋。我的工作不受任何情感和个人因素的影响。我的愿望是陈述我所相信的事实……"③

姬乐尔"毫无保留地"接受了莫理循的保证，但是两个人的关系已受到伤害，他们之间的通信中断了好几个月。莫理循给贝尔写了一封信，对他在《泰晤士报》重组过程中所起的作用表示崇高的

---

① 《莫理循文件》中1908年9月23日莫伯利·贝尔给莫理循的信。
② 《莫理循文件》中1908年1月21日姬乐尔给莫理循的信。
③ 《莫理循文件》中1908年4月14日莫理循给姬乐尔的信。

敬意，并在信中提到他和姬乐尔之间的关系：

> 您为《泰晤士报》的最佳利益而鞠躬尽瘁，对此我深表感激。《泰晤士报》从来没办得这么好过。对它的赞扬声不绝于耳。我相信，它在财政方面的成功一定会使您心满意足……
>
> 自从我上次回英国后，两年来我和姬乐尔的关系一直使我感到非常不愉快。他的每一封信总是极其不公正地指责我、激怒我。他的任务似乎是要绞尽脑汁把我赶出《泰晤士报》。自从他不给我写信以来，去年是我为您服务的最美好时光。[①]

北岩最终摊牌了，报业广场发生了巨大变化。为了满足销量大增的需求，新莫诺铸排机和现代的戈斯印刷机安装到流水生产线上。但是这些变化和中国正在发生的事情相比，简直微不足道。

1908 年 11 月 10 日，莫理循离开北京，到黄河边上进行狩猎旅行。15 日回京时，他发现北京正沉浸在深切的哀悼之中。在他离京期间，光绪皇帝和慈禧太后相继病逝。

---

① 《莫理循文件》中 1909 年 1 月 14 日莫理循给莫伯利·贝尔的信。

第九章

革 命!

　　慈禧太后 73 岁生日时，直隶总督袁世凯给他的主子献上厚礼：两件狐皮衬里长袍，一对金银丝与珍珠做成的凤钗，一块镶有珠宝的沉香和一枝 6 英尺长的珊瑚。前一年老佛爷中了一次风。袁世凯希望自己能一直受到慈禧的宠爱，直到她逝世为止。1903 年荣禄死后，袁世凯在步履蹒跚的庆亲王的默许下，入主军机处。在清廷计划为光绪立嗣时，他极力支持立庆亲王的长孙为嗣，目的是为了使自己有可能当摄政王统治中国。

　　然而，慈禧太后却另有打算。在为进京觐见的达赖喇嘛举行的宴会上，慈禧多吃了些奶酪和山楂子，患上了痢疾。1908 年 11 月 13 日，慈禧挣扎着从床上起来，下懿旨立她的侄儿醇亲王载沣的 3 岁儿子溥仪为继嗣。与此同时，病中的光绪皇帝又患上一种新疾病，重病卧床不起，还受到慈禧太后派出的太监的监视。

　　11 月 14 日，光绪皇帝驾崩。就像日夜交替一样，不到 24 小时，慈禧也相继辞世。各国驻华公使馆怀疑蛇蝎心肠的慈禧太后毒死了自己的侄儿，因为她要阻止光绪皇帝在她死后重新掌权。一些人则认为是袁世凯毒死了光绪皇帝，因为如果光绪皇帝的寿命比慈禧长，他重新掌权后的首要任务就是处死袁世凯，他不会容忍在 1898 年改革运动中竟然背叛自己的袁世凯还在耀武扬威。

慈禧太后在临终之前玩弄的立嗣把戏使她在死后还能掌握着中国的政权。溥仪是慈禧太后的侄孙，他母亲是荣禄的女儿。阴谋家袁世凯和庆亲王被撇在一边。醇亲王载沣担任摄政王，掌管朝政，直到他儿子18岁为止。慈禧的侄女隆裕皇后（光绪皇帝当年被迫与其成婚）升格为新的皇太后。

在莫理循外出狩猎期间，濮兰德负责为《泰晤士报》报道光绪和慈禧太后的丧事。当时濮兰德已从上海调往北京。然而，濮兰德因发高烧卧病在床，只得依靠莫理循的翻译巴克斯为其提供大部分信息。11月15日，也就是慈禧逝世的那一天，莫理循回到北京，立即全身心投入工作，力图"弥补过失"。但是他还是感到"非常难过"，因为已经失去许多报道重大新闻的机会。他的一些竞争对手则对他受到的挫折感到幸灾乐祸。

当然，最高兴的是巴克斯的传记作家特雷弗-罗普。他是一个历史学家，后来对莫理循怀有一种几乎是病态的仇恨。特雷弗-罗普宣称，莫理循没能预见到中国皇帝和皇太后的死已是他第二次"疏忽"，第一次"疏忽"是公使馆遭围困"完全出乎他的意料"。正如寇松在英国国会下议院所说的那样，莫理循"聪明睿智，判断力极强，能预见许多即将发生的事件。但是他不是一个超人"。[①]

新的满清朝廷怀疑袁世凯有觊觎帝位的野心，就采取措施逐渐消除他的权力。1909年1月4日，莫理循得到一道圣旨的副本，皇帝宣布剥夺袁世凯所有权力：

> 不意袁世凯现患足疾，步履维艰，难胜职任。袁世凯着即开缺回籍养疴，以示体恤之意。

朱尔典爵士认为袁世凯可以用一个极端的办法来解决自己被解职一事。他问莫理循："袁世凯为什么不带上一万人马把对手消灭

---

① 1910年，巴克斯和濮兰德合著的《慈禧外纪》出版。该书的素材取自巴克斯巧妙编造的日记。臭名昭著的《希特勒日记》曾被当作是真品，在《星期日泰晤士报》上刊出。让人觉得滑稽的是，特雷弗-罗善（德克勋爵）后来还鉴定说，《希特勒日记》是真品。

得一干二净呢?"但已52岁的袁世凯决定韬光养晦,静候良机。他带着妻妾"归隐"到彰德,在他的"养寿园"里养起病来,抚养16个儿子和14个女儿。莫理循给袁世凯发了一封电报,对他表示最真切的问候。袁世凯回电说,收到电报,非常感动。

莫理循和姬乐尔的关系更加恶化,主要原因是日本人在满洲不断制造事端,进行挑衅。根据朴次茅斯和约,日本已控制从长春到旅顺口的南满铁路;但是,日本得寸进尺,拒绝允许中国在那个地区延长自己的铁路系统。莫理循在日记中嘲笑说,他对这个问题的报道能否见报"取决于前几天姬乐尔是否在日本大使馆受到款待"。鉴于莫理循和姬乐尔结怨已深,贝尔于2月4日给莫理循写了一封信,希望他能和姬乐尔和解。

"今天是您的生日,我希望您能给我一份生日'礼物',"贝尔写道,"希望您能放弃对姬乐尔的积怨。"贝尔解释说,在北岩并购《泰晤士报》期间,姬乐尔精神完全崩溃,"看起来已年过7旬,而且像70岁老人那么虚弱"。在那段时间里,他的确让许多人都感到心烦,其中包括莫理循,但是他经过6个月的康复治疗后,已恢复工作,现在"他和一年前相比已判若两人,无论从精神上还是身体上都是如此"。

为了表示对贝尔的信作出善意回应,莫理循给姬乐尔写了一封和解信。虽然两人后来在言语交流方面都有所节制,但是在日本问题上还是争论不休。为了解决这个问题,4月,姬乐尔和日本驻英国大使加藤子爵设法由日本出面,邀请他和莫理循一起访问东京,商讨消除莫理循对日本政府要员的不满。"明天将开始巡回访问等一系列活动,乏味得很,谎话连篇。"莫理循到东京时在日记中写道。他知道日本人指望什么,但是即使觐见日本明治天皇睦仁也不能平息他的怒火。

在他的日记中,日本复兴的伟大象征明治天皇"身高和普通人差不多,穿着前所未见的最不合身的制服,带着小山羊皮手套"。他"面部抽搐,长满丘疹,睡眼惺忪,我觉得他似乎被酒精折磨得神情呆板。他神情紧张地向前迈了一步,和我握手"。莫理循倒退着走出了房间,"觉得向这么一个喝得醉醺醺的天皇表示敬意简直是

1910年中国西部关隘

一种耻辱"。

莫理循在横滨外国贸易董事会的年宴上发表演讲，详细阐述他作为新闻工作者的信条：

> 12年前我被派往北京时，没有任何新闻工作经验。我得到的指示很简单，就是要讲实话，要无所畏惧，决不趋炎附势。我认为，我在远东工作期间已贯彻了这些指示，我努力做到不使个人的偏见或爱好影响我的工作，也没有在发给《泰晤士报》的任何一条电文中，搀杂进任何个人的偏见或爱好。一些报纸说我亲这个国家，排斥那个国家，对此我深感愤慨。作为一个英国人，我的思想和行为都是为了大英帝国的利益。

这十天的旅行彻底摧毁了莫理循和姬乐尔刚恢复不久的友好关系。在莫理循眼里，姬乐尔现在"是个可恶透顶而又居心叵测的畜牲，令人厌恶，粗鲁无礼"。姬乐尔在给《泰晤士报》的亲日本的电文中，硬是把莫理循的名字和他的名字扯在一起。因此莫理循说"他在东京的所作所为像一只卑怯的杂种狗"。但是，莫理循也承认，长途旅行和沉重的外交压力使姬乐尔虚弱的身体雪上加霜。

"他受到沉重打击，可能会自杀，"莫理循写道，"他整个人正在崩溃，行将就木。"

莫理循自己的健康状况也不佳。有一段时间，他对此也深感担忧。他的鼻腔不断流血，也许是因为在新几内亚受过矛伤的缘故。他的风湿痛经常发作，肝脏时有不适之感，还经常腰酸背痛。但是，所有这些病痛都不能阻止莫理循走上他在中国最艰难的旅途：从北京到莫斯科的跨大陆旅行，一路上要经历中亚地区广袤多变地形的考验。

一连几个月，他仔仔细细地筹划这次旅行，甚至还往西安试走了一趟。一切准备就绪后，他先乘火车从北京到河南府，从那里带领一支小小团队踏上征途。这个小小团队由四个人组成，包括他和三个中国仆人。他骑一匹马，还带了一匹备用，还有两辆马车，车上装满了生活必需品和书，其中包括《澳大利亚诗集》。他对《澳大利亚诗集》百读不厌，而且往往读得"泛起思乡情思，黯然神伤"。那一天是 1910 年 1 月 15 日，离他 48 岁生日只差 19 天。

莫理循在日记中留下了自己的旅途印象和给《泰晤士报》的12 篇长篇报道，清楚地描述了清朝末年中国人的悲惨生活。"家家户户都养童养媳，僧侣把土地包租出去，佃农的大部分收入都交了佃租，"莫理循写道，"我相信，中国是世界上唯一在国民中进行奴隶贸易的国家。"他还看见一些犯人"被残忍地铐上铁枷，从脖子至脚踝都拴着铁链"。

在前往中国喀什的途中，他穿过一个地区，那里满目疮痍。那里原来居住着 3 000 万人口①，有无数的村庄和城镇。1873 年，左宗棠将军在镇压回民起义的过程中，把这些繁盛的村镇一扫而光，剩下的只是一片废墟。"他是毁灭中国的罪魁祸首之一，"莫理循写道，"把整个省沦为一片荒漠。奇怪的是，他没有因此而受到谴责，反而被当作英雄歌功颂德。"

适逢隆冬季节，天寒地冻，四野萧疏荒寒。晚上，气温骤降到零度以下，把莫理循的墨水冻得结结实实。白天，高原上无遮无

---

① 原文如此。

盖，烈日灼人。莫理循身患多种疾病，已经痛苦不堪，灼热的阳光更使他"苦不堪言"。他在日记中抱怨说："我过去常夸自己耐热，从没见过会使我热得受不了的太阳！现在终于见识到了。"他提前三天到达喀什，松了一口气，离开北京已 158 天。5 月 18 日，他到达伊宁，看到那里下半旗悼念爱德华七世，才知道英国国王陛下已于 12 天前病逝，但是他毫无悼惜之意。

旅途中最危险的地段是中国最西侧的木扎提山口。在陡峭的山崖攀登了好长一段路后，他终于登上了木扎提山口顶峰：

分水岭距海平面 12 000 英尺。顺着冰川往下走最危险，沿途尽是岩屑，路面裂成成百万个帐篷形状的小山包……道路很不规则，而且非常滑，弯弯曲曲地向冰川底部伸去，路的两旁都是深深的冰川裂隙。一路上到处都是倒毙的牛马骨架。

1910 年，莫理循穿越中国西部与中亚

莫理循发现，在中国和土耳其斯坦的边境，乌鲁克恰提应当是个重要的边境要塞，可是只驻扎着四个衣衫褴褛的中国兵。"我敢断定，只要有三个老太婆敢拿着扫帚穷追猛打，这个边疆要塞肯定就会陷落。"莫理循写道。

在费尔干纳盆地的安集延，他和仆人算清工钱后解雇了他们，忍受着腹泻和痔疮的剧痛，登上一列火车，途经塔什干前往莫斯科。7月17日，莫理循抵达莫斯科。在他的第12篇，也就是最后一篇的报道中，莫理循总结了他费时174天，横贯两国铁路系统间6 000公里的行程：

> 土著首领、督抚和鞑靼将军都很热情地款待我。我遇到各种各样的人，其中有最卑贱的马车夫，也有位高权重的清朝官吏。他们对我都很尊敬，言行彬彬有礼，态度亲切友好。我以前在中国旅行就有过相同的感受，这次旅行使我再一次深刻体会到自己深受欢迎的原因：众所周知，英国同情中国的每一次变革。作为一个英国人，我自然深受其惠。这些变革的目的是为了使中国人民走向进步，为了促进中国的教育，为了传播自由的思想和真理，为了主张正义和促进自由贸易。一些人认为，英国在中国的影响正在衰退。我认为，这种看法十分荒谬。相反，英国在中国的威望正处于巅峰状态。

7月25日，莫理循抵达伦敦。他发现自己还在途中跋涉时，报业广场已发生巨大变化。2月22日，阿瑟·沃尔特病逝；他的儿子约翰·沃尔特四世接任董事长，但此人"华而不实"。北岩男爵已向《泰晤士报》员工透露，他就是挽救《泰晤士报》的神秘救世主"X"，还对报纸的社论内容产生令人不安的专业兴趣。

莫理循在伦敦，而后在巴黎里兹都见到这个"总发行人"。"我认为回去毫无用处，因为我已两年没工作了。"莫理循对北岩说。莫理循的话证实了北岩的担心：《泰晤士报》在"三个和尚"（贝尔、白克尔和姬乐尔）的联合运作下，有可能产生管理不善问题。"给一个人1 200英镑的年薪，却不让他在报道中畅所欲言，这有什么用?"北岩问。雷金纳德·尼科尔森原来在《每日镜报》工作，后来北岩把他调往《泰晤士报》。他对莫理循说，"《泰晤士报》讨厌北岩不断进行干预。"

莫理循在日记中写道，《泰晤士报》的状况"简直是一团糟"。拉尔夫·沃尔特把国外新闻部的预算从一年 62 000 英镑削减为 41 000英镑。莫理循和他交谈后认定，此人对办报一窍不通："拉尔夫·沃尔特（约翰和戈弗雷的弟弟）认为，新闻报道的快慢和报纸的销售无关……是社论而非新闻在影响着销售量;《泰晤士报》所需要的是，人们每到下午就会想知道《泰晤士报》第二天上午会发表什么社论。"

约翰·沃尔特采用奉承手法，企图拉拢满腹牢骚的莫理循："以前，布劳威茨是《泰晤士报》的王牌记者，现在莫理循当之无愧。"莫理循则抱怨说，姬乐尔"非常友好，富有同情心。但是，您肯定不知道，多年来他一直和我作对，在远东事务中对我造成的伤害几乎达到不能挽回的地步"。

莫理循的朋友麦肯齐·金是加拿大政治家和社会学家，曾敦促格雷勋爵任命莫理循为英国驻华公使。爱德华·格雷同意这一任命。但是，他就此事与姬乐尔交换意见时，姬乐尔却反对，认为莫理循"过于明显地亲华"。莫理循对这件事的看法是："的确，我可能有点亲华，因为我太反日。"

姬乐尔后来也发现不能信任日本，不过他已为此付出代价。日本和俄国签订秘密协定，结果两国称心如意地瓜分了满洲。日本还背信弃义，并吞了朝鲜。阿斯奎斯对这种明目张胆的殖民化行径无动于衷，没有采取任何行动。姬乐尔盛怒之下去找日本驻华大使加藤，愤怒谴责他的阴谋诡计。[①]

莫理循在《泰晤士报》和《每日电讯报》上打广告，诚聘一名能随他到北京工作的秘书。其中一个应聘者是珍妮·沃克·罗宾小姐。她是新西兰人，芳龄21，肤色黝黑，相当迷人，能说法语和

---

① 1908 年，阿斯奎斯取代坎贝尔-班内南，担任英国首相。在 1910 年 1 月的大选中，自由党丧失多数党地位，在工党和爱尔兰国会议员的支持下继续担任英国首相。

德语，曾担任巴尔福勋爵（贝尔福政府苏格兰大臣）的私人秘书。莫理循当场就聘用了她。

由于交通运输正在发生革命性的变化，莫理循不到一个月就回到了北京。1911 年 2 月，他离开伦敦，转道圣彼得堡，前往莫斯科。然后从莫斯科乘坐西伯利亚大铁路的快车前往哈尔滨。3 月 12 日，他在阔别北京 15 个月后终于回来了。珍妮·罗宾搭乘"蒙古号"客轮前往中国，抵达北京后直接到莫理循的住宅报到。莫理循的住宅位于公使馆区以西半英里之处，也就是后来人们所称的"莫理循大街"上。

珍妮·罗宾的雇主莫理循名扬四海，住的是一座典型的中国四合院，中间有个大院子，外厢房面街，主厢房位于庭院的一侧，庭院的另一侧是一长排矮矮的厢房，筑有防火墙，里面是莫理循的图书馆。四合院里有电灯和电话。由于莫理循的信件甚多，邮差一天给他送 8 次邮件。

3 月 20 日，莫伯利·贝尔给莫理循写信，谈到他的贵族身份问题。他在信的结尾说："我一直在节制饮食，7 个星期中体重减少 18 磅，而且不觉得有任何不便之处。我沮丧过，如果照这种速度减下去，一年半后，我整个人都减没了。我希望《泰晤士报》也能撑上这么长时间。" 4 月 2 日，贝尔庆祝他 64 岁生日。可是，三天后，他在写另一封信时（"字体还是那么清晰、苍劲有力"），却突然叹了一口气，身子向前一倾，伏在桌上。贝尔的秘书米尔丝小姐惊讶地发现他已经与世长辞。他那颗伟大的心脏停止了跳动，从此《泰晤士报》失去了自己最伟大的战士。[1]

与此同时，中国历史上第一个内阁（"皇族内阁"）由满族统治者组成。"毫无疑问，这是朝立宪政府迈进了一大步。"莫理循写道。中国政府的体制改革迈出了尝试性的第一步，目的是建立一个和日本政府相似的体系，皇帝虽然是个绝对的君主，但必须在宪法的框架内行事。

---

① 莫伯利·贝尔著的《莫伯利·贝尔的一生和书信》，理查德出版公司，伦敦，1927 年，第 313～314 页。

1911 年 10 月 10 日，汉口俄租界内一间平房里发生爆炸，响起了推翻满清王朝的第一声惊雷。警察搜查这座房子时，认定这是一次意外爆炸事故，同时还发现许多储藏的武器和一份准备一周后发动起义的人员名单，其中有当地驻军的军官。参加起义的人员获悉起义计划败露后，迅速发动兵变，占领武汉三镇：汉口、汉阳和武昌。革命终于爆发了。

革命军和效忠清廷的部队在武汉展开激战。虽然起义部队遭受几次重大挫折，但是全国各地相继发生兵变和起义。莫理循天生是个写爆炸性新闻的好手，一封又一封内容充实的电文从他手里飞向《泰晤士报》。当时姬乐尔正在病中，由《泰晤士报》前驻俄罗斯记者达德利·布拉姆担任国外新闻部代理主任。①

10 月 11 日至 11 月 24 日之间，莫理循总共发给《泰晤士报》8 113 个字的电文，花费 591 英镑 11 先令 5 便士邮资。这个无可辩驳的事实表明，他是全中国最伟大的记者。10 月 13 日，他在电文中说："清王朝危在旦夕。中国大多数知识分子都同情革命。"布拉姆祝贺他说："对您无比优秀的电文我们深表谢意。我们使所有其他报纸都相形见绌。"

袁世凯接到摄政王醇亲王的紧急征召令时，已在他的养寿园里赋闲两年零十个月。他受命担任湖广总督，镇压叛乱。可是，袁世凯并不急于上任，他看准了这个利用混乱局势的大好时机。革命者也在试图争取他的支持，许诺革命成功后将奉他为共和国大总统。袁世凯对他们的许诺表示感谢，但还是在养寿园中逍遥度日。

---

① 姬乐尔于 1911 年 12 月 21 日辞去《泰晤士报》国外新闻部主任之职。1912 年新年，他被授予爵位，随后很快退休。莫理循遵照白克尔的建议，给姬乐尔写了一封信（1912 年 2 月 9 日）："在过去几年里，乌云曾笼罩着我们之间的友谊。对此，我深感后悔。如果我不承认我们之间的友谊出现过问题，那是虚伪的表现。但这完全是我的错。幸好这些不愉快的日子早已过去，我真诚地希望您能原谅我，并把所有不愉快的回忆抛却脑后。"姬乐尔回信说（1912 年 2 月 26 日），莫理循的信使他"深感宽慰"。他还说："必须承认，我为我们之间的友谊出现裂痕而深感痛心。但是，请您相信，我非常愿意和您会面，把过去的误解统统埋葬掉……我们一定会言归于好，重新成为好朋友。"白克尔于 1912 年 8 月退休。

莫理循花 5 天时间在汉口权衡局势①。回到北京后，他凭借自己丰富的阅历和无懈可击的消息来源，再一次击败了和他竞争的记者。"政府吓得智穷计尽，但还是以相当大的决心采取了许多行动，"莫理循在 10 月 17 日写道，"但是，我所遇到的人，不管是中国人，还是与中国人有联系的外国人，都私下里告诉我同一件事：他们希望革命取得成功。"②

7 天后，北京笼罩在金融恐慌之中。"库银不足 100 万两，官员的俸银都发不出来，"莫理循写道，"失败将引起更大恐慌。汉人大量离京，或者把家属送出京师，因为他们害怕满族人的报复。满族人也大批逃离北京，因为他们担心自己的前途。各种各样的金银细软也都被运出北京，存在安全之处。"③

布拉姆反应说："您的电文太棒了，引起许多评论。您在撰写每日新闻时，一定会觉得像以前一样得心应手。"④

莫理循采访了日本驻华武官青木将军。青木对莫理循说："这场革命敲响了满清王朝的丧钟。袁世凯的权力欲每一小时都在膨胀，他将推翻独裁政权。"的确，袁世凯对醇亲王说，他复出的条件是：政府必须赋予他军队的最高统帅权，提供足够的军饷和各种供应物资，用更有代表性的内阁取代现有由亲王组成的"皇族内阁"，一年内召开国会，宽容革命党人。

摄政王醇亲王先是支吾搪塞，但是随着更多清军加入革命军的行列，他只得任命袁世凯为钦差大臣，节制湖北水陆各军及长江水师。可这一切还不足以吸引袁世凯，他继续称病不出。但是，袁世凯为了显示自己的权力，下令他的部队从革命军手中夺取汉口。与此同时，驻扎在中国北方的第二十镇清军致电清廷，要求在一年内实现君主立宪。

面临大批起义清军袭击北京的威胁，清廷只得乖乖地做出让步，醇亲王宣布退位。11 月 1 日，清政府任命袁世凯为内阁总理

---

① 据考证，莫理循未去成汉口。——译者注
② 《莫理循文件》中莫理循于 1911 年 10 月 17 日给布拉姆的信。
③ 《莫理循文件》中莫理循于 1911 年 10 月 24 日给布拉姆的信。
④ 《莫理循文件》中布拉姆于 1911 年 10 月 24 日给莫理循的信。

大臣，取代庆亲王，组织"责任内阁"。这样，清政府的军政大权实际上已经落入袁世凯之手。

莫理循本身正在经历一场大革命。他的精神状态恢复良好，又开始了一次新的恋爱追逐。他不顾一切地爱上了一个叫蓓西的澳大利亚姑娘。她染着一头漂亮的头发，是许多男性外交官的仰慕对象。"她是那么聪明、迷人、善良而又富有同情心，"他在日记中狂热痴情地写道。"那么甜美、高雅、成熟、自然……我一整天迷迷糊糊，她的金发碧眼总在我眼前晃动，悦耳的声音总在我耳边萦绕。"

第二天他问自己："我何能何德竟能享受到如此的幸福？一旦幸福离我而去，我又要承受多大的苦痛啊。"唉，几个月后，蓓西的妒嫉和唠唠叨叨几乎把他给逼疯了。"真是个泼妇！蓓西委身他人，使我如释重负。"莫理循渴望爱，但是他在追求理想化的女性过程中，又犯了一个判断性错误。

11月13日，莫理循目睹袁世凯乘坐专列抵达北京，"一队手持长剑、威风凛凛的卫兵紧随其后"。他的最大竞争者孙逸仙博士是个农民的儿子，担任同盟会领袖，眼下在美国科罗拉多州的丹佛四处奔走，为革命军筹款。辛亥革命爆发时，他没有起任何作用。这纯粹是一场武装起义，袁世凯有自己的舞台。

11月14日，白克尔加入称赞莫理循的大合唱：

> 您有关中国革命的报道写得太好了，令人敬佩，我们都非常感谢您。全世界都在关注《泰晤士报》，想从中了解中国究竟发生了什么事。您的工作受到广泛赞扬，您的报道被广泛引用……我们都希望您能把这些具有重大意义的事件展现在我们眼前，甚至都迫不及待到喘不过气来……我们确信，您一定会看到《泰晤士报》安然度过这段困难时期。愿上帝赐您力量！

11月16日，莫理循和海军上校蔡廷干作了一番长谈。蔡廷干当时任海军部军制司司长，是袁世凯的一个最忠实追随者。蔡廷干在武汉和革命党首领大都督黎元洪进行谈判。莫理循觉得蔡廷干本身就是个革命者。"虽然他发表长篇大论，极力支持君主立宪制度，但他和那些谈判代表们一样强烈排满。"莫理循写道。莫理循因此认为革命会有几种有趣的可能性。

几天后，蔡廷干通知莫理循，袁世凯想见他。于是，莫理循雇了一辆马车造访袁府。在那里，他受到袁世凯的儿子、邮传部秘书袁克定的热情款待。袁克定恳求莫理循劝说其父"放弃对清廷的愚忠，选择自己当总统或者干脆当皇帝"。莫理循评论说："袁世凯之子有野心，但是愚蠢之极。"

莫理循发现，袁世凯比以前更加结实，在退隐期间体重增加了好几磅，显得"非常热情，而且很会恭维"。他患有支气管炎，呼哧呼哧地低声耳语："如果再施加一些压力，或许朝廷就会选择撤往热河"。莫理循告辞时坚信清廷将撤往热河，而且袁世凯也想尽一切办法来取得这样的结局。"袁的周围都是革命派，"莫理循写道，"包括蔡廷干、他的儿子还有其他一些人……小袁虽然几乎成了一名激进的共和派人士和反满先锋，但拙于心计。"

12月4日，摄政的醇亲王引咎辞职，隆裕太后委派袁世凯与革命派进行和谈。袁世凯的第一个举动就是请莫理循赴汉口。他乘坐的是一节免费赠送的车厢，"饮食奢侈豪华"。莫理循视察了这座毁于战争的城市后，得出结论："袁世凯攫取总统还是僭越称帝，对于中国都无关紧要，清朝必须推翻，这才是民心所向。"

12月18日，伍廷芳博士（众多革命党派别中的一个领袖）提出四点和平条件：清帝逊位，建立共和政体，清帝优给岁费，救济年老和贫困的满人。袁世凯派出以唐绍仪为首的代表团到上海与以伍廷芳为首的革命党代表团讨论这些条件。唐绍仪为了表示蔑视满清政权，剪掉了辫子，对共和派人士说，他同情他们的目标，并坐下来和他们一起详细讨论解决办法。

莫理循对和谈进行了第一手报道，得到伍廷芳的机要秘书威廉·亨利·端纳的极大帮助。端纳也是个澳大利亚人，同时也是一个"充满爱国主义精神的英国人"，时任《纽约先驱报》驻上海特派记者。莫理循说，"他对革命运动内幕的了解比任何外国人都多。"端纳出生于新南威尔士州的煤矿小城里斯峪，在喧闹的悉尼新闻界中颇负盛名。在墨尔本工作一段时间后，1903 年，他前往香港发展，加盟《中国邮报》，从编辑干起，一步一个脚印，1906年当上总经理。他和莫理循相遇于香港，从此结为莫逆之交。他和莫理循一样，很快就爱上了中国。实际上，当他被迫在中国和他的澳大利亚妻子之间做出选择时，他选择了前者。结果，他长期在中国孑然一身。

12 月 25 日，和谈还在进行时，孙逸仙博士突然在上海现身，在革命党中引起一片欢呼。他一直在欧洲奔走，希望欧洲各国能保证不干预中国革命，不然革命有可能遭到失败。作为革命党各派别的妥协性产物，孙逸仙被选为临时政府的大总统。但是莫理循向革命党领袖们指出，无论是孙逸仙还是李鸿章都不能说服世界列强承认共和国，只有袁世凯才能做到。革命党领袖向莫理循保证，袁世凯一定会当选首任总统，他们会以书面形式写下承诺。12 月 29日，莫理循写信给布拉姆：

> 现在的问题是"袁世凯愿意接受总统职位吗?"他曾对约翰·朱尔典爵士强调自己不会当大总统，并将这一消息通报给各国政府。他说袁家几代人都是清王朝的忠实臣民，因此他不想篡位而遗臭万年。但是，如果清政府希望他来担任大总统呢? 如果袁世凯担任大总统，大清皇室的权益一定会更加有保障，因为其他可能当总统的人都曾反对过清政府，而他一直忠心耿耿，竭尽所能地维持皇室宝座。我认为，也许这是最佳解决办法。我不明白，为什么不能设法使清政府主动支持袁世凯就任大总统。这只是我的一些个人观点，还没来得及仔细推敲。[1]

两天后，也就是 12 月 31 日，莫理循简要地向蔡廷干陈述了自己的这一想法，蔡廷干急忙向袁世凯禀报。1912 年 1 月 10 日，莫理循以急件的方式发表一篇题为《帝国下诏宣布共和》的独家新

---

[1] 《泰晤士报》档案中莫理循于 1911 年 12 月 29 日给布拉姆的信。

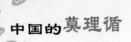

闻，抢先报道了清廷逊位的消息。

这是一项历史性的功绩。《泰晤士报》驻北京记者给交战各方提供了一个可行性方案，最终导致 20 世纪最重大的一个事件——中华民国的诞生。

第 三 部 分

1912～1920 年

第一章

支 持 中 国

1912 年 1 月 1 日，孙逸仙在南京宣誓就任临时政府第一任大总统。但是，在内阁总理大臣袁世凯的坚持下，孙逸仙的誓词更像是辞职演说，而不是描述自己应承担的职责："倾覆满洲专制政府，巩固中华民国，图谋民生幸福，此国民之公意，文实遵之，以忠于国，为众服务。至专制政府既倒，国内无变乱，民国卓立于世界，为列邦公认，斯时文当解大总统之职，谨以此誓于民国。"就职典礼过后，他打电报给袁世凯，再次重申：一旦袁世凯宣布支持中华民国，愿意立即辞职。与此同时，袁世凯必须保证，在推翻满清王朝时，必须想方设法减少流血冲突，尽量不损害中国脆弱的国际声誉。

莫理循确信，清朝被推翻后，袁世凯一定会接受总统的职务，但有个附带条件。他在给《泰晤士报》的一封急件中说，袁世凯忠心耿耿地为满清朝廷服务多年，因此他认为清帝逊位的条件必须能体现清廷的愿望。只有这样他才愿意就任总统之职。其实，莫理循也知根知底，袁世凯的条件已超出个人忠诚范围。中国人认为，登帝位主神器大业天授，国家的权力是由天授给天的儿子（天子），让他荣登大宝。因此，袁世凯更关心的是，他接受总统的称号也必须体现天将降大任于他的传统。

245

南方的革命党主张，总统的权力必须建立在人民的意愿之上。袁世凯知道，对他所统治的大多数人来说，这是个陌生而又难以理解的概念。的确，他无论从理智或情感上都不愿意接受这种观点。作为一名职业军人，他只知道唯命是从，只有这样才能得到提拔，才能达到自己的目的，才能取得目的和行动的统一性。但是，他胸襟远大，能言善辩，至少从言词上表达了对共和制的支持。袁世凯写道：

> 如果我们要把国民都提高到共和国公民的地位，我们除开强调伦理道德外，还得求助法律的帮助。
>
> 在和各国学者进行磋商后，我得出的结论是：共和国必须有一套涵盖各方面的法律体系，所有法律都必须符合人民的意愿，都必须受到人民的严格监督。

莫理循觉得袁世凯的这些观点无可挑剔，当然这并不是因为他是袁世凯曾征求过意见的"学者"。他虽然还是《泰晤士报》记者，但已经开始发生变化，从敏锐的观察家和谨小慎微的记录者转化为中国事务的直接参与者。他和袁世凯之间的关系得到进一步发展，产生具有历史意义的结果。

1912 年，袁世凯已 54 岁，在北洋军阀中享有极高的声誉，代表大清皇帝处理一切重大事务。他清醒地知道，中国当时只有两股政治力量——革命党和他的北洋军，而他夹在革命党和即将被推翻的清政府之间。

清政府和革命党双方都一直在寻求他的支持。革命党用总统的头衔来吸引他，清政府则任命他为内阁总理大臣。他在接受内阁总理大臣职务时发表的政策性演讲，本应当使革命党对他的真正态度提高警惕。

"如果我们把限制国王权力的君主立宪制和国人要在中国尝试的其他制度相比较，"袁世凯说，"结论必然是，君主立宪制是永恒的唯一解决办法……我的职责是竭尽所能阻止中国四分五裂。"

归根结底，对袁世凯来说，政府的形式（共和制或是君主立宪制）无关紧要，关键是必须有个"强有力的政府"。他和莫理循都认为，孙逸仙缺乏的是行动和目标的力度。

根据他们当时所能搜集到的证据，他们的判断是非常有根据的。甚至和孙逸仙一起奋斗的革命党志士也认为他不适合担任中华民国总统。他们同意在孙逸仙从美国回来之前，就由袁世凯就任正式大总统之职，甚至表示即使孙逸仙回到中国后，也不支持任何变动。孙逸仙只是一个有名无实的领袖，在筹款方面是个高手，对革命运动做出不可磨灭的贡献。但是一些最了解孙逸仙的人士都认为他过于软弱和优柔寡断，难以控制政府，尤其是面对袁世凯北洋军的反对时，更是难有作为。

到了1912年，端纳几乎已对孙逸仙感到绝望。他对莫理循说："孙只是个心甘情愿的提线木偶，背后有一大批人在操纵着。这些幕后人物稳赢不输。"端纳一直和革命党以及孙逸仙本人过从甚密，因此这是个入木三分的评价。当莫理循正在为袁世凯谋划清帝逊位和当总统详细计划时，端纳在上海忙着起草共和政府宣言，准备以孙逸仙和他的革命同盟者的名义发表。

这在新闻史上可以说是一个独一无二的佚闻——两个澳大利亚记者一前一后帮助结束中国二千多年的封建王朝史，取而代之的是世界上人口最多、最多样化的共和国。

美国驻华公使嘉乐恒写道，端纳和莫理循一样，都成了"一件怪事"的牺牲品。"长期生活在中国的外国人，"他说，"显然在遭到某种臭虫咬后，血液染上某种病毒，使他们在中国的生活变成唯一可忍受的事情。"这两个记者不但能忍受中国的生活，而且还干了许多事情。在1912年早期，他们绝对都很高兴自己能获得惊人的机会，干一番能使中国发生惊天动地变化的大事。他们两人间的信件都洋溢着喜悦之情。

莫理循和《泰晤士报》国外新闻部的关系一直不融洽，为此他深感苦恼。这是驻外记者常见的一种职业性烦恼，加上莫理循决不妥协的性格，他就更感烦恼。在中国工作15年后，他和英国雇主之间的关系开始渐渐疏远，更加认同中国。

那时，莫理循正专心致志思考一项计划，努力推翻满清王朝，

把袁世凯推上总统的宝座，并迅速使新政府在国际上获得承认。袁世凯的机要秘书蔡廷干说，袁世凯对莫理循的计划十分赞赏，不但全盘采纳，而且在计划实施过程中一定会"乐不可支"。

孙逸仙最初承诺愿意辞去临时大总统的职务。可是，后来有迹象表明，他有可能食言。于是，莫理循在端纳的敦促下，直接给革命党人士发去一条消息：指望孙逸仙领导的政府能得到各国列强的支持，那无疑是痴人说梦。革命党立即做出明确的反应，表示非常支持莫理循的看法。

但是，袁世凯本人对孙逸仙的承诺并不满意。他在给革命党的一封电报中声称，他的全权代表唐绍仪超越权限，擅自和革命党签订国民会议以及会议代表提名法等协议。他下令要唐绍仪辞职，由自己亲自负责谈判事务。但是，由于没有权威人士直接参与谈判，和谈迅速中断。

袁世凯自己也遇到了麻烦。他统帅的北洋军内部窝里反，68个军官公开宣布支持满清朝廷。他们宣布效忠朝廷的时机使袁世凯感到非常棘手，因为他正处于实施莫理循计划的最后阶段：大清天子自动逊位给候任新总统。

1月16日，莫理循写信给布拉姆说："我们都非常兴奋，逊位诏书会在明后天对外宣布。"

不过那天先发生了一起令人震惊的事件。革命党在北京的地下工作者挑选那一天暗杀袁世凯。他们获悉，袁世凯要在1月16日去东暖阁觐见隆裕太后，商议清帝退位大事，就派出四个由革命党"共和会"成员组成的暗杀小组，分布在袁世凯的必经路上。上午11：15，袁世凯觐见回程时，他们发动攻击，朝他的马车扔了四颗自制的炸弹。他们不知道，袁世凯在觐见时强烈敦促清帝逊位。共和国已曙光在望。

至少有两枚炸弹爆炸，炸死12个清兵，但是没有一枚炸弹直接命中袁世凯的轿子。爆炸事件发生时，莫理循正和珍妮小姐站在家门前，观看袁世凯的马车从门前通过。莫理循后来对布拉姆说，当袁世凯的马车出现在拐角处时，"突然传来巨大的爆炸声，街道的一角顿时冒出滚滚浓烟"。

我马上意识到有人投掷炸弹。一匹马上面没有坐人，冲了过去，后面有几个人骑马追赶。片刻沉寂之后，只见袁世凯乘坐的马车在卫兵的保护下迅速从出事的角落冲了出来，从我们的面前一晃而过。袁世凯还坐在里面。感谢上帝，他安然无恙。我迅速向出事的街角跑去……一个卫队军官俯卧在马路正中间，如同一头刚刚被宰杀的猪一样，鲜血不断涌出，奄奄一息……一个凶手很快就被抓获了。不久，另外两个凶手也被逮住，其中一个是年轻人，留着小胡子，穿着中式长衫。他酷似日本人，但不是……显然，一个来自蒙古卖《圣经》的商人和我是现场的第一目击证人。

三名凶犯被就地正法，7 名嫌犯被拘留。但是，驻京外国记者施加了舆论压力，后来他们都被释放。[①]

莫理循在日记中写道："今天早上，约翰爵士和我一块散步，仍然心有余悸。这些狂热分子为了达到目的，不惜牺牲自己的性命。他们的暴行令人感到非常不安。"

袁世凯很快就利用这一暗杀事件，指责上海的革命党策划对他的暗杀行动。接着，他向隆裕太后和清廷请假，借口是这次暗杀使他感到惶恐不安，需要一段时间静养康复。从政治上来说，这是一步妙棋，只有大师才能走得出来。革命党领袖对这次暗杀行动一无所知，十分被动，陷入守势。清廷也很清楚，如果袁世凯甩手不管，已逼近家门口的起义浪潮会毫不留情地把他们一扫而光。隆裕太后除了抱着小皇帝向隅而泣，别无良策。[②]

莫理循也突然遭到一场完全意想不到的危机。他一直把可爱的珍妮·罗宾小姐视为"珍宝"。可是，1 月 17 日，她突然宣布自己已经订婚，对象是赫伯特·菲利普，英国领事馆的一个低级官员。莫理循认为菲利普根本配不上罗宾小姐，虽然他在领事馆可能有

---

① 肯特著《清廷消亡记》，爱德华·阿诺德出版公司，伦敦，1912 年。
② 陈志让著《袁世凯传》，斯坦福大学出版社，加州，1972 年。

"升迁的希望"，但是"他这个人极其卑鄙自私，在男人中是个不受欢迎的人物，就我所知，在女人中也不受欢迎"。

罗宾小姐订婚后的行为使莫理循怀疑她对菲利普的忠诚。从莫理循的日记可以看出，莫理循和她相处得非常愉快，卿卿我我，亲密无间。莫理循向她口授自己的《回忆录》，两人经常一块共进午餐。莫理循在家里举行记者社交聚会时，她显然以女主人自居。他们经常在下午一块散步，谈论一天中所发生的事情。莫理循和蓓西间断断续续的关系特别使她烦恼，但是她又心甘情愿供莫理循驱遣。她和菲利普订婚之事很可能只是为了在婚姻问题上刺激莫理循，让他做出选择。如果情形确实如此，她果真非常了解莫理循。几天之内，莫理循就看穿了蓓西，在日记中写道："她是个泼妇，一个头号寄生虫，烦得我几乎难以忍受。"

但是，至少眼前珍妮和菲利普的婚约还没有解除。莫理循忙着为推翻满清朝廷而绞尽脑汁，努力把袁世凯推上总统宝座。1月18日，袁世凯又打出一张牌，建议在清帝逊位后，把临时政府设在天津，和革命党最初提出的把临时政府设在南京的建议较起劲来，而且声称这象征中国进入一个历史新时期。在过去数千年的历史中，中国许多城市都曾经作为首都而荣耀过。天津作为首都的确有许多可取之处。它是新军大本营，直隶省的大都会首府，居于战略要冲，周围是日俄的势力范围和德国租界，还有扼守通海要道的大沽要塞。

袁世凯增加赌注，向清廷提供更加优惠的"逊位"条件。但是亲王们对他的第二个建议更感兴趣：如果要采取军事行动，必须有1 200万两白银的军费，才有可能和革命党的军队在战场上较量。他们知道国库已空空荡荡。他们也知道自己在外国银行里都存着数百万两银子，这也许是他们挽回尊严和朝廷面子的机会，只要他们肯用自己的钱资助军饷。但说实在的，大清帝国早已被从内部掏空，被抛弃了。

袁世凯的机要秘书蔡廷干现在是袁世凯部队中的一名指挥官。他一直把事态的进展通报给莫理循。1912年1月，他们开始讨论让莫理循辞去《泰晤士报》记者的工作，来担任袁世凯的顾问。在和清廷谈判进入紧要关头时，蔡廷干陪同莫理循拜访袁世凯，让他们直接会谈。1月22日，蔡廷干像往常一样拜访了莫理循，并透露说隆裕太后每天都赏赐袁世凯一些礼物。"他不知道究竟是朝廷还是他的旧靴子会拖得更久！"第二天，莫理循在日记中写道："蔡廷干打电话告诉我，绝望的隆裕太后已授予袁世凯一等侯爵封号。"

袁世凯在皇宫中看到北洋军40多名高级军官联合发给隆裕太后的电报，其中许多军官不久前还发誓要效忠朝廷。电报呼吁小皇帝立即退位，甚至暗示如果不退位就难保人身安全。隆裕太后歇斯底里地对袁世凯的代表大声尖叫："我和皇帝的身家性命都交在你手中了，告诉袁世凯一定要救我们！"

袁世凯到这时候才打出最后一张牌，要求隆裕太后发一道圣谕，宣布逊位，结束大清朝长达267年的历史。莫理循把袁世凯奏章的副本转给约翰·朱尔典爵士，朱尔典读后深表赞同。

朱尔典说，英国"根本不在乎中国建立的是共和政体，还是君主政体"。但是，由于英日两国存在同盟关系，英国有必要说服日本接受中国的政治变革，尽管日本最初反对共和运动，因为他们担心中国的共和运动有可能会威胁到日本的天皇制度。

那天晚上，莫理循在日记中写道："退位诏书将在2月4日宣布，我生日的那一天！"实际上，8天后，退位诏书才正式宣布。2月12日，内阁总理大臣袁世凯率领全体内阁大臣前往养心殿（紫禁城中皇帝处理政务、会见军机大臣的内殿），最后一次觐见隆裕太后和小皇帝，见证大清帝国的最后时刻。

隆裕太后和小皇帝溥仪来到养心殿后，慢慢登上御座。一个太监把《清帝退位诏书》呈给隆裕太后，供她最后审阅。隆裕太后边读边流泪，所有大臣都拜倒在地，诚惶诚恐，许多大臣都嚎啕大哭，抽泣不已。隆裕太后先是涕泪涟涟，而后强作镇静，把《清帝退位诏书》① 递给内阁大臣。袁世凯带头签上自己的名字，接着各大臣也纷纷签名。《清帝退位诏书》的内容如下：

> 奉
>
> 旨朕钦奉
>
> 隆裕太后懿旨：前因民军起事，各省响应，九夏沸腾，生灵涂炭，特命袁世凯遣员与民军代表讨论大局，议开国会，公决政体。两月以来，尚无确当办法。南北暌隔，彼此相持，商辍于途，士露于野。徒以国体一日不决，故民生一日不安。今全国人民心理，多倾向共和，南中各省，既倡议于前，北方诸将，亦主张于后，人心所向，天命可知。予亦何忍因一姓之尊荣，拂兆民之好恶。是用外观大势，内审舆情，特率皇帝将统治权公诸全国，定为共和立宪国体，近慰海内厌乱望治之心，远协古圣天下为公之义。袁世凯前经资政院选举为总理大臣。当兹新旧代谢之际，宜有南北统一之方。即由袁世凯以全权组织临时共和政府，与民军协商统一办法。总期人民安堵，海宇乂安，仍合满、汉、蒙、回、藏五族完全领土为一大中华民国。予与皇帝得以退处宽闲，优游岁月，长受国民之优礼，亲见郅治之告成，岂不懿欤！钦此。
>
> 宣统三年十二月二十五日

退位诏书发布后，袁世凯立即致电各省督抚，声称自己直到前不久"还从未想过"要复出理政。他王婆卖瓜自卖自夸地说，"我一直恳求上苍让我早点归天，一直希望能获准不涉朝政，但是我的

---

① 2月5日，南京参议院通过优待条例和张謇起草的《清帝退位诏书》。经过南北双方的多次磋商，于2月9日确定了"优待条件"八项，规定清帝退位后，其尊号仍存不废，中华民国以待各外国君主之礼相待；退位后的清帝费用每年400万元，由中华民国拨给；清帝暂住紫禁城，日后移居颐和园，侍卫人员照常留用；其宗庙陵寝，由中华民国酌设卫兵妥慎保护；其奉安典礼，仍如旧制，所有实用经费由中华民国支付；其原有之私产，由中华民国负责保护等。隆裕太后接受了这些"优待条件"，于2月12日（清宣统三年十二月二十五日）颁发《清帝退位诏书》，宣布清帝逊位。

愿望全都落了空。我和同僚都心急如焚，经常一说起政事就老泪涟涟……虽然我已年迈体衰，精疲力竭，但是我必须把国家的利益放在第一位。"

袁世凯在写给孙逸仙的信中说，他很愿意到南方聆听他的教诲，但是他必须留在北方，不然整个国家会四分五裂。他明确反对把首都迁到南京，更不用说总统到南京去就职。他还呼吁孙逸仙"为了国家的统一而合作"——说白了，他要求孙逸仙辞去临时大总统的职务，给自己让路。

孙逸仙答应了袁世凯的要求。莫理循从北京往《泰晤士报》发了一篇报道，宣布南京临时政府参议院一致选举袁世凯为中华民国第二任临时大总统。他在报道中没有提到自己在幕后所扮演的军师角色。不过外国驻京公使馆官员和中国知识分子都知道莫理循在其中所起的作用，而且其中许多人都认为中国还没有为建立共和政府完全做好准备。

严复是个畅所欲言的知识分子精英。他给莫理循写了一封英文信说："直截了当地说，中国目前不宜建立像美国那样完全不同的新政体。孙逸仙等轻率的革命者竭力倡导在中国建立共和政体，但任何稍有常识的人都反对这么做。"

孙逸仙坚决反对袁世凯依赖清廷传授政权。莫理循写信给约翰·朱尔典爵士："袁世凯收到孙逸仙的电报，孙否认了以前的承诺，坚持说袁不能从清廷手中接管政权。"莫理循说，孙逸仙还要求袁世凯前往南京就职，但是他和一些较为年长的革命党人士步调不一致。"很明显，这仅仅是孙逸仙和他的一群年轻追随者的幼稚想法而已，"莫理循在日记中说。"孙逸仙是个不定因素。他愿意接受什么结果呢？蔡廷干说他对中国根本不了解。'这个夏威夷中国人'，'这个所谓的基督徒，只知道提倡单一税'。"

与此同时，莫理循还一直牵挂着可爱的珍妮·罗宾。《纽约先驱报》记者奥尔开了一个舞会，故意不邀请莫理循参加。莫理循在日记中写道："在交际方面我真是个失败者。"但是他对珍妮的关爱很快就驱散了他的沮丧情绪。"罗宾小姐流着泪对我说，她已决定今天晚上和菲利普解除婚约。我建议她去拜访朱尔典太太，和这个慈母般的老太太好好聊一聊。我安排她们会面，事情就这么定了。"

然而，菲利普不甘心罗宾小姐甩了他。一连好几天，他都死皮赖脸地苦苦哀求，希望能和她重续姻缘。有时罗宾小姐似乎为他的真诚所动，想反悔。莫理循不喜欢罗宾小姐变卦，尤其是当菲利普找上门去，要和他的最爱"谈心"时，莫理循更觉得难以接受。珍妮给菲利普写了一封信，明确表示自己还爱着他。她果真要变卦。莫理循在日记中写道："她被缠得精疲力尽，才会写这样的信。菲利普没有意识到，她之所以表示愿意再接受他，是因为她的神经系统都麻木了，整个人处于最脆弱的精神状态。我一点都不可怜他。珍妮的毁约打击了他的自负感，他的苦恼（起码 90%）大多因此而来。我认为，她是很想彻底摆脱菲利普。他压根配不上她，两人是两条道上跑的车。"

袁世凯在皇宫里采取了一个象征性措施，剪掉象征清廷统治的辫子。但是，他没让理发师来剪辫子，而是让蔡廷干来承担这一光荣任务。蔡笑着对莫理循说："他决定让我来剪辫子，这可是您的独家新闻！"

要彻底完成权力交接还得清除一个障碍，才会使袁世凯和他的顾问们都感到心满意足——不能把临时政府的首都设在南京，尽管袁世凯原先曾向南方革命党人士表示他同意这么做。蔡廷干直截了当地对莫理循说："袁不会离开北京。"但是他需要为自己的变卦找些借口。

莫理循很胜任这一任务。他根据自己在季隆学院学过的一个经典历史故事，建议袁世凯仿效马拉松战役开始之前雅典的米尔泰底将军所采取的策略。在马拉松战役开始之前，雅典军队需要确定一个统帅，所有将军都必须提出他们的第一和第二候选人。每一个雅典将军都毛遂自荐，都把米尔泰底的名字作为第二候选人，结果米尔泰底投了决定性的一票，登上了统帅宝座。所以，可以把适合建都的所有大城市通过投票确定为第一或第二选择，这么一来北京肯定会脱颖而出，因为所有参加投票的人都会把自己中意的城市列为第一选择，而把北京列为第二选择。

蔡廷干回答说："感谢您对定都提出的建议，这才是绝妙的主意。您将被称为中国改革运动中的澳大利亚英雄。"

袁世凯也觉得这个主意有点价值，但是他是个擅长权谋的老军阀，更喜欢采用自己早已轻车熟路的谋略，以便更有效地控制局面。孙逸仙派出一个代表团前往北京，力图就定都南京问题进行施压。在他们抵达北京后没多久，北洋军中袁世凯的嫡系部队突然发生"兵变"。参加兵变的士兵在京城中到处横冲直撞，甚至威胁到公使馆区的安全。毫无疑问，此举是为了最大限度地在人们心理上造成震撼。公使馆所在地区的店铺和中国人住的房子被付之一炬。两个受伤的店主被抬进莫理循的住宅，他的医术又派上了用场。"我们尽量使担架上的伤者躺得更舒服一些。空气从他们的伤口灌了进去，我认为他们活不到明天早晨。"

其他记者和朋友纷纷躲进莫理循的住宅避难，向他讨教怎样应付目前的局面。莫理循尽力提供帮助，但是与此同时，莫理循的记者本能再一次发挥得淋漓尽致。"到处火光冲天，喧哗嘈杂，不断有人冲进来。"他竟然能在如此恶劣的环境中，写出一篇自称是"极其糟糕的报道"，并发往《泰晤士报》。

蔡廷干一直给莫理循打电话，但都没有接通。不过他对这一事件还是持相当乐观的态度。"我很担心您的安全，而后又挂念您的那些珍贵书籍，"他说，"当我获悉您的住宅安然无恙时，才松了一口气。"

"令人遗憾的事件终于爆发了。但是，既然不幸事件已经发生，我就不会放过这个可以增加人生阅历的机会，同时我还可以在这场突发危机中好好研究袁世凯。"随后，莫理循收到袁世凯的一封信。袁世凯在信中对莫理循把自家的住宅充做临时医院之事，表示"感谢和敬佩"。莫理循很有礼貌地回了信，还到已成一片废墟的大街上查看一番。他惊讶地发现，一些穷困潦倒的"抢劫者"未经审判就被枪决，还有许多人被绑在一起等候处决，而袁世凯的士兵把抢来的金银细软藏在兵营中，却安然无恙，高枕无忧。

莫理循向袁世凯的军事顾问孟席斯少校提出强烈抗议："昨天，袁世凯的部队用威胁的手段，挨家挨户抢夺钱财。我从一个朋友的屋子里赶走了两个士兵，从另外一个朋友家中赶走四个士兵。这一

切都是有预谋的。中国未来的命运将取决于如何处理这场兵变。我希望您能利用自己对政府的巨大影响力，将那些参与抢劫的士兵绳之以法，处以极刑。"

参与抢劫的士兵并没有受到惩罚。袁世凯拼命向各国公使馆道歉，对这起事件给他们造成的不便深表遗憾。但是，兵变的策略奏效了。南京代表团不但撤回了他们的要求，还参加了在皇宫举行的中华民国第二任临时大总统袁世凯的就职典礼，在场的还有即将下台的满清王公贵族。

袁世凯很快就要礼聘莫理循为他的政治顾问。但是，莫理循对袁世凯的看法很矛盾。这种矛盾心理体现在他日记中对就职典礼的描述："袁世凯像鸭子一样摇摇晃晃地走了进来。他体态臃肿且有病容，身穿元帅服，但领口松开，脖子上松松垮垮的赘肉耷拉在领口上，帽子显得过大，神态紧张，表情很不自然。"

袁世凯和他的编年史家很快就会为许多事情而感到紧张和不舒服。

第二章

柔 情 蜜 意

　　1912 年 4 月，菲利普在情场上打了败仗，只得夹着尾巴出局。莫理循意识到自己已完全坠入爱河。但是他年已 50，而珍妮才芳龄 23。"我渴望把她拥在怀里，倾吐对她的爱慕之情，"他在日记中写道，"但是我们的年龄差距太大了。"他进退维谷，苦苦挣扎。"为什么命运对我如此残酷，让我第二次坠入爱河？① 我不知道她是否爱我。"

　　经过数日苦苦挣扎之后，一天下午他终于鼓起勇气，在和珍妮沿着长城散步时，向她吐露了爱慕之情。没想到珍妮的反应竟如此情意绵绵，令莫理循彻底松了一口气。他很惊讶地听珍妮说，他们的婚姻是命中注定的。珍妮告诉莫理循，她在前往中国冒险之前，曾请伦敦的一个算命先生算过命。算命先生对她说，她将去世界上一个遥远的地方，嫁给一个名人。② 显然，算命先生的预言差一点就要兑现。

　　莫理循听完珍妮的叙述后，欣喜若狂，顿时数十种念头涌上心

---

　　① 第一个恋人可能是玛丽·卓普林。
　　② 算命先生的预言还包括早年丧夫、二婚和早死。莫理循在日记中只拣积极的内容写。

头：从《泰晤士报》退休，回到澳大利亚，卖掉图书馆等。他的日记生动地描写了他的喜悦心情：

> 主啊，我太爱她了；在这个世界上，她是我的最爱。她飘然降临我的身边，真是一段奇缘。她母亲在火炉旁读一份《每日电讯报》，上面刊登我聘请秘书的广告。她母亲看到了这则广告，就拿给她看，并让她和刊登广告的人联系。她果然去应聘，并深深吸引了我，于是我就雇佣了她。现在我们终于走到一起来了——我完全拜倒在她的石榴裙下，将不惜一切代价带她回澳大利亚。

但是首先他必须获得珍妮父亲的恩准，因此有必要和珍妮同赴英国，然后在英国喜结良缘。为了维护珍妮的名声，他决定先送珍妮回国，让她先征求双亲的意见，然后再决定是否嫁给他。

5月，他们一起到天津旅行。莫理循在那里给珍妮父亲寄了一封长信。"我在信中谈到我们年龄上的差异，"莫理循在日记中写道，"我看起来不显老，她看起来比实际年龄成熟得多，因此我们在年龄上不成比例

1912年，珍妮·莫理循

的问题显得不那么严重。我向她父亲保证，她此趟回国不必对我履行任何义务，纯粹是对她良好工作表现的一种奖励。"

莫理循在天津接到两封蓓西的"蠢"信。蓓西在其中一封信中告诉莫理循，她也已定下终身大事，对象是个叫亨特的男子。莫理循得到这个消息时，轻轻地叹了一口气，颇感欣慰。可是当珍妮收到戴维·福来萨的求爱信时，他却怎么也高兴不起来。福来萨是个苏格兰人，性情阴郁，莫理循曾推荐他担任《京津泰晤士报》主笔。

"福来萨称珍妮为'吉妮'，"莫理循在日记中写道，"他向珍妮求婚，希望珍妮能接受他，原因是她再也不可能找到一个像他这么爱她的男士——这家伙太狂妄了。但是，这回他大错特错。"

珍妮显然也这么想，因此她坚决而又有礼貌地拒绝了他的求婚。莫理循在情场上完全处于统治地位。

无论从哪一方面来看，莫理循和美丽的珍妮·罗宾小姐都是一对奇怪的组合。莫理循当时已年近五十，声誉正处于巅峰时期。他无儿无女，深深地爱上了年轻漂亮的珍妮·罗宾。也许她可以弥补莫理循当时无儿女的不足之处。莫理循的确可以称得上是个世界性人物：他有苏格兰血统，在澳大利亚土生土长，支持大英帝国的帝国主义政策，却又真心实意地热爱中国。

莫理循一想到自己就要结婚，成家立业，就有点飘飘然。但与此同时，他还没有就自己前途的几件大事做出决断。他在给白克尔的一封长信中谈到自己所关心的一些问题。在过去的 15 年里，他一直忠心耿耿地为《泰晤士报》效力，足迹遍布东亚的每一个国家。在此期间，《泰晤士报》付给他的工资和其他费用总共大约有 19 000 英镑。而报社长期以来把他所提供的新闻转卖给其他报纸，其收入已大部分抵消付给他的费用。好几家和《泰晤士报》竞争的报社绞尽脑汁想把他挖过去，而且都愿意付出非常诱人的报酬。但是他都婉言谢绝，而且从来没有要求报社加工资。接着，他谈到问题的要点："我希望您能告诉我，我从《泰晤士报》退休时，能否得到一笔退休金？如果能享受退休金，估计有多少？"然后他透露了一个十分诱人的计划："我想离开中国返回澳大利亚。如果有机

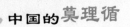
会的话，我想在澳大利亚进入政界，因为在某种程度上，我在远东的经历使我能在政界游刃有余。"

白克尔在回信中对莫理循提出的问题深表同情，但提供的信息却并不令人鼓舞。享受退休金的条件是，年轻时就开始为报社效力，而且一直工作到垂暮之年。当然偶尔也有些例外，报社有时会馈赠一大笔钱表表心意，"前提是要为报社服务相当长一段时间，而且还必须是一个非常杰出的人物。您在这方面是够条件的。"但是，尽管具备这些条件，能否拿到钱还得视报社的经济状况而定。如果年景不好，报社的普通持股者自己都分不到红利，报社一般就会采取"经济紧缩"政策。

莫理循提到有可能把图书馆卖掉，白克尔对此持鼓励态度。实际上，莫理循已经给自己的图书馆开了价——40 000英镑，而且最终有可能把图书馆卖给一个日本贵族。莫理循在给白克尔的回信中没有提到这件事，对退休金的事也根本不提，因为中国政府已决定给他提供一份年薪非常丰厚的工作。

莫理循的朋友蔡廷干向他提出一个非常吸引人的建议——一份三年工作合同，所有旅差费报销，每年有250英镑的住房补贴，年薪不低于3 500英镑，几乎是《泰晤士报》给他的工资的3倍。莫理循情不自禁地对白克尔说："南北双方各党派一致希望我能成为替他们工作的第一个外国人。"如果这一消息属实，这是孙逸仙和袁世凯两大力量间罕有的默契之一。

5月，袁世凯任命唐绍仪为中华民国第一任总理，尽管（或者正因为）他们之间在和共和派人士谈判问题上存在着分歧。唐毕业于耶鲁大学，参加过同盟会，完全为南方革命党所接受，是南方革命党认同的五个内阁成员（总共有十个阁员）中的一个。

但是，袁世凯和唐绍仪很快就产生摩擦。尤其是同盟会和其他革命党组织于8月合并成国民党后，两人间的矛盾愈发加剧。国民党成立后立即发表宣言：

> 众志既定于内，不可不有所标帜于外，则党纲尚焉。故斟酌损益，义取适时，概列五事，以为揭橥：曰保持政治统一，

将以建单一之国，行集权之制，使建设之事纲举而目张也。曰发展地方自治，将以练国民之能力，养共和之基础，补中央之所未逮也。曰励行种族同化，将以发达国内平等文明，收道一同风之效也。曰采用民生政策，将以施行国家社会主义，保育国民生计，以国家权力，使一国经济之发达均衡而迅速也。曰维持国际平和，将以尊重外交之信义，维持均势之现状，以专力于内治也。

袁世凯面对的问题是国库空虚、国家分裂和充满敌意的国际环境。但他是个大军阀，这些问题对他来说没什么意义，最多只会给他惹些麻烦。新生的共和国对他来说，根本不包含国家社会主义这个概念。不久，他就强迫唐绍仪辞去总理的职务，从而结束了他们在1884年保卫朝鲜皇室的战斗中所结成的28年的友谊。唐绍仪说："如果袁世凯能和革命党精诚合作，那只有他能使中国避免分裂。但是，根据过去三个月所发生的事情来判断，我担心最终这只是南柯一梦而已。"

但是，8月底孙逸仙抵达北京时并不像唐绍仪那么悲观失望。他在北京时受到隆裕太后以皇室大礼的热烈欢迎，得到贝子溥伦在金鱼胡同那桐宅的盛宴款待。真是此一时彼一时，1904年孙逸仙赴美时曾遭美国旧金山移民局拘留。整个事件溥伦要负全责。袁世凯在外交部迎宾馆为孙逸仙定下豪华套间，两人一连数日商讨国家大事。袁世凯穿着传统服装——丝袍和高底黑缎靴，而孙逸仙在炎热的8月天里，还是西装革履，只不过用的是夏季布料而已。在会晤结束时，孙逸仙称赞袁世凯大总统是个伟人，并说："在许多问题上他所陈述的观点大体上都体现了我的看法。几乎自始至终……我的观点都和总统相一致。"

他们相一致的观点还包括孙逸仙的新职务"全国铁路督办"。这一头衔就像孙逸仙提出的铁路发展计划一样宏伟堂皇：5年内动员200万劳力，花费30亿美元修筑长达20万公里的政府铁路。"愚蠢的行为！"端纳在给莫理循的一封信中哀叹道。

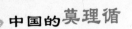

他完全不切合实际，缺乏常识，对要开创的事业没有最基本的了解。

孙席地而坐，向我介绍他的计划。当他坐在那儿的时候，我想这个中华民国第一任大总统竟会演出这么愚蠢的一幕，简直不可能。他真的疯了！请您原谅我的愤怒情绪。这个狂热之徒竟然认为，他能够一方面在这愚昧的国家宣扬排外主义、社会主义和其他形形色色的主义，一方面只要他孙逸仙一伸手……全世界的金融家都会解囊相助。一想到这些我就怒火中烧。

这封信证实了莫理循所担心的事。但是，至少孙逸仙不再干预年轻的共和国政府所关心的头等大事：借到外国贷款，支付军费，免得士兵造反。与此同时，国家的重建工作可以启动。一旦莫理循决定离开《泰晤士报》，帮助中国政府获得外国贷款就成了他工作中的头等大事。

此时，他的心又开始忐忑不安，因为珍妮的父亲罗伯特·罗宾还没有给他回信。他又开始担心珍妮和他之间年龄上的差距。一天天过去了，邮差一直没送来珍妮父亲的信件，莫理循把他的焦虑心情每天晚上写在他的日记中。他知道罗宾先生出身于格拉斯哥一个富裕的商人家庭，年轻时曾周游世界，到过澳大利亚和新西兰，甚至在新西兰勘探过金矿。然而，他在新西兰发现的珍宝却是可爱的玛格丽特·卡迪根小姐。两人一见钟情，不久就在新西兰南岛的纳尔逊喜结良缘。

他们一直住在纳尔逊，直到1889年他们的宝贝女儿珍妮来到世上。以后，他们迁居过许多地方。在英属圭亚那，罗宾先生重操旧业，挖掘金矿。在法国的波尔多，他开办了一家葡萄酒公司。最后他们在伦敦定居下来，罗宾先生在一家威士忌公司担任经理。他们一辈子都呵护着珍妮的成长，特别是在他们第二个女儿死后，他们对珍妮的关爱更是无以复加。珍妮被送到德国留学，直到1910年才回到英国，一直住在克罗伊登，直到她母亲发现莫理循登载在《每日电讯报》上的广告。

莫理循知道，珍妮的母亲玛格丽特出生于 1864 年，比莫理循还小两岁。也许，她才是莫理循和珍妮婚姻的障碍……

"珍妮是个思想单纯、风度典雅的英国姑娘，"莫理循在日记中写道。"很长一段时间，我的生活变得非常孤单。"

好不容易等来了罗宾先生的信。他批准了！"既然她那么爱您，我们没有理由反对。"罗宾先生写道。

莫理循欣喜若狂，顿觉前途一片光明。所有驻外记者孤独生活的压力都烟消云散。他可以和珍妮比翼双飞，开始一种新的生活。中国是个大国，人口将近 4 亿，潜力无穷，而他将以中国政府政治顾问的身份出现在历史舞台上。这是他多年努力的结果，他的事业才会达到巅峰：想一想他所走过的艰难历程和那永不间断的刻苦追求。他年轻时就从季隆学院步行到昆斯克利夫。他乘独木舟在汹涌澎湃的墨累河上闯荡。为了揭露奴隶贸易的黑幕，他在南太平洋上颠簸。他曾孤身一人徒步穿越澳洲大陆，乘船沿长江而上，而后又往南到仰光，横贯大半个中国，完成前人从未有过的壮举。在义和团起义期间，他历尽艰险；为了采访到重大新闻，他总是冲锋在前，兢兢业业。

在新闻记者中，他是佼佼者。他自己也知道这一点，当然这并不仅因为他所到之处都受人尊重，而且他的大名如雷贯耳，而是因为无论他个人的生活环境如何，他总是孜孜不倦地寻求事实真相，从不接受任何人的贿赂，也从不拍任何人的马屁，从不把个人的利益置于新闻报道之上，而且撰写任何一篇报道，他都竭尽全力，精心雕琢。他完全有理由感到骄傲，因为他在新闻领域所取得的成就，无人可出其右。但是，现在他要走向生活的另一个高度，直接参与世界舞台上意义最伟大、影响最深远的重大事件。

他打电话给蔡廷干，表示自己同意担任袁世凯的政治顾问。三天后，蔡廷干给他写信，确认了他的任命。"这既不是协议，也不是合同，更不是契约，"他写道，"它是中华民国政府和中国人民主动、由衷地向您发出的一份聘书，已由您签名表示接受和认可。这是中国政府向外国友人发出的最为荣耀的聘书。"

蔡廷干安排莫理循会晤袁世凯。他们促膝长谈，讨论日俄入侵

的威胁，以及迫切需要国际贷款等问题。莫理循根据袁世凯的健康状况，建议他要每天进行按摩，促进血液循环。袁世凯在获悉莫理循即将举行婚礼后，对他表示"最衷心的祝贺"，并让莫理循转交四匹上佳丝绸给珍妮，作为结婚贺礼。莫理循动身前往伦敦，开始新的生活。他在日记中写道，"我是世界上最幸福的人。"

这趟航行一路上平安无事，珍妮亲自到码头接他。随后他们一块去见莫理循的母亲和妹妹希尔达。她们特地从墨尔本赶到英国参加莫理循的婚礼，因为丽贝卡·莫理循不想错过她长子的婚礼。对莫理循来说，母亲能参加他的婚礼更让他的终身大事办得十全十美。

他父亲已谢世 14 年，他弟弟诺曼接任季隆学院院长。诺曼对季隆学院进行改造，新添了现代化的厨房和水暖设备，盖了一座以他们父亲名字命名的图书馆，并在主楼旁扩建了一栋宿舍。

1908 年，莫理循一家把季隆学院卖给旧主基督教长老会，不过诺曼仍然担任院长。但是，第二年他在一次射击事故中不幸身亡。他的弟弟亚瑟也在季隆学院教过书，但没多久就去南非当工程师。姐姐玛丽·爱丽丝现在是仲裁和协调委员会主席的妻子，只有一个叫墨文的孩子，4 年后在埃及去世。雷基在墨尔本行医，日子过得非常滋润。克莱夫在维多利亚州塔图拉市开律师事务所。维奥莱特和希尔达还是待嫁之身，不过 3 年内分别嫁给巴拉腊特冈特家兰斯洛特和克莱夫两兄弟。

莫理循不但安排母亲丽贝卡和妹妹希尔达到英国参加婚礼，甚至还决定在他们夫妇回北京时也带上她们俩。不过他也觉得后一项计划"有点尴尬"，重要原因是珍妮比希尔达还小 12 岁。

8 月 26 日上午 10 点，丽贝卡和儿子莫理循来到南克洛顿市的伊曼纽尔教堂。这是一个最简单的婚礼，莫理循还因此遭到《每日纪事报》的温和责备。《每日纪事报》在报道莫理循的婚礼时说："新郎穿着考究，但他并没有感到不自在。他由车上下来，身穿浅灰色格子西装，头戴柔软的毛毡帽，胳膊上搭着雨衣。既没有女傧相，也没有花束、音乐或五彩碎纸。"

莫理循在日记中写道，牧师的兄弟在福州海关工作了 24 年。

他付给教区牧师 5 个几尼，给教堂司事（有 10 个孩子，是个称职的父亲）一个沙弗林。"他高兴得说不出话来。"莫理循写道。

前一天，他乘火车去黑斯尔米尔，那是他"所见过的最美丽的英格兰城市"。他在附近的欣德黑德订下旅馆的一个房间度蜜月。婚礼过后，他和珍妮立即租一辆车赶往欣德黑德，途中在吉尔德福特非常愉快地吃了一顿午餐，还顺便买了两本《鲁滨逊漂流记》来充实自己的图书馆（他的图书馆中没有这两种版本）。一小时后，他们抵达旅馆。珍妮去午睡，莫理循"穿过火红夺目的石南花，痛痛快快地漫步了一阵子"。

莫理循回到伦敦时，有关他另谋高就的消息已经传开了：著名的《泰晤士报》驻北京记者将离开报社，在中国政府最需要他的时候就任政府顾问。公众反应的热烈程度连颇为自尊的莫理循都感到惊讶。人们纷纷向他表示祝贺。《泰晤士报》也非常有风度地做出反应。漫画家把他画成一个聪明而又富有影响力的顾问，牵着一个总统（呈感激涕零状）的手。许多报社找他访谈，要他写评论文章。

他感到非常幸福，同时也觉得责任重大。他最关心的是，怎样使"新中国"凝聚成一个稳定而又进步的政治实体，大踏步迈进 20 世纪的主流社会。他在日记中明确表示，他毫无保留地相信自己这一最乐观的预言。《纽约太阳报》采访孙逸仙，9 月 24 日伦敦各大报都转载了这次访谈录。莫理循读后大受鼓舞：

> 袁世凯总统是国家元首，是中国人民坚强而又值得尊敬的领袖。中国已加入共和国的大家庭……现在中国已恢复和平，只有某些偏远而且不重要的地区还有些战事。我预言，中国对内和对外贸易都会取得巨大增长，农业、制造业和其他各行各业都必然好转。只要全国人民都安居乐业，勤奋工作，中国一定会繁荣昌盛，中国政府一定会朝稳定、巩固的方向发展。中国今天最迫切需要的是建立牢固的经济基础，才能日益昌盛。中国目前需要大量资金，才能使政府各部门毫无摩擦地进行运转。

然而，尽管孙逸仙给中国描绘出一片光明前景，中国政府还是深深地卷入尔虞我诈的内斗之中。在北京，国民党共和派人士和社会主义狂热分子结成的松散联盟和总统支持的东方马基雅弗利①分子不断发生冲突。

袁世凯政府受到国际承认，但是各列强表面上对中国政府彬彬有礼，实际上仍然把中国看作是筵席上的大汤圆，谁都想咬上一口。为了能更有效地对付这些对中国虎视眈眈的外国列强，袁世凯和他的谋士们努力礼聘更多外国顾问，让他们和莫理循一起工作，为提高中国的经济和军事防卫能力出谋划策。他们先向美国求助。在他们心目中，美国在各列强中是最不贪婪的国家，执行"门户开放"政策，最愿意公平地和中国新政府打交道。美国率先承认中华民国政府，而且根据莫理循的建议，让美国最著名的学者弗兰克·古德诺教授协助中国政府制定一部永久性新宪法。

还有一些法国、日本和比利时专家也受聘协助行政管理、军队建设和民用基础设施等工作。所有这些专家都以极大的热情投入到工作中去。然而，迫在眉睫必须解决的事是国际贷款。莫理循在伦敦充分施展他的游说能力，努力促成此事。

但是，莫理循发现自己和英国政府的政策产生矛盾。这已不是第一次。朱尔典爵士在北京奉行英国政府的既定政策，通过汇丰银行（五国银行团的一员）和法国、俄国、德国以及日本等国的银行打交道。②而莫理循却在伦敦游说查尔斯·伯奇·克里斯浦的资本团，短期内就促成了1 000万英镑的克里斯浦借款，利率5％，贴现率2％。莫理循很高兴，他认为克里斯浦借款背后有德国股权作

---

① 马基雅弗利（1469～1527）：意大利著名的政治思想家、外交家和历史学家。著有《君主论》。——译者注
② 1913年4月26日，袁世凯政府的国务总理赵秉钧、财长周学熙、外长陆徵祥与英、法、德、俄、日五国银行团代表，在北京汇丰银行签订了2 500万英镑的所谓《善后借款合同》。该"合同"共21款，利息5厘，85％实交，扣除赔款、借款、垫款和盐务整顿费，实际剩下760万英镑。合同规定：47年借款期内，不得向银行团以外机构进行政治借款；借款用途由银行团代表监督；借款以盐税、海关税和直鲁豫苏四省中央税作抵押。最初美国是五国银行团的成员之一，后因政策缘故而退出，由日本取代。

坚强后盾，就能打破汇丰银行的压制。他还认为，这种贷款方式有助于改善英国和中国的贸易状况。第一笔借款 50 万英镑迅速汇出，袁世凯政府又能运转了。

但是，朱尔典勃然大怒，竟然联合其他一些列强政府，提出正式抗议，甚至威胁要撤回对袁世凯政府的承认。与此同时，随着内阁陆徵祥①下台，政府第二次组阁失败，国民会议中的政治纷争四起，一派乱象。

莫理循回到北京后能更直接表达自己的观点。10 月 16 日，蔡廷干（已提升为海军中将）给莫理循写了一封信："今天您第一次会晤部分阁员，给他们留下非常深刻的好印象。您吸引了所有人的注意力，大家都在总统面前称赞您。总统非常希望您能留下来参加宴会。如果不是因为您太太的缘故，他可能已经把您挽留住了。"

但是，袁世凯在压力下屈服了，宣布取消克里斯浦借款和另一项由比利时提出的以铁路为担保的贷款，重新和五国银行团打交道。莫理循听到这消息后，顿觉火冒三丈，因为袁世凯没有采纳他的建议。"我的工作将一事无成。"他在日记中写道。他对袁世凯的一些惯用手法深感担忧。

然而，莫理循尽管心情不佳，还是带母亲和妹妹希尔达去总统府参加宴会。这是一个专门为莫理循举行的宴会，袁世凯亲自参加。在宴会上，身材高大的蔡廷干拼命说丽贝卡·莫理循的好话，很讨人喜欢。袁世凯举手投足都展现出总统的威严，同时也显得彬彬有礼，魅力十足。

莫理循还从袁世凯手里接受二等嘉禾勋章。这是中国政府给他的莫大荣誉。但是他却在日记中叹息："时间真会捉弄人。"莫理循离开《泰晤士报》后，报社指派戴维·福来萨担任驻京记者。莫理循热心地为他指点迷津，还给福来萨的上司国外新闻部主任布拉姆写了一封信：

---

①　陆徵祥（1871～1949）：字子兴，上海人。中国近代著名的天主教人士，也是著名的外交官，担任了共和政府的外交总长，后来还曾经出任过政府总理，并一直负责外交事务。最著名的事件是，他在 1919 年率领中国代表团出席了巴黎和会。他有一句简短而著名的警语："弱国无公义，弱国无外交"。

好几次我已提笔给您写信，但最终还是放弃了，因为我发现自己竟然在批评戴维·福来萨的工作。要知道，福来萨是我推荐来担任驻京记者的。在向您推荐任命他之前，我对他的观点已有大致了解，但现在却批评他，的确令人觉得相当荒谬。不幸的是，我很少见到福来萨，尽管我们的私交非常好。他不喜欢和中国人打交道，也不喜欢与中国人的外国雇员交往。我想，也许他害怕听到问题的另一方面。

很遗憾，只要您的记者认为和我交往是不明智的，我就不能为《泰晤士报》效力。我只能点到为止。

莫理循的母亲和妹妹离开英国返回澳大利亚后，莫理循开始全力以赴关注北京的政治局势和袁世凯对共和进程所表现出来的越来越不耐烦的情绪。幸好他还有一个"非常好的消息"值得欣慰——珍妮怀孕了。莫理循觉得很沮丧，因为"中国政府给我的年薪将近4 000英镑，可是却完完全全忽视了我。"珍妮怀孕的消息是消除他沮丧情绪的一剂良药。

国民党认为，总统同意五大列强的要求体现了他的独裁作风，也暴露了他面对外国压力时的软弱性。由于孙逸仙已被有效地挤出局，年轻而又富有魅力的宋教仁成为国民党的主要发言人和鼓动者。

1913年3月20日，时任国民党理事长的宋教仁从上海火车站出发前往北京时，被"一个穿黑衣的矮汉子"刺杀。临终前，他在医院的病榻上还要了纸和笔写道，"伏冀大总统开诚心、布公道，竭力保障民权，俾国家得确定不拔之宪法，则虽死之日，犹生之年。临死哀言，尚祈鉴纳。"

宋教仁遇刺后，举国一片哗然，群情激奋。几天后，警方发现的证据无可辩驳地显示，袁世凯政府和这起谋杀案有联系。于是整个政治局势发生了变化。有关当局要求莫理循参加宋教仁谋杀案调查委员会，他非常聪明地拒绝了。他说，作为政府雇用的官员，"这样做是不适当的"。

　　孙逸仙在日本受到热情款待，花了大量时间发展革命事业的追随者，日本媒体推崇他是东方英雄，日本政界和军界人士都拼命吹捧他。他攻击袁世凯对贷款问题处理不当，指责袁世凯有可能卷入谋杀案，并呼吁追随者与袁世凯这个"独裁者"决裂。

　　4月，莫理循获悉，孙逸仙密会军火商罗伯特·沃特斯，希望能购买"价值数百万英镑"的枪支弹药，武装南方各省革命军，和北方忠于袁世凯的军队作战。

　　长江流域爆发叛乱，但很快就被副总统黎元洪镇压下去。袁世凯发表声明，指责孙逸仙和他的密友黄兴"惹人讨厌"，并表示，"如果他们要另组政府，我一定会用武力粉碎他们的阴谋！"

　　他希望莫理循能加入宣传战，并于8月给莫理循寄去一篇准备在外国报纸上发表的中国报纸文章的译文。这篇文章声称湖南和广东（孙逸仙出生在该省）两省的领导人"正在惨无人道地迫害人民"。

1914年，莫理循家人与仆人合影

　　莫理循回答说："这种文章根本不值得发表。我决不支持发表这样愚蠢庸俗的谩骂文章。"然而，他却为袁世凯这个老谋深算的幕后操纵者找借口："该文竟然出自总统府，这说明总统正受着邪恶势力的包围。"

　　值得安慰的是，莫理循的家庭生活有了可喜的重大发展。珍妮喜添麟子，非常漂亮，取名伊恩·厄内斯特·麦克列维·莫理循。莫理循邀请一些密友参加一个小型的施洗宴会，端纳也在受邀之列。莫理循在日记中说，端纳显得"非常萎靡不振"，对中国的前途持悲观态度。

　　但是，另一个澳大利亚记者里昂内尔·普拉特（和端纳一起在上海为《远东评论》杂志工作）参加了一个作家激进分子小团体，还告诉莫理循说，他雇了一个私人侦探打入革命党内部。

　　莫理循写信问："为什么您会想出这么一个计划呢？"普拉特回信说："我个人对这件事非常感兴趣。作为袁世凯总统的坚定支持者，我坚定不移地相信，国民党中的激进派别反对总统完全是在搞宗派活动，正在危害国家利益。"

　　他给所雇用的中国侦探下达的主要指令是，"查明宫崎寅藏①或者在1912年曾给孙逸仙当顾问的日本前军界人士是否有插手这场运动。"

　　莫理循不打算说服血气方刚的普拉特不要进行调查，他非常了解宫崎：一个充满幻想的日本人，一辈子致力于在中国和其他地方兴风作浪，鼓吹造反，其根本目的是为其日本帝国的利益着想。武昌起义爆发后，他直接向日本首相汇报，并为孙中山"出谋划策"，因此莫理循认为他是革命党和日本政府间的纽带，至少是个非官方渠道。

　　然而，在普拉特的侦探还没能提交调查报告之前，北京发生的

---

　　① 宫崎寅藏（1871～1922）：日本熊本县人。19世纪90年代初，接受外务省特别任命，与平山周等先后到香港、澳门、广州等地进行秘密活动，结识康有为、梁启超等。又由曾根俊虎介绍与孙中山、陈少白等成为知交。对兴中会的反清革命活动奔走效力甚多。1905年中国同盟会在日本成立后，任该会日本委员。1906年创办《革命评论》，辛亥革命后又来中国，在上海创办《沪上评论》，并参加筹划成立南京临时政府。

一系列事件已成了人们关注的中心，他的调查变得无足轻重。政治风暴越刮越猛，威胁着国民会议中一些意志不太坚定的国民党议员。一连好几天，北京各家报纸的分类专栏登出许多国民党议员的退党声明。其中一份由 6 个人签名的广告声称，国民党的"主要成员是贩夫走卒和地痞流氓，因此不屑与其为伍"。

这些退党人士有的加入其他党派，有的组成新党，有的就干脆当个独立派人士。端纳对莫理循说，袁世凯的人公开贿赂议员，鼓励他们变节。端纳对中国的前途仍然持"悲观失望"的态度，同时特别关注就要签署的五国贷款可能产生的后果。他认为，贷款就是"缠绕在中国脖子上的外国锁链"。

莫理循在日记中记下端纳最担心的事情："流血似乎不可避免。贷款不符合宪法。"孙逸仙呼吁各列强立即终止与袁世凯的谈判。

> 余亟欲维持全国治安，故不惜殚精竭虑，以求一善良之政府。今银行团若已巨款借给北京政府，若北京政府以此款充与人民宣战之军费，则余一番苦心尽付东流矣！
>
> 故北京政府未得巨款，人民与政府尚有调和之望，一旦巨款到手，势必促成悲惨之战争。

孙逸仙的呼吁没有产生任何效果。贷款文件最终得以签署。端纳宣布："这是结局的开始。国内冲突、内战、炸弹和暗杀现在难以避免。这是明确无误的分裂。"

莫理循对贷款也很关切，但是看法不一样。他在给朱尔典爵士的信中说："所有的人都承认，汇丰银行的确管理得很好，但是也不得不承认它在很大程度上受到德国的影响。当它对外交部施加影响时，对自己的商业利益来说是个明智之举，但是对英国在远东的利益来说，却是个沉重打击。"[①]

孙逸仙从上海给袁世凯发了一封电报，呼吁其辞职：

----

① 陈志让著《袁世凯传》。

袁世凯

以前我们举荐你当总统，希望你能承担起为国家服务的重责。现在我们认为你必须辞去总统之职，目的是为了避免国家陷入苦难……如果你能听从我的劝告，我将说服南方和东方民众和士兵放下武器。如果你拒绝我的建议，我将针锋相对，像推翻专制的满清朝廷一样，刀兵相见。我已下定决心，这是我的最后劝告，希望你能三思。

袁世凯在敌人还没来得及集聚之前就先行发动攻击，解除了四个省国民党总督的职务①，换上了他的亲信。

7月14日，黄兴宣布"南京独立"，并发表宣言，呼吁"讨伐"袁世凯。接着江苏、江西、安徽和广东四个省也宣布加入讨袁大军。7月20日，讨袁大军企图夺取上海电报局，结果导致外国军队干预，英国军队在全城布置了警戒线。

7月23日，袁世凯正式解除孙逸仙所钟爱的"全国铁路督办"职务，并指责他挪用铁路专项资金资助叛乱。战事一起，袁世凯立即发表声明，给讨袁军扣上"称兵构祸之暴徒"的罪名，并威胁说只有用"武力清剿"才能解决问题。日本报纸报道了孙逸仙于8月

———————————

① 江苏都督程德全，江西都督李烈钧，广东都督胡汉民，安徽都督柏文蔚。

8日到达上海的消息，紧接着黄兴和其他国民党领袖也相继到达上海。

在战场上，共和军不是政府军的对手，因为五国贷款使袁世凯的军队有了充足的军饷，在武器上装备一新。到了9月初，袁世凯的军队对叛军的最后一个据点南京发动进攻。

10月6日，他派出拱卫军司令李进才率数千军警、流氓、地痞，改穿便服，打着"公民团"的旗号，把国会围得水泄不通，声称"非将公民所瞩望的总统和副总统于今日选出，不许选举人出会场一步"。

袁世凯和他的副总统提名人黎元洪当然就当选了。四天后，也就是1911年武昌起义纪念日，莫理循佩戴二等嘉禾勋章（两米长的黄丝勋带，上面绣着中国字），在无所不在的海军中将蔡廷干的陪同下，一起冒雨乘车前往紫禁城太和殿，参加袁世凯就任中华民国第一届正式大总统的隆重仪式。袁世凯发表就职演说时，身着陆海军大元帅的大礼服，脚穿没膝长统靴，腰佩军刀。莫理循在太和殿听取袁世凯的演说时还遇到"嗜酒如命的"日本驻华公使山座园次郎。

新任美国驻华公使芮恩施非常欣赏当时已53岁的袁世凯："他的脸部富有表情，而且变幻莫测。他脖子粗短，圆头圆脑，显得精力非常充沛。他的眼睛虽小，但目光闪闪，清澈且充满关切。警觉的目光似乎能穿透来客的内心，但又不带丝毫敌意。"

莫理循忙着把富有特点的英语菜谱记录下来："燕窝—鱼翅—炖鸡—菠菜—炖鸭—黄母鸡鸡蛋做的糕点……"

第二天，芮恩施动身去南京，并于11月4日，记下了他的印象："他们洗劫南京，诡称消灭'革命军'的最后残余部队……到处都是被烧焦的残垣断壁，连屋顶都没有，房子里的东西都被砸得粉碎，抛撒在大街上，墙壁上布满了榴散弹的碎片。惨绝人寰，令人感到揪心和压抑。"

同一天，袁世凯在北京宣布国民党为非法组织。

莫理循也觉得非常痛苦和压抑。有时他会抱怨袁世凯的所作所为，厌恶"他的大批追随者，寡廉鲜耻，无端妒忌外国人"。莫理

循的情绪低落，甚至影响了他的个人生活。

"珍妮最担心我会失去奋斗精神，变得胸无大志，仅仅为五斗米而折腰。但是，如果这种无所事事的状况继续下去，我就会变得一蹶不振，奋斗精神和雄心壮志也会逐渐丧失殆尽。"

有时莫理循会积极行动起来，参与解决某个问题。例如，在西藏问题上，他站在中国的立场上，坚决反对英国要控制中国领土西藏的狼子野心。这两种截然不同的态度很好地（也许是尴尬地）反映在《悉尼公报》刊登的一封端纳给朋友的信中：

> 我每天都见到莫理循博士。他不知道是否已厌倦自己的工作。他的日子很不好过。他的感受是：提建议容易，可中国人听了你的建议后，仍然自行其是。莫理循经常碰到这种情形。
>
> 革命期间，他在上海问我，为什么不到政府中任职。当时，革命党人开给我的月薪是 250 英镑。我回答说，任何人只要一受雇于中国政府，他的影响就消失了。莫理循听后不以为然。现在他才承认我说得对。他的经历就是一个痛苦的见证：作为一名《泰晤士报》记者时，他的声誉是现在的两倍，影响力是现在的三倍。

第三章

背信弃义的日本

　　莫理循是端纳的良师益友，因此《悉尼公报》发表了端纳对莫理循的不慎看法后，端纳非常苦恼。他尊敬莫理循，几乎到了敬畏的程度。他给澳大利亚一个编辑写过一封信，对莫理循有所评论。没想到这封私人信件的内容竟然被登在报纸上，他当然感到诚惶诚恐，立即给莫理循写了一封信，低声下气地道了歉。莫理循原先因端纳的不慎言语已勃然大怒，后来还是接受了他的道歉，并欢迎他回到密友圈里来。说句实在话，端纳对自己朋友处境的评论是很准确的。但是，正如莫理循对他的中国密友蔡廷干说的那样，他主要关心的是这些言论对他在澳大利亚的声誉会产生不良影响。

　　不过，这件不愉快的事情很快就被忘却，他们又成了亲密无间的好朋友。与此同时，欧洲大陆上已战云密布，隆隆的战鼓声也传到了北京公使馆区这块弹丸之地。他们友谊的力量将在冲突的幕后重戏中表演重要角色。

　　1914 年初，日本的国力和国际威望都已迅速膨胀。日本和中国不一样，是个君主立宪政体的统一国家，显得生机勃勃，全国上下一条心。但是军国主义思潮泛滥，在国际事务中，从不受所谓真理和荣誉这种软弱无力观念的约束，只管自行其是。她已下定决心，要进一步扩展大日本帝国版图。

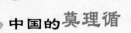

日俄战争被人相当恰当地称作"莫理循的战争"。打那以后，莫理循变得越来越关注日本在亚洲大陆的野心。1910年，日本正式吞并朝鲜。在1911年中国爆发革命的过程中，蒙古取得实质性的独立。日本就把注意力转向和南满日本占领地相邻的蒙古东部和中部地区。

日本的书面语、艺术和许多特殊文化形态都源自中国。但是中国已是一条受伤的龙。日本要进一步扩展领土，下手的对象就是中国，其狼子野心已昭然若揭。1902年后，日本倚仗《英日同盟条约》（姬乐尔对这条约赞不绝口，而莫理循对此一直持不信任态度），不断侵占别国的领土。

《英日同盟条约》在1905和1911年进行了修订，并延长了有效期。条约规定："条约签订国的任何一方在遭到任何第三国的无端攻击和侵略时，有权用战争手段保卫自己的领土或特别利益……条约签订国的另一方必须立即提供军事援助，共同作战，缔结和约必须双方同意。"

由于欧战在即，莫理循相信，《英日同盟条约》是日本下决心挖掘中国宝库的关键因素。日本必须利用中国极其丰富的煤铁矿产资源、巨大的农业潜力和无穷无尽的人力资源，来造就一个不断崛起的东方帝国。莫理循在给伦敦《每日电讯报》的一封电报中发出警告说："这个问题严重地影响了英国的利益，因为日本的活动主要针对长江流域。冒险成性的日本人在最近的二次革命中从革命领导人那里获取了重要的协议和特许权。"

莫理循在日记中写道："目前，日本正在向中国各地，特别是汉口增兵……其总方针近于侵略，已引起英中方面的忧虑。"他还担心，帮助日本侵略者打开中国大门的人有可能就是孙逸仙。二次革命失败后，孙逸仙逃到日本，形势的变化使他个人遭到毁灭性的打击。他为实现共和的伟大目标奋斗了近20年，而且曙光在望，可是突然间这一切都从他的手中溜走。袁世凯是权力中心的魔鬼化身，但是战争的恶魔是那些给袁世凯提供五国贷款的欧洲列强。袁世凯可以利用这些贷款来打击真正的共和军。

虽然日本也是五个贷款国之一，但是这并不重要。孙逸仙取了个日本化名"中山樵",躲在日本东京,痛苦地看着欧洲压迫者苍白而又邪恶的手操纵着亚洲傀儡。幸好这时有个年轻漂亮的中国姑娘宋庆龄走进他的生活,使他不再感到忧郁,重新点燃了他的生活勇气。

宋庆龄是孙逸仙早期支持者查理·宋的二女儿。1911 年辛亥革命爆发时,她正在美国威斯里安女子学院攻读(她的英文名是"Rosamonde"),一直从佐治亚州梅肯市的报纸上关注中国革命的进程。1913 年 6 月,她从威斯里安女子学院毕业后,到日本去和她父亲会合。他父亲当时是孙逸仙的司库,也是个流亡人士。她的姐姐宋霭龄一直帮助孙逸仙做些秘书工作。宋霭龄结婚后,宋庆龄就很荣幸地接替了她的位置。

宋庆龄后来接替了孙逸仙元配卢慕贞的位置。卢慕贞后来一直住在澳门。孙逸仙振作起来后,再一次从事革命事业,只不过立场发生了根本性变化。

莫理循通过中国有关部门拿到孙逸仙给日本首相大隈重信伯爵的一封信。孙逸仙在信中提出要与日本"合作"。以后发生的事件完全证实了这封信的真实性:

> ……鉴于日中两国同种同文,而且日本对中国的革命也很感兴趣,因此中国革命者完全有理由向日本寻求帮助。在日本帮助中国重组政府,改造宗教,开发潜在资源后,日中两国政府和人民间的关系和其他国家相比,会变得更加密切。中国将向日本劳动力和商人开放所有商贸中心。时机成熟时,中国希望能摆脱以前国际贸易中强加给中国的限制,修改不平等条约。中国在处理外交问题上需要日本的支持。中国还需要听取日本的建议,改革法律、司法和监狱体系。而且,日本可以率先同意废除治外法权,从而促进这一变革。其实,日本这么做对自己有好处,因为这么一来,日本人就可以在中国内地生活。当中国政府恢复对海关的控制时,中国就可以和日本在商贸上结盟,中国可以进口日本的制造业产品,日本可以进口中国的原材料,双方都可以免除关税……

这封信的大意就是如此，林林总总写了 12 页，完全把中国的利益置于日本的利益之下。莫理循把这封信转寄给《字林西报》总编普拉特（1914 年任此职），还附上一张便条："这封信暴露了他在国际事务方面惊人的无知。"莫理循虽然认定这是"一份真实文件"，但是直到第二年才意识到它的真正含义。

普拉特立即登出这封信。没多久，莫理循就设法请假去伦敦。珍妮已先期带着小宝贝伊恩回国。袁世凯像往常一样威严而有礼貌地回信说："您自任职以来，工作上一直勤勤恳恳，呕心沥血，做出很大贡献。您的工作成就有口皆碑……特准您三个月假期，望届时返回中国……继续给我以帮助，提供宝贵意见……"

1914 年 6 月 25 日，莫理循抵达伦敦。许多记者和朋友纷纷来采访和看望他。莫理循在给袁世凯的一封信中说："访谈录很快就要在报上刊出，发行总数估计不少于 350 万份，中国证券的价格都上涨了……总数达数百万美元。"

莫理循在伦敦工商会发表演说，吸引了这个会堂的尊贵听众，其中包括一些政府要员。他利用这个机会，解释中国的国民会议为什么整天吵吵闹闹，令人痛苦万分，并说明为什么国民会议制定新宪法会遭到袁世凯的指责：

> 然后他组织一个由 70 名精英组成的专门委员会，要求他们在有贺长雄（日本人）和古德诺教授的帮助下，将在南京草就、在北京修改的宪法加以修订。修订后的宪法就是现在的《中华民国约法》（共含 68 项条款）……这个约法规定总统的任期为五年。总统已宣誓效忠经改组后的政府。总统过去的所作所为并没有玷污他的誓言。这个宪法赋予当选总统的权力和日本天皇一样大。

但是日中两国的相似之处在这方面变得荡然无存。中国各省督抚的权力极大，专横跋扈，因此中国只能勉强凑合起来像个国家。中国政府的经济重组计划一开始就步履蹒跚。

　　而日本则相反，不存在政党，只有两个集团，一个控制海军，一个控制陆军。这两个集团的领袖都非常成熟，经验丰富，都通过大隈重信政府向神经衰弱的新天皇大正天皇提供建议。但是，他们都一直主张大日本帝国必须向中国扩张，在这一点上他们的看法完全一致。欧洲战争为他们采取行动提供了借口。

　　日本有现役军人25万，至少有10个师的建制，加上后备役军人，可投入战场的军人高达150万。根据普遍军事训练法，每年还有50万青年应征入伍。日本海军拥有25艘战列舰和巡洋舰，大约60艘驱逐舰，几十艘炮艇、鱼雷艇和维护艇。

　　日本全国上下像一部战争机器，已为战争做好准备，只要萨拉热窝①的致命枪声一响，立即可以展开行动。日本虎视眈眈的目标是德国在山东的租借地。德国从清廷手中获得胶州湾99年的租借权，形成一个半径50公里半圆形的势力范围，青岛和海拔1 200米的崂山顶峰都被囊括其中。德国还获得从青岛到山东省省会济南府的铁路修筑权，以及铁路沿线的煤矿开采权。德国人还把山东的一些山峰冠上德国名，如海因里希王子峰，俾斯麦峰和莫尔克峰，沿着胶州湾建立许多海滨度假地。德国人给10万中国居民、农民和渔民提供工作机会，在青岛附近建立一个他们自己的小城市，开办了一所中专，教年轻的中国人怎样使用和维修最新的印刷机和其他机器。

　　德国人还及时修建了一个水球场。青岛离北京不远，因此成了外国人盛夏避暑的好去处。来自香港和长江流域的英国人，来自云南和印度支那的法国人，都到这里来享受海滩和各种各样的娱乐活动。

---

　　①　萨拉热窝是波斯尼亚—黑塞哥维那首府。1914年6月28日，奥匈帝国在其吞并不久的波斯尼亚邻近塞尔维亚的边境地区，进行军事演习，以塞尔维亚为假想敌人。6月28日是塞尔维亚和波斯尼亚联军在1389被土耳其军队打败的日子，演习选定在这一天是具有挑衅意义的。奥匈皇储斐迪南大公亲自检阅了这次演习，演习结束后，斐迪南大公返回萨拉热窝市区时，被塞尔维亚青年普林西普击中毙命。这就是著名的萨拉热窝事件。德、奥匈帝国立即以此作为发动战争的借口，挑起了第一次世界大战，这一事件遂成为第一次世界大战的导火线。

胶州湾有优良的港口，因此德国海军上将视其为德意志帝国在东方的主要海军基地。德国在那里部署了一个由海军上将冯·斯佩伯爵统帅的巡洋舰舰队，负责范围非常大，包括整个亚洲、美洲西海岸和印度洋，甚至通过马达加斯加远达大西洋。

但是，就其任务而言，斯佩上将率领的舰队在规模上实在小到荒谬的地步——只有两艘重型巡洋舰（"沙恩霍斯特号"和"格内森瑙号"），几艘轻型巡洋舰（"莱比锡号"、"德累斯顿号"、"纽伦堡号"和"爱登号"），以及一支小小的旧炮艇舰队（出的麻烦比实际用途还多）。1914年春，他率领大部分军舰离开胶州湾，只有德国海军部才知道他的下落。

这一地区的英国舰队由海军中将马丁·杰拉姆统帅，包括战列舰"弥诺陶洛斯号"，巡洋舰"汉普夏尔号"和"雅茅斯号"，轻型巡洋舰"纽卡斯尔号"，还有至少8艘驱逐舰，6艘现代炮艇，三艘潜水艇和4艘鱼雷艇。另一艘战列舰"胜利号"在香港整修。杰拉姆在附近的威海卫严阵以待，准备在德国舰队返回（如果可能的话）时发动攻击。但是英国海军大臣丘吉尔却另有打算，派舰队往南去保护上海和香港，结果使青岛实际上处于无防守状态。

与此同时，莫理循准备离开伦敦，假道加拿大返回北京。8月13日，莫理循一家登船启程的这一天，英德战争已经爆发9天了。莫理循在过去两个月中所看到的欧洲局势终于平息了他对日本要发动侵略战争的担心。的确，当他接到袁世凯要求他假道日本回北京的电报时，他立即表示同意，但是对总统在电报中所体现出来的忧虑感到惊讶。他在日记中写道："我认为，中国最揪心的事情就是缺钱。没钱就发不了军饷，没有军饷军队就会兵变。"

袁世凯也意识到中国的军事弱点，因此中国政府立即宣布在欧洲的冲突中保持中立。而且，在中国人看来，欧洲人的冲突和中国没有半点关系，少插手为妙。但是，他非常担心日本想通过山东省图谋整个中国大陆。

莫理循启程后两天，日本外相加藤高明子爵把德国驻日大使冯·雷克斯召到东京的外务省。当晚7点刚过，加藤高明朝雷克斯深深鞠了一躬，递交给他一份日本政府致德国政府的照会。这是一份最后通牒，要求德国从日本和中国海水域撤出所有军舰，无条件或无赔偿地把德国在中国的占领地胶州移交给日本。日本采取这一行动之前曾和英国简要磋商过，照会的措辞有所更改，其中包括"最终"要把胶州还给中国。但是，这只是装饰门面的骗人伎俩而已，连袁世凯都知道得非常清楚。

中国驻美公使顾维钧①抱怨说，日本的行动"使中国蒙受耻辱"。大隈重信伯爵在给美国新闻界的一封电报中反驳说："日本和中国亲近引发许多荒谬可笑的传闻，但是我郑重宣布，日本完全是凭良心办事，日本的行动是正义的，完全符合盟友（中国）的利益。日本没有领土野心，只希望充当东方和平的保护者。"

袁世凯和英国驻华大使朱尔典联系，希望中英两国能采取联合行动，为中国收回被德国占领的土地。他建议中国出兵5万，立即进攻青岛。在日本发出最后通牒之后，德国最初提出要把胶州直接交还中国。但是，朱尔典却非常冷酷无情，认为必须优先考虑英日同盟关系。结果，袁世凯颜面尽失，屈辱万分。德国人收回自己的建议后，英日两国军队于9月26日发起攻击。

5万日军在山东半岛龙口（德国占领地以北200公里处）强行登陆，同时一支日本舰队封锁了关口。遵照柏林的命令，5 000德国守军在总督迈尔·瓦德克率领下，准备与日军展开殊死搏斗。

日军飞机在远东的第一次空战中轰炸青岛。当日军朝战场开进时，日军飞机朝抗议中国领土遭侵略的民众开枪扫射。一支大约1 500人的英国军队，其中包括一个锡克族分遣队，从天津要塞出发，加入日军的总攻。

到了11月7日，守军被彻底击溃。迈尔·瓦德克宣布投降，一小时内，日军的太阳旗就飘扬在青岛市内所有碉堡和主要建筑物

---

① 顾维钧（1887～1985）：中国近代史上蜚声中外的外交家，为了维护国家利益和民族尊严，以自己的智慧、修养和爱国热忱，在他的外交生涯中作出了历史性的贡献。1915年，日本政府胁迫袁世凯签订"二十一条"，顾维钧抱病撰文揭露日方之威逼，引起国际反响，迫使日方有所收敛。1919年顾维钧参加巴黎和会，他以"中国不能放弃山东"如同"基督教徒不能放弃耶路撒冷"打动了各国代表的心。此举不仅保住了山东，同时也奠定了顾维钧在国际外交界的地位。

上。德军投降后两个星期，英军还驻扎在青岛，确保中国民众不会遭到虐待。尔后，英军就登上"胜利号"战列舰返回香港。

那时，莫理循已回到北京，并获得一等嘉禾勋章（外国人所能获得的最高级别勋章），还经常应邀到总统府和袁世凯交换意见。"他表示绝对不能相信日本人。"莫理循在日记中写道。但是他们都认为，中国的最佳策略是千万别干任何让日本人找到入侵借口的事情。

袁世凯派莫理循到满洲调查那里的局势。日本人正在巩固他们在南满的控制。莫理循在回北京的途中，观看了天津业余戏剧俱乐部的一场演出。这是一场精心组织的庆典，主题是"协约国之歌"。女高音歌唱家温萨·哈特小姐颤声唱出日本想要传递的信息："日本是英国盟友/郑重履行其誓言/逐敌兵出青岛/助英国心想事成……"

哈特小姐在放声高歌时，日本驻华公使日置益正在拜访袁世凯，并递交一份外交史上最特别的文件。1915年1月18日，日置益奉召返回东京，从外务省拿到这份标有"最高机密"的文件。袁世凯读到的导言是："日本国政府及中国政府，互愿维持东亚全局之和平，并期将现存两国友好善邻之关系益加巩固，兹拟定条款如下："

第 一 部 分

第一款

中国政府承诺，日本政府有权继承德国政府通过定协约或其他方式所取得的在山东省的所有权利、利益和租借地。

第二款

中国政府承诺，山东省及其沿海一带土地和岛屿，不得以任何借口割让或租借给第三国。

第三款

中国政府准许日本修建自烟台（或龙口）连接胶济线的铁路。

第四款

中国政府允诺，为方便贸易和外国人居住起见，尽快自行开放山东省各主要城镇作为商埠。所开放城镇须由日中双方另定条约确定。

第 二 部 分

鉴于中国政府一贯承认日本在南满洲和内蒙古东部地区享有特别地位，日本政府和中国政府一致同意以下条款：

第一款

签约国双方一致同意，将旅顺、大连的租借期限及南满、安奉两铁路的租借期限均延长至99年。

第二款

在南满洲和内蒙古东部地区，日本国国民为盖商厦、建工厂或办农场需要土地时，有权租借土地或拥有土地所有权。

第三款

在南满洲和内蒙古东部地区，日本国国民有自由居住和通行权，享有自由贸易和开办工厂的权利。

第四款

中国政府承认日本国国民在南满洲和内蒙古东部地区拥有采矿权。至于哪些矿产可以开采，须由日中双方另行商定。

第五款

中国政府同意，在以下两种情况下，中国方面采取行动前，必须先获得日本政府的同意：

一、在南满洲和内蒙古东部地区，允许第三国国民建造铁路，或为建造铁路须向第三国贷款时。

二、为了向第三国贷款而把南满洲和内蒙古东部地区的各项税收作为抵押时。

第六款

中国政府允诺，在南满洲和内蒙古东部地区，如果中国政府需要聘用政治、金融、军事方面的顾问和教师，必须先和日本政府商议。

第七款

中国政府同意将吉长铁路的控制和经营权移交给日本政

府，自本签约日期起有效期为99年。

第三部分

日本金融家和汉冶萍公司目前关系密切，而且两国都希望能进一步发展共同利益，因此日本政府和中国政府一致同意以下条款：

第一款

签约国双方一致同意，时机成熟时，汉冶萍公司作为两国合办企业，在未获日本政府同意之前，中国政府不得擅自处理该公司的任何权利和财产，也不能促成该公司自行处理权利和财产。

第二款

中国政府同意，汉冶萍公司所属各矿附近的矿山，未经该公司同意，一律不准该公司以外人士开采。另外，任何直接或间接影响该公司利益的措施都必须先获得该公司的同意。

第四部分

为了切实保证中国的领土完整，日本政府及中国政府一致同意以下特别条款：

中国政府承诺，中国沿海所有港湾和岛屿都不能割让租借给第三国。

第五部分

第一款

中国中央政府必须聘用富有影响的日本人在政治、金融和军事等部门担任顾问。

第二款

中国内地的日本医院、教堂和学校必须拥有土地所有权。

第三款

由于日中两国发生多起警察纠纷事件，而且其中一些事件还导致许多误解，因此中国一些重要地方的警察机关必须由日中两国共管，或者聘用大量日本人，这样才能帮助改善中国警察机关。

第四款

中国必须向日本购买固定数量的枪支弹药（比如占中国政府所需枪支弹药的百分之五十或以上），或者在中国设立中日合办的兵工厂，聘用日本技术专家，购买日本材料。

第五款

中国授权日本修筑连接武昌与九江、南昌的铁路，连接南昌与杭州的铁路，以及连接南昌与潮州的铁路。

第六款

如果中国需要在福建省开矿、修筑铁路、建海港（包括造船厂），必须先和日本磋商。

第七款

中国同意日本国国民有权在中国传教布道。

日本人的要求实在骇人听闻。据说，日本驻华公使日置益还用手杖把袁世凯的餐桌敲得砰砰响，威胁说，拒绝日本的要求就意味着战争，不能告诉英国，而且要绝对保密。袁世凯必须接受这些要求！

一连好几天，袁世凯没有做出任何反应。尔后，他向莫理循求助。莫理循感到非常震惊。"比一个战胜者向被他击败的敌人提出的许多条件还要苛刻。"莫理循说。而且，日本人的要求和孙逸仙的建议有明显的相似之处，这说明日本人的阴谋中还另藏玄机——如果革命党向北京进军，推翻袁世凯，日本人就可以用他们所控制的革命党领袖充当王牌。

袁世凯身心疲惫，惊慌失措，但仍然想保守秘密①。显然，他担心如果自己把秘密泄露出去，日本人会做出强烈反应，而且他还有一项议程在紧锣密鼓的安排之中。袁世凯认为，恢复君主政体，自己当皇帝，是中国最好的选择。因此，他需要日本支持他的皇帝梦。

但是，莫理循却没有那么多顾虑。他在日记中写道："把'二十一条'透露出去是中国的一种防卫策略。我费尽周折劝说袁把文

---

① 据莫理循文件记载，袁世凯希望莫理循向外界透露内容。——译者注

件的内容向外界泄露。"于是莫理循打起他朋友端纳的主意。端纳
当时正在北京为《泰晤士报》撰稿。莫理循即使找上了端纳，还得
精心炮制一场哑剧，这样他才能否认自己曾向端纳提供"二十一
条"文本。

在厄尔·泽勒撰写的端纳传中，端纳叙述了在莫理循家中的情
形。[①] 端纳知道日本人曾向中国提出一些要求，但是无法证实。他
被莫理循带进办公室。

"乔治，"他说，"我来访的目的是告诉您有关……"

"我知道，"莫理循打断了他的话，"这是一桩危险的交
易。"他说着就站了起来，神情怪异地看了看端纳。"对不起，
我得去一下图书馆。"

端纳立即紧张起来……注意到莫理循整理了一下书桌上的
一大堆文件，并故意在中间一摞文件上多按了一下。莫理循的
一举一动都没逃脱端纳的慧眼。他在口袋里掏雪茄这当儿，莫
理循目不斜视地从他身边走过，随后径直出了办公室。

端纳心领神会，知道机会来了，立即朝办公桌走去。这
时，他身后的门"咯吱"一声开了。他立即停了下来，转过身
子，看见一个身穿白袍的中国男仆托着茶壶和茶杯走了进来。
端纳松了一口气，笑了笑，等着他离开。但是，男仆一直在那
儿磨磨蹭蹭。"快点，"端纳气急败坏地说，"赶快给我找根雪
茄来。"

男仆刚一离开，他急忙一把抓起莫理循刚才似乎暗示过的
文件。

走廊里传来了脚步声。他立即把那摞文件塞进大衣口袋。
这当儿，莫理循走了进来。"对不起，老伙计，"他说，"让你
久等了。"

"没关系，乔治，我正想离开呢……"

端纳在自己的办公桌上打开文件，呈现在他眼前的是"二

---

① 厄尔·泽勒著《中国的端纳》，无敌出版公司，墨尔本，1948 年。

十一条"的译本。莫理循完完全全按游戏规则办事。

端纳挖到独家新闻，莫理循的目的也达到了。他还亲自把"二十一条"的副本给朱尔典送去，以便端纳的报道能够得到官方的证实。[①]

有关"二十一条"的消息广泛流传。其他北京记者迅速追踪报道，结果"二十一条"成了世界所有报纸的头条新闻。日本人几乎沉默了一个月，而后宣称日本方面只提出十一条要求，并炮制后加以公布。

袁世凯仍然拒绝公开驳回日本人的要求。莫理循觉得非常痛苦，同时又感到愤怒，在日记中倾泻了自己的感受。"这是中国人自找的，"他在日记中写道，"一事无成，政府的所有精力都耗在繁文缛节和文书报告上，但从来没有取得任何实效，反而造成许多障碍，把友邦都给逼疯了。"

自从他担任中国政府顾问以来，中国已完全失去外蒙和外藏[②]，把中国政府在满洲、东藏、山东、长江流域和福建的权力拱手相让。"很快中国就所剩无几了。自从我在中国政府任职以来，中国一事无成"。

日本人可不这么看。4月9日，莫理循在日记中写道，日本政府的常年顾问大石政直声称，泛日运动中日中联盟的主要障碍是约翰·朱尔典爵士和莫理循。

5月，日本发出最后通牒，同时日本人在满洲进行总动员，并颁布关东戒严令。与此同时，"二十一条"内容泄露后，英国被迫

---

①　关于"二十一条"问题，参见窦坤著《莫理循与清末民初的中国》（福建教育出版社，2005年版）。——译者注

②　1912年11月3日，沙俄不顾中国政府不承认外蒙独立的严正声明，强迫外蒙傀儡政府签订《俄蒙协约》，声称"蒙古对中国的过去关系已经终止"，规定俄国政府"扶助蒙古的自治"，在蒙古享有特权。

1913年"西姆拉会议"在印度召开，英国代表提出将西藏划为"外藏"和"内藏"两部分，"外藏"在英国直接监护下实行所谓的"完全自治"，中国只有名义上的"宗主权"，将青海、甘肃、四川、云南等省的藏族地区划为内藏，不同于其他行省，其地位以后再决定。

说服盟国日本收回第五部分中较为野蛮的条款。朱尔典对袁世凯说，接受修改后的条款是"最佳选择"。

5月8日，袁世凯召开政治会议，向与会各部首脑通报朱尔典的建议。由于中国在军事上没有实力和日本对抗，在外交上处于孤立地位，因此只得无可奈何地接受日本的最后通牒。

袁世凯在会上说："经此大难以后，大家务必以此次接受日本要求为奇耻大辱，本卧薪尝胆之精神，做奋发有为之事业，雪此大辱。"

莫理循写道："端纳认为中国将爆发另一场革命，因为人民已忍无可忍。我倾向于他的观点。我们的许多做法已倒退到旧的清廷时期。"

第四章

傻 瓜 王 朝

　　莫理循不知道，他在日记中写的"倒退到旧的清廷时期"这句话几乎讲到点子上。1915 年年中袁世凯已决定在清朝之后建立一个自己的王朝。袁世凯称帝受到他儿子袁克定（莫理循说他是个"半瘫大傻瓜"）和亲信梁士诒①（端纳称他为"狗头军师"）的鼓动。另外，阿克顿爵士理论（权力都有腐败倾向，绝对权力绝对会导致腐败）中的内心冲动观也可以部分说明袁世凯称帝的原因。

　　袁世凯把自己的利益和国家利益等同起来，因此从这一立场出发，他想后退也并非易事。的确，包围在他身边的阴谋小集团已全部动员起来，煽动支持帝制运动的奇谈怪论，而且还搞得甚嚣尘上。到 8 月 15 日，鼓吹帝制的人士已发起"筹安会"②，在北京拼命宣扬帝制。与此同时，各省对袁世凯溜须拍马的将军和巡按使也纷纷发表宣言，支持帝制。

---

　　① 梁士诒（1869～1933）：广东三水人。晚清进士，历任北洋编书局总办、袁氏总统府秘书长、民国邮传部大臣、铁路总局局长、交通银行总理、财政部次长、国务总理等职。以善于理财、敛财而得"财神"之名。

　　② 1915 年 8 月 14 日，杨度串联孙毓筠、李燮和、胡瑛、刘师培及严复，联名发起成立"筹安会"。8 月 23 日，由杨度亲自起草的筹安会宣言公开发表，筹安会宣布正式成立。杨度为理事长。

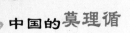
1914 年末，袁世凯重新制定一套祭天礼仪，和历代帝王所遵循的"祭天"仪式相似，这是他称帝企图的第一次彰显。12 月 23 日（冬至）凌晨，袁大总统乘坐一部装甲小轿车前往北京南郊富丽堂皇的天坛。沿途路上都按皇帝出行的惯例铺上黄沙，负责警戒的士兵前一天晚上就在严寒中伫立着，整整排成三排。

袁大总统换乘朱红色马车从天坛南门进入，来到围着栏杆的圜丘坛，然后换乘八抬大轿到更衣殿，换下大元帅服，穿上绣有十二条龙的紫色祭祀长袍，头戴古代帝王的平天冠，代表国民祈求苍天佑福。整个祭祀仪式持续了 90 分钟，庄严肃穆，而后袁世凯急忙赶回总统府。

美国驻华公使芮恩施说，祭天求的是风调雨顺，五谷丰登，"当然，祭祀并不一定能保证丰收，但无论如何，却可以减轻政府的责任。"其实，他只是假装不知道袁世凯的真正目的而已。

鼓吹帝制的运动使莫理循深感不安，更使他哀伤的是中国变得越来越穷，一贫如洗，政局更加混乱。

他在日记中写道："令人感到耻辱的是，外国人受治外法权保护，中国司法部门不受信赖。"

允许家庭蓄奴是耻辱（中国是世界上唯一允许买卖亲骨肉的国家）。

为了能获得贷款，不惜让外国人在经济上卡住脖子是耻辱。

修铁路要在外国人的监督下进行，不相信中国自己的信誉是耻辱。

由外国传教士兴办中国唯一的医疗慈善机构是耻辱。

中国没有为国民提供保护，没有法律和治安的保证，只有外国人修建的马路或铁路，没有对从事危险工作的工人提供保护措施，没有对儿童的生命给以保护，没有为精神病患者设立医院，都是耻辱。

严刑逼供是耻辱。

　　莫理循像袁世凯一样也开始把自己和中国等同起来，只不过没有傲慢的总统权力而已。实际上，顾问职务所引起的沮丧情绪正在对他的健康状况造成不良影响。他一直抱怨自己觉得很疲惫，"有气无力"。8 月 17 日，他会晤袁世凯时，发现袁的健康状况更糟糕。"他气喘吁吁，患上气喘病，"莫理循写道，"这次会见毫无实效，十分令人不快。他的讲话空洞无物，一直抱怨宪法极大地束缚了他，令我沮丧。"

　　珍妮给莫理循的生活提供了唯一的亮点。7 天后，她生下第二个儿子。虽然珍妮一直希望能有个女儿，但是莫理循夫妇还是"非常激动"，因为这个小宝贝非常乖巧。

　　袁世凯努力消除那些认为他有当皇帝欲望的人的恐惧感。碰巧，他也抬出他的子女当挡箭牌。"我才没傻到代表我的儿孙去当皇帝，"他对一个军事同僚说。

　　　　人们开始对此感到怀疑，因为我已经为汉人恢复了 5 个爵位等级。然而，由于人们的怀疑，我暂时推迟授予这样的爵位。

　　　　总统和皇帝间的唯一区别是能否父职子袭。但是，我的长子克定身患慢性病，二儿子克文喜欢过与世无争的生活，三儿子完全不适合在政府部门任职，其他儿子都还太小。我连是否让他们中的任何一个当中尉都感到犹豫，更不用说给他们委以国家重任。

　　袁世凯再一次口是心非。在袁克定的强烈要求下，他组建了一支称为"模范团"的北洋新军，由他自己亲自指挥。袁世凯不管工作有多忙，每周都要视察一次，一直持续到 1915 年把指挥权交给克定为止。

　　实际上，重组政府机构的确有些道理，特别是削减各省军事首脑的权力更有必要。但是，莫理循认为，实施这样剧烈变革的时机不对，尤其是刚刚屈服于日本人"二十一条"的大部分条款后，举国上下义愤填膺，自发抵制日货，总统的形象受到严重破坏。

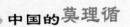

然而，11月，帝制运动意外地受到鼓舞。当时，美国教授古德诺应袁世凯的邀请回到中国，写了一篇备忘录，建议有条件地回到君主政体。"四年前从专制到共和政体的变化过于激烈，因此立即获得成功的希望较为渺茫。"古德诺的备忘录说。"目前的局势不能说是令人满意。"古德诺建议可以推行君主制，条件是：中国人民或外国政府都不表示强烈反对；必须立法明确规定皇位的继承方式，不是由君主自己确定继承人；皇权必须服从新宪法。

袁世凯看到古德诺的备忘录后非常高兴，大肆渲染古德诺的支持，但是对他所提出的三个条件却只字不提。"筹安会"发表的一份声明说，"美国是世界上最老资格的共和国。但是，美国政治理论大师古德诺博士已宣布，君主政体实际上比共和政体好，中国必须选择君主政体。并非只有古德诺博士提出这样的看法，许多国家的专家学者也持相同的看法。"

莫理循通过路透社公开发表了自己的看法。"古德诺博士从来没有无条件地支持君主制，"他说，"而是建议在一定条件下可以实行君主制。"报道还说："古德诺的朋友们认为，中国政府欺骗了他。路透社获悉，莫理循博士反对君主制，认为现在推行君主制是不明智的。"

莫理循还直接给袁世凯写信，表示反对改变政体，因为不但时机不成熟，而且会引起混乱。他说："如果您不能向全世界庄严保证会维护中华民国，会信守就任总统时立下的誓言，您的荣誉就会受到极大伤害。"

袁世凯很不高兴，一连两个星期拒绝会见他的政治顾问。莫理循觉得非常失望。"我担心自己正在一步步堕落。在骗子编织的谎言氛围中，为背信弃义和卑鄙伎俩所包围，你如何能保持自尊呢？"他决定把这件事先搁在一边，专心处理中国所面临的一个重要问题——中国必须站在协约国一边参战。中国只有以协约国成员国的身份参战，才有可能在和会上占一席之地，才有机会拒绝日本对中国提出的领土要求。

当他终于再次见到袁世凯时，发现袁世凯变得非常乐意倾听他的意见。袁世凯非常关心日本人的意图，愿意把加入协约国之事当作急事来处理。他对莫理循说，只要四国（英国、法国、俄国和日本）邀请中国加入协约国，他就会下令参战。在英日联军进攻青岛时，他提出愿意派兵参战，可是被朱尔典爵士拒绝了，因此这回他不想再丢面子。

莫理循表示同意。朱尔典的蛮横行径很没道理。但是袁世凯又说，这事不能干扰他命运中的大事——登基称帝。莫理循觉得很恶心。"袁世凯这么做正应了日本人和孙逸仙的预言，"他在日记中写道，"他使自己、他的国家和顾问都沦为笑柄。"但是，莫理循至少有自己的使命要完成。在以后两年中，他的使命会耗尽他所有精力。

袁世凯继续推动他的称帝计划。梁士诒组织了另一个支持君主制的联盟"全国请愿联合会"。袁世凯亲自挑选的参政院接受了一份花了不到一天就炮制出来的"人民请愿书"。他们决定召开国民代表大会决定此事。

君主制阴谋小集团为了获得各省支持的证据，变得厚颜无耻。他们打电报给各省将军、巡按使和指定人选说："你们的国民推戴书内必须加入以下字眼：国民代表等谨以国民公意恭戴今大总统袁世凯为中华帝国皇帝，并以国家最上完全主权奉之于皇帝，承天建极，传之万世。"

帝制运动的虚伪本质在随后要求各省督抚销毁密电的电报中展现得一览无遗："此项电文无论如何缜密，终贻痕迹，倘为外人侦悉，不免妄肆品评，更或史乘流传，遂留开国缺点。中央政府再三思维，以为不如一律查明烧毁。为此，电请贵监督凡关于此次国体问题一应文件，除法律规定应行存案者外，无论中外各地方所来公私文电信函一律查明，由贵监督眼同烧毁。"

在不到一个月的时间里，大约 1 993 个来自全国各地的"国民代表"会聚北京。11 月 21 日，他们一致投票支持一项和电报中措辞一模一样的决议。参政院立即向袁世凯提交一份 3 000 字的推戴书，称其为"皇帝陛下"，并要求袁世凯"俯顺舆情，登大宝而司牧群生，履至尊而经纶六合"。

袁世凯接到推戴书，立即发回，并申令"另行推戴"。15 分钟后，另一份同样的推戴书又呈交袁世凯，恳请他顺天命。袁世凯非常有风度地同意称帝。莫理循在日记中强烈地讽刺说："袁世凯今天接受了帝位。真令人吃惊！装模作样，愚蠢之极。"

然而，中国当时要看列强的眼色行事，没有列强的支持，如此激烈的变化是不可能发生的。朱尔典爵士年老昏聩，对袁世凯说："如果人民要阁下您当总统，您就可以当总统；如果他们要您当皇帝，您就可以当皇帝。无论如何，只要能代表人民意愿就行。因此，阁下您并没有违背自己的总统誓言。"

日本反对中国恢复帝制，但是袁世凯在给日本人的照会中引用了朱尔典的话，并把照会的副本分别送交英国、法国、俄国和美国。没想到，他的策略产生了相反的效果，所有这些列强都在照会中建议不要恢复帝制。

然而，1915 年 12 月 31 日袁世凯正式下令，从元旦开始，改民国五年为洪宪元年。登基典礼的准备工作在紧锣密鼓地张罗着。1916 年 1 月 1 日，在年轻的蔡锷将军的领导下，云南军政府发布讨袁檄文，反对袁世凯称帝，捍卫民国的运动从此风云迭起。护国军的目的是："与全国民众戮力拥护共和国体，使帝制永不发生；划定中央、地方权限，图各省民力之自由发展；建设名实相副之立宪政治，以适应世界大势；以诚意巩固邦交，增进国际团体上之资格。"

蔡锷曾任云南都督。在云南宣布独立后，他亲自担任护国军第一军总司令，举兵入川。朱尔典说，"中国历史上任何新朝代开创时都会遭到反抗，云南运动也只是一种反抗形式"，并认为云南护国运动会逐渐消亡。

莫理循会晤袁世凯后在日记中写道，"他正在迅速走向毁灭。"但是，袁世凯却和朱尔典一样，认为云南的局势根本不值得忧虑，甚至预言说 20 天内就可以把叛军消灭得一干二净。莫理循毛遂自荐，亲自往南方走一趟，评估那里的局势。袁世凯高兴地批准了莫理循的请求。于是，莫理循就立即动身，而且不到一个月就带回了实事求是的评估报告：除非袁世凯放弃皇位，不然整个南方都会揭竿而起。袁世凯的部队乱成一团，他的地位岌岌可危。

袁世凯非常冷静地听取莫理循的警告，但是几天内他又陷于自己的帝王白日梦中。莫理循见证了这个即将下台领袖的更为令人哭笑不得的一幕闹剧——妻妾吵闹声中的袁世凯登基典礼彩排：

> 袁世凯戴着皇冠端坐着，旁边是按顺序排好的三位夫人的宝座。第一夫人盛装而入，磕头后坐到她的座位上。过了好一阵子，第二夫人（朝鲜人）还不见踪影。严令之下，她才姗姗来迟，但拒绝坐到指定座位上，抱怨说袁曾许诺她和第一夫人平起平坐。一听这话，第一夫人立即就从宝座上跳下来，张牙舞爪地扑向第二夫人。司仪王淴年负责登极仪式，但不能出手制止后妃们的争斗，因为那将显得有所不恭。结果，袁世凯只得亲自从宝座上蹒跚而下，拉开扭成一团的两位夫人。最后总算恢复了秩序，但彩排只得推迟……

从蔡廷干拜访莫理循的谈话中，可以看出袁世凯集团的绝望和幻想。蔡廷干提出一项计划，让叛军首领蔡锷担任总理，地位仅次于袁世凯。但是，其他顾问都认为此策不可行。3月17日，袁世凯和"狗头军师"梁士诒会晤。梁士诒记录下这次会晤的情形：[①]

> 我们面对面而坐。他（袁）用手指沾点茶水，开始在桌面上画地图，详细解释军事局势和他的对策。他反复解释了几次后对我说："事态既已发展至此，我已下决心废除帝制。也许你可以和蔡锷定出一个和平方案。只要有办法维持和平和秩序，我愿意作出任何让步。"

袁世凯意识到，唯一可行的办法是废除帝制。3月22日，袁世凯以中华民国总统的身份，宣告了废除帝制。袁世凯的中华帝国只苟活了83天就寿终正寝。然而，如果他希望自己的惺惺作态能使他赖在大总统的位子上不走，那就完全错了。讨袁护国军的力量

---

① 陈志让著《袁世凯传》。

不断壮大，袁世凯手下几员军队大将纷纷投降。蔡锷要求袁世凯必须立即下台。

在北京，中国银行和交通银行停止兑换银两，两家银行发行的纸币在信用上一落千丈。袁世凯拼命想把自己的人马聚集起来，建议彻底改革政府，把实权移交给总理和内阁，自己只控制一支由两万多名湖南官兵组成的卫队。

蔡廷干几乎每天都给莫理循打电话，保持联系，端纳和其他人也是如此。4月7日，蔡廷干夜访莫理循，而且"神色有点不安"。莫理循在日记中写道："很显然他被总统臭骂了一顿。《上海时报》的一篇主要社论得出结论说，袁已经失败，必须下台。"

莫理循的观点和这篇社论没什么两样，不过他对袁世凯本人还是比较宽大为怀。他在日记中指责袁世凯的心腹谋士："袁世凯可悲地失败了，连我都给拖累了，但并不想严厉指责他。梁士诒的确是个狗头军师。"几天后，他在日记中写道："朱尔典来访，步履蹒跚，神情茫然。他认为袁肯定要下台，但是中国要往何处去呢？芮恩施刚和朱尔典会晤过，他倒认为袁可以逃过这一劫。"

4月29日，袁世凯召见莫理循，"像往常一样友好地"接待他。袁世凯遭牙痛所扰，用筷子裹着药棉，蘸着酒精擦牙。"他瘦了很多，脸都变长了，承认自己身心俱疲，"莫理循写道，"他说自己想退休颐养天年，而且看起来也的确这么想。但谁将承担起大总统的重任呢？会见结束后和蔡廷干一起步行回家。蔡承认袁世凯已着手安排下野之事。"

几天后，莫理循写信给《季刊》主编乔·沃·普罗瑟罗，谈到自己对局势的预计。

"袁世凯还是大总统，"莫理循说，"但处境日趋艰难。他准备退休，但对自己的安全非常担心。"

5月底，袁世凯失去所有支持，下台已成定局。莫理循和蔡廷干决定拜访副总统黎元洪。黎元洪和莫理循住在同一条街上，在众人眼里最有希望接替总统职务。他们坐人力车来到黎元洪门前，递上名片，先被引进偏房，接着立刻被带到黎元洪面前——他身强力壮，胡须浓密，穿着一袭紫色长袍。蔡廷干深深地向黎元洪鞠了个躬，莫理循则只和他握了握手。黎元洪把他们引进起居室。起居室中央有一张桌子，上面摆着一张德国将军和政治家兴登堡的照片，四周放着几把西式椅子。一面墙里有个壁橱，架子上摆着一些中文书籍。莫理循在日记中写道："黎元洪副总统和兴登堡长得惊人地相像。毫无疑问，大家都意识到相像之处，难怪他会把照片摆在桌子上。墙上还挂着一整排德国将领的照片。"

黎元洪为袁世凯辩护，指责袁世凯的其他顾问。莫理循表示颇有同感。会见结束离开时，莫理循确信，如果黎元洪就任大总统，还会邀请他当顾问。

莫理循到家后立即一头扎进书房，像往常一样把当天的主要事情详详细细地记下来。但是，这一天（5月31日）他先写的是家事。"今天是我小宝贝伊恩的三岁生日，"他写道，"愿主保佑他健康成长，成为一个品德高尚的堂堂男子汉。"

第二天，蔡廷干派人给莫理循送来一封急信："我今天上午在总统的卧室见到他。总统的确病得很重，但是没有危险。大家都为他的健康状况担心。"他们的确有理由担心。6月6日上午10点零几分，袁世凯去世，享年58岁。蔡对莫理循说，袁世凯临终前对儿子说："都是因为你我才落到这地步。"一些报纸报道说他临终前掴了儿子克定几个耳光。其实那不是事实。

在同一天公布的遗嘱中，袁世凯推荐副总统黎元洪接任大总统。6月7日，黎元洪在一个平静而又庄严的仪式上宣誓就职，称赞袁世凯在建立中华民国和恢复中国的和平与秩序方面所起的作用。

莫理循不怎么原谅袁世凯在国事上的失败，但是对袁世凯本人还深有感情。他在日记中写道："据我所知，1912年初以来，无论冬夏，他总是身着一袭旧丝绒大衣，长及脚踝，下面穿着一条不合身的卡其裤和一双普通的中式软帮鞋。"

三天后，莫理循和其他顾问到黎元洪家拜会新总统。黎总统的家有座美轮美奂的花园，宾主在园中一座凉亭中长谈。莫理循提到许多问题，但是他主要担心的是日本对中国的图谋。"中国只要采取一个大胆举动，不但能够而且肯定会提高自己的国际地位，以新的姿态发展与其他国家的关系，"莫理循说，"中国只要加入协约国就能做到这一点。"

"这可以做到。我相信自己能帮助中国做到这一点。"莫理循写道。

莫理循提出一项挫败日本行使否决权的计划：和日本政界的一些主要人物直接会晤，指出反对中国加入协约国对日本没好处。相反，如果日本同意中国加入协约国，反而会有许多潜在利益可得。黎总统当即批准莫理循的计划。莫理循决定带着珍妮和两个孩子一块去东京。

莫理循选择日本前外相加藤高明子爵作为游说对象。加藤高明是日本政界中势力最大的一个派别的领袖，副外相是他的妹夫。另有两个高官和他的关系非常密切，一个是他的女婿，一个是他的前私人秘书。莫理循和他相识17年之久，两人相互信任，惺惺相惜。现任外相是他一手提拔的。

8月的一个上午，他们在加藤高明家中会晤，这种方式对一个外国人来说就是一种不寻常的姿态。莫理循充分发挥了他的游说才能，原计划只一小时的会见结果延长到下午。莫理循从一个崭新的角度论述中国加入协约国问题。他说德国人的活动才是问题的真正所在。德国利用中国的中立态度在中国内地大肆扩张商贸势力范围，而这些地区本应当向日本或其他列强开放。而且，这些商贸企业的资金都来自义和团起义后中国被迫向德国支付的庚子赔款。如果中国向德国宣战，就可以名正言顺地停止赔偿。

在中国的海关系统中，德国人至少占据118个重要职位。如果把德国人赶出海关，其中许多职位预计就会由日本人取代。但是，只有在中国和德国宣战后，日本人才有可能得到这些美差。在盐税系统方面，第二高的职位目前由一个德国人担任。日本有可能毫无争议地填补这一空缺。一旦中国正式废除和德国签订的所有条约，战后协约国之间，日本作为一个最主要的成员国，就可以签订一系列新协议。另外，中国和次大陆接壤的地区中穆斯林的势力非常强大，德国的盟国土耳其正在努力加强自己在该地区的影响力。中国和德国宣战后，就可以结束这种状况，允许日本和其他国家在这一地区追逐自己的利益。

加藤高明非常认真地听取莫理循的解释。莫理循在给英国驻东京大使康杨罕·格林爵士的报告中说，加藤高明告诉他，"现在可以从新的角度看中国参战问题。环境变了，当然也要重新审视这个问题"。

莫理循立即抓住加藤高明开的这个口子。"如果要重新考虑这个问题，日本必须率先邀请中国加入协约国，断绝和德国的关系。日本这么做只会对自己有利。"

加藤高明回答说："您从一个有趣的新角度提出这个问题。袁世凯去世后，环境已经改变。我们过去不得不小心，以免造成严重对抗，给将来留下祸根。现在这种不确定因素已经变小了。"

莫理循知道，"这种不确定因素"指的是战争结果。在此之前，日本一直采取骑墙的态度。尽管日本站在协约国一边，但是对在日本的德国人的利益一直小心呵护，不采取任何举动以避免和德国的太平洋舰队交战。实际上，英国和澳大利亚认为，日本的消极态度表明，日本和德国都是邪恶势力，只不过是五十步笑百步而已。日本以前侵略成性，必须坚决阻止日本取代德国成为像巴布亚新几内亚这些地区的新殖民国。

莫理循轻描淡写地就把这些问题对付了过去。下午 4 点，莫理循对自己在这一天所取得的成果深感欣慰。加藤高明问："如果我把您的观点提交日本内阁大臣讨论，您不会反对吧？"莫理循知道加藤高明已接受自己的观点，于是就彬彬有礼地告别。

莫理循回到北京后，向日本驻华公使林权助伯爵发出类似的呼吁，也取得相同效果。紧接着，他开始写信，发动攻势，竭尽全力影响事态的发展。他努力说服洛瓦特·弗雷泽（为《泰晤士报》撰写远东问题社论）来推动此事。

> 我说，只要英国政府现在采取较为合理的坚定立场，就有可能说服日本一起邀请中国加入协约国的行列，终结中国和德国缔结的所有条约，把德国人的势力从中国清除出去。我丝毫不怀疑日本会同意这么做，而且获得中国方面的默许也不费吹

灰之力。您一定能帮助说服英国政府在东京和北京采取一种更为坚决的新态度。

朱尔典爵士固执己见，而且健康状况日趋衰弱，令莫理循感到失望。他写信给在英国政界的朋友，努力说服政府把朱尔典召回去。"我们解除了一些废物将领的职务，但是在驻华公使这个重要岗位上，我们竟然还保留着一个步履蹒跚、糊里糊涂的公使。众所周知他胆小如鼠。"幸好没多久，朱尔典年底就被解除了公使职务。临时代办艾斯顿是接替朱尔典爵士职务的首选人物，但是在中国人眼里他"是个小丑，说话结结巴巴，行事不稳重，一点也不庄重，怪人一个"。莫理循对他越了解，印象越糟糕。

1917 年初，莫理循的游说攻势大有收获，原因是德国宣布，德军潜艇将击沉不列颠群岛附近任何国家的船只，此举大大触怒了美国。美国人不会忘记，1915 年 5 月，一艘德国潜艇在爱尔兰海岸附近击沉英国皇家邮轮"路西塔尼亚号"，导致 1 198 人丧生，其中包括 120 多个美国人。打那以后，美国人的反德情绪不断高涨。德国海军的新命令终于惹恼了美国人，把美国推入战争。

1917 年 2 月 4 日，美国驻华公使芮恩施在莫理循的乡间别墅做客时，收到一封电报。美国政府不仅断绝和德国的外交关系，而且呼吁所有中立国和美国一道采取行动。芮恩施和莫理循连忙返回北京。莫理循提笔给黎元洪总统和内阁写了封呼吁书："我最强烈地敦促中国政府迅速响应美国的呼吁，和美国政府一起断绝和德国的外交关系。这是天赐良机，是中国所能得到的最佳机会。"端纳对事态的发展也感到非常激动，利用他在内阁中的关系，督促中国政府采取行动。

但是，他们发现黎元洪总统"意志薄弱，优柔寡断，战战兢兢，一直担心德国会打胜仗"。莫理循向艾斯顿求助时，这个英国驻华临时代办却转了话题，津津乐道地扯起劳合·乔治首相的风流韵事，说他每次参加教会义卖活动时，"总是和浸礼会牧师的妻子'关系暧昧'"。

莫理循并没有因此而气馁，而是加倍努力做中国政府的工作。

2月8日，中国政府内阁讨论6小时后，终于向德国政府提出抗议，并威胁说："如果德国不放弃目前的潜艇战，就要和德国断绝外交关系。"但是德国人不为所动。3月13日，中国断绝和德国的一切外交关系，扣留了上海港外的德国船只，占领了除青岛外德国在中国大陆的所有租界。

中国政府向前迈出了重要的一步，但是离最终向德国宣战还差很远。孙逸仙在东京则尽力说服英国不要把中国拖入战争的漩涡。他给乔治首相写信说："感谢英国救过我的命。我既是英国的朋友，也是中国爱国者，因此我不得不提醒您，一些英国人不断鼓动中国参战，这种做法对英中两国都可能产生严重后果。"孙逸仙所认为的严重后果可能是：不问青红皂白地屠杀外国人，穆斯林狂热主义大爆发，"最终导致无政府状态，瓦解协约国，给协约国带来灾难"。6月，孙逸仙回到上海，开始频频活动，给北京政府制造麻烦。

制造麻烦的不光孙逸仙一个人。第二个月，张勋将军突然构成对稳定局势的新威胁。张勋将军行伍出身，率领一支"辫子军"坚决反对共和。他效忠清廷，甚至在清廷垮台后，还要求他部队中的官兵一直留着辫子，作为效忠清廷的象征。

由于南方的反对派人士要求变革，抗议黎总统解除内阁总理段祺瑞的职务，国家的稳定局势遭到破坏，黎元洪总统就要求张勋从中调停。6月14日，张勋带着他的"辫子军"进京。黎元洪立即就后悔了，因为他意识到张勋反复无常，几乎难以控制。

北京的天气非常热，莫理循忙里偷闲和新任总理伍廷芳到直隶避暑，随行人员中还有鸟类学家拉多奇。莫理循在交谈中对鸟类学显示出极大的兴趣，也许这就是为什么后来他的儿子阿拉斯泰尔对鸟类会那么入迷。珍妮在4月份刚生了第三个儿子（科林·乔治·默文），现在正和孩子们在北戴河海滨度假屋中度假。

莫理循刚写完给珍妮的信，就收到端纳的一封电报："皇帝复位，2点，端纳。"他匆匆忙忙在信中添上几句附言："我把电报拿给伍廷芳看，但是他不相信，显得非常不安。我给端纳打电报，要求他对这一消息给予证实，因为'伍廷芳持怀疑态度'。"

莫理循后来才知道前一天晚上在北京发生的闹剧究竟是怎么回事。那天晚上张勋将军在一个宴会上喝得酩酊大醉，突然决定要给11岁的溥仪恢复皇位。根据袁世凯和清廷经协商制定的清室退位优待条件，儿皇帝溥仪和他的随从当时还住在紫禁城中，不过所占据的地盘非常小。

莫理循获悉，当张勋将军和其他军官来到紫禁城时，"太监们都吓出一身冷汗，四散奔逃"。

瑾太妃和内务府总管惊慌地走出来，想看看究竟发生了什么事情。张勋大声宣布："今天要复辟了，我得告诉小主人马上到养心殿去。""这是谁的主意？"内务府总管结结巴巴地问。张勋咧嘴一笑："这是老张的主意，所以你不必担心。"内务府总管把目光可怜巴巴地转向瑾太妃，而她已经哭了起来。内务府总管简直不相信自己的耳朵，激动得说不出话来。当张勋的卫兵迎接皇帝时，院子里突然传来一阵喧嚷声……几分钟后，内务府总管护卫着11岁的皇帝再次出现，帮助他登上御座。

莫理循在北京出生的三个儿子

张勋马上跪下叩头，他的部下也纷纷叩头，一些人的动作似乎有点生疏。顿时宫廷里响起一片"万岁"的欢呼声。①

两天后莫理循再给珍妮写信："复辟上

---

① 西里尔·珀尔著《北京的莫理循》。

台的清廷正在发抖，一周内就会摇摇欲坠，两周内就会垮台……黎元洪逃到法国医院，可是极其愚蠢的护士竟然拒绝他入内，后来他又跑到日本公使馆避难。"

莫理循对复辟闹剧深感恼火，对在复辟丑剧中担任外务部尚书的梁敦彦（莫理循和他相识至少17年）发了一通火。"您是个文明人，和没教养的蛮汉张勋完全是两类人，"他在信中写道，"因此我对您的所作所为更加生气。您现在的处境非常危险。我是您的朋友才会提醒您，在为时未晚之前，立即辞职并离开北京。"

两天后，莫理循又给梁敦彦写了一封信，语气没有第一封信那么克制，原因是他听说梁敦彦竟然唆使复辟后的清廷任命他的好友蔡廷干为官。

> 昨天我听说你拜访了日本公使……尽管你长期抽鸦片，思路变得混沌不清，但是你也不应当糊涂到设法让复辟后的清廷颁发圣旨，任命蔡廷干为"帝国海关副总税务司"。你难道没有意识到自己的行为有多卑鄙吗？自从你们俩一起在美国留学后，蔡廷干一直是你忠实的朋友啊。圣旨的目的在于让外人以为他愿意在这荒唐的政府里任职，其实你知道事实并非如此。今天我要发出许多电报，来抵消你对朋友的诽谤。除非你溜之大吉，不然灾难定会很快降临你的身上。我的朋友都见到昨晚的"战场"，看到那些野蛮的"辫子兵"如鸟兽散。现在这些你所能倚仗的支持者已不见踪影，我再一次劝你立即离开北京。你可以用德国人的钱，带上那个你建议封为外务部侍郎的大疯子辜鸿铭一块走。不过，你要记住，德国是贵国的敌人啊。

第二天，莫理循比较心平气和一点，告诉珍妮共和军已包围北京。梁敦彦逃到美国公使馆寻求避难，后归隐天津。

张勋发誓要战斗到最后一刻。莫理循亲眼看到7月13日那场三四万军队参加的战斗："你从来没有听过如此激烈可怕的枪声，在我居住的这一地区，几千人投入战斗，但只有一个人负了轻伤。"

张勋并没有履行战斗到最后一刻的誓言，后来也归隐天津，靠着强取豪夺的巨额财产，逍遥自在地度过余生。

盛夏酷热难当，莫理循躲到他在山间的别墅中去避暑，等候北京恢复秩序，计划回澳大利亚的旅行。他还想把自己的图书馆卖掉，里面收藏有大量有关中国生活和历史方面的书籍。美国几所大学都愿意购买，但是他更愿意把这些书留在东方，因为这么做对亚洲学者有利。他曾建议中国政府买下他的图书馆，还愿意免费赠送整座混凝土藏书楼，但是没有成功。8月，岩崎久弥男爵以 35 000 英镑的价格买下了莫理循的图书馆，虽然比美国大学的最高出价少了 10 000 英镑，但是莫理循还是接受了，因为岩崎久弥男爵承诺把他的图书馆安置在东京，让所有要利用里面藏书的学者都能用上。

1917 年，莫理循图书馆被日本人买走

"我非常难以割舍自己的藏书，"莫理循在日记中写道，"但是我已 55 岁，有妻子和三个孩子，收入并不稳定，保留这些价值 35 000 英镑的藏书对我来说是个沉重的负担，我无法做到。"

图书转让交易结束后，莫理循的思路

又转回到国际冲突上去。他不断敦促国务院总理段祺瑞和代理总统冯国璋领导下的中国新政府对德宣战。

8 月 14 日（1900 年北京使馆区解围纪念日），中国政府终于迈出决定性一步，向德国宣战。英国国王乔治五世还因此给中国政府发出电报，表示"热烈祝贺"。

英国王室的姿态并没能感动莫理循。他认为，正是因为英国公使办事拖拖拉拉，才使这伟大的一天推迟整整两年到来。不过，珍妮从北戴河回北京前给他的一封信却使他欣喜万分：

亲爱的：

　　我真高兴您过去两年的努力没有白费。我一直记得您曾对约翰爵士说："我一定会促成此事。"现在该是外交部多动点脑筋的时候了。如果外交部能派您到北京工作，情形就会开始好转。您在设法使中国参战这件事上干得非常漂亮，我确信这件事会对您步入外交界起一定作用。任何英国殖民地国家的政治家（尤其是澳大利亚政治家）所提的建议，英国政府都愿意照办。我正在祈祷，希望尊敬的威廉·休斯总理能欣赏您，为您日后回澳大利亚铺平道路！我觉得，图书馆卖掉后我们的运气正在好转。

第五章

伤感的旅程

珍妮的乐观情绪完全有根有据，至少在一个方面确实如此。澳大利亚军队在加利波利和法国战场表现得非常出色，以致英国觉得应当比过去更加尊重他们，在使用他们时应考虑得更周详些。在泥泞的法国北部战场上，许多澳大利亚士兵献出了自己年轻的生命。在一个只有 500 万人口的国家中，大约有 6 万名优秀青年长眠在战场上，只能魂归故里。但是，澳大利亚不像欧洲列强那样受到许多道义上的指责。1901 年，澳大利亚六个殖民区联合成立了澳大利亚联邦，为世界上单个国家占据整个大陆提供立法基础。澳大利亚正处于经济发展时期，国家的自信心也正在萌芽发展。莫理循是澳大利亚最著名的儿女之一，人们完全有理由相信，他和他的家庭一定会在澳大利亚受到欢迎，而且如果他做出这样的选择，澳大利亚一定会在公共生活中为他提供一个和他的成就相配的职务。

另一方面，尽管他已把中国政府高级顾问的聘用期续签到 1922 年 9 月 30 日，但是他的作用变得更加微乎其微，原因是：中国中央政府的权力日趋式微；一大批酒囊饭袋窃据了政府的重要部门；孙逸仙在广州建立中华民国军政府，大元帅府设在广东水泥厂，南方的局势又开始动荡不安。11 月，莫理循动身前往澳大利亚，在日记中写道，"他（孙逸仙）以大元帅的身份出现时，引起了人们对他的嘲笑，但这是中国政治趋势最重要的标志之一。"

莫理循乘坐"秋丸号"前往澳大利亚。在驶往菲律宾南部港口城市三宝颜途中，他给端纳（《远东评论》主编）写了一封信，提到他可能起的新作用，"我极力主张在上海派驻一个英联邦高级专员，其官方地位仅次于英国驻华公使。"端纳不难猜测莫理循认为谁是合适人选。

端纳的回信很长，谈到北京政府继续分崩离析，回顾了日本对中国政治的不断干涉。"如果美国和英国在战争的这一阶段竟然对日本屈服，"端纳说，"那将是一件非常令人遗憾的事情。"

"至于中国的政治局势……比以前更加扑朔迷离。张勋还赖在荷兰公使馆，孙逸仙还在水泥厂的大元帅府中，不过相当孤立。"

"星期四岛"是莫理循回到澳大利亚的第一个地方，那里的情景令他大吃一惊。大约 34 年前，爱出风头的阿米特率领《卫报》探险队深入新几内亚内地探险之前，曾在这里采办过补给品。

"这是一个可怕的地方，以'星期四岛'而闻名，"莫理循在日记中写道，"男人比以前更会喝酒。今天刚好是圣安德鲁节……上岸和港口主任马克韦尔一块喝午茶。他为人和蔼，殷勤好客，谈笑风生，妻子长得很漂亮，两个孩子非常可爱。"

他给路透社打电报，通报自己安抵澳大利亚的消息。回到船上时，发现两个喝得醉眼朦胧的警官正在要求乘客和水手按摸指印，日本船长非常恼火。莫理循在日记中写道："船长来到澳大利亚的第一个港口，看到的竟然是两个喝得酩酊大醉的警察在实施法律，不由得勃然大怒。这是我所见过的最令人感到惊讶的情景，太侮辱人了。"

客轮沿着昆士兰海岸航行时，莫理循的情绪开始好转起来。但是，他们在汤斯维尔城上岸时，一个出租汽车司机多收了他的钱。他住在伦农思旅馆，可是"房间小得转不过身，热得像火炉，里面摆着一个不值几片钱的食橱，几件便宜家具和一张床，上面吊着一顶蚊帐。水的颜色像浓豌豆汤，因为布里斯班没有下水道，供水系统中也没有过滤床。"

他在植物园见到久违的鸸鹋和袋鼠，对公共图书馆大加赞赏。

他在展览大厦参加了工党反对派领袖图多尔所作的有关征兵公投的演讲，但是感觉并不好。"对一个有教养的人来说，他的演讲难以服人，"莫理循写道，"扯着嗓子拼命喊，惊天动地。大批听众接受他的观点，其中至少一半是妇女。"

"大街上许多醉汉在晃荡，尤其在士兵中，醉汉更多。"

第二天，他去伯恩斯·菲尔普公司总部拜访罗伯特·菲尔普爵士，发现他身体不适，还发着烧，但是非常亲切和蔼。"我们谈到马绍尔群岛问题。①他希望我会向休斯总理提及此事。"②

下午，他参观了政府大楼，坐车在这"极其美丽的城市"转了一圈，然后回到旅馆，给司机"10 先令小费，高得离谱"。晚上，他到展览大厦，听一个女高音歌唱家的演唱会，不过听了半天还不知道她的名字。"在我看来，她的声音和梅尔芭很相近，非常甜美"。演出过后，他聆听了联邦检察长威廉·艾尔文的政治演说，但并没留下什么深刻印象。

他还应邀到总督汉密尔顿·古尔德-亚当斯爵士家做客，但是后来他在日记中写道："我从来没有吃过如此令人作呕的午宴，估计只有花匠才会做出如此不堪入口的饭菜。"有幸的是，菜盘子还没传到他跟前，总督大人已经飞快地把大部分菜肴都解决了。交谈"空泛而无味"，莫理循觉得实在荒唐可笑。总督大人问："这是您第一次访问澳大利亚吗？"莫理循回答："我第一次到这儿是 1862年 2 月 4 日。"③但是，白发苍苍的总督大人并没能听懂他的双关语。莫理循正想溜之大吉时，没想到却被塞进车子，陪同总督大人去给一个狗展剪彩。"真是太滑稽了，"莫理循写道，"围场里摆着几个狗屋，几条狗汪汪地叫着，没有观众，没有举行任何仪式。不过，的确有个头戴高帽的参展者走了出来，手里提溜着一条缎带，和总督说话时还脱帽表示敬意。"

最终，他好不容易得以脱身，免得再遭罪。晚上，他和志趣相

---

① 当时被日本占领。莫理循对此非常关切。

② 威廉·莫理斯·休斯原先是工党议员，后来投向保守派，当时正极力推动义务兵役制问题的第二次公民投票。

③ 莫理循的生日是 1862 年 2 月 4 日。

投的朋友做伴——布里斯班《电讯报》主编弗雷德里克·沃德博士和他的"体贴入微的妻子",两人老夫老妻,恩恩爱爱。"他曾经是伦敦《泰晤士报》在澳大利亚的撰稿人,服务了好几年,后来为悉尼《每日电讯报》服务多年,直到布拉姆接替他的职位。"莫理循在日记中写道。

铁路局局长赠送给他一张免费车票和一根非常结实的手杖。第二天,他动身前往悉尼,在火车上颠簸了一个晚上后,抵达悉尼车站,那里已有一大队新闻记者在恭候他。他入住澳大利亚旅馆后,立即到《每日电讯报》拜访布拉姆,和那里的记者交谈。回到旅馆后,他发现来访者排起了长队,其中包括市议员理查兹。"他希望我明天能会晤悉尼的一些重要人物,"莫理循写道,"我同意了。"

在市长米格尔爵士(州议会上院议员)主持的招待会上,莫理循遇到当选市长卓恩顿·史密斯。这两个人都有前科。招待会上还有其他"有着不光彩过去的名人"。莫理循写道,"米格尔爵士极为夸张地提到我所取得的成就,大概是读了名人录中我的传记,还声嘶力竭地吹捧了我一番。我在作答中,表示自己受之有愧,但是承认'我爱听这些话,因为说这话的人是伟大的演说家之国中最伟大的演说家之一!'"

而后,米格尔市长带莫理循去米林俱乐部,聆听联邦财政部代理部长瓦特的精彩演说。莫理循获悉总督罗纳德·门罗-福开森爵士要会见他。"米格尔市长提议大家'为莫理循干杯三次',令我大吃一惊。参加宴会的人都非常热情地举杯,对我表示欢迎"。

"瓦特在交谈中表示,他一辈子都很敬佩我,还把我和帝国缔造者塞西尔·罗德士作了一番比较,大力称赞我在中国的事迹。"

"他的讲话令我大吃一惊。"

一连串的约会和会见令莫理循大感困惑,所见之人都是悉尼的头面人物和各国驻悉尼外交官,其中包括美国和日本总领事。他还到安格斯和罗伯森书店转了转,经理赠送他许多他们的最新出版物。"我非常高兴地接受了这些馈赠的书籍。"

莫理循在悉尼报业俱乐部发表演说。"我告诉他们日本阻止中国参战的真相,回答了听众提的许多问题,非常欣赏这种消遣方式，比没完没了的会见好多了。一些听众还向我打听端纳和普拉特的消息。"演说结束后，他立即被护送到总督府，可是那里的经历令他感到失望。

"总督夫人海伦娜竟然问我是谁，从事什么职业。她对北岩和《泰晤士报》口出怨言。总督大人支持夫人的看法，认为《泰晤士报》只是《悉尼公报》的翻版，没智慧。鉴于《泰晤士报》的专栏能吸引大英帝国所有著名人物的来信，如此抨击《泰晤士报》显然非常愚蠢。"

莫理循在布拉姆位于中立湾的家中吃午餐——"这是我来此地后吃得最可口的午餐"——不过遗憾的是，他后来获悉《每日电讯报》亏本了，布拉姆和该报的合同两周后期满，而且续签无望。

莫理循在曼利市的老朋友诺曼·波普家做客时，抽空润色这次回国期间"最喜爱的演讲稿"。他在不同场合演讲前，都必须对讲稿稍作修改。在演讲中，他总是先感谢主持人在介绍他时称赞他，并谦虚地表示那些赞扬有"奉承"之嫌，然后讲一些报业同仁的事迹。他还会严肃地宣布自己"为当个记者而感到骄傲"，并讲述自己如何迈入这一行业。

演讲通常沿着他的职业生涯展开，包括"我的游历和我对中国未来的信心"，结束部分中还要强调在即将举行的征兵公投中投"赞成"票的重要性：

> 作为一个国家，我们将决定走的是光荣之路，还是耻辱之路；是遵循最伟大的民主国家的民选总统的理想，还是遵循列宁主义和最高纲领派、布尔什维克和无政府主义者的梦想。他们在令人难以置信的短短几个月里就将俄国这么强大国家的政权全部捣毁。

12月17日，他在米林俱乐部对记者同仁发表演说。来听演讲的记者挤爆了礼堂。布拉姆在讲话中对他大加赞赏，还建议大家为他的健康祈祷。莫理循认为他的讲话显得"相当不真诚"。霍尔曼总理用过多的篇幅来介绍他，还声称他将揭露日本、美国和中国政府密谋的真正内幕。其实，莫理循只是按自己预先准备的讲稿演讲，不过"在场的霍尔曼夫人和其他太太、小姐都觉得演讲很精彩，所有听众都很高兴"。

结束悉尼的旅行后，莫理循动身前往墨尔本。新南威尔士州铁路局局长向昆士兰铁路局局长学习，也赠送莫理循一张免费车票。莫理循终于回到了家乡，和亲人欢聚一堂。

莫理循的姐姐玛丽·艾丽丝、弟弟雷基、弟媳妇珍妮特和侄儿诺曼都到车站迎接家族中著名的亲人——莫理循。雷基先带他去墨尔本俱乐部。他在那里见到州总理阿瑟·斯坦利爵士，还遇到孩提时代的朋友斯图尔特·麦克阿瑟。麦克阿瑟的儿子在法国的一场战斗中失去了大腿，他女儿在战争中失去了丈夫。

莫理循终于回到南耶那区富勒姆大街 6 号的小别墅"柯丽悠"，和母亲丽贝卡住在一起。他母亲虽然已 79 岁高龄，但是身体非常健康，手脚还很灵活，把小别墅"布置得井井有条，家具非常漂亮，还摆上许多古董"，看上去就令人赏心悦目。

玛丽·艾丽丝的丈夫亨利·希金斯是个法官，他前来登门拜访，还高度评价莫理循的记者工作——"评价很高，令我大为开心"。维多利亚州铁路局局长的姿态也令莫理循非常高兴。他不想落在北方竞争者的后面，也赠送莫理循一张免费贵宾卡。

第二天，墨尔本俱乐部授予莫理循荣誉会员称号，通常只有总督和"像基青纳那样的来宾"才有资格获此殊荣。晚宴上，他在贵宾桌就座，同桌的还有墨尔本俱乐部主席特德·米切尔和"矮小强悍"的州总理阿瑟·斯坦利爵士。晚宴结束时，莫理循发表演说，主题是日本和中国以及该地区其他国家间的关系。他讲了整整半个小时，把听众迷得如痴如醉。"所有的人都全神贯注地听着，都显得非常有兴趣。演讲过后，赞扬之声不绝于耳，听众普遍认为我的演讲脉络清晰，观点鲜明。约翰·格里斯对雷基说，他在这个俱乐部还没听过比这更有启发意义的演讲"。当天晚上，莫理循回到小别墅，"虽然很累，但是很满意，因为我表现得非常出色，不看草稿，侃侃而谈，而且肯定非常有说服力"。

征兵公投失败后，莫理循分析了三个原因：墨尔本天主教爱尔兰人曼尼克斯大主教的活动，对休斯总理的敌意和来自法国的战争消息。"最应当责备的是来自英国的完全误导民众的乐观报道，说什么在西部战线上，无论是人员配备还是枪支弹药，我们和德国人的比例都是 10：1，"莫理循写道，"结果澳大利亚人没有认识到前方还需要战士。每天我们都自我陶醉在德国就要土崩瓦解的消息中！"

莫理循在侄儿戴维和诺曼的陪同下，进城去给珍妮和孩子们买礼物，然后他和中国在墨尔本的一些头面人物共进午餐，其中包括驻墨尔本总领事魏先生，法律顾问艾奇和一个刚花 20 500 英镑买下"嘉博号"商船的刘姓商人。"令人非常愉快的午餐，"莫理循写道，"艾奇先生的判断力非常强。"

下午，莫理循拜访最主要的贸易公司"格里姆沃德商行"，鼓励业主直接和中国做生意，然后抽空到体育用品商店为戴维和诺曼买圣诞礼物。在回家的路上，一个"相貌可憎的人"在有轨电车上和莫理循搭讪，自称叫罗博，认识他母亲。回家后，"我才知道，他是个醉鬼，侵吞教会基金，还会殴打妻子，现已离婚。现在和他同居的女人可能是个'妓女'。真是笑死人，这种人还得意得很"。

莫理循在雷基的农场（离墨尔本市大约 30 公里）里玩了几天。"雷基是墨尔本首届一指的外科医生，但他总是守口如瓶，因此我不知道他的经济状况好不好……他是个一流的桥牌手，还是我所见过的最棒的摩托车手，人见人爱。不幸的是，他妻子珍妮特脾气暴躁，粗心大意到不可理喻的地步，一个家给搞得鸡飞狗跳，令人难以忍受。夫妻俩非常不般配"。

莫理循的另一个弟弟克莱夫是个乡村律师，特地从塔尔图拉开车来会面。"他相貌堂堂，也是个优秀的摩托车手，来接母亲、姨妈和我明天去德罗马纳和大姐玛丽·爱丽丝一家过圣诞节。"克莱夫开车载他去墨尔本，给珍妮和孩子们发去圣诞贺电。第二天又开车送他去大姐位于赫罗斯伍德的家中。这一次造访真是个大错误。大姐爱丽丝很吝啬，害得莫理循只得整整三天忍受她的劣质饭菜。"我姐姐是个值得崇拜和敬佩的妇女，"莫理循得出结论，"但也是个世界上最可怕的家庭主妇。"饭后，他只要有机会就溜到德罗马纳，在咖啡馆或小吃店犒劳自己一番。

在他的描述中，大姐家的食物（冷羊肉和变质干酪）的确一点也不可口，但是他持续不断的饥饿感和极其易怒的脾气却是胰腺炎的早期征兆。莫理循很快就会更加深刻地感受到自己的这种疾病。眼下，他只得强忍饥饿感，积极准备12月30日在威斯利教堂的主要演讲。听众多得令人感到惊讶，大约2 500～2 800人冒着倾盆大雨出席他的有关"中国问题"演讲会。但是，这次演讲和以前不一样，简直是个灾难。他觉得很难把嗓门提高到大家都能听到的地步，结果在听众中引起一阵阵骚动。记者把麦卡勒姆牧师（"刻苦钻研韦斯利福音书，粗俗，爱出风头"）围得水泄不通，抱怨说连一半都没听到。"我非常不喜欢这次演说，"莫理循写道，"希望能再演讲一次。"

新年前夕，莫理循和母亲一起守岁。新年伊始，莫理循就忙着接待墨尔本各家报纸的主编和记者。《先驱报》主编戴维森是美国人，两个儿子和澳大利亚人一起在前线作战。《卫报》主编坎宁安博士"谈到布拉姆的失败"。他认为"布拉姆的失败是不可避免的，因为他根本不了解澳大利亚，对办报一窍不通。任命他为报纸主编实在过于鲁莽"。

《先驱报》一个叫柯林斯的记者来采访莫理循。"他一开始就说：'我听说，莫理循博士要么谈得很精彩，要么就什么都不说。'如果他处理得当，我愿意好好地陈述自己的观点。但是，他没能处理好，把这次访谈搞得乱七八糟。"

莫理循和克莱夫的几个女儿一块演哑剧"迪克·威廷顿"。"她们笑得非常开心，虽然品味不高，但的确很有趣，笑得我前仰后合"。随后，他准备访问新西兰。在他访问新西兰期间，新西兰人对他表示崇高敬意。他的演讲都反复传递一个明确的信息——警惕日本在中国和太平洋地区的活动。"我在演讲中猛烈地攻击日本人，指责他们背信弃义，抨击他们的狂妄，谴责他们拒不履行协约国的责任。"

所有报纸都全文刊登他的演讲。他要耐着性子出席许多城市为他举行的招待会，结果他甚至觉得自己在"遭受市长的折磨"。幸好他和代理总理约翰·艾伦交上了朋友，因此他认为新西兰之行非常成功。回到澳大利亚后，他会晤了政界和军界的许多高官显贵，其中包括总理休斯、军事情报局局长皮耶斯少校、国防部部长皮尔斯、总参谋长莱格少将和海军部部长海军少将克雷斯韦尔爵士。

他在交谈中不断强调必须警惕日本往南扩展的企图。他们都非常认真地听取他的意见。他恳求休斯总理，务必迫使日本信守诺言，退出马绍尔群岛。他在日记中没提到任命上海高级专员一事，但是早些时候他在和《先驱报》常务董事西奥多·芬克交谈时曾提到过这件事。芬克答应会向休斯总理转达他的建议。但是，休斯的回应却完全不是一回事。

"午宴时，休斯总理非常神秘地要求我干点事情。"莫理循写道。休斯要求莫理循利用他的地位为澳大利亚获取情报，甚至准备好传递情报用的密码。莫理循同意为澳大利亚做点情报工作，但是当休斯甜蜜蜜地承诺要给他封爵时，莫理循有点吃惊。"他自愿提出这个承诺，还问我这么做对我是否有所帮助。我强调说当然有帮助。"

莫理循整天忙着会见各方人士和保持通讯联系，一直忙到三月才给珍妮打了一封电报，告诉珍妮他要乘坐的轮船坏了，因此会在澳大利亚多逗留一段时间。那时，他明显地觉得身体不舒服。

他在离开澳大利亚几天前，收到马特·朗特里的一封来信。1882年，莫理循在跨越澳大利亚时曾和他一起勇敢地抗击过洪水。"欣闻您事业有成，希望幸运与您常相伴，"朗特里在信中说，"我已 62 岁高龄，由于在西澳大利亚金伯利斯时常患热病，再加上坐骨神经痛和生活困难，现在已有点弯腰驼背，博士，但也许这是自然现象……我的老伙伴都去世了，不知道您能否帮我一把。我思量了很久才决定向您借点钱……看在童年的友谊和老交情的分上帮帮我。"莫理循寄去 10 英镑，纪念"那逝去的岁月"。

4月，莫理循"心情沉重地"准备离开澳大利亚海岸。他亲自监督行李装船——10 个大木箱，3 个沉重的旅行箱，4 个手提箱，枪套和各种各样零零碎碎的东西。很显然，他没能在澳大利亚政府部门找到工作，因为他离开澳大利亚太久，而且思想独立，从不盲目附和他人。他的个性和所接受过的训练都决定他不可能步入商界。澳大利亚的外交活动大体上由英国外交部主宰。莫理循已56岁，虽说他是澳大利亚人心目中的天之骄子，但令人觉得荒谬的是，他的名望却取决于他必须背井离乡。

莫理循和亲朋好友告别，拥抱了母亲。不知为什么，他似乎觉得自己以后再也没有机会这么做了。

第六章

最后的奋斗

在澳大利亚国家档案馆和休斯的文档中，都没有莫理循从中国送来的密写情报的记录。他也没有在日记中记下任何情报活动。不过从 1918 年年中开始，因健康状况日趋糟糕，他的日记出现了许多空缺，而以前他的日记写得非常详细。但是，休斯在战争结束和前往凡尔赛参加和会之前，显然完全采纳了莫理循的建议，时刻提防着日本的扩张危险。

具有讽刺意义的是，正是休斯的强烈反日立场破坏了中国在和会上阻止日本侵略的努力。莫理循还得为此努力奋斗，呕心沥血。

中国尾随美国加入第一次世界大战后，北京政府尽最大努力使各国意识到中国所起的作用，迅速派出 10 万～17 万苦力到西方战线挖战壕，为前线士兵运送补给品。成千上万个中国劳工因此而长眠在异国他乡。1918 年 11 月宣布停火时，北京一片欢腾。莫理循还特地去观看推倒克林德纪念碑时令人激动的情景。6 万多北京民众涌上街头，举行各种各样的游行活动，欢庆胜利。中国人民都真诚地希望巴黎和会能接受美国总统伍德罗·威尔逊提出的"十四点"，而且永远铭记他所倡导的使正义遍及所有国家和人民的原则：确认他们不管是强或是弱，在彼此平等的条件上，都有享受自由和安全生活的权利的公平原则。中国人民相信，这意味着治外法权的

莫理循在北京家中

寿终正寝，而且更重要的是，推翻日本继"二十一条"之后强加给中国的所有不平等条约。

但是，在完成这些任务之前，中国必须制定非常有说服力的提案，提交给最高委员会。其实，当时的最高委员会很快就变成"三人委员会"：美国总统威尔逊、法国总理克里孟梭和英国首相劳合·乔治。

不幸的是，中国政府还是混乱不堪。1918 年 9 月，徐世昌当选中华民国大总统。在清朝末年，他曾在最后一届军机处中任军机大臣，还担任过巡警部尚书。他之所以能被选为大总统，完全是南北两方妥协的结果。莫理循和新雇主大总统徐世昌会晤后，立即动身到上海评估局势。

他对中国内地的局势感到非常震惊："无政府状态，没有像样的政府，骚乱四起，盗匪横行，海盗肆虐，拦路抢劫。"但是，他

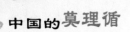

见到了孙逸仙，会谈颇有成效。两人消除了一些长期以来一直存在的分歧和敌意。

> 孙逸仙热烈地欢迎我。我得承认，他的真诚与热情，以及他所展现的某种我以前从未注意到的魅力给我留下深刻印象。这都是我以前没有感觉到的。他穿着中式服装，不显老，他的表述既有力又充分。他提醒我，在上一次访问时，我力劝他站在协约国一边参战，讲了参战的益处，而他反对中国参战……我和他谈起我对中国的计划。

莫理循在写给老朋友蔡廷干的信中说，下周会晤徐世昌总统时"我打算建议他利用美国总统的影响力，调停中国争斗不休的各个派别"。

> 我一直认为，中国目前的困难只能通过仲裁才能解决，而且仲裁人必须由美国总统挑选。美国把中国带进战争，美国又是第一个承认中华民国的国家，因此邀请盟国的首脑作出公断是合适的。

但是，这一建议的真正好处是，能把威尔逊和自由、独立的中国的未来牢牢地联系起来。蔡廷干完全理解莫理循的用意，回信说："希望您的计策能获得成功。"

莫理循在和徐世昌总统会晤时谈到参加巴黎和会的中国代表团的组成问题，并商讨了中国政府的方案。徐世昌接受了莫理循的建议。莫理循给徐世昌的秘书兼翻译送去一份备忘录："我昨天本应办妥此事，但突然生病卧床，什么事也干不了。今天我觉得好多了。"他在笔记中写道："总统阁下希望我能参加和会，尽力帮助陆徵祥先生。我表示非常愿意在这重要关头尽力帮助中国，并答应新年一过就动身……"

虽然我们并不清楚徐世昌总统是否正式邀请美国总统进行仲裁，但是美国人注意到这种暗示，并公开表示支持中国所追求的目标。威尔逊总统和国务卿罗伯特·蓝辛甚至要求中国驻美国大使顾维钧和美国代表团同船前往巴黎。但是，美国国务院不允许威尔逊总统直接卷入中国内政。

结果莫理循新年前就动身了，打算顺道看看在日本的莫理循图书馆，到加拿大和美国拜访一些有势力的熟人。珍妮和孩子们要在英国与他会合，而他要尽量经常从巴黎去英国看望他们。

"我希望你到英国时能去看望北岩，"珍妮写信给莫理循，"我经常想，如果你不能成功地获得我非常希望你在北京从事的工作，① 我倒希望你在北京重操记者旧业。我的直觉告诉我你将这么做……北岩将非常希望你能回到《泰晤士报》，而且愿意高薪聘请！我觉得你目前在中国的职位令人难以忍受……"

莫理循自己也觉得难以继续撑下去，但是他担心的是自己的健康状况。

> 我记得远在 80 年代我也感到非常疲倦。现在我恢复健康的能力一定比以前差……人觉得不舒服，情绪低沉，非常渴。重负难荷，却不得不承受。我是个胆小鬼，不敢鼓起勇气去看医生，害怕有什么毛病让珍妮知道。

他所学过的医学知识过于"贫乏"，帮不上什么忙。他甚至觉得自己所掌握的医学知识只会使自己无端地把症状看得很严重。"最好我从来没学过医。"他对自己的"酒鬼经纪人"吉米·琼斯说，他非常想以 6 万英镑的价格把自己位于莫理循大街的房产卖掉。莫理循一家已经搬到"一座非常漂亮的中国式大房子"，位于他们老宅以北 1 英里处。他所投资的中国铁路股票，加上卖图书馆的钱，足以让他长期休养，以利康复，重整旗鼓，投入战斗。莫理循图书馆馆员石田干之助在横滨迎接他，并带他参观已装订一新的藏书，原先从中国运往日本途中被水浸泡破损的惨况已不见踪影。"这件事办得非常令人满意。"莫理循写道。

---

① 指英国驻华公使。

但是，在莫理循谋求英国驻华公使这个他非常喜爱的职位之前，他不得不为中国参加和会而竭尽全力。在加拿大，他全身心地投入各种游说活动，会见各方人士，结果"累得筋疲力尽，几乎说不出话"。然而，他到达华盛顿时，惊讶地发现美国对中国的支持已经大打折扣：美国"支持日本对中国的态度，同时诱骗中国向美国寻求支持反对日本"。

他到达巴黎时，以陆徵祥（前外交总长、内阁总理）为团长的中国代表团正为排名次"乱哄哄地内斗"。以王正廷为首的南方人士怀疑陆徵祥和日本人有秘密交易。才气横溢的青年外交家陈友仁和顾维钧在一些公开场合发表演说，措辞激烈，言辞过火。莫理循急忙动手修改陈友仁的演讲稿（"风格极其浮华，不顾他人感受，缺乏事实依据"）。

"我毫不客气地删改，"莫理循写道，"令陈友仁勃然大怒，沮丧到极点。陈友仁过于偏激，会伤害到中国的利益。他十分不理性，也许正如美国人所说的，是个瘾君子。"顾维钧则立刻被一个印尼女继承人迷得神魂颠倒，两人爱得死去活来。法国总理克里孟梭却非常欣赏顾维钧，说他是"真正的中国男子汉，年轻有为，像法国人一样，谈吐优雅，服饰得体"。

在中国代表团大多数成员下榻的鲁特西亚酒店，莫理循发现代表团的文秘工作一团糟。"像个马戏团，"莫理循写道，"他们的座右铭是个人利益高于国家利益。每个人都绞尽脑汁出风头。"他立即紧张地投入工作，力争把洋洋大观的"中国提案"及时提交和会，两天后所需文件终于成型。

莫理循来得真及时。1月底，和会讨论中国要求归还山东省这一关键问题。莫理循在提案中写道："中国的提案撇开所有枝节问题，集中于维护中国的独立和领土完整这样的大是大非问题。"

中国代表要求废除1915年签署的《民四条约》，以及以后日本强加给中国的所有条约，其中归还山东省是核心要求。中国代表在和会上提出自己的要求，接着32岁的顾维钧在和会上发表了非常精彩的演说。因此，刚开始时似乎中国的目标完全可以达到。日本人没给人们留下什么好印象。中国的正义要求似乎无可辩驳。

　　然而，美国总统威尔逊要先处理他喜爱的国际联盟问题，其中包括考虑日本提出的在国际事务中确保种族平等的条款。日本代表团团长日本首席全权代表西园寺公望说："现在是和国际种族歧视作斗争的时候了。"这并不是一个不合理的主张。自从西方国家关注日本以来，日本人和中国人一样，一直因种族原因而被贬低。威尔逊尽管有南方背景，还是愿意和日本达成妥协。

　　他的想法立即遭到澳大利亚总理休斯的反对，两人都看对方不顺眼，相互之间积怨已深。休斯强烈反对向日本妥协。"行啊，妥协吧，"有一次他甚至气急败坏地说，"但是，只要一向日本妥协，我就脱掉衣服跳到塞纳河中，或者跑到浮黎·贝尔杰剧院里。"另一次，他愤怒地和美国代表团争论："日本人的建议也许居心叵测，也许没有暗藏玄机。如果是前者，我们就要加以拒绝；如果是后者，为什么要接受呢？"

　　威尔逊实在拿休斯没辙，只有摇头的份。"这么一个不读书，不看报，又不愿意倾听别人意见的人，你拿他有什么办法呢？"

　　莫理循会晤了澳大利亚代表团。虽然他没有对他们有限制性的移民政策评头论足，但是他提醒澳大利亚和新西兰政府，不要通过歧视中国和日本的议案，不然就有可能永远遭到亚洲人的敌视。可是休斯忘了莫理循的话。莫理循还特别提醒休斯，必须警惕日本的扩张主义、背信弃义和军国主义。此外，"在澳大利亚奉行白澳政策，任何一个政府一天都混不下去"。另外，莫理循觉得英国首相劳合·乔治"能力低得可怜，不足以解决这些问题"。

　　结果是这一问题暂缓讨论，先处理其他易解决的问题。在此期间，日本掀起这一条款的宣传运动，在国内外获得强有力的支持。所以，在中国问题要最终加以表决时，日本对威尔逊的威胁变得更加明显：如果不把种族平等条款写进国联盟约，日本就拒绝加入国联……除非日本能得到中国的山东省作为补偿。

　　正如莫理循自访问华盛顿后一直担心的那样，美国人屈服了。5月4日，当中国被出卖的消息传遍全世界时，中国人民义愤填膺，无数北京人涌上街头，表示强烈抗议。

　　莫理循感到非常痛苦和绝望。在和会的谈判过程中，他一直抱

病参加。珍妮把孩子们留在英国，自己到法国陪同莫理循，希望能对他有所照顾。但是，到了 4 月，他"非常不安地"发现体重下降了许多，人觉得不舒服，精疲力竭，疲惫得连手提箱都提不起来。现在形势的突变令莫理循非常震惊。"毫无疑问，威尔逊总统为了他自己的政治目的捉弄了中国人，无情地愚弄了他们。"

最后，他只得寻求医生的帮助。一位中国医生诊断他患的是胆管黏膜炎，开了一些含盐泻药，一个英国医生的诊断也得出相同结论，开的药也一样。"我不能四处走动，这对珍妮来说尤其不幸，"莫理循写道，"对我来说，工作是不可能了，因为我看起来真的病了。我的皮肤看起来像老羊皮纸。我以前从未这样病过。"

1919 年 5 月 7 日，莫理循在珍妮的陪同下从巴黎到伦敦，希望多找一些医生诊断他神秘的疾病。他的体重下降到 123 磅。圣巴茨医院的癌症专家霍德爵士的诊断是"恶性胰腺炎或胆囊阻塞"。英国的一位著名外科医生克雷顿-格林爵士给莫理循做过详细检查后，同意霍德爵士的诊断，并建议进行初步手术。6 月 1 日，莫理循住院。"一点也不觉得焦虑、沮丧或消沉。"他在日记中心情愉快地写道。手术并没发现恶性肿瘤，只不过是"大面积炎症引起器官粘连，包括胰腺、左边肝部、隔膜和胆囊，导致胆汁浓度过高"。

6 月 21 日，莫理循出院，回到亲人的怀抱中："有点憔悴、虚弱，但坚信会好起来。"他到苏塞克斯郡福雷斯特鲁夫市，借住在妹妹维奥莱特的房子里。维奥莱特的丈夫兰斯·冈特在新加坡当律师，事业兴旺发达。他曾在英国海军部供职过，还是个上尉指挥官。莫理循在前往巴黎途中，曾假道新加坡和妹妹团聚：

> 维奥莱特让我欣赏她收藏的许多海军界名人的手稿。里面有所有海军上将（从杰利科到比第一个不漏）的手稿；所有参加日德兰大海战的舰长和所有海军维多利亚十字勋章获得者（包括"复仇者号"的戈登·坎贝尔和卡彭特）的手稿。她动过许多手术，摘掉了许多器官，听她叙述这些可怕的细节相当令人感到恐怖。

她已回到新加坡，而莫理循正和疾病作斗争，但是治疗方案似乎不很有效，体重继续降到 118 磅。几周后，他觉得体力有所恢复，可以长途旅行，就到伦敦找杨格博士确诊。杨格博士的诊断结果是慢性胰腺炎。莫理循觉得"有信心多了"，因为他好歹能明确知道自己患的是什么病。一天，他沿着圣詹姆斯街散步，遇到濮兰德。一眼看去，濮兰德显得"肥肥胖胖，还是那么自负……他身强力壮，春风得意，营养良好。而我忧心忡忡，哆嗦颤抖，憔悴哀愁"。濮兰德和卑鄙的伪造者巴克斯（莫理循的前翻译）曾合著两本有关中国的书，而且回到伦敦后，总是抓住一切机会攻击中国人。

莫理循一直回想往事："35 年前的今天，我从皇家医院出院。我在医院中整整住了 80 天，动手术治疗矛伤。多希望身体能像当年那么棒！"他停止服药，打算在新鲜的空气中做轻微的锻炼，并注意调整饮食，以便达到自我康复的目的。他一天三餐的典型食谱是：早餐——麦片粥，牛奶和乳酪，吐司和黄油，黑线鳕，熏肉，香肠，茶和奶。午餐——扁豆汤，炸牙鳕，炖羊肉，西葫芦，李子馅饼，燕麦饼干，2 品脱浓烈黑啤酒，没有土豆。晚餐——汤，煮熟的大菱鲆，炖鸡肉，花椰菜，草莓冻，燕麦饼干，1 品脱浓烈黑啤酒。

几天后，他在日记中写道："不理会医生的所有建议，感觉体力恢复了一些。这些相互冲突的建议让人无所适从。"但是，好景不长，他的体重又继续下滑。他在庆祝结婚 7 周年纪念日的日记中沮丧地承认："多么可怜的丈夫，健康状况一塌糊涂，双颊凹陷，郁郁寡欢，骨瘦如柴，毫无生气，对未来忧心忡忡；而珍妮却是那么的健康，充满活力，清新而美丽。"

莫理循感到绝望，于是到苏格兰班夫郡的达夫疗养院，求诊于斯普林格斯博士，和其他患者一样接受饥饿疗法。达夫疗养院的每天食谱都是麦片粥、牛奶、炖兔肉和面包。几天后，莫理循抱怨说："住院以来，我没吃过一块牛排，动物的腰子和肝脏也不见踪影，腌熏鱼一口也没尝过。实际上，没有吃过任何可口的食物。"他的体重剧减 15 磅，降到 97 磅。"我醒的时候，满脑子想的都是食物，"莫理循写道，"特别是板油布丁和果酱面包卷。"

10月8日，莫理循离开达夫疗养院，悲哀地写道："在达夫的这段日子，是我一辈子中最讨厌的回忆。"他发誓要把珍妮和孩子们带回中国："如果我死在中国，中国政府可能会给珍妮整整1万美元抚恤金。"

莫理循在苏塞克斯和家人团聚后，渴望能在家中改善伙食。但是，尽管家中的食物很可口，他的体重还是持续下降。12月12日，莫理循住进马里波恩区安妮皇后街巴特曼夫人疗养院。医生给他安排的食谱包括生胰腺，用来弥补体内胰腺分泌的缺陷，但是病情没有任何好转。1920年1月底，莫理循听到一阵沉重的脚步声上了楼梯，身材魁梧的北岩出现在他的面前。北岩以前健康也出现过问题，他哥哥劝他"多晒晒太阳"。他来访的目的就是向他的知己、前驻外记者转达这个忠告。

他对莫理循说，1910年他也得过胰腺炎，严重到连水都消化不了，求诊过许多医生，住过无数家医院，都没用。最后，他依靠自己的意志力才恢复了健康。根据他哥哥的忠告，他建议莫理循应当相信山泉、新鲜空气和阳光的康复奇效。

"奇谈怪论。"莫理循在日记中评论说。

但是北岩对莫理循的帮助并没结束。这个英国报业界最伟大的报人在动身前往阳光明媚的法国南部之前，还特地给莫理循寄来一封亲笔信：

我亲爱的莫理循，

上次造访尊府后，我时常挂念着您。所有可行的医术您都试过了吗？我们许多最著名的医生思想狭隘，对世界上其他地方（如美国）的新发现孤陋寡闻。情况不正是如此吗？

去年10月，格雷爵士起程去美国时，我给他送行。当时他几乎完全失明。上周我看见他时，他简直变了个人，视力恢复了，能看见我。为什么？因为美国著名的眼科医生威尔默发现，格雷眼疾的病根不在眼上，而是在牙齿上。格雷现在看起来年轻了10岁。我国眼科医生对这个该死的例子深恶痛绝，因为这个病例以无可辩驳的事实说明他们是多么无知。这是个奇迹。

您到户外活动吗？外出活动对您的健康有不良影响吗？有办法通过皮下注射增加营养吗？如果你继续衰弱下去，难道就没有其他治疗办法可用，没有其他医生可找吗？我不认识给您看病的医生，因此不能对他们妄加评论。

我觉得您需要很长时间才能康复，您要自己行动起来才能得以康复。在您还有能力旅行时，必要的话，一定要努力把握住机会。

我这样讲似乎不合时宜，其实我完全是出于对您的爱和关切才冒昧提出这些建议，我的老伙计。

莫理循在日记中评论说，北岩的这种善意行为有"非常强烈的诱惑力"，吸引人们对他竭尽忠诚，肝脑涂地。他回信说，决心依照北岩的提议行事，天气转暖时，到美国走一趟。"我希望自己能恢复健康，"他写道，"我对身边的事还从来没有像现在这么感兴趣过，也从来没有像现在这么渴望和远东（特别是中国人）保持联系。自从我生病后，中国人对我和我的妻子一直极其友善，而且关怀备至。"

珍妮在东德文海岸边的西德茅斯市埃斯普兰德大街租了一幢乔治风格的乳白色房屋。4月底，莫理循写信给熙礼尔说："在疗养院一呆就是好几个月，许多医生给我看过病，但都意见相左，而且固执己见。我遵循北岩的建议，彻底抛弃药物疗法，来到海边休养。"

乔治三世和维多利亚女王都在西德茅斯住过一段时间，因此昔日的小渔村才会有"皇家度假村"的美名。西德茅斯的两边都是红色的悬崖峭壁，海滩上裸露着无数鹅卵石，风景优美，但是和莫理循家乡澳大利亚那长长的沙质海滩相比，还是相形见绌。

一天，莫理循在风中沿着海岸散步，遇见85岁高龄的老将军约翰·邓恩爵士。他是最后一批还健在的1860年占领北京的英国军人。邓恩爵士告诉莫理循，他参与洗劫皇宫时，发现一只小狮子狗，他给这只狗起了个名叫"夺夺"，并把它献给了维多利亚女王。

"夺夺"是最早被带到英国的两只北京狗中的一只。对疾病缠身的莫理循来说，这次意外的相遇拨响了他心中痛苦的心弦。他在日记中写道，在巴黎病倒后，14个月来，"我一直珍藏着的一个希望就是回到中国。我不愿意死，但如果回天无力，我要死在中国，死在多年来对我关怀备至的中国人中"。

莫理循一家定下6月18日的船票，离开英国前往加拿大，然后准备于7月29日从温哥华乘"俄罗斯皇后号"前往中国。珍妮忧心忡忡地离开她的最爱，去伦敦办理护照和聘请家庭女教师事宜。莫理循不幸染上重感冒，变得非常虚弱。但是，5月22日，星期六，他还是硬撑着在日记中写下几句话，纪念又一个结婚纪念日："1912年的这一天，我们牵手步入婚姻殿堂。对珍妮来说是7年的幸福生活和一年的磨难。她的耐心和奉献足以成为典范。"

第二天，珍妮给他写了一封信："您整日萦绕于我脑海中，我的最爱。八年前那美妙的一天，当时您第一次告诉我您爱我——我将永远怀念这幸福的一天。亲爱的，今天我从内心深处为您的健康祷告，希望幸福能重新降临。我相信我的祷告一定会起作用。"

但是，死神已悄悄逼近。42年来，莫理循从季隆学院学生时代开始，就一直耕耘他的"奇特日记"。这位新闻界老兵用潦草的字体写下最后一篇日记：

> 几乎可以相信与死神的搏斗开始了……上午10时体温95.4华氏度。几乎要崩溃了。如果时辰已到，最好现在就走，好让珍妮有时间从容安排后事。

那一天是5月27日。同一天，珍妮在卡文迪什广场的旅馆接到一封电报，获悉莫理循已经病危，连忙乘头班火车及时赶回西德茅斯。莫理循的生命之泉渐渐干涸，人已奄奄一息。珍妮一直守候在他身边，直到他走完人生的最后一段旅程。1920年5月30日星期日下午，莫理循溘然长逝。

珍妮在给朋友的一封信中说："他和生前一样，那么高贵而又极其勇敢地走完了他人生的最后一段路程。"

尾 声

高尚的新闻工作者

莫理循下葬的这一天，平时少有晴天的西德茅斯阳光普照。莫理循安息在一座小山丘顶上小小的西德茅斯公墓，从那里可以俯视萨尔蔻姆山和河谷。他现在超然于北京的喧闹和中国内部的激烈争战，远离澳大利亚人烟稀少的内地和新几内亚的热带丛林。

一个用兰花扎成的花圈安放在灵柩上，挽词是："满怀感激之情沉痛哀悼，中华民国总统挽。"

参加葬礼的人有莫伯利·贝尔夫人、朱尔典爵士、柏卓安爵士、弗伦奇勋爵、邓恩爵士（将军）夫妇、佩尔汉姆·华纳爵士、戈颁先生、海军中将厄内斯特·冈特爵士、海军少将道格拉斯·布朗里格爵士和萨道义爵士。约翰·沃尔特四世代表《泰晤士报》，阿士敦·盖特金先生代表外交部也参加了葬礼。澳大利亚高级专员因公务繁忙不能亲临，由阿吉尔少校代表。澳大利亚联邦没有送花圈。

《泰晤士报》高度评价自己的精英人物莫理循：

> 作为一名医生，几个月来他已知道自己肯定在劫难逃，曾平静地告诉朋友们结局会是怎样。甚至在身体日趋衰弱的几个月里，他对中国的热情非但没有减弱，反而在增加。他身体虚

弱，饱受病痛煎熬，却还硬撑着坐在椅子上，或者躺在病榻上坚持工作。他一边在死亡线上苦苦挣扎，一边还在憧憬着中国的未来。看到和听到这一切，你一定会觉得很惊奇。他的分析能力，他那政治家特有的建设性洞察力，他那昂扬的斗志，在这世界上只有少数人能与其相比，而这些人个个都身体健康。这时，你一定会意识到，"北京的莫理循"这一光荣头衔还不足以表达人们对他的尊敬。他是那么渴望大英帝国能在中国的发展过程中发挥作用。在他看来，任何机会只要能引起人们对中国的兴趣，无论这机会有多小，也大有可为。他是中国最忠心耿耿的仆人。

莫理循在《泰晤士报》工作时的同事莱昂内尔·詹姆斯高度评价莫理循"多才多艺，能力超群"。他说自己深深地"被他严肃认真的工作态度所感动；被他诙谐幽默的言语所振奋；为他无穷无尽的辛劳能力而赞叹不已；被他高贵的品格所净化；为他的和善及对子女之爱而欢欣；为他准确无误的记忆力所惊叹；被他对人与事的冷静判断所震惊；被他特有的自负所吸引；被他为澳大利亚和作为澳大利亚人而骄傲的情感所折服"。

珍妮委托白克尔的前高级助理编辑卡波尔先生（有"精确王子"的美称）负责整理她丈夫的日记。遗憾的是，她没能亲眼看到这项工作的完成就与世长辞。1923 年 6 月 20 日，她在伦敦突然去世，年纪轻轻才 34 岁。莫理循财产的托管人决定不出版卡波尔手稿（已整理好的 1899～1901 年间的日记），理由是"莫理循在日记中所描述的事件发生在不久以前，还处于敏感时期"。

然而，莫理循的三个儿子继承了家风：科林继承家族的优良传统，陶醉在教师职业的生涯中；伊恩和阿拉斯泰尔都成为作家，伊恩是位一流的战地记者，名声很响，与华裔作家韩素音曾有过一场刻骨铭心的爱情。韩素音写的《生死恋》后来被拍成同名电影。

莫理循是位高尚的新闻工作者。他对新闻事业的贡献就像布雷德曼对板球事业的贡献一样伟大。他的澳大利亚背景使他能保持清醒的头脑，以朴实的语言对政治和政治家进行冷嘲热讽。他与英国又有千丝万缕的关系，至少他为《泰晤士报》服务多年。因此他在思考问题时，往往不知不觉地置身于大英帝国的框架之中。但是，我们在他身上却看不到一丝一毫当时英国驻外代表所常有的不可言喻的优越感。

他能轻而易举地识别一些人的荒谬之处，同时又能很高兴地宴请他们。在北京外交界，他是一个慷慨而又体贴的主人，也是个大家都喜爱的客人。在英国，富豪家庭的女主人都争先恐后地奉承他这个名人。但是，他每次离开餐桌，总会为自己的日记增添一些动听的流言蜚语或者绝好的顿悟。

布雷德曼在板球界的功绩年复一年人们都津津乐道，他的声誉代代相传，而且都会增添新的光彩，但是莫理循却基本上被人们所忘记。这的确令人感到非常遗憾。新闻事业比以往任何时候都更需要一个精神偶像。现代人更需要一往无前地追求真理，和各种各样既得利益的困惑作斗争。记者的职业道德正在堕落，记者的职业信条遭到任意践踏。莫理循的生活和他一生追求的事业是一座完美的灯塔，引导著那些愿意追随他的人。

虽然莫理循的新闻报道并不完美，但是与现在新闻界中尔虞我诈的现象相比，却有天壤之别。他的一生充满了传奇色彩，他对许多重大事件的报道是如此精彩和具有前瞻性，我们完全可以说，他不但在书写历史，而且在创造历史。

主要参考书目

1. Bell, E. H. C. Moberly, *The Life and Letters of C. F. Moberly Bell.* The Richards Press, London, 1927.

2. Buck, Pearl S. , *Imperial Woman.* John Day, New York, 1956.

3. Cameron, Nigel, *Barbarians & Mandarins: Thirteen Centuries of Western Travelers in China.* Walker/Weatherhill, New York, 1970.

4. Charmley, John, *Splendid Isolation? Britain and the Balance of Power 1874-1914.* Sceptre, London, 1999.

5. Ch'en, Jerome, *Yuan Shi-k'ai.* Stanford University Press, California, 1972.

6. Chirol, Sir Valentine, *Fifty Years in a Changing World.* Jonathan Cape, London, 1927.

7. Crossley, Pamela Kyle, *The Manchus.* Blackwell, Oxford, 2002.

8. Curzon, George N. , *Problems of the Far East.* Longmans, Green and Co. , London, 1894.

9. Fitzgerald, C. P. , *Revolution in China.* Longmans, London, 1952.

10. Fleming, Peter, *The Siege at Peking.* Rupert Hart-Davis, London, 1960.

11. Harrington, Peter, *Peking 1900: The Boxer Rebellion.* Osprey, London, 2001.

12. *The History of The Times, Volume Ⅲ: The Twentieth Century Test 1884-1912.* Written and published at The Office of *The Times*, London, 1947.

13. *The History of The Times, Volume Ⅳ: The 150th Anniversary and Beyond 1912-1948.* Written and published at The Office of *The Times*, London, 1952.

14. Hooker, Mary (née Polly Condit Smith), *Behind the Scenes in Peking.* John Murray, London, 1910.

15. Hoyt, Edwin, *The Fall of Tsingtao*. Arthur Barker, London, 1975.

16. Hsu, Immanuel C. Y. , *The Rise of Modern China*. Oxford University Press, Oxford, 2000.

17. James, Lawrence, *The Rise and Fall of the British Empire*. Abacus, London, 1994.

18. Kent, P. H. , *The Passing of the Manchus*. Edward Arnold, London, 1912.

19. Kitchin, F. Harcourt, *Moberly Bell and His Times*. Philip Allan & Co. , London, 1925.

20. Landor, Arnold Henry Savage, *China and the Allies*. William Heinemann, London, 1901.

21. Lo, Hui-Min, *The Correspondence of G. E. Morrison 1895-1912*. Cambridge University Press, Cambridge, 1976.

22. Lo, Jung-pang, *Kang Youwei: A. Biography and Symposium*. University of Arizona Press, Tuscon, 1967.

23. Macmillan, Margaret, *Peacemakers: The Paris Conference of 1919 and Its Attempt to End War*. John Murray, London, 2001.

24. Morrison, Alastair, *The Road to Peking*. Pandanus Press, Canberra, 2001.

25. Morrison, G. E. , *An Australian in China*. Horace Cox, London, 1895.

26. Morrison, Ian, *Malayan Postscript*. Faber and Faber, London, 1942.

27. Nicholls, B. , *Boxers and Bluejackets*. Allen & Unwin, Sydney, 1986.

28. Pearl, Cyril, *Morrison of Peking*. Angus & Robertson, Sydney, 1967.

29. Pratt, Sir John, *China & Britain*. Collins, London, 1945.

30. Preston, Diana, *The Boxer Rebellion: China's War on Foreigners 1900*. Robinson, London, 2002.

31. Reinsch, P. S. , *An American Diplomat in China*. Longmans, London, 1922.

32. Roberts, Andrew, *Salisbury, Victorian Titan*. Weidenfeld & Nicolson, London, 1999.

33. Selle, Earl Albert, *Donald of China*, Invincible Press, Melbourne, 1948.

34. Sharman, Lyon, *Sun Yat-sen*, *His Life and Its Meaning*. Stanford University Press, Palo Alto, 1934.

35. Souter, Gavin, *New Guinea*: *The Last Unknown*. Angus & Robertson, Sydney, 1963.

36. Spence, Jonathan D. , *The Gate of Heavenly Peace*: *The Chinese and Their Revolution 1895-1980*. Penguin Books, London, 1982.

37. ——, *Treason by the Book*, *Traitors*, *Conspirators & Guardians of an Emperor*. Penguin Books, London, 2001.

38. Thompson, J. Lee, *Northcliffe*, *Press Baron in Politics 1865-1922*. John Murray, London, 2000.

39. Thomson, J. S. , *China Revolutionized*. T. Werner Laurie Ltd, London, 1913.

40. Trevor-Roper, Hugh, *Hermit of Peking*. Penguin Books, London, 1978.

41. Waldersee, Alfred Count Von, *A Field Marshal's Memoirs*. Hutchinson, London, 1924.

42. Warner, Marina, *The Dragon Empress*. Vintage, London, 1993.

43. Westwood, J. N. , *The Illustrated History of the Russo-Japanese War*. Purnell, London, 1970.

44. Wheeler, W. Reginald, *China and the World War*. The MacMillan Company, New York, 1919.

45. Wright, Mary Clabaugh, *China in Revolution*: *The First Phase 1900-1913*. Yale University Press, New Haven and London, 1968.

后 记

POSTSCRIPT

在撰写本书的过程中，我们得到莫理循的儿子阿拉斯泰尔·莫理循的鼎力相助。特此鸣谢。2001 年，我们开始收集资料时，罗伯特·麦克林在堪培拉和阿拉斯泰尔会面。此后，阿拉斯泰尔一直不断地向我们提供资料，鼓励我们。特别重要的是，南澳大利亚州伯恩赛德市的 R. H. 莫理循先生汇编了莫理循家族的族谱，给作者很大的帮助。

我们非常感谢堪培拉国家图书馆工作人员提供的帮助。在我们查询资料的过程中，他们总是不厌其烦地伸出援手。他们还为我们提供收藏在悉尼米歇尔图书馆中完整的莫理循日记、信件和其他文件副本。

我们还利用国家图书馆中《泰晤士报》的微缩胶卷，参考莫理循已出版的著作，以及《时代报》和《导报》上刊登的莫理循早期故事的副本。

承蒙新闻国际股份有限公司（《泰晤士报》业主）董事长莱斯利·欣顿的恩准，彼得·汤普森在伦敦时才有机会进入位于沃坪的《泰晤士报》档案馆查阅资料。档案管理员埃蒙·戴斯和尼克·梅斯总是彬彬有礼地提供信件、长条校样和莫理循任《泰晤士报》驻北京特派记者时的有关文件，给我们提供了很大帮助。

作　者

图书在版编目（CIP）数据

中国的莫理循/彼得·汤普森　罗伯特·麦克林著．檀东鍟译
—福州：福建教育出版社，2007.3
ISBN 978-7-5334-4652-9

Ⅰ．中…　Ⅱ．①彼…②罗…③檀…　Ⅲ．①莫理循－传记
Ⅳ．K836．115．42

中国版本图书馆 CIP 数据核字（2007）第 031974 号

Published by arrangement with Peter Thompson and Robert Macklin.

Copyright © Peter Thompson and Robert Macklin, 2004

Chinese language copyright © 2007 by Fujian Education Press.

（中文版专有权属福建教育出版社）

书　　名	中国的莫理循	
著　　者	彼得·汤普森　罗伯特·麦克林	
译　　者	檀东鍟	
装帧设计	林小平	
历史审订	窦　坤	
责任编辑	林冠珍　林　琳	
责任校对	刘世新	
出版发行	福建教育出版社	
地　　址	福州梦山路 27 号（邮编 350001）	
邮购热线	0591—87115075　87115076	
印　　刷	福州华彩印务有限公司	
地　　址	福州新店南平路鼓楼工业小区　邮编：350012	
开　　本	700 mm×1000 mm　1/16	
印　　张	21.25	
字　　数	296 千	
插　　页	1	
版　　次	2007 年 3 月第 1 版　2007 年 3 月第 1 次印刷	
印　　数	1—5 100	
书　　号	ISBN 978-7-5334-4652-9	
定　　价	35.00 元	

如发现本书印装质量问题，影响阅读，
请向出版科（电话：0591—83726019）调换。